민중 생애담 조사와 연구
: 민요의 소리꾼들

민중 생애담 조사와 연구
: 민요의 소리꾼들

초판 인쇄　2017년 12월 10일
초판 발행　2017년 12월 15일

지은이 나승만 ｜ **펴낸이** 박찬익 ｜ **편집장** 권이준 ｜ **책임편집** 강지영
펴낸곳 ㈜ **박이정** ｜ **주소** 서울시 동대문구 천호대로 16가길 4
전화 02) 922-1192~3 ｜ **팩스** 02) 928-4683
홈페이지 www.pjbook.com ｜ **이메일** pijbook@naver.com
등록 2014년 8월 22일 제305-2014-000028호

ISBN 979-11-5848-352-4 (93810)

＊책값은 뒤표지에 있습니다.

민요의 소리꾼들

민중 생애담 조사와 연구

나승만 지음

(주)박이정

차 례

제1부 프롤로그 : 인간에 대한 관심

　　1. 인간에 대한 관심_6

　　2. 민요의 소리꾼들_14

　　3. 노래하는 사람들_20

제2부 민중 생애담 조사법과 생애담 조사 인터뷰

　　1. 민중 생애담 조사법_24

　　2. 생애담 조사 인터뷰_42

　　　　1) 김안례 이야기_42

　　　　2) 나순례 이야기_84

　　　　3) 고봉순 이야기_125

　　　　4) 월항리 사람들 이야기_141

제3부 민요 소리꾼의 생애담 연구

　　1. 민요 소리꾼의 생애담 조사와 사례 분석 : 서남해 도서지역 민요 소리꾼
　　　생애담 조사를 중심으로_186

　　2. 일제 강점기 항일민족해방운동노래의 주체화 과정
　　　: 월항리의 사례를 중심으로_213

　　3. 약산도 민요에 나타난 주민의식_239

　　4. 신지도 민요 소리꾼 고찰 : 상여 소리꾼을 중심으로_268

　　5. 노화도 민요 소리꾼들의 생애담 고찰_291

　　6. 전남 내륙지역 민요 소리꾼의 생애담 분석과 전통민요의 전승맥락
　　　: 전남 화순군의 사례를 중심으로_326

제 1 부

프롤로그 ··

인간에 대한 관심

1.
인간에 대한 관심

생애담은 한 인간이 자기의 생애에 관해 이야기한 것들이다. 자기의 생애에 대하여 조리 있게, 또는 두서없이 이야기한 것들이 생애담이다. 우리가하는 자신에 관한 이야기들은 다 생애담의 영역에 있다. 어떤 사람은 스스로말하고 어떤 사람은 질문에 답하면서 말한다. 한없이 이야기하는 사람도 있고 머뭇거리며 말하는 사람도 있다. 생애담을 조사하고 연구한다는 것은 수집한 한 개인의 생애 이야기를 사회화하는 작업이다.

학자의 입장에서 볼 때 생애담 조사와 연구는 한 인간의 삶을 주목하는 학문행위다. 민주적 소양이 풍부하게 담겨있는 학문행위라고 할 수 있다. 학문의 정치성 면에서 보면 학문의 직접민주주의로 가는 출발이라고 할 수 있다. 오늘 우리가 공부하는 학문세계는 그 자체로서 완전하다는 전제를 담고 있는경우가 많다. 도제적이고 수직적일수록 완강하다. 변화를 부인하고 전통을고수하는 보수의 학문이자 중세적 전통에 근거한다. 그러면서도 주도권을 유지하기 위해 시대를 리드하는 최고의 가치를 담은 이론인양 새로운 모습으로등장한다. 심지어는 다시 과거의 그 시대로 돌아가는 것이 새롭다는 주장을펼치기도 한다.

생애담의 학문방식은 학자들을 학문의 존재 근거가 되는 인간들의 삶 그곳으로 안내한다. 그리고 기존의 학문세계가 만들어 놓은 논리, 학설, 가설, 이론들을 만든 현장으로 연구자들을 안내한다. 하나의 논리로 이해했던 세계가 생애담을 서술하는 사람들의 이야기를 통해 실상은 다양성의 세계였음을 알게 된다. 그러면서 우리가 살고 있는 한 시대가 얼마나 다양한 인간의 삶으로 얽혀 있는지를 알게 한다. 독서를 통해 배우는 지식과 다른 점이 여기에 있다. 생애담 연구는 한 인간의 생애담을 듣기 위한 준비 과정, 듣기 과정, 정리하고 사회화시키는 과정을 연구자가 일관되게 수행한다. 연구자는 대화자이자 듣고 정리하는 노동자이고 분석하고 해석하고 문장으로 표현하는 과정을 수행하는 전인격적인 존재가 되는 체험을 한다. 생애담 방식은 인문사회학의 세계를 직접 민주주의적 학문 세계로 안내하는 가이드가 될 것으로 확신한다.

형식과 구조 연구에 익숙한 한국의 학문풍토 속에서 인간의 삶과 말을 바로 연구하는 방식은 조금 낯선 느낌이다. 한 개인의 생애 이야기를 논의한다는 점이 낯설다. 형식과 구조라는 방식의 세례를 거치지 않은 날것의 자료를 논의한다는 것이 낯설다. 그렇지만 반면에서의 생각도 가능하다. 한 개인의 삶을 깊이 있게 들여다본다는 점에서 생애담은 미시인문학으로 안내하는 가이드가 될 수 있다. 분류의 체계를 기본 방식으로 삼아 발전한 학문의 세계에서 생애담은 학자들을 한 인간의 삶의 현장으로 들어가 외과 의사가 인체의 내부를 해부 체험하듯 하게 한다. 식물의 형태를 분류했던 방식에서 그 몸속으로 들어가 세포를 관찰하고 세포와 세포 사이의 관계, 그 내부의 구성을 연구하여 생명의 신비에 접근하듯 생애담 방식은 인문사회학자들을 인간의 삶 현장으로 안내하는 방식이 될 것이다. 필자는 생애담 방식으로 민중들의 삶을 함께 나눴다.

생애담은 인간을 새롭게 보는 길로 안내한다. 작은 자들이라고 생각한 그들이 그 내면에 얼마나 큰 힘을 갖고 있는지 알게 한다. 낡은 자들이 새로운 사들임을, 늙은 사들이 젊은 사들임을 일게 한다. 민요의 소리꾼들이 괴기

불렀던 오래된 노래를 전승하는 기술자들로 보이지만 실제로 그들은 새 소식을 전달하는 자, 새 기술을 소개하는 자, 새로운 생각을 전달하는 자, 남다른 경험을 갖고 있는 자, 사람과 사람을 연결시키는 결속의 전문가들임을 알게 한다.

필자가 생애담 방식으로 연구하게 된 데는 필자가 처한 공간과 시간의 물리적 작용이 있었다고 본다. 전라도에서 태어나 지금도 살고 있다는 점, 유신 시절의 대학생활과 5.18 광주 민중항쟁의 경험, 허위, 위선이 진실의 옷을 입고 선한 지배자 노릇을 하는 사회적 분위기 등이 작용한 것이 아닌가 생각된다. 그래서 연구 대상으로 인간의 삶 그 자체를 주목했다. 그들이 누구인지에 집중했다. 필자도 연구자로 입문할 때 형식주의와 구조주의 훈련을 거듭했다. 그 결과물들을 읽으면서 그것들이 생소하게 보였다. 그리고 자연스럽게 형식 너머 풍부하게 펼쳐지는 그들의 삶을 주목했다. 그들과 이야기를 나누면서 형식에 담긴 의미, 또 형식을 넘어 존재하는 그들의 삶에 주목했다. 필자가 전공하는 민요를 만드는 그들의 삶에 주목했다. 논문의 형식으로 전개되는 연구세계와 민요사회 실상 사이에 존재하는 거리가 느껴졌다.

나는 민중들과 생애 이야기를 나누면서 거기에서 얻어지는 내용들을 소재로 민속학을 연구한다. 민속의 어떤 소재를 알고 싶을 때도 그 소재를 중심으로 생애의 이야기를 나눈다. 예를 들어 노래를 잘하는 사람이 왜 노래를 잘하는지에 알고 싶으면 그의 부모나 조상들이 노래를 잘 했는지, 태몽에 노래 잘하는 암시가 담겨 있었는지 등을 물으면서 이야기를 시작한다. 유년 시절과 청소년 시절의 이야기를 노래의 경험에 맞춰 듣는다. 그러면 이야기하는 사람들은 그 시절로 돌아간다. 내가 이야기판에서 가장 신경 쓰는 것은 그의 마음에 어떤 이야기들이 준비되어 있는지, 그가 무엇을 말하고 싶어 하는 지를 알아내는 일이다. 그가 하고 싶어 하는 말의 주머니 끈을 풀어주는 것이

내 일이다. 그가 유년의 이야기를 하다가 갑자기 50년을 건너서 지금 그의 마음을 이야기 하고 싶은 지도 알아야 한다.

기억 창고에 저장해둔 이야기들의 검색자 역할을 한다고나 할까, 나는 표정 없이 잠겨있는 폴더에 커서를 옮겨 클릭하듯 생애의 이야기를 담아두고 살아가는 사람들에게 그 이야기를 하도록 마음속의 이야기 이름을 불러준다. 소년의 이름으로 불러주면 소년의 이야기를 펼친다. 기쁨의 이름으로 불러주면 기쁨의 이야기를 펼친다. 고통의 이름으로 불러주면 고통의 이름을 단 이야기를 펼친다. 생애를 이야기하려는 사람들은 생애의 모든 국면의 이야기들을 간직하고 있다. 그 이야기를 들을 때 나는 이야기에 취한다. 생애 이야기들을 들으면서 민중들이 생각하는 인간다운 삶의 모습들을 상상한다. 사람들이 자신의 삶에 대하여 말한다. 생애 이야기는 말하는 사람과 듣는 사람 사이의 공동 작업이다.

내가 생애 이야기를 현장체험하게 된 것은 목포대학교 도서문화연구소에서 수행한 섬의 문화조사에서다. 일반적인 인문학 연구에서는 관련 연구 논문을 모아서 분석하고 거기서 논점을 찾아내고 전개하여 결론을 도출하는데, 적절한 참고자료와 참고논문이 없는 섬의 문화연구에서는 자료를 수집하고 정리하고 분석하여 결론에 이르는 과정을 모두 손수 해야 한다. 섬의 문화를 연구하려면 그곳에 가야하고 주민들과 대화해야 한다.

생애 이야기는 약간 마술 같은 어떤 에너지를 갖고 있다. 시간의 힘이 있다. 이야기를 나누다 보면 어느덧 그 시간으로 돌아가서 그 시간의 여러 골목들을 돌아다니거나 그 시간의 광장에서 사람들, 상황들과 조우한다. 시간의 길목을 돌다 특별한 경험, 사건, 느낌의 창고에서 그 문을 열고 기억의 방에서 웅크리고 있는 그것의 문을 열어준다. 그러면 이야기는 누 사람의 대화의 광장으로 나와 간직된 서사를 줄줄이 풀어 놓는다. 그리고 광장으로 나와 간직된 서사를 줄줄이 풀어 놓는다. 그리고 창고 안에서 미처 호명받지 못한 이야기들을 그 광장으로 불러낸다. 이야기가 이야기를 불러내 연결되면서 이야기들의 공동체를 만든다.

이야기가 이야기를 불러내 이야기들이 끝없이 줄을 잇는다. 소리꾼의 내면에 웅크리고 기다리던 이야기를 호명해 주는 것이 필자의 역할이다. 호명은 기억으로 남아있던 이야기에 에너지를 주입하는 스위치다. 나는 소리꾼들의 생애 이야기를 들으려 노력했다. 처음에는 민요의 내력을 알고 싶어 생애 이야기라는 개념 없이 그들의 삶에 대하여 물었다. 왜 그런 노래를 불렀는지, 부를 때 어떤 기분이었는지. 그러면서 노래는 노래하는 사람의 생애에 대한 서사라는 것을 알게 되었다. 그의 생애 내력을 알면서 노래를 듣는 것이 흥미로웠다. 나는 민요 소리꾼들의 노래와 생애 이야기를 연결하여 듣는 버릇이 생겼다. 어느덧 생애 이야기를 알지 못하면서 노래만을 듣는다는 것은 의미 없는 일이 되었다. 어떤 때는 노래를 들으면 그의 생애가 자연스럽게 재구성되는 현상이 나의 내면에서 일어났다.

내가 들었던 수많은 생애 이야기들이, 또는 생애 이야기를 했던 수많은 사람들이 나의 내면 어느 주소에 자리 잡고 있음을 느낀다. 그 이야기들이 나라고 하는 인격체로 거처를 옮겨 자리 잡으면서, 나의 이야기 주머니 속으로 들어오면서 이상한 화학반응을 일으킨다. 그 이야기들은 서로 호응하거나 낯설어 한다. 서로 겨루거나 손잡는다. 이야기들이 몸을 비벼 상처 내서 썩는다. 이야기들이 서로 손잡으면서 발효하기도 한다. 나는 그 이야기로 인해 아프기도 하고 힘을 얻기도 한다. 이야기들이 서로 반응하면서 다른 성격의 에너지를 만든다. 이야기들이 썩으면서 나를 무너뜨리는 독을 만든다. 이야기들이 서로 작용하면서 미묘한 치료 에너지를 만든다. 치료 에너지와 독한 에너지는 또 상호 작용하면서 다양한 에너지들의 물결을 만든다. 발효 에너지와 독을 품은 에너지들이 공존한다. 최초의 이 둘은 네 개에서 열여섯 개로, 그리고 나도 알 수 없는 다양성으로 이미 전환되어 있다. 어떤 이의 생애 이야기를 들으면 그 이야기는 나의 내면의 에너지들과 접속하면서 파장을 일으킨다. 내게로 들어오는 이야기는 모두 새롭다. 내가 똑 같은 열 번의 생애 이야기를 듣더라도 열 번 모두 새로운 파장을 그린다.

고통의 이야기가 듣는다는 것은 나의 내면에 고통의 이야기를 이식하는 것이다. 그리고 고통의 이야기는 나의 내면과 부대끼면서 제 2의 에너지로 변형된다. 나는 그 이야기들과 호흡을 나누면서 긴 꿈을 꾼다. 고통이 긴 시간에 걸쳐 고통의 세포를 분해하고 치료하면서 미래를 위한 에너지로 준비되기를 바란다. 그래서 더 큰 고통이 오는 그 시간, 그 고통에 맞서는 에너지로 출격하기를 바란다.

나와 생애 이야기를 나눈 사람들은 농민들, 어민들, 무당들, 노동자들, 도시 1인 자영업자들이다. 이분들과는 준비하고 만난 분들도 있고 준비 없이 만난 분들도 있다. 나는 이분들과 만날 때 미리 준비한다. 묻고 싶은 것들을 질문지 목록으로 작성한다. 그리고 그 만남이 서로 많은 이야기를 나눌 수 있는 장이 되기를 바란다. 이분들 중에는 평생을 만나고 있는 분들도 계시다. 소포리 한남예 어머니는 내가 어머니로 모시는 분이시다. 그분도 나를 배 안 아프고 낳은 자식이라고 말한다. 그분들과는 수시로 드나들며 이야기를 나눈다.

생애담 이야기를 나누기까지의 과정이 좀 복잡하다. 처음에는 서로간의 탐색전으로 시작한다. 질문지 목록을 확인하는 단계다. 이때는 서로간의 의도, 인품, 분위기를 파악하는 수준이나. 일종의 상내방 파악 시간이라고나 할까.

필자는 처음 만난 느낌으로 단정하지 않으려 노력한다. 느낌이 좋으면 좋은 대로, 막히면 막힌 대로 받아드린다. 술술 잘 풀리는 내용은 주로 생활사 부분이다. 농사를 어떻게 짓는지, 고기를 어떻게 잡는지, 물건을 어떻게 만드는지 등 사실과 기술들에 관한 것들이다. 이런 부분은 조사자가 갖고 있는 지식의 정도에 맞춰 대화를 나눌 수 있다. 이분들은 나를 수준 높은 사람으로 미리 설정한다. 그래서 먼저 이야기를 꺼내지 않는 경향이 있다. 묻는 말에만 답한다. 질문의 수준에 맞춰 대답한다. 질문의 단계가 깊어져도 이분들은 답한다. 예를 들어 벼농사를 지을 때 처음 볍씨를 어떻게 뿌리는지를 물으면 모판에 흩어 뿌리는 상황을 정확히 묘사한다. 그렇지만 그 모판을 어떻게 만드는지, 뿌리는 볍씨를 어떻게 준비하는지에 대해서는 말하지 않는다. 볍씨에 대하여 질문하면 씨나락을 고르는 법, 보관하는 장소와 도구, 마른 볍씨에서 씨눈을 트이게 하는 방법 등을 설명한다. 지난해의 생명체가 다음 해의 생명체로 이어지면서 생산 활동이 지속되는 과정을 물으면 그 사실을 상세하게 알려준다. 만일 조사자가 농민들이 생명체의 생명활동을 지속시키기 위해 기울이는 생명관리의 방법을 알고 싶다면 농민들은 그 과정을 상세하게 알려준다. 씨나락을 고르고, 말려서 드라이하게 보관하였다가 시간이 되면 거기에 수분과 따뜻함을 체계적으로 작용시켜 말랐던 생명이 기지개를 켜고 눈을 뜨게 만드는 과정을 설명한다. 좀 무심한듯하게 서술하지만 조사자의 마음이 생명을 향해 열려 있다면 그것이 사람을 잉태하여 출산하는 과정과 별반 차이가 없음을 알아차릴 것이다.

감정, 가치의 문제에 들어가려면 과정이 복잡하다. 감정과 가치의 문제는 서로 얽혀 있다. 자신들의 신념이 들어 있어서 쉽게 말하지 않으려 한다. 거듭 만나면서 말문이 열릴 수도 있고, 그렇지 않을 수도 있다. 또 예민하여 중단되는 경우가 많다. 사상과 전쟁에서의 경험담의 경우가 그렇다. 더 깊은 단계로 들어간다는 것은 본심, 솔직함, 근원으로 들어간다는 것이기도 하는 동시에 숨겨져 있던 기억들을 다시 재발시키는 것이기도 하다. 본심과 다르게 살고 있는 자신을 자각하는 순간이 될 수도 있고, 자신을 괴롭히고 있는 상처, 또는 환부를 호명하는 것일 수도 있다. 깊이 들어가면 내가 알 수 있는 것도 있고, 알 수 없는 것들도 있다. 경험하지 못한 이야기들, 알 수 없는 이야기들을 들으면서 나는 내가 변해가는 것들을 느낀다. 나의 몸의 변화를 느낀다. 뭔가가 바뀐다. 그들의 이야기가 나의 몸으로 들어오는 것을 느낀다. 그래서 원래의 나와 이야기로 변화된 내가 있어서 나의 몸에는 나 이외의 내가 있게 된다. 나의 생득적 몸과 이야기로 만들어진 몸이 나의 내부에서 대화하고 소리 내고 서로 듣고 무언가를 하도록 미는 힘을 만든다. 나의 내부에는 피해자들, 가해자들, 이기는 자들, 억압받는 자들이 살고 있다. 혁명의 시간으로, 농사꾼의 시간으로, 어부의 시간으로, 유흥의 시간으로. 내가 경험한 이야기들은 내게 들어와 나를 통해 서로 교차되거나 엮어진다. 연약한 근육이 노동하면서 강고한 노동의 근육이 되듯, 다양한 색들이 엮여서 칼라풀하게 되듯 다른 내가 만들어지는 경험을 한다.

당시에는 내가 능력자여서 내 앞에서 생애 이야기를 술술 풀어내는 것으로 생각했다. 지금 생각해보면 그들의 생애 이야기는 이미 내면에서 계속 발효하고 있는 상태였던 것 같다. 나는 단지 그 뚜껑을 열어 준 것에 불과하다. 그리고 그들의 생애 이야기는 나를 매료시켰다. 그들의 이야기는 어쩌면 내 안에 들어 있던 것인 듯한 착각이 들기도 한다. 나의 어머니가 나에게 들려주는 것 같은 느낌, 나의 아버지의 노동, 나의 어머니의 경험, 나의 어머니의 소망들에 대한 이야기다.

나는 생애 이야기를 들으면서 한 사람 뒤에 숨겨진 만 사람을 보았다. 그들과 만나는 것은 천 사람, 만 사람과 만나는 것이었다. 들을 때는 느끼지 못했지만 그 후 오랜 뒤에 그 사실을 깨달은 적도 있다. 이런 깨달음은 새벽에 온다. 나는 새벽에 내가 다니는 교회에 나가 새벽기도를 한다. 이 시간에는 과거와 현재, 미래가 함께 공존한다. 예수의 까마득한 옛날이야기 현상에 내가 있다. 먼 미래의 현장에 지금 내가 있다. 나의 새벽은 이런 감각들이 공존하는 시공간이다. 이 시간에 나는 오래 전 생애담 이야기를 나누었던 한남예, 나순례, 김안례, 주채심, 정기순, 김영안, 김남천을 만난다. 그리고 이들 한 사람 한 사람 뒤에 수천, 수만의 얼굴들이 겹쳐 있다는 사실을 시간이 지나면서 알게 되었다. 그리고 이들이 나에게는 예수의 다른 모습으로 느껴진다. 어쩌면 다른 모습으로 오신 이 시대의 예수님이라는 생각을 하고 있다. 또 내가 만나는 민중으로 살아가는 모든 사람이 예수님의 다른 모습이라고 생각한다. 신기하게도 새벽기도 시간에만 그런 현상이 일어난다. 그 시간은 내게는 깊숙한 곳으로 느껴진다.

2.
민요의 소리꾼들

나는 민속학 중에서도 중심된 연구 소재를 민요로 삼았기 때문에 섬을 방문하여 민요자료를 수집하고 가사를 분석하여 거기에 어떤 의미가 담겨있는지를 찾아내는 일을 했다. 조사 목적을 명백히 갖고 가서 연구 목적에 맞게 민요자료를 수집하였다. 그런데, 완도군에서의 민요자료 수집은 쉬운 일이 아니었다. 기대했던 것보다 민요를 많이 부르지 않았다. 그들은 일제강점기에 불렀던 창가식의 독립운동가, 혁명가, 노동운동가, 청년가를 많이 불렀다. 이런 노래들은 종종 육지에서도 들었지만 크게 주목하지 않았다. 그런데 완도군에서는 노래 부를 때 그 노래에, 목소리에, 부르는 몸에 어떤 기운이 작용하는 것을 느꼈다. 목소리는 작지만 눈물이 맺힌다든가 어떤 뜨거움 같은 것이 들어 있었다. 내가 보기에 독립운동 했던 아버지, 오빠, 동생 생각을 하며 부르는 것으로 보였다. 그래서 물어보았다니 사실이었다. 자기들이 직접 부르다 일본 순사에게 들켜서 매를 맞기도 했다는 것이다. 그 이야기를 들으면서 내가 겪었던 1970-90년대, 그리고 2000년대의 시간들이 오버랩되었다. 어쩌면 그렇게도 똑같을까. 데모 노래 불렀다고 해서, 시위에 참가했다고 해서, 그 친구의 이름을 안다고 해서, 그 친구를 걱정했다고 해서, 어떻게 하면 인간답게 살아볼까 하는 모임 가졌다고 해서 체포되어 모진 고문당하고 3-7년씩 교도소에서 옥중 생활을 해야 했던 대학 시절 우리들의 경험이 떠올랐다. 노래가 아니면 어떻게 그 최루탄 속에서 다시 모일 수 있었을까. 자욱한 최루가스 속에서 호흡은 정지되고 눈물 구멍만 열려 눈물범벅이고, 눈을 뜰 수 없었던 그 속에서 노래는 눈이고 숨통이고 연결의 끈이었다. 흩어졌다가도 노래 소리가 나는 쪽으로 다시 모여 하나가 되었던 기억들, 지금도 그렇게 하고 있는 현실이 정확히 겹쳐졌다. 나는 그들이 살아온 이야기에 귀 기울이게 되었다. 그들이 부르는 노래를 더 알고 싶어졌다. 고독한 시간에서, 고립된 공간에서 외롭게 싸웠던 우리들만 싸움이 실상은 오랜 시간과 공간에 걸쳐 지속되어 온 오래된 미래라는 사실을 알게 되었다. 그들의 삶의 경험들을 더 알아야 할 필요를 느끼게 되었다. 그래서 민요라는 개념을 전통 민요의 굴레에서 벗겨내 원래의 의미인 민중의 노래로 확장하였다.

민요 소리꾼들의 생애 이야기를 듣는다는 것은 소리꾼의 과거로 돌아가 노래의 현장, 또는 생활의 현장에 다시 서는 것과 같다. 민요라는 용어 자체에 오래된 것이라는 이미지가 담겨 있다. 민요 소리꾼의 삶이란 오래된 사람들의 살아온 이야기라고 할 수 있다. 그런데, 소리꾼이라는 용어가 좀 특이한 의미를 더해준다. 소리꾼은 노래로 뽑힌 사람들이다. 민중들이 자신들의 대표 노래선수로 뽑아서 그의 노래를 따른다는 의미다. 전쟁판에서의 군대를 지휘하는 야전군 지휘관과도 다르다. 위에서 명령하거나 보내서 대표선수가 되는 게 아니다. 민요 공동체 속에서 지지 받으며 소리꾼으로 성장한 존재다. 대개 소리꾼들은 타고난 좋은 목성을 갖고 있어 소리로 민중을 리드한다. 또 그 공동체에서 성장하기 때문에 공동체의 노래전통을 이어받는다. 거기에다 끊임없이 노래를 혁신하는 일을 한다. 몸과 마음을 만족시키는 목청, 가사, 그리고 인격이 있어야 한다.

이야기하는 소리꾼과 듣는 나는 그와 함께 그 현장에 있게 된다. 어떤 때는 같은 감정으로 그 상황으로 돌아간다. 경험했던 시간과 달리 이야기되는 시간에는 듣는 내가 그와 함께 있다. 경험하던 실재의 현장에서는 그가 홀로 경험하지만 생애담으로 그 현장을 이야기하는 시간에서는 대화를 나누는 내가 그와 함께 한다. 그래서 경험의 시간에 그를 절대적으로 지배한 열정, 기쁨, 소명, 고통, 패배, 좌절, 죄악 들이 이야기라는 차원으로 이동하면서 질적으로 변하여 다른 그 무엇이 된다. 제 3의 시선으로 그 상황을 함께 돌아본다. 마치 망자가 혼으로 돌아와 제삿날 자신이 살았던 공간을 서성이는 것 같은 상황이 된다.

필자가 연구자로 활동하는 동안 기억에 남는 소리꾼들이 있다. 진도군 지산면 인지리 조공례 어머니, 진도군 지산면 소포리 한남례 어머니, 진도군 임회면 남동리 안성단 어머니와 김태진 어른, 완도군 소안면 주채심과 정기순이 그들이다. 필자가 어머니라고 부르는 분들은 실제 나이로도 그렇거니와 대학 학부 시절, 또는 대학원에서 공부하던 시절부터 필자에게 노래를 가르쳐 주고 안내해준 분들이다. 필자가 이분들을 만나면 어머니라고 불렀다. 또 오래 동안 규칙적으로 만나다 보니 정서적으로도 모자의 기분을 공유하게 되었다. 아마도 노래 이야기를 물려주고 받았기 때문이 아닐까 생각된다.

이 책에는 다섯 여성과 몇 남성들의 생애 이야기가 기록되어 있다. 전남 완도군 군외면 대문리 김안례 이야기, 전남 화순군 도암면 도장리 나순례 이야기, 화순군 화순읍 벽나리 2구 고봉순 이야기, 전남 완도군 소안면 월항리 주채심과 정기순, 김진식, 김진태, 김술호 등의 이야기가 그것이다.

김안례는 1992년 1월 19일 처음 만났다. 나이를 물으니 69세라고 했다. 완도군 군외면 일대에서는 널리 알려진 인물이다. 특히 완도군 일대 교회에서 잘 알려진 인물인데, 그의 이력 때문이다. 그는 젊어서 영험한 무당으로, 어린 아이 전문 치료사였다. 영험하여 도시로 나가 크게 치료소를 차려 함께 일하자는 제안을 받기도 했다. 신학을 공부하는 아들 때문에 기독교로 개종하였다. 성령이 임하면서 몸에 들린 신이 떠나는 개종 순간을 체험하였으며, 이를 서사적으로 상세하게 묘사하는 언어적 표현능력을 갖고 있다. 개종 후 완도군 일대 교회를 순회하면서 간증집회를 갖은 이력이 있다. 또 노래를 잘 부른다는 평을 받는데, 목청이 좋아서가 아니라 가사를 잘 지었기 때문이다.

　그는 가난한 가정에서 태어나 이웃 총각과 결혼했다. 일제 강점기를 어렵게 보냈으며, 6.25 한국전쟁에 남편이 징집되어 입대했다. 신이 들려 무당이 되었으며, 그가 무업으로 벌어들인 돈으로 아들은 기독교 신학을 공부하여 목사가 된다. 기독교 목사가 만들어지는 한 장면이 펼쳐진다. 무당 아들이 목사 되는 서사는 고향, 지역, 부모의 헌신으로 도시 사람, 서울 사람, 지식인, 사업가가 만들어지는 한국인 성장과정의 전형을 담고 있다. 목사인 그의 아들을 통해서가 아니라 무당인 김안례에게서 메시아적 희생과 부활을 느끼게 한다.

　김안례와의 대화에서 느낀 점은 그가 스스로 말하는 사람이라는 것이다. 그는 스스로 말한다. 처음 대화를 시작하자 그녀는 나의 질문 의도를 파악하면서 내가 묻지 않더라도 내가 필요로 하는 방향으로 서술했으며, 서사의 순서가 흐트러짐이 없다. 중간에 다른 사람이 개입하여 서사의 흐름을 방해하더라도 흐트러진 그 장면으로 돌아가 끊어진 실을 잇듯 대화의 실을 제 순서대로 이어갔다. 그가 자신의 이야기 줄기를 회복시키는 장면은 극적이었다. 그가 타인의 삶에 개입하여 타인의 왜곡된 삶을 원상으로 회복시키는 충분한 능력을 갖고 있는 능력자임을 알게 했다.

나순례는 화순군 도암면 도장리에서 밭매기 노래를 부르는 여성이며, 1998년 1월부터 만나게 되었다. 나순례를 만나게 된 것은 화순군에서 도암면 도장리 밭매기 노래를 지방문화재로 지정해 달라는 신청 때문이었다. 필자는 전라남도 문화재위원으로 군에서 추천한 밭매기노래 설소리꾼으로 나순례를 면담하게 되었다. 당시 나순례는 75세의 여성이었다. 나순례는 자기 이야기를 들어 줄 사람을 기다리고 있었다. 그는 자신의 마음에 기록한 생애 이야기의 오래 된 노트를 펼쳐 보이는 사람 같았다.

나순례는 생애 이야기 첫 장을 가족 이야기로 시작한다. 자신의 불우했던 어린 시절의 기억들, 친정 가족들이 어떻게 해체되었는가를 기억하고 있다. 그는 소위 조손가정 출신이다. 어려서 부모를 잃고 할머니 손에 양육된다. 친가 사람들이 전염병에 쓰러져 간 기억들을 안고 있다. 혼례식도 치르지 못하고 출발한 가족 만들기에서 가족을 차곡차곡 만들어 간 과정이 나순례의 평생 생애이자 이야기의 대강들이다. 나순례 부부가 가족을 소중히 여긴 장면이 6.25 한국전쟁에서의 주민학살 장면과 연계되어 서사된다. 빨치산과 군경의 다툼 사이에서 생존하기 위해 침묵하지만 그 속에서도 목소리를 크게 낸 것이 가족의 이름이다. 흩어진 가족들을 찾기 위해 산천을 헤매며 가족의 이름을 외친다. 그 소리가 바로 들리지 않지만 듣는 사람이 귀에 녹음하여 다른 공간에 있는 가족에게 전달하는 과정은 극적이다. 민중들이 생존에 필요한 정보를 전하는 방식의 전형을 보여준다. 민중들이 삶을 지탱하기 위해 불순물을 내보내고 산소를 몸속으로 끌어 들이는 폐의 작용 현장이라는 느낌을 갖게 한다. 민중들이 손에 손을 잡는 방식이 바로 이런 경우라는 생각이 든다.

완도군 소안면 월항리 사람들의 이야기는 늘 마음에 남아 있다. 특히 정기순과의 대화가 마음에 새겨져 있다. 정기순은 지금 사상의 긴 터널을 지나고 있는 사람인 듯하다. 늘 혁명의 새로운 시간이 오기를 기다리고 있다. 그리고 그 비밀스런 세계를 함께 나눌 누군가를 기다리는 사람이다. 투쟁하다 사라져간 완도군 소안면 월항리 사람들의 모든 영혼이 그에게 빙의된 듯하다. 월항리 사람들의 이야기를 들으면 민주의 시대, 평화의 시대, 해방의 시대, 새로운 시대가 오래된 긴 고통의 길을 걸어오고 있으며, 미래의 어느 시간에 오는 것임을 알게 한다.

3.
노래하는 사람들

나는 노래하는 사람들을 생각한다. 노래 한다는 것은 세상의 씨줄, 날줄을 한 올씩 짜나가는 것이라고 생각한다. 자기 세계 내부의 세포조직을 하나씩 짜가는 것이자 그것을 증식하는 것이 노래 부르기다. 그러므로 노래하는 사람은 노래의 세계를 복재하여 증식하는 사람이다. 증식이란 아마도 마음의 내부로부터 공감을 이끌어 내는 현상을 말하는 것일 듯하다.

내가 만난 노래하는 사람들은 미디어에서 노래하는 사람들은 아니다. 나의 노래 세상은 자연스러운 세상이다. 노동하는 세상이다. 투쟁하는 세상이다. 그리고 자기들끼리 주고받으며 노래하는 사람들의 공동체다. 내가 경험하고 공부한 노래 세상은 그런 공동체들의 노래 네트워크를 탐험하는 일이었다. 이 네트워크는 한국의 지식사회가 경험하지 못한 세계다. 민중들끼리 수많은 시간 동안 한올한올 짜서 만들어 온 연결망이자, 지금도 지속되고 있는 망작업이다. 다만 우리들 지식사회의 눈에는 안보일 뿐. 그런데, 어디 이런 연결망을 노래하는 사람들만 만들고 있을까. 시간의 체널을 타고 수직으로 연결선을 이어가는 작업들, 공간과 공간을 이어가며 서로 손잡아 네트워크를 구축하며 상상의 공동체를 만들어 가는 노력들이 눈에 그려진다. 세상을 해석하는 숨겨진 코드를 발견하는 것이다. 그런데 이 코드, 이 네트워크야말로 민중들이 만들어 온 세상의 둥지들이다. 오래된 미래로 향해 움직이는 에너지를 생산하는 발전소들이라고나 할까. 필자는 이 발전소의 존재를 독자들과 함께 나누고 싶다.

이 책에 수록된 논문과 생애 이야기들은 1990년대에 쓴 글들이다. 20년에서 25년 정도 전의 글들이다. 오래된 글들을 모아 책으로 엮는 것이다. 이

책의 중심은 네 편의 생애 이야기들이다. 필자가 쓴 논문들은 구색 맞추기 정도라고나 할까. 필자에게 생애 이야기를 들려준 수많은 분들에게 이 시간을 빌어서 감사의 인사를 드린다.

제 2 부

민중 생애담 조사법과 생애담 조사 인터뷰

1.
민중 생애담 조사법

1) 구술 자료의 문화사적 위상

구술은 문자로 표현하지 못한 삶의 중심 요소들, 또는 숨겨진 역사의 진실을 보다 쉽게 서술할 수 있는 민중들의 문학도구다. 구술자의 주관성이 반영된다는 점에서 구술 자료의 한계성을 지적하기도 하지만 구술 자료는 문자자료가 지닌 계급성과 당파성을 뛰어 넘어 오히려 숨겨진 진실들을 드러내는데 유용하다. 체험자가 자신의 삶을 문자나 다른 매체의 여과 없이 자유롭게 총체적으로 서술할 수 있다는 점에서 민중의 삶을 연구하기에는 매우 유용한 방식이다. 여기에는 민중의 입장에서 체험한 역사와 삶이 체험자의 주관적 입장에서 서술된다는 점에서 객관적 역사서술과는 또 다른 의미를 지닌다. 윤형숙은 그 동안 삶과 사회와 역사에 대한 "객관적"이고 보편적인 지식으로서 지배적 위치를 누려온 이론들이 특정 인종(race)이나 성(gender), 계층집단의 당파성을 가진 부분적 진실이었음을 지적하고 생애사 자료는 삶과 사회와 역사에 대한 지배적인 관점을 해체하는 이론적·방법론적 대안을 제시한다고 소개한다.[1] 민중의 구술 자료는 비록 특정 집단의 주관적 입장이 반영된

---

[1] 윤형숙, 「생애사 연구의 발달과 방법론적 쟁점들」, 『배종무총장 퇴임기념 사학논총』, 간행위원회, 1994, 516쪽.

자료이지만 이 주관적 경험에 입각한 삶과 역사에 대한 이해와 서술이 "객관성"과 "보편성"을 이념으로 내세운 기존의 역사서술에 대응할만한 타당성을 갖는다.

구술을 문화 전승의 핵심 방식으로 삼았던 민중의 문화는 현재 그 문화적 전승이 매우 어렵게 되었다. 체험, 믿음, 마음이 새겨진 민중의 세계를 인지하기 위해서는 민중의 구술 자료를 수집하고 분석하는 체계적 방법이 개발되어야 한다. 이러한 필요성은 오늘날 민중사회가 처한 상황에 비추어 매우 시급히 요청되는 실정이다. 전통사회 민중 문화 유통과 전승의 핵심적 방식이었던 구술전통이 없어져 가는 상황에서 전통사회 민중문화를 갈무리하기 위해서는 반드시 구술문화의 체계적 정리가 필요한 시점이다. 그러나 한국문화사회의 현실을 돌이켜 볼 때 어느 곳에서도 민중의 구술문화를 체계적으로 챙기는 곳은 없는 실정이다. 도시 확장과 마을공동체 해체가 가속화되는 현실에서 매장문화에 대한 조사와 발굴은 제도화되어 있지만 민중의 마음속에 담긴 무형적 문화에 대한 체계적 조사와 정리, 발굴과 연구는 지극히 제한되어 있다.[2] 이 글에서는 그 한 분야로 생애담에 대하여 그 중요성을 제안하고 조사 방법을 제시한다.

2) 민중 생애담 조사의 의미

생애담의 서술 내용은 삶에서 중심적인 요소들, 사건들, 체험들, 믿음들이다. 사람들이 평생을 살면서 가장 열심히 노력한 점들과 그 결과들이 무엇이고 그들이 어디에 가장 깊은 가치를 두고 살았는지, 무엇을 이루고 싶었는지, 어디서 그들의 삶이 깨어졌는지, 어떤 과정을 거쳐 그들의 삶이 다시 회복되

---

2 구비문학대계와 같은 작업은 구술문화의 체계적 정리라는 점에서 매우 큰 성과로 평가되나 구비문학시리는 제한된 범주에 국한된다.

는지에 관한 내용들이 생애담 서술의 요점들이다. 그래서 생애담을 듣는 우리는 인간의 진퇴양난, 싸움, 그리고 승리와 패배가 어떻게 일어나고 극복되는지, 때로는 패배하거나 좌절하는지, 가치와 믿음에 대한 평가가 어떻게 획득되고 모양을 갖추고, 유지되고, 경험되는지에 대한 새로운 통찰을 얻을 수 있다. 그리고 그들의 사회에 대한 시각, 민간전승의 다양한 지식들, 믿음들, 풍습들, 관례들의 실증적 사례들을 얻을 수 있다.

생애담은 또한 의미 있는 삶을 알게 한다. 듣는 사람은 서술자의 드러나지 않았던 삶의 실상을 재인식하게 되고 거기서 인간에 대한 새로운 이해를 얻는다. 민속사회에서 삶의 영원한 요소들은 이야기를 통해 전해진다. 이 이야기들은 인생에 있어서 중요한 경험, 환경, 생각, 주제, 그리고 교훈을 담고 있다. 생애담은 이야기하는 자신과 다른 사람들에게 삶의 신비를 알게 해주는 동시에 인간을 연결시키고 이해시키는 좋은 통로다.

생애담 조사는 조사자의 의도보다는 서술자의 생애 체험 자료를 총체적으로 수집한다는 의도 아래 수행되어야 한다. 생애담의 서술은 서술자와 조사자의 의도에 따라 다양하게 펼쳐진다. 조사자의 의도가 무엇이든 생애담 조사자들은 의미 있는 생애담의 서술자라고 판단되는 사람의 생애를 총체적으로 조사하고 기록해야 한다. 그러기 위해서는 자료 수집의 단계에서는 조사자의 의도와는 상관없이 총체적 조사가 이루어 져야 한다. 이 조사 방법은 바로 이런 의도에서 마련된 것이다. 조사의 내용은 한 인간의 평생에 걸친 생애 체험이다.

생애담 조사는 현재와 같은 상황에서 한국 민중의 삶과 역사를 기록하는데 매우 유용한 방식이라고 본다. 생애담은 한 인간이 살아온 과정의 이야기이지만 체험했거나 생각했던 사실들 중 유형적으로 삶에서 중심적인 요소들, 사건들, 체험들, 믿음들에 대한 구술이다.[3] 생애담 조사의 대상들은 표면적

---

3 생애사(life history)와 생애담(life story)은 서로 통하는 말이다. 이들은 모두 생애를 말하는

으로 드러난 사람들도 될 수 있고 어느 누구나 대상으로 삼을 수 있다. 그러나 기층의 다수를 점하면서도 역사의 표면, 또는 문자 기록의 대상이 되지 못한 민중들의 삶과 역사를 가장 적합하게 수집하고 서술할 수 있다는 점에서 생애담은 매우 중요하다. 더불어 일제와 분단의 억압적 상황을 살아 온 한국 현대사회의 숨겨진 역사를 파악하는 데도 역시 유용하리라고 보며, 숨겨진 역사의 주인공들이 또한 민중이었다는 점에서 생애담이나 구술담의 조사는 매우 필요한 작업이다. 일제시대, 한국전쟁, 군부독재와 산업화, 그리고 민주화로 나아가는 사회 역사적 변동 속에서 이 시대를 살았던 사람들의 생애담 구술은 자료로서 절대적인 중요성을 갖는다.[4]

구술의 시대가 사라져 가는 지금 민중 문화의 충실한 자료를 확보해야 하는 것은 이 시대를 살아가는 사람들의 역사적 의무라고 본다. 생애담을 비롯해 구술자료 조사는 민중의 역사 체험과 민속문화에 대한 경험을 이야기해 줄 수 있는 세대가 사라지기 전에 수집해야 할 매우 시급하고도 중요한 과제이기 때문에 모든 문화유적 조사와 민속 조사에서 필수적으로 수행할 것을 제안한다.

3) 생애담 조사 절차 및 항목들

자료 조사를 총체성이라는 관점에서 충실하게 하기 위해서는 계획과 조사, 정리가 정연하게 이루어져야 한다. 그러기 위해서는 다음의 단계로 진행하는 것이 좋다.

사람의 구술을 자료 수집자가 수집하여 기록한 한 인간의 삶에 대한 광범한 기록이라는 점에서는 일치하지만 생애사가 구술 자료와 일기, 일지, 메모, 편지 등의 개인적인 자료들을 포괄하는 개념임에 비해 생애담은 구술 자료에 의지하고 구술의 문학적 장치들에 대한 검토가 이루어진다는 점에서 차별성이 있다.
윤형숙, 앞의 글, 515쪽.

4 윤형숙, 앞의 글, 527-8쪽.

- 계획단계 : 주제 선정, 질문지 준비, 지역 선정, 대상자 선정, 대상자와의
  접촉
- 조사단계 : 면담, 녹음, 사진 자료, 영상 자료, 생활자료 입수
- 정리단계 : 면담 내용의 채록, 주석 달기, 편집하기, 영상·음향자료 편집하
  기, 사진 자료 정리하기, 생활자료 분류와 정리하기, 데이터베이스 구축
- 입력단계 : 영상·음향·사진 자료 입력하기, 생활자료 분류와 정리하기

조사 작업을 효과적으로 수행하기 위해서는 조사의 기본적인 방법과 요목
들이 정해져야 한다. 글쓴이가 수행했던 생애담 조사의 요목과 또 유효하다
고 판단되는 조사 요목들[5]을 정리하여 생애담을 조사하려는 사람들과 방법을
공유하고자 한다. 실제 조사에서 아래의 질문 항목들을 모두 조사하기는 어
렵다. 현지조사에서는 필요한 질문들을 적절하게 구사할 필요가 있다.

(1) 출생과 가족
(2) 성장기의 문화적 배경
(3) 성장에 영향을 미친 요소들
(4) 교육
(5) 사랑
(6) 직업, 일
(7) 역사적 사건과 기간
(8) 생활
(9) 사회 활동

---

5 Robert Atkinson, 「The life story interview」의 조사 항목들을 주로 참조했다.
   그리고 생애담 조사의 기본 체계도 그의 글을 참고했다.
   Robert Atkinson, 「The life story interview」, 『Qualitive Research Methods』 Volume
   44, Sage publications, International Educational and Professional Publisher,
   Thousand Oaks London New Delhi, 1998.

(10) 예능 습득(농악, 민요, 창, 이야기 강독, 서예, 악기 연주, 민요의 사례)

(11) 은퇴

(12) 정신(영적) 생활과 영적 인식

(13) 생의 주요 주제

(14) 미래에 대한 비전

(15) 맺는 질문

조사의 실제 항목들은 다음과 같다.

(1) 출생과 가족

· 이름(나이, 본관) : 작명자, 이름이 지닌 의미

· 태몽 : 꾼 사람, 내용, 해석

· 출생담 : 출산 과정에서의 어려움, 미래를 예측할 수 있는 징조들, 가족들의 기대

· 태어난 마을과 현주소 : 거주 기간, 정착 사연

· 가족의 구성 : 대가족, 핵가족 등

· 조부모 : 직업, 기억에 남는 사항들, 마을 내의 지위, 평판

· 부모 : 성명, 출생지, 직업, 특별한 예능, 기술, 재산, 가족 내 서열, 부모에 대한 기억들, 인상적인 일들, 남기신 유산, 마을 내의 지위, 평판, 유년시절 행복했는가(유년시절 사랑을 받았는가)

(2) 성장 과정의 문화적 배경

· 성장한 마을 : 위치, 호수, 인구 구성(반상 구분과 주거지 위치)
성장기 마을의 문화적 분위기(그 분위기에 대한 기억, 평가)

· 우리집 분위기 : 이웃집 분위기와의 차이
가정교육의 가장 중요한 항목(가훈), 그리고 깅조한 사림

가족의 종교(무교, 불교, 기독교, 기타)와 자신의 종교 생활(유년, 청년, 현재)

- 유년시절 죽음에 대한 경험 : 죽음의 목격. 죽음 체험 상황과 깨달음
- 마을 내에서의 문화 체험 : 당산제, 정월 보름, 농악, 노래판, 풍장굿(백중), 추석 경험, 사랑방 이야기판, 당골굿 보기, 비손, 노래패 활동, 교회 활동, 기타
- 외부 문화 경험 : 사당패, 소리패, 걸립패, 가설(나이롱)극장, 영화관 가기
- 객지 생활 : 유학, 노동자 생활, 머슴살이, 처가살이, 징용, 입산, 군입대, 여행에 대하여
- 문화 요소 : 자전거, 신문, 전축, 라디오, 텔레비전, 재봉틀 접촉
- 놀이 공간 : 주변 지역(당산, 뒷산), 산, 집안

(3) 성장에 영향을 미친 요소들

- 조부모, 부모, 형제, 자매, 친척들의 영향
- 유년, 소년 시절의 고민
- 12살까지 성장하는데 가장 중요한 사건
- 친구를 쉽게 사귀는가(마을 친구, 학교 친구, 친하게 된 사연, 교제 방법, 장소, 기타)
- 십대에 가장 큰 즐거움은, 어떻게 그 즐거움을 얻는가
- 건장한 체격인가
- 단체에 가입했는가
- 혼자 있기 좋아하는가
- 취미는 무엇인가
- 양반 집안 출신인가, 그 이유 때문에 어떤 일이 있었는가
- 집을 처음 떠난 시기와 이유는
- 청년기에 가장 큰 영향을 미친 인물은

- 우상으로 생각한 인물은
- 성장에 가장 도움을 준 사람은
- 군대에 갔는가
- 군대 생활에서 얻은 것은
- 여가를 어떻게 보내는가

(4) 교육

- 학교에는 언제 처음 갔는가(학교생활은 재미있었는가)
- 어느 단계까지 교육받았는가 : 서당, 야학, 학교(사립학교, 공립학교, 중학교, 고동학교, 유학)
- 학교생활에서 가장 기억에 남는 것은
- 학교에서 존경하고 따르는 선생님이 있었는가
- 어떻게 영향을 미쳤는가
- 학문, 농사, 기술, 예능, 인생에 있어서 스승이 되는 사람이 있는가(친구 중, 친척 중, 마을 사람 중, 학교 선생, 외지인)
- 유학간 경험은
- 전공을 선택한 동기는
- 가장 기억에 남는 책은

(5) 사랑과 혼인

- 연애하기 : 첫사랑의 대상과 만난 시기와 사연, 만나던 장소, 만나던 방법, 호칭법, 만나서 하는 일, 선물 내용, 첫키스(시간, 장소, 분위기, 주도자), 첫섹스(시간, 장소, 분위기, 주도자)
- 고등학생 때 이성 친구가 있었는가
- 데이트에서 제일 어려운 일은

- 결혼하기 : – 혼인은 어떻게 이루어졌는가
　　　　　　 – 상대편의 무엇 때문에 사랑에 빠졌는가
　　　　　　 – 당신은 어떻게 친밀감을 표현하는가
- 아이는 있는가
- 당신의 생애에서 아이는 무엇인가
- 자식들에게 어떤 가치를, 어떤 기술을 물려주려는가
- 결혼해서 좋은 점과 나쁜 점은
- 어렸을 때의 꿈은
- 꿈을 바꿨는가, 그 이유는
- 중매결혼 : – 중매자는, 배우자를 선택한 이유는
　　　　　　 – 배우자의 이름, 성별, 나이, 본관, 고향, 첫인상
　　　　　　 – 혼인한 나이, 날짜
- 혼인의 결정 : 궁합, 결정자
- 자녀의 수, 혼인 여부, 사는 곳
- 결혼 생활의 위기와 극복 또는 실패 과정 :
  - 남성 : 강제 별거, 징병, 부인의 외도, 질병, 사고, 기타
  - 여성 : 시집살이, 공방살, 남편 외도, 강제 별거, 질병, 사고
- 분가 : 시기, 분가 장소, 결정 요인, 분재, 본가와의 관계
- 시집살이 관계 : 시집살이의 양상(시어머니, 시아버지, 시누, 시동생, 동서, 시숙), 시집살이에 대한 저항 방법
- 가족의 결손 경험 : 부모 사망, 이혼, 형제 자녀 사망, 배우자 사망, 사고, 기타 체험

(6) 직업, 일

- 습득 기술 : 농사, 농기구 제조, 악기 연주, 단방약 제조, 습득 과정과 배경(부모, 마을사람들, 특정인)
- 어떤 일을 했는가(직업을 갖게 된 동기, 현재의 직업)
- 직업(일)에 만족했는가
- 일에서 가장 어려웠던 점은
- 일에서 가장 쉬웠던 것은
- 왜 이 일을 택했는가
- 월수입, 전답 규모
- 혼인 당시의 살림살이(전, 답, 현금, 살림살이–재봉틀, 기타)
- 처음 전답(주택)을 구입한 시기, 방법
- 가계의 주 소득자

(7) 생활

① 남성의 경우

- 일년의 생활 주기 : 세시와 놀이 주기, 논농사 주기, 밭농사 주기, 어로 활동 주기, 제사지내기, 외출 주기(처가, 친구, 자식, 관광, 기타)
- 하루 생활 : 일어나면서부터 잠들까지(사철별로, 농사 시기별로)
- 주업(돈 버는 주 기술) : 농업, 기타 특수한 직업, 주업을 갖게 된 동기, 처음 정보를 입수한 경로, 소개자, 받은 액수
- 직업에 대한 만족도
- 부업 : 나무하기, 품 팔기, 가축사육, 새끼 가마니 짜기, 상여소리
- 예능활동이 가정생활·경제에 미치는 영향 : 긍정적인 면과 부정적인 면

② 여성의 경우

- 일년의 생활주기 : 세시와 놀이 주기, 논농사 주기, 밭농사 주기, 어로활동 주기, 질쌈 주기, 제사지내기, 외출 주기(친정집 가기, 자식집 가기, 관광가기, 기타)
- 하루 생활 : 일어나면서부터 잠들까지(사철별로, 농사 시기별로)
- 노래와 관련된 하루 생활 : 정월 보름 당산제를 지내는 하루, 봄철 밭매는 하루, 화전놀이 가는 하루, 모찌고 심는 하루, 초벌 논매는 하루, 두벌, 세벌 논매는 하루, 팔월 추석의 하루, 강강술래 하는 하루, 산다이하는 하루, 물래방 하는 하루, 베짜는 하루, 나무하는 하루(여름과 가을)
- 돈 벌 수 있는 기술 : 무명·삼베 질쌈, 바느질, 요리, 비손, 조산, 치료비방
- 예능활동이 가정생활·경제에 미치는 영향 : 긍정적인 면과 부정적인 면
- 자녀에게 물려준 교훈, 기술, 자기의 직업의 자녀 전수 여부
- 자녀를 교육시키는 이유
- 학비 조달 방법

(8) 사회 활동

① 마을 활동

- 마을 내의 주거지역 분할 양상과 소속
- 공동체 조직 : 두레, 물레방, 상포계, 야학, 친목조직(갑계, 놀이계에서의 역할)
- 단체에 들어간 동기 : 왜, 언제, 누가 권해서, 누구와 함께
- 단체 내에서 위치 : 단체 내의 지위나 경력
- 마을의 지도자 경험 : 이장, 어촌계장, 부녀회장, 마을 야학의 선생 경험
- 교회 경험 : 언제부터, 왜, 무엇이 변했는가

② 조직 활동

- 사회단체 : 정당, 비밀 조직, 투쟁 조직
- 사상에 동조한 이유, 손익 유무
- 일제 때의 항일운동, 노동운동 체험
- 해방공간에서 민족해방 운동 체험
- 한국전쟁 때의 역할, 활동 내용, 체험사례
- 한국전쟁 이후의 저항운동, 노동운동 체험과 역할
- 영향을 미친 사람
- 고통 또는 이익을 얻은 사례
- 시집살이, 머슴, 식모, 외입(가출, 기타), 종교(접신), 무속체험(도깨비)

(9) 예능 습득(농악, 민요, 창, 이야기 강독, 서예, 악기 연주, 민요의 사례)

- 평생에 배운 노래들의 목록 : 옛 노래(구식노래, 前노래, 민요), 창가, 신식노래(유행가)
- 옛 노래는 몇 살 때, 무엇을 하면서, 누구에게서 배웠는가 : 현재도 마을에서 놀거나 행사를 할 때 노래를 부르는가
- 옛 노래는 실제 기능을 하면서 배웠는가 아니면 노래만 배웠는가
- 신식노래는 몇 살 때, 누구에게서 배웠는가(야학, 라디오, 텔레비전, 전축)
- 일본 노래는 언제 누구에게서 배웠는가(야학, 라디오, 텔레비전, 전축)
- 처음 배운 구식 노래는, 신식노래는 무엇인가
- 어느 것이 재미있는가
- 배우기 쉬운가
- 전축에서 배운 노래는 무엇인가
- 라디오에서 배운 노래는 무엇인가

- 텔레비전에서 배운 노래는 무엇인가
- 제일 좋아하는 노래는
- 제일 좋아하는 노래꾼은
- 노래가 어느 때 좋던가요
- 노래를 지어 부른 일은(몇 살 때, 어느 상황에서, 지금도 기억하고 있는가)
- 가장 많은 시간 노래를 부른 기억은
- 노래 때문에 곤란을 당한 사례가 있는가
- 노래를 잘 부른다고 칭찬받은 일이 있는가
- 노래를 부르면 춤을 추고 싶은가
- 어느 때 혼자 부르는 것이 좋은가
- 어느 때 여럿이 부르는 것이 좋은가
- 노랫말이 떨어질 때는 어떻게 매꾸는가

(10) 역사적 사건과 참여

- 당신이 참여한 가장 의미 있는 역사적 사건은
- 중요한 역사적 사건이 일어났을 때 당신은 그와 관련하여 무엇을 했는가
- 가족이 당신에게 부여한 가장 의미 있는 일은
- 가족에게 당신이 부여한 가장 의미 있는 일은
- 마을에 당신이 기여한 가장 의미 있는 일은
- 마을 사람들과 마을의 전설, 민담, 민요를 상기하는가
- 마을의 독특한 점은 무엇인가
- 가족의 집짓는, 음식 마련하는, 병자를 치료하는 전통적인 방식을 아는가
- 당신이 한 일이 마을 주민들의 삶에 기여한 것은 무엇인가
- 당신의 삶이 마을의 역사 발전에 기여했다고 보는가

(11) 은퇴

- 당신의 경우 은퇴는 어떤 것인가(명퇴인가, 실직인가)
- 은퇴에 대하여 어떻게 생각하는가
- 지금은 무엇을 하는가
- 실직하게 된 동기는
- 은퇴하여 가장 어려운 점은(좋은 점은)
- 자녀들은 모두 집을 떠났는가
- 자녀들이 떠난 빈 집에 사는 소감은
- 손자를 보았는가
- 손자들과 함께 살고 싶은가
- 어린 손자들과 무엇을 하면 제일 좋은가
- 여가를 어떻게 보내는 것이 좋은가
- 손자들이 어떻게 찾아오기를 바라는가

(12) 정신생활과 영적 인식

- 어린이들에게 당신은 어떻게 비쳐질까
- 십대에 깊은 사유를 했는가, 영적 꿈이 있었는가
- 30, 40, 60대에 이르러서 그 꿈은 어떻게 되었는가
- 어른이 된다는 중압감이 있었는가
- 십대, 성인이 되어서 인생의 전환점이 되는 경험을 한 일이 있는가, 무엇이었는가
- 40, 50 이후 어떤 변화를 경험했는가
- 생애에서 무엇이 영성의 기능을 하고 있는가
- 당신의 삶을 이끈 근본적인 믿음은 무엇인가
- 영적 경험을 한 적이 있는가

- 영적 생활에서 무엇이 가장 중요하다고 생각하는가
- 영적 가치, 믿음이 어떻게 하여 당신의 영적 생활에 영향을 미쳤는가(신성의 간증)
- 당신 안에서 신령의 인도하심을 체험했는가(영적 존재가 어떻게 당신을 도왔는가)
- 하나님, 또는 힘센 존재를 보았는가(어떻게 생겼는가)
- 환상, 영감이 삶에서 일치하는가(환상이 현실화되는 경우를 체험했는가)
- 영적 힘을 느끼는가(그 힘은 어디로부터 오는가)
- 어떤 방법으로 강력한 힘을 얻는다고 생각하는가
- 힘을 소진했을 때, 영적으로 지쳤을 때 어떻게 그 힘을 재생하는가
- 타협할 수 없는 절대적 가치는 무엇인가
- 삶의 목표는 무엇이라고 생각하는가
- 당신이 힘써 달성하고 싶은 가장 높은 이상은 무엇인가
- 자신의 삶이 의도대로 살아지고 있는가
- 가장 큰 기쁨을 주는 것을 한 가지만 꼽는다면
- 생애의 목표를 달성하는데 회의가 든 적이 있는가
- 평온한 지경에 있다고 생각하는가(어떻게 마음의 평화를 얻는가)
- 매일, 또는 규칙적으로 하는 일이 있는가(어떻게 하는가)

(13) 생의 주요 주제

- 어떤 선물이 기억에 남는가
- 생애에서 결정적으로 중요한 결정은 무엇이었는가
- 생애에서 가장 중요한 학습 경험은 무엇이었는가
- 생애에 어떤 잘못이 있었는가
- 곤경으로부터 어떤 교훈을 배웠는가, 혹은 어떻게 그 곤경을 극복했는가
- 실망했을 때 어떻게 극복하는가

- 당신이 선택하고 살아온 인생에 대하여 만족한가(바꾸고 싶은 부분이 있는가)
- 생애에 가장 기쁜 시절은 언제였는가(어느 때가 가장 고통스러웠는가)
- 살면서 어떤 친척이 가장 중요했는가(어려움을 준 친척과 그 내용은 무엇인가)
- 그 관계의 양상을 설명할 수 있는가(친척, 친구, 형제, 기타의 사례)
- 그들이 당신의 영적 성장에 도움을 주었는가, 아니면 방해되었는가
- 당신의 인생을 바꿀 정도로 영향을 미친 특별한 사람이 있는가
- 당신의 가장 큰 성취(성공)는 무엇인가
- 지금까지 잊지 못할 정도로 바라는 희망은 무엇인가
- 현재의 자신에 대하여 어떻게 생각하는가
- 가장 걱정되는 일은
- 어떤 방법으로 이를 극복할 것인가
- 생애에 가장 큰 도전은 무엇인가
- 지금까지 살면서 가장 외경심을 불러 일으켰던(장엄한) 경험의 내용은 무엇인가
- 지금도 당신을 감탄하게 하는 것은 무엇인가
- 어떤 유형의 감성이 당신을 가장 깊이 자극하는가
- 다시 태어나도 지금과 같은 삶을 반복해서 살고 싶은가
- 스스로 배워야 하는 일 중 무엇이 가장 중요한가
- 현 시점에서 스스로에게 자신의 삶이 어떠했다고 말하겠는가

(14) 삶의 정리와 죽음

- 미래를 생각해 볼 때, 어떤 점이 가장 걱정스러운가(가장 바라는 바는)
- 임무를 완수한 삶이었다고 생각하는가
- 미래 5, 15, 25년 후를 위해 무엇을 하고 싶은가

- 죽음에 대하여 생각하는가, 어떤 죽음일 것 같은가
- 죽기 전에 꼭 하고 싶은 일은
- 얼마나 오래 살 것 같은가
- 어떻게 죽기를 바라는가
- 죽을 때 내가 살아온 길에 대하여 말하고 싶은 3가지 것은
- 젊은 세대에게 주고 싶은 조언은

(15) 맺는 질문

- 당신의 생애 이야기에서 더 하고 싶은 말은
- 자신에 대해 모든 것을 잘 말했다고 생각하는가
- 이 인터뷰에 대하여 어떻게 생각하는가, 그리고 이 인터뷰로 만족한가

생애담을 비롯해 구술자료 조사는 앞에서 말했듯이 계획단계, 조사단계, 정리단계, 입력단계의 과정을 거친다. 계획단계에서는 현지조사 주제를 정하고 여기에 맞는 질문지를 준비한다. 대상자는 성별로, 직업별로, 나이별로 전형성을 지닌 지역 주민을 선정하여 자료를 수집한다. 그리고 생애담과 관련된 증빙 생활 용구나 문서를 가능한 범주 내에서 입수한다. 수집된 음성 자료, 영상 자료, 사진 자료, 생활 자료는 각기 채록과 주석 달기, 편집, 정리의 단계를 거쳐 데이터베이스화에 대비한다.

음성 자료는 면담 내용을 녹음한 자료며, 영상 자료는 면담 상황과 면담 내용에 관련된 인물, 현장, 지역 등 매우 포괄적이다. 사진 자료는 인물사진과 면담 내용을 증거할 수 있는 자료들이다. 자료 수집에서는 양질의 기자재와 기술을 사용하여 영상물로도 활용할 수 있도록 한다.

4) 맺는말

구술은 문자로 표현하지 못한 삶의 중심 요소들, 또는 숨겨진 역사의 진실을 보다 쉽게 서술할 수 있다는 점에서 매우 유용하다. 구술자의 주관성이 반영된다는 점에서 구술 자료의 한계성을 지적하기도 하지만 구술 자료는 문자 자료가 지닌 계급성과 당파성을 뛰어 넘어 오히려 숨겨진 진실들을 드러내는데 매우 유용하다. 더불어 기록 자료가 부족한 한국의 현대사를 이해하는데도 중요한 자료가 된다. 특히 한국의 경우 민중의 삶과 역사에 대한 충분한 자료가 부족한 실정이기 때문에 민중의 문화를 연구하는데 크게 기여할 것으로 기대된다.

민중 생애담 조사법은 앞으로 계속 확장될 것으로 기대되며, 다른 분야의 구술 자료 조사법도 체계화되어 일반적인 지표조사에 활용될 수 있기를 기대한다.

(민중생애담 조사법, 역사민속학 9호, 역사민속학회, 1999년 수록 논문)

2.
생애담 조사 인터뷰

1) 김안례 이야기

> 말한 이 : 김안례 (여, 69세, 1923년생, 전남 완도군 군외면 대문리, 1992년
> 1월 11일)
> 묻는 이 : 나승만 (남, 40세, 목포대학교 인문대 국어국문학과 교수, 민속학
> 전공)
> 일시 장소 : 1992년 1월 11일, 전남 완도군 군외면 대문리 김안례 집

김안례(1945년 해방 당시 22세, 1992년 1월 11일)는 완도군 군외면 대문리
에서 홀로 살고 있다. 농사를 짓고 있으며 기독교를 믿는 독실한 신자다.
태어난 곳은 대문리 망축 마을 무동골이다. 무동골은 망축에 딸린 마을로
망축과는 별개의 마을을 이루고 있으나 행정적으로는 망축에 소속된 마을이
다. 그의 부모는 딸만 5형제를 낳았다. 그곳에서 살다.

열일곱 살에 시집가다(1940년)
　내가 시집간 이약부터(이야기부터) 할라요. 내가 암껏도 없는 가정에서
태어나서, 우리 엄마 아부지가 아들이 없고 딸만 오형제였소. 친정은
바로 이 동네 망축리 무동골, 큰 동네에 딸린 반이여, 그래서 앙껏도(아무
것도) 없는 가정에로, 딸만 오형젠디,
　우리 아버지는 뱅중에(병 중에) 계심서 신도 잘 못 삼고 그랑께 시상에
(세상에) 내 신발을 어렸을 때부터 댐서(대주면서) 즈그 매느리(며느리)
를 하자고 그렇고 우리 아부지 보고 사정을 해도, 그래도 나는 못생기고
암껏도 없는 가정에 태어나서 받침도 못하고 긍께 나는 안 갈란다고

밤낮해도 우리 시아버지가 얼리고 또 얼리고.

나는 도저히 이렇게 우리 엄매아부지, 나는 베도 못 짜고 멩도(미영도, 목화 작업도) 못하고 나무 해다 우리 엄매아버지 밥해주고 갯것 해다가 밥해주는 것백이 모르제. 그런 가문에 가서 살 수가 없다고.

시아버지가 그래도 좋다고, 그리고 친정도 이녁 형제간만치로(형제간처럼) 도와도 주라고 그랄란다고 하다 그래서 그 욕심에, 우리 엄매아버지 불쌍해서 멀리 갈 수가 없어 인자. 그래서 한 부락 같은 디로 시집을 갔단 말이요. 아들이 오형제 있는 디로, 우리 시아버지가 삼대독자. 아들을 오형제나 나놓고 딸도 없는디.

시집강께

강께 팔십이 넘은, 구십 살 다 잡순 할머니하고 싯 낳도록 한 방에서 살았소. 갯것이나 하고 나무나 해다 엄매아배 밥이나 해줬으까 밍도(미영도) 잦을지 모르고 베도 짤 주(짤 줄) 몰랐어요 그때는.

거그를 강께 맨나 장장군 아부지조차 여섯이고, 꺼적문 달고 기어들고 기어나온 그런 집이를 가서, 방도 좁디좁은 방에다가, 사철 베틀을 놓고 그전에는 옛날 사랑방도 없던가 시아제는 다섯, 아버지하고 한반데서(한 군데에서) 자고, 그랑게 이방도 좁고 저방도 좁은께, 아들네들하고 어무니하고는 한 방에서 계시고, 할머니하고 나하고 이집 아부지하고 한 방에 베틀 놓고 잠을 잔디,

세상에 신랑이라고 각시 여자를 다라 볼 수가 없어요. 이렇게 할머니 곁에가 있는디 내가, 째깐허니 나 열 일곱 살 먹고 이집 아부지 스물한 살 먹고. 인자 그렇게 좋아를 해도 도저히 반갑게 맞이하기가 싫단 말이요. 인자 부끄럽고 할머니가 거가 있응께.

그라면 아 세숫물 떠주락해갖고도 발등거리에다 짝 찌크러버리고, 동지 섣달 땡땡 언디. 인자 말을 안들어 주니까 안미웁것소. 발등에다 물도 착 찌크러불고, 탈탈 털어 불고 흠침없이.

하루는 해우를 뜨러, 생전에 시어머니도 같이 해우나 뜨러 가면 만이나

한자리썩 해보고 그러먼 오직이나 좋겄소이, 해우도 꼭 시어머니가 내.
그라면 시어버지도 해우를 그렇게 잘 널제, 나도 잘 넌께, 시아버지는
노상 들쳐 메다 주머는 나는 아조 그렇게 빠릿빠릿 잘 넌께 꼭 해우를
너라우.

한번은 얼마나 미웠으면 그라겄소. 눈은 펄펄 오고 바람은 땡땡 불고
고드름이 해우 뜨먼 발장에 쩍쩍 엉거갖고 안 떨어진단 말이요. 그란디
바가치로 물을 한나 떠다 발등에다 물을 찌크러불드랑께. 해우를 막 쪼깜
뒤섬이나 낸디, 시어머니가 넌께, 어머니가 내쑈, 나가 해우 널라요 그라
고, 온께.

시아버지가 해우를 가지고 오다 그걸 봐버렀어. 나는 감쪽같이 털고
그대로 가서 발에가 물 뿍쩍뿍쩍하니 해우 널고 있제라우. 아부지가 해우
를 널다가는 뎜스로 혀를 끌끌 차면서.

"아가 발 안시럽냐."

"발시런지 모르겄소야."

"어치 그란 다냐."

"나 몰라라우 어째서 그란가 꼭 이란디라우."

"시숫물도 떠주락허먼 그래불고 그런디라우."

"니가 참 속이 널룹다."

"방이 없는 원수다. 방이 없응께 함머니하고 같이 잔께 그랑 가부다,
함머니를 어찌게 동내 작은방으로 모세야 될랑갑다, 네가 이해해라."

"아버님 아무 그런 생각 안가지요."

할마니 품에 눠있으면 그렇게 좋단 말이요. 할머니가 따둑거리고이,
베도 짜먼 '배가 얼마나 고프냐' 그라고 보리쌀 우글우글허니 낄에논
놈 엄매만 없으면 맹잖다 새에 배추 뿌렁구, 나수 뿌렁구 그런거 묵으면
몰르게 감췄다가 배짠디 소매보로 간다고 그라고 나와서 갖다 나를 주고,
어머니가 없으면 또 보리쌀 우글우글헌 놈 바가치에다 갖다가 집어묵고

짜라고, 그놈도 묵으면 요구 된다고.

나는 노상 배가 고프고

식구들 다 해주고 나면 노상 나는 배가 고프고 없제라이 다 쥐붕께, 시아제들이 애링께 막 밥을 차리면 그때는 배가 안찬께 나와서 대고 상에서 훔쳐 묵어불고 가고 그란단말이요. 그라면 죽것제인자.

그놈으로 해서 골라서 드리고 나면, 아버니는 빨리 들어와서 같이 묵제 멋하냐고 그라면.

"예 아버지 나 여그서 묵소."

맬겁이 안묵으면서,

"아버니 나 여그서 먹읍니다. 금방 들어가께요. 그냥 걸어댕김서 먹어부렀소."

그라면 배가 고파서 죽겠지라이.

인자 이웃 동네라, 할머니 어머니는 노상 놈의 미영 반에미영 얻어다가 베짜서 주기로 미영 갖다가 미영 찾으로 가고 없으면. 베짜다가도 배가 고프고 죽겠으면은 엄매네 집으로 누가 본가안본가 하고 막 뛰어 오제라. 그라면 어매가 밥을 해났단말이요. 먹고

이녁 남편은 아직까지도 서로 동품 못하고 긍께 놈의 새끼 만이로 정이 안등께. 긍께 할머니가 불쌍해서 자반덩어리나 뭣이나, 나 진짜 그랬어라우. 밥을 해서 품에다 품고 갖다가 할머니 저녁에 오머는 주고, 밥 떠다 물 떠다주면 잡사.

그러면 이집 아버지는 저녁내 가서 놀다가 할머니 잠든성 부르면 밤중이나 되머는 오제라이. 그라면 무서라고 할머니 품으로 쏙 들어가부르면 얼마나 믿것쇼. 아조 쭈을 기경이제이.

남편이 강제로

하루는 그랬드라우, 나 참 얼척없는 이약을 할라요. 아 여름에 보쌀을 가지로 나 열아홉 살 먹어서, 애기 한나, 그 죽은 애기, 보리쌀을 볼라고 가는디 어디서 뜬금없이 오드니 시상에 우리 집 있는디 뫼동 안 있습디여, 그 뫼동으로 델꼬 가서 잠자갖고 애기를 낳는디라우. 아 어찌 그렇게 부애가 나고 날마다 울고잡어라우. 그란디 머이매 그 애기 죽은 애기로 나부렀어. 그란께 사람이 맘이 팬하게 애기를 나야 되겠습디다. 도둑 것으로 나서 죽은 지 아요.

제국 세상에 해남으로 이사 가다

그러고 나서 애기 싯 낳도록 한 방에서 살다가 숭년에 식량 달아먹기 애런게 제국세상이라. 저 해남으로 가서. 해남서 돈 갖고 식량을 폴고 이 완도로 갖고 오기를 못했소. 지서에서 뺏어부러라우. 그렁께 몰래 갖다 먹고. 동네 부락에서도 다 지케갖고 뺏어부렀어.

김 백 톳에 쌀 한말썩 교환해 와요 세상에. 이녁이 농사 짓어도 감저뿌리 보리 같은 거, 나락 한가마니라도 하면 곰쳐(감춰) 놓고, 먹은 놈도 다 파서 뺏어 가고 배급으로 주고 그랑께. 독아지도 뚜드러 보고, 창대 갖고 다님스로 쑤셔 보고. 진 창대 갖고 다님스로 저런 거름벼늘 어디든지 푹푹 쭈셔봐요 뭐 곰쳐놨는가. 그래갖고 해만 노먼 다 털어가고 뺏어 가불고 배급으로 주고, 솥을 다 벌려보고, 밥해 묵는가 죽쒀 묵는가, 그런 시상에 그렇게 해남에서 웹디로 살다가 우리 시할머니가 돌아가시고, 또 어머니 아버니도 인자 거그서 살고,

남편에게서 베짜기 배우다

우리 영감이 나를 갤쳤어. 생전 밍도 안자서보고 베도 안짜봤는디, 꼭두마리로 씨앗이로 해서 탄 것은 한께 하겠습디다. 밍도 잣어봉께 된디, 질 베를 못하겠드란 말이요 베를 못짜. 아 열두 가래썩, 아홉 가래썩, 여나무 가래썩 감은 도투마리를 이마나 큰 놈을, 인자 째깐한, 열일곱

살 먹고, 열야답살 먹은 거이 그 도투마리를 몰코 차고 안졌으니 앞이 절대 안벌어지요. 아무래도 안벌어지고, 꾸리 한나나 짜고 인자, 시어머니가 그놈 짜라고 놔두고 밍을 자스로 댕게. 나보고 짜라고.

아무리 얼려도, 잡어 다녀도 뻗어도 안 벌어지고 그러면 한자(혼자) 참 기가 맥힐 일 이제. 봄새에 머심들이 청년들이 풀을 비로 품앗이로 이리저리 떼 몰려 다니는 판인디. 날랍게 딱 한짐 비다 놓고는 딱 집이를 와라우. 도투마리에 안저서 뭔 판인지 모르고 있제. 그러먼.

"베 짜냐."
"죽어도 못짜것소, 나 못살먼 못살아도 못짜것소. 이거 벌어지도 안하니 어떻게 하난말이요."

그랑께 탁 자기가 올라와서는

"나 한대로 해라, 좀짜주고 가께."

그라고는 영락없이 딱 짜머는 어른이라 영락없이 딱 벌어져, 영락없이 베를 짠단말이요. 한합썩(한 자썩) 딱 짜고는 또 반합(반 자)이나 짜가게 해놓고는 그래놓고 가머는 그놈 반합을 짠단 말이요.

"나가 낮에 점심 먹고 와서 짜준다."

반합만 짜주머는 짜것드랑께 내나. 정심 때까지 또 그리고 자빠져 있제, 또 와, 또 와서 한합 짜주고, 또 저녁 때 또 그리고. 결국에는 큰 비게를 한나 갖다 띠 받쳐서 업해주고, 숭악합니다야. 몰코를 처보락허요. 인자 베틀을, 그렇게 영락없이 딱 되요. 그래갖고 짠 것이 보리쌀 끼래 밥할라고 낼옴스로 한가래 짜고, 저녁밥 먹고, 먼 전기불 초꽂이 지름불이나 있었드라요 그때는. 밍씨 지름 내서 접시에다 심지 해서 베틀 우에다 놓고,

그래갖고는 저녁내 짜도 아침에 나오면 한가래 짜고. 그래갖고는 짜버릇
헝께 재미가 나서라우.

시아버지는 얼마나 좋았으면 삼사월 진 진 해에도 짚토매 물 처갖고
베틀 밑에 안저갖고, 내 베 짠 것이 얼마나 좋았으면 심청가 춘향가 다
부르고 노래를 부르면서, 행이라도 올 떨어지면 나 못 일어나게 할라고
당신이 다 잡어 갖고 와서 풀소금만 떠어다가 잇으라고, 그 베를, 두틀
세틀썩 짠 베를 꼭 시아버지가 거그서 앙거갖고 못 일어나게 꼭 그놈을
잡어다 잇으라고, 나 시아버지 아니었으면 절대 못살았어.

해방이 좋아서 입으로 지어 부른 노래

내가 좋은 노래 하나 부를라요.

가지가기는 슬픔이요
구비구비는 눈물인디
첩첩산중 고두름은
봄바람에나 풀어진디
요내속에 슬픈 고통은
어느 날로나 풀릴 끄나

팔월이라 십오 일날
해방이 올 줄을 누가알까
하늘에는 서기가돌고
문전문전에 태극기라
대한민국 만세소리
삼천만동포가 춤을 춘다
얼씨구나 절씨구 지화자자가 정절씨구

세월아 봄철아 가지 마라

아까운 내청춘 다가는디

이내청춘은 한 번가면

두 번 다시는 못오는디

해당화야 해당화야

맹사십리 해당화야

니꽃진다고 서러마라

니꽃은 졌다가도

춘하추동 사시절에

삼사월만 돌아오면

백세 같은 금잔대기

파릿파릿 속잎나고

꽃도 피고도 잎도난디

우리 인생은 한번가면

두 번 다시는 못오는디

얼씨구나 좀도좋다

지화자자가 좋네

나 웃은 노래도 다 부르요이, 이런 노래는 해방 될 때 불렀어요. 해방 되아서 우리 이녁이 지어서 부른 노래제. 불렀어. 그때는 제국세상 일보놈들 밑에서 얼마나 우리가 타격을 받았냐, 남북통일이 되고, 조선이, 인자 대한민국이 웂디로(별도로) 떨어진다고 하니까 그렇게 좋았제라. 그래서 입으로 지어 부른 노래여.

한국전쟁 때 완도로 귀향하다

시아버지 시어머니와 저 해남 땅에서 살다가. 시아제들 다 여우고(결혼시키고), 살림 다 맫게(맡겨) 줘버리고. 이불하고 농하고만 갖고 거그 기서 살디기 이 육이오 동린 폭동 시긴이 딱 일이니요. 고향 사림 아니고 객지에서 온 사람 다 잡어 죽인다고 그렁께, 어찌게나 무선께 다시 고향으로 와부렀어요.

이 월달에 와갖고 갈디가 좀체 없응께, 나 하던 살림, 논 서 마지기하고 논 열마지기하고 집하고 살림하고 바로 내 밑에 동생 여우살이 하느라고 그대로 다 줘버리고 나는 이불하고 농하고만 갖고 갔제. 인자 준 디로 도로 못강께, 짠득 급하고 그란께 새끼들 데꼬 친정 작은 방으로 왔제.

남편이 군대에 가다

해우밭에 김 막어갖고 팔 월달에 발을 아홉 대를 막어 놓고 긍께 징용에 (한국전쟁 때의 군 입대) 딱 안 잡어가부요. 우리 큰아들이 일곱 살인가 아홉 살인가, 나 혼자 사과 쾌상 엉거놓고 새복에 그 해우를 내가 머리로, 대그빡으로 새복에 바닥에 가서 맨발 벗고 가서 해우를 뜯어다가 사과쾌상 우게서 그 해우를 해갖고 그때 돈으로 삼천환, 요새 돈으로 천환짜리가 그때 돈으로는 십 원짜리요. 세상에 여섯 개를 해 농께 그렇게 좋드란 말이요.

우리 똑각 시아제가 청산 가 고등애 장사 한번 하고 준다고, 내가 시안에 애기들하고 보리 풀아 먹을라고 그란디, 고등애 장사 하고 준다고 어멋게 둘이 서로 댕김서 주라고 그라요. 아 동상아덕이 지 말만 듣고 주라고 그라고. 청둥고리에다 껏보리쌀 닷되나 된 것 한나 갖고 와서 사정을 하요. 줘부렀당께 몽땅. 오메 당아 못받았어. 안줘부러 시방도. 나주란 말도 안해. 그랬제,

또 그 밑에 니체 시아제가 해우 조간 해주락항께 와서 해줬는디, 또 천환인가 이천환인가 해놨는디, 또 둘러갖고 가불고 없소. 그래갖고는 서름서름 다 받고, 이년, 삼년 되도 영감이 안오고 그래서. 처음에는 목포 무안으로 갔다 온다고 했는디, 무안서 아조 바로 제일 전방 먼디로 먼디로 가서 미군부대 따라가부렀드라요. 인자 일본으로 갔던가 어디로 갔던가 알 수가 없제라. 아조 해방되고 평화될 때사 왔응께. 삼년만에사 왔제.

남편 없이 동냥으로 생활하다

　자기는 애기 가진 지도 모르고 가서 입덧이 나면서 갔는디, 그 애기 시살 묵어서 왔어요. 오직해서 밥을 얻으로 그 애기를 업고 밥을 얻으로 쩌 쪽으로 강께라우 가니 어뜬 사람이 배일주 집이를 와갖고 나보고 보리쌀 두가마니 주께 그 애기 주라고 한디, 워매워매 내가 그랬당께,

　"세상에 내가 아사지경이 돼서 죽고,

　내가 이 자리에서 배가 고파서 가사지경이 돼도,

　자석 주고서 내가 식량을 바꽈서 묵것냐."

　내가 안할란다고, 그렇게 하지 말라고. 한번만 그런 소리 하면 내가 카만, 그러고는 와부렀어. 또 새끼들 다 댓고 자기를 따라가자고 한 사람도 있어. 배일주 그집 아버지가 책임지고, "집에 영감이 살았으면 안오것냐 다 오는디, 따라 가자."

고 하니까

　"살았어도 안하고 죽었어도 안한다.

　나는 우리 엄매 영감이 문제가 아니라

　내가 떠나면 우리 엄매 아버지 자석은 모두가 죽은다.

　내가 죽어도 같이 죽고 살아도 같이 죽고.

　내가 우리 엄매아부지를, 나만 살라고 이리 안다닌다."

고 그라고. 우리 엄매는 배고픈께 목포에 딸이 하나 있는디, 거그 가서 일년 내 안와붕께. 죽고 살고 동내 동내 다 다니며 얻어봤자 밥 한 그릇이나 두 그릇 되게 얻으면 아버지는 그릇 부쳐 주고 새끼들은 손에다 한 볼테기 씩 주고. 소금이나 있고 된장 간장이나 있이 살은지 아요.

　갯바닥에 가서 갯물에다 똘배추 씻어 갱물에다 담갔다가 먹어도 그렇게 그놈도 만나요. 갱물에다 담갔다 뜻뜻하니 하루 볕에다 놔뒀다 고것을 세상에 먹어도 그렇게 만나고 생감자순도 갱물 떠다가 볕에 뜨뜻이 된 물에 적셔서 먹으면 그렇게 맛나요. 맛난께 살았제 안만나면 죽어부렀제.

　그래서 그놈을 아버지는 그릇에다 주고 아그들은 손에다 주고. 어매 밥 얻으로 갔다가 새끼 다섯이 하나는 업고 그리고 애기 젖두 안나와부러

요. 못먹응께 굶어서. 어디 가서 짐치라도 하나 주면 그놈 집어묵고 물 마시면 배부르게 묵었다고 하고 한두 그릇 얻으면 그놈을 조금씩 나누어서 푸정가리와 함께 이삼일씩 먹으며.

이 노래를 혼자 불렀어요

남편이 인자 제국시상에(6.25 한국전쟁임) 징용에 가서 삼년 동안 안오고 인자 내가 아그들 다섯을 댓고 내가 얼마나 고통을 받고 혼자 오남매를 데리고 배고파서 새끼들 안죽일라고 배급도 안주니까 일년을 얻어먹고, 식구들 안죽일라고, 남편 데려가고 삼년 동안 편지도 안주고 시국이 시끄런 통에, 얼마나 피눈물 내고 남편은 안오고 그런 노래를 혼자 생각해 내서 노래를 불렀것소.

그래서 그런 노래를 부를 땍에 혼자 피빠지고 (군대 갈 때 애기가 들어서서 출산했음), 배는 고프고, 새끼들은 밥주라고 띨띨이 서갖고 울고, 그래서 그런 노래를 혼자서 불렀어요. 내가 한자리 부를 라요. 남편 징용가 있을 때 혼자 생각하며 부른 노래를 내가 한자리 불라요.

정월 송학 속속에 놓고
이월 매조에 맺어놓고 맺인사랑
삼월 사꾸라 필듯말듯
사월 흑사리 흐트러졌네
오월 난초 노든 나비
유월 목단에서 춤만춘가
칠월 홍싸리는 홀로안저
팔월 공산에 달밝은디
구월 국진 굳은절개
시월 단풍에 뚝떨어지고
구시월 동남풍에
낙엽만 날려도 임에생각

동지섣달 설한풍에
백설만 날려도 임의생각
앙거생각 모여생각
임에생각이 간절하네

삼년 동안 혼자서 내가 얼마나 고통을 받았것소

혼자 내가 노래를 지어서 불렀단 말이요. 정월달에 우리 남편이 징용에를 갔는디 이월이 되도 안 오제, 삼월이 되도 안 오제, 사월이 되도 안 오제, 다 갔든 사람은 다 돌아 왔는디, 혼자만 떨어져서 오월이 돼도 안 오제, 내가 노래로 다 지어서 불렀소. 일 년이 넘어도 안 오제.

삼년 만에 왔어요. 삼년 만에 안 죽고 왔어. 참 살다가 돌아가셨는디, 남편은 살다가 쉰다섯에 죽어서 지금 칠십 닛인가 되가꺼시오. 우리 영감은 쉰다섯에 죽고, 나는 쉰 한나에 영감을 잃어 불고. 인자 나도 칠십 다 되가요. 설쇠면 육십 아홉 이제.

아들딸 팔남매를 나서. 갈치고 살다가, 아들이 닛인디(넷인데), 지지리 못난 놈 한나 남고, 또 아들은 종노릇 하고, 눈도 한나고 그랬는디, 그런디 다 고차서. 아들 나서 다섯 살, 딸은 니 살,

영감님 징용갔다 돌아온디 얼마나 반가와 했는지 이런 사람들이 다 숭냈다요. 숭내, 내 울음소리에 숭내 냈다요.

얼마나 삼년 동안 내가 참 굶고, 밥을 다 얻어다 먹고, 참 말도 못할 고비를 다 넘었어요. 서숙을 갈아도 세불을 갈아도 안 되고, 메물을 갈아도 세불을 갈아도 안 되고, 어찌고어찌고 해서. 서숙밭에서 서숙 모중 누가 내뿐 놈(내버린 것) 한 주먹 줏다가 서너 되나 됩디다. 그래서 그놈을 껍떡차 갈아서 쑥 뜯고 노물(나물) 해서, 그때는 삼년 동안을 거듭 숭년(흉년)이 들어부렀어요. 어찌게 뜯었든지 쑥뿌리, 풀잎이 안남었제. 송쿠, 산에 가서 송쿠 껍덕을 다 벳게다 먹고, 칙 캐다 먹고, 아조 말도 못해요.

그래갖고 그놈을 해서 인자 올 저녁에 그놈을 마지막 묵은다 그라고 그놈을 묵을스로, 하루 저녁만 머고, 내가 느그를 누기 쌀 헌 기미니민

준닥허먼 내가 목숨을 바치것다. 죽었으면 내가 영혼이라도 선명을 대주
먼 내가 새끼들 키고 살고, 글안하면 세상을 살아서 멋하것냐고 내가
그런 말을 할 때, 내가 아무래도 못살것응께. 또 자석 없는 엄매아버지가
있단 말이요. 그 엄매 아버지하고 한테서 살면서. 집도 절도 없이 놈의
작은방에다가 아그들 닛을 놔두고.

남편이 귀향하다

사니라고 산께 삼년이 되니 칠팔월 구시월이 돼서 단풍 후득후득 떨어진
디 노래 아니라도 '지달린 사람은 오지 않고 이 시안을(겨울을) 느그들하
고 어떻게 살끄나' 새끼들 댓고 산으로 가서 꽁지발 뿌리라도 캐서 볼콰서
새끼들 먹이면서 나무 할라고 산이로 갔제라이. 그런디 우리 애기 한나가

'아부지가 왔다'

그라고 왔는디, 나가 이약을 할라먼 하루내 하것소. 내가 어디 가서
이런 서름을 말하것소, 성님네들이 안께 아라제 모르면 이런 말 하도
안해, 어디가 저런 미친년이 있으까 그라제. 그런 말 할랑께 이렇게 눈물이
나오요. 애기가 아부지가 왔다고 하길래 나무하고 낼오다가 그 이야기를
들응께 거그서부터 눈물이 쏟아져서 못오것드란 말이요.

"참말로 늑아부지드냐,
늑아부지가 안죽고 왔드냐."

그랑께,

"예 아부지가
뭣을 많이 짊어지고 왔소."

"틀림없이
아부지드냐, 알것드냐."

긍께, 안다고.
나 산 이약을 다 할랑께 눈물이 다 나오요. 이 성님들이랑 살아나온 환경을 다 적었제라우(겪었지요). 옹께는 사람이 집이가 하나 있고 대차 참 왔습디다. 내 손을 탁 잡습디다.

"참말로 신운 아부이요.
안 죽고 살아왔소.
난 당신이 죽은지 알았는디
진짜로 신운 아부지가 참말로 기요."

긍께 이 사람들이 날마다 날 건들고 웃었드라. 그랑께

"나가 참말로 신운 아베네 얼마나 고생했는가,
징용 가서 내가 자네가 불쌍해서 내가 안 죽고 이렇게 살았어."

사지 쓰봉에다가 시오리 잠바에다가 돈조차 겁나게 벌어서 왔드란 말이요. 한짐 짊어지고. 글고 둘이 울고 인자 이 세상을 산다.

좋아서 노래를 내 입으로 지었어요

혼자 사람이 환경이 부쳐서 쓸쓸하면 노래로 그렇게 지어서 됩디다. 내가 한자리 부를라요. 내가 우리 이 성님네들이 다 아요. 우리 성님네들 피해도 많이 지쳤소. 굶어 죽게 된 우리 아버이네 밥도 많이 해서 믹에 줬소. 그래서 이집 아들내들이 이리 잘 된 줄 아요. 내 속에 원을 어디 가서 자랑 좀 해주쇼. 그렇게 고생을 허고 내가 저것을 키워서 여우고. 영감이 온 날 저녁 살아 돌아왔다고 이 동내 저동내 사람 무여서 마당으

로 한나 되야서 좋아서, 노래를 하나 부르락항께 눈물반 웃음 반 노래를
내가 입으로 지었어.

봄바람 불고 봄비가 나오네
이 강산에 풀잎이 춤잘 추네
이강산 풀잎만 춤잘 춘가
요내 나도 춤잘 추네
봄바람 불고 봄비가 나오니
이강산에 풀잎이 춤잘춘다

봄돌았네 봄돌았네
이강산 삼천리가 봄돌았네
푸른 것은 버들이요
노른 것은 꾀꼬리라
황금같은 꾀꼬리는
철근갑옷을 들쳐 입고
자유산으로 왕래한디

백설 같은 힌나비는
소복단장을 곱게 하고
장다리밭으로 날아간다
날러가는 원앙새야
널과 날과 짝을 짓자
무삽을 들쳐 매고
산천개천을 들어가니
의지할 곳이 전혀 없네
얼씨구나 절씨구 지화자자
이내 가심에 해방이 왔내

내가 날마다 노래를 부릉께 이 성님네들이 날 댓고 다니면서 심심소일 했다요. 그런디 내가 교회 나가면서 노래도 다 잊어부렀소.

스물아홉 살에 귀신(친정아버지, 어머니, 죽은 아들) 들리다

쪼깐 살라고 항께 내가 딱 귀신이 들어부러라우. 우리 아부지도 돌아가시고 일곱 살 묵은 애기가, 시방 전도사 하는 아들 우게 놈이 젖띠기 때 벌어먹고 살라고 돌아다니다 어치게 됐든가 내부쳐갖고 허리가 뒤졌든가 꼽사가 되아갖고 질 잘 생긴 놈인디, 우리 아버지 죽은 삼오날 저녁에 그놈도 죽어붓소.

그 애기 하고 울 아버지가 원구가 됐던가, 확실히 귀신이 없든 안해, 확실히 귀신은 있습디다. 둘이가 귀신이 들어갖고 스물아홉에 아픈 사람이 서른아홉 살 먹도록까지 죽었다 깼다 하면서 그 점쟁이 노릇 안할라고. 그래갖고 옆구리도 째고, 배도 쨋고 쓸개도 하나 떠서서 땡게부럿어라우. 해부(수술)를 시번이나 하고, 하다 하다 못항께 영감이 죽어부라고 놔둬부럿드라요.

혼자 미쳐갖고 저 건너다보이는 마주박이라는 산이 반달반들하니 신작로 길이 났어. 내가 밤이면 올라다니니라고. 동산 너머 방죽 있소. 동지섣달에도 어름 깨고 거그서 매욕(목욕)을 하면 오직해서 정순이가 또깨비 났다고 막 방죽에다 독을 땡기고, 그러면 얼음 밑으로 쏙 들어 갔다가 사람들이 안보면 나와 갖고 매욕하고 옷 갈아입고 새복일(새벽 일) 하고 그런 짓거리를 했던거이제라우. 신이 시킨께 그란거이제 낮에도 못올라 간디 밤에 그라고 댕기것소.

막 마흔에 무당이 되다

굿은 굿은 다 해봐도 안되야서 포기하고 죽내사내 날마다 내가 눈물을 내고 안 죽고 살아갖고, 막 마흔에 점쟁이 노릇을 했습니다. 쉰일곱까지 점쟁이 노릇을 했어요.

인자 날마다 이녁 일 히면서도 미친 사림이제 흥한 사람이것소. 일하다가도 땡게불고 또 가서 맨날 맻 일 점하로, 굿하러 돌아다니다 오고 그렇게 살다가. 항시 아퍼요 인자 그라고 안댕기면.

그 질로 풀려난 거이, 인자 완도 땅에는 소양이 없고, 나 참 벨 천만디를 다 가봤소. 서울로, 부산 여수, 섬은 섬은 임자, 전장포, 어디 횡간도, 어디 그런 섬을 다 가고라이,

한번 갔다 오먼 이집 아버지가 곡석도 몇 번썩 져날르고, 돈도 몸둥이에 싸 오제라이(싸가지고 오지요).

그래갖고는 또 디지게 아프고, 굿해야 나스고. 그렇게 저렇게 사는 것이 쉰 한나에 영감 죽고 쉰 두 살엔가 시 살엔가 저리 대문리로 집을 사서 내래가서, 벌기도 참 잘 벌었어요.

지주(제주도) 배로 가먼 나는 걸어가도 맨 돈이어라우. 나가도 돈이고 배에 가도 앞에 싸여지제라우 그때는. 그래도 그 돈이 모듭냐먼(모아지냐면) 한 번썩 벌어갖고 오먼 아퍼서 굿해갖고 다 까먹어야 일어난단 말이요.

굿을 해, 완도 당골래 점쟁이들 다 데려다 멫이썩 끄서다 저녁내 굿을 뚜두려야 안 아프단 말이요. 저녁내 동내 뜯어 눕히고 굿을 해야 헌단 말이요. 그래야 안 아프단 말이요. 그래갖고 멫 달 벌먼 또 그 짓거리 하고.

영감 할멈 노래하면서 한 세상 살았소
우리 영감 노래 한나 부를라요. 우리 영감이 그래갖고 아조 명예가 났어요.

다홍아 너만 가고 나만 혼자 버리치냐
너 없는 이 천지는 불 꺼진 사막이다
달없는 사막이다 눈물의 사막이다

우리 영감이 창가를 아조 잘 불렀더라요. 콩쿨대회 그런디 다 폴려다녔어 어치게 잘 불렀던지. 당신이 부릉께 내가 그런 노래 한자리 부르면

좋다고 술 한 잔 받어서 같이 먹으며

"어야 신운네,
 술 한 잔 묵고 우리 노래 부르세."

하고 우리는 영감 할멈이 그라고 살았소. 전에 못산 세상을 늘어감시로. 밭매는 디도 술 받어갖고 와서 술 먹고 우리 심심한께 노래 한자리 부르고 하세 쉬어갖고 하게. 항상 늘어감시로 그라다가 딱 병이 나갖고 죽어부요. 살락항께. 그렇게 세상을 어찌게 살았는가 모르것소. 그렇게 그냥 허망하게 살아갖고.

  이집 아배가 쉰 하나에 돌아가서 부렀어. 엎친데 덥친다고 나보고 그런다고 욕하고 죽일라고 하던 남편이 자기도 귀신 들려 붙고, 우리 친정 어매까지 딱 들어부요. 그래서 내가 돈도 많이 벌었습니다. 없애기도 많이 없애고.

  영감 죽고 낭께 어찌게 그럭저럭 한 것이 밭 열 마지기 하고, 논도 한나도 없는디 밭 열 너 마지기인디, 너 마지기 논 쳐서 그놈 갖고 먹고 사는디, 모조밥 꽁보리밥 원없이 잡수다가 영감 세상 떴지요.

미크러불먼 일어나고

  내가 부모 유토답 한마지기 멀크락만치도 도움을 못받았는디 오형제 틈에 장손, 우리 남편이 죽응께 즈그들은 잘 산닥해갖고 그렇게 싸고 말도 안하고 우리 영감 죽응께 설명절이 돌아와도 어쩌다 우리 아그들이 인사해도 받도 않고, 나보고 점쟁이 되갖고 돌아다닌다고.

  성재(형제)간들이 한 항아리에서 전답을 벌어도 즈그는 여그서 샛것을 먹고 나 혼자 여그서 자석을 뎃고 어린 것 째깐한 것 뎃고 있어도 이웃 터에서 일하면서도 샛때가 되어서 즈그들 먹으면서 자석 죽고 어린 것 째깐한 것 뎃고 일하는 있어도 날 보고 쉬란 말도 안하고 어린 것 빵 한쪼각 안주고. 그래도

"땔먼 맞고 패맛트먼 딱어붙고 미크러붙먼 일어나고."

그런 맘으로 사요. 아무 죄 없이 부모 위토답 한나 없이 내가 즈그 시살 묵고 니살 묵어가서 내가 다 키서(키워서) 다 여우살이 해서, 내손으로 옷 벗게서 장개 다 보내고 착착 땅 한마지기라도 다 장만해서 날마다 언 신발 모르고 진발 벗고 영감할멈 해우 해서 초등학교라도 다 해서 보냈어도 그런 공을 모르요.

영감 죽고 난 뒤 살림이 풀리다

영감 죽고 낭께 밭 열마지기가 경지정리해서 논이 되갖고. 워치게 나락 잘됐든지 그때부터 살림이 풀려갖고 나는 쌀밥 먹고 살고. 시방 논 너말 가웃지기를 벌고 있소. 닷 마지기 벌다 한나 폴아 불고, 이놈의 나락을 해 놓으먼은, 내가 혼자 과거 그 고생한 것 생각을 하먼 말도 못하제라우.

좁디좁은 리토리(리터) 되만한 방에서 아들딸 팔남매를 나서 기르고 영감할멈 눴을 때가 없응께 이쪽 구석지에서 오글씨고 저쪽 구석지에서 오글씨고 새끼들은 잠재 놓고 그 속에서 해우해서 살라고 하다가 영감이 돌아가세불고. 내가 살릴라고 하다하다 못해서 빚을 삼백을 채놓고 돌아 가셨어요. 그래서 그놈을 어치게 갚으고,

내가 여그 저그 있는 오만 선산 영감 죽고 나서 빚을 내서 남 앞으로 된 것 이전 등기 다 했어. 산이 한 삼천 평이 나머 된 놈 영감 죽고 찾어본께 놈의 앞으로 넘어가고 없드란 말이요. 내가 돈을 (빚)내서 영감 앞으로 되어 있응께 우리 죽은 아들 앞으로 이전해서 시방 세금 착착 물고 있소. 그리고 논 너말 가웃지기 있고, 밭이 한 열 서너 마지기나 되요. 촌 집이락 해도 나쁘닥만한 집 있고, 내 전재산이요.

정신 장애 큰아들

우리 아들이 열아홉 살 먹어서 장질부사 걸려갖고 강정이 나갖고 야답달 미쳐부렀어요. 그래갖고 고쳤는디, 아무리 좋다고 해도 날만 궂고 술만

먹으먼 그 증세가 나타나요. 그랑께 여자를 얻어만 노면 때리고 가라고 칼인지 멋인지 모르고, 부몬지 형제간인지 여잔지 모르는 그런 간기가 있었어요. 그래갖고는 무서라고 다 나가불제.

각시를 얻으면 나가고 각시를 얻으면 나가고, 새 장개 들여서 집 사서 내놔도 소용없고 작은방을 얻어 봐도 소용없고. 나가 불고 없어서 지집 내 집 다 때레 부서불고는 인자 이 부락이나 떠야 내가 살랑갑다 그라고, 쩌 아래 그 짝지 그 동네로, 전답은 여그다 다 뒀어. 이 앞에가 논도 있고.

그래놓고 거그를 떠서 여자 돈으로 영감이 돌아가시고 난 뒤로 빚이 한 삼백 남어진 놈 같고. 십 원짜리 한나 없는 나를 누가 빚을 주거요마는 농협에 가서 빚 이백을 주락헝께 착 줍디다. 내가 담판도 좋아요. 빚 이백을 얻어갖고 그 동네로 그리 멀리 이사를 갔는디, 이백을 얻어갖고 백 칠십 만원 주고 도로도 안 난 집을 사서 내려갔어요. 그래갖고 집도 널룹고 살만 하요 인자.

둘째 아들이 목포 성경학교에 진학하다

그래갖고는 인자 둘째가 목포 성경학교를 댕긴 디 딱 여름 방학 때가 돼서 나락 다 심게 놓고 우리 큰아들은 여자가 없응께 살림이고 뭐고 벌렁 기리고 노가대판이로 현장으로 돌아 댕이는 판이고.

내 생각에도 그랬어라우. 내가 너 주의 종으로만 나가고, 목포 성경학교 만 나와서 하나님 종으로 간닥허먼 내가 안하마. 어찌케 됐다거나 마기가 번 돈이 됐든 먼 돈이 됐든 돈이 있어야 밑천을 대주것냐. 그랑께 나 한 대로 놔두먼 너 싫탁헌 일은 안할란다. 그라고 내 맘에도 꼭 그런 생각이 들더란 말이요 뒷을 못봐준께. 쌀 두되 갖고 가먼 석 달도 살고 오고 맻 달도 살고 오고, 그렇게 굶고.

정월달에는 방학하면 나는 아랫목에서 굿하고 저는 여그서 성경공부 하요. 하다하다 못하면 책가방 들쳐 쩌그 숙진봉이라는데, 완도 산에서는 질 높은 봉에를 기시 정일 흰 달을 일고 내려온갑디다. 나는 몰랐세라우.

지가 그 소리를 함께 그라제. 거그 가서 산 기도 받고 밤낮으로 솔나무 잎싹, 칙순 뜯어서, 물이 있것소 멋이 있것소, 눈 썹어 먹음서 보름도 하고, 이십일, 사십일까지도 거그서 그냥. 바람만 혹 불어도 날라갈 정도로 돼갖고 칙넝쿨 뜯어서 가방 들처매고 오면 사람도 아니고 짐승도 아니고. 불쌍한지도 모르고 살았제라이. 그때는 내 정신이 아니라.

목포 성경학교락 해도 내가 학교를 가봉께, 그 일본놈 병원 차랐던 백돌집(벽돌집)이서 다듬이방인디(다다미방인데), 배깥에서는 작은 눈이 오면 방에서는 큰 눈이 오는, 땅바닥에다 가마니때기 한나씩 깔고, 망죽 동숭이 아들하고, 갈문리 양복점 하는 조카 한나 하고, 장곤이 아들하고 너니(네 명이)갔어 거그를. 다 못있것다고 와부렀는디.

질로 그 밑에는 처녀들이고 뭐고 사람 죽으먼 지하실 송장 신체실인디, 그 우게서 천지가 구녁이 뺑뺑하고 사람 안산 거그서 학교라고 공부하고 있드랑께, 그라고 그것이 방이라고 거그서 자고. 어디 교회 가서 공부를 한가, 식당 별도로 있고. 거그를 강께 그라고 있는디.

성경학교 다니는 아들이 음독자살을 시도하다

일 년인가 이 년인가 댕기다가 중단을 했어요. 그래갖고 여그 빈 집이서 산닥 헝께 전답까지 소 시 마리에다 돼지 다섯 마리에다 사료 열가마니 사주고 돈 그때 삼십만환 주고 저 혼자 여그서 사라고 딱 떠 줘불고 내래갔제. 인자 소끔이 싸지고, 돼지도 새끼 나먼 다 죽어 불고 새양치도 (송아지도) 새끼 나먼 맨 실패가 되고, 여자가 안거천하니 지가 오직 하것소.

그래갖고 하루는 또 약을 먹어서 죽은다고 야단이요. 병원에 갔닥 안하요. 해는 다 되가니 석진이가 댈로 왔드란 말이요. 자전거를 타고. 내가 마침 밭에 와서 무시(무)를 뽑아갖고 가실인디, 사장나무 밑에 거그 강께 춘섭이 집 있는디 강께 그새 쫓아 내려 왔어라우.

'승남이가 약 묵고 죽어서, 죽응께 남창 병원에 싣고 갔다'고. 이것이 본 정신이 아니라, 죽으먼 죽고 살먼 살제 내가 먼 알거 아니다고, 걸어서 강께 우리 집이가 사람이 쑤석쑤석 있드란 말이요. 죽었으니까 저럴까 그라고. 무시 디려 놓고 돈 잠(좀) 있는 놈 갖고 어둠침침한디 남창 병원을 한하고 걸어서 강께.

워매워매 분재 가리약을 타서 먹어갖고라우. 막 코에다 뭣을 옇고 입에다 낸디 보리뜨물같은 물이 바로 대롱에 물 쏘대끼 퍼 옇고 빼고 하고 있소. 완전히 죽어부렀드란 말이요.

아 그래도 성가신지도 모르고 탕평한 맘을 먹고 다 청소해서 옷 갈아 입혀서 이불 깔고 덥고 놔뒀어. 닝게루 꽂아 놈시로 나보고 저녁내 지쿠락 헌디. 워따 거가 앉었는디.

사실 내 마음에서 계획이 세워지드란 말이요. 내 혼자 말로,

'분명히 하나님이 있어서
당신의 종으로 맹글라먼
첫차에는 돈이 들어야 안 되냐
이 자석을 당신의 종으로 맹글라먼
이렇게 연단을 받고 훈련을 받었응께 살려주시쇼
내가 자석이 살어서 주의 종으로 나간다먼
완전히 청소하고 당신 앞으로 갈랍니다'

이런 맘이 들옴시로 이런 말이 나와요. 있는디 어떻게 보면 떨어진 것도 같고 어찌케 보면 안 떨어진 것도 같고, 가슴에다 손을 대는 있는디.

내가 막 숨을 시컸어. 물에 빠진 사람 보면 출렁거리면 물이 퍼져서 살아 나대끼, 옷을 끌러서 배를 출렁거려 봤단 말이요. 완전히 죽어부렀어. 뻣뻣하니, 닝게루 꽂아 놨는디 어떠케 보면 떨어진 것도 같고 안떨어진 것도 같은디, 링게루 꽂아놓고 나보고 앙것스라고. 막 출렁출렁 항께 배에서 꿀렁꿀렁함서 입으로 팍 전부 나와부요 인자, 왁 나와불고 결국에는 안나와붑디다. 그래서 가슴에다 썩썩거림서 손을 대면서 살려주라고,

'죄는 내 죈디,
당신 종으로 쓸라면 살려야 안 쓰것냐'

고, 그라고 보랐고 안졌는디, 새로 시시나 니시가 됑께 얼굴이 흰 색이
나와라우. 푸런 색깔이 놀장놀장하니 점마니로 그렇게 나오더니 푸른
색깔이 없어짐서 지지게를 뿔끈 쓰더란 말이요. 노란 색깔이 나옴스로
약이 똑똑 떨어져요. 다문다문 떨어져. 그란디 지지게를 뿔끈 쓴시로,
목구녕에서 먼 소리가 그렇게 크게 나오께라우. 톡! 소리가 나와라우.
아이 나도 깜짝 놀랬제. 숨타는 소리여, 그 소리가. 그래갖고는 지지개를
쓴서 눈을 떠본단말이요.

"성남아 성남아 나 알것냐!"

고개를 끄덕끄덕해,

"너 왜 이렇고 됐냐. 세상에 나는 너백에 안믿은디 니가 이렇고 해서
되것냐."

인자 그라고 있응께 눈물을 뚜구르르하니 궁굴려 낼친디, 인자 정신이
난께 그 약이 뚝뚝 떨어져, 그래서 그놈이 떨어진께,

"이라고 잔 있거라, 나 어디 가서 곡기를 잔 구해갖고 올란다."

그라고 남창 여그 옷베 장시 댕기는 전이 있단 말이요.

"동생 이라고 이라고 하니
녹두 있으면 딱딱 갈아 죽 한번 써주소.
내가 갈디 없응께 집이로는 못가고 여그 왔네."

"앗다 형님
내가 해노꺼잉께 지키고 있다 가지로 오이쇼.
안오먼 내가 해갖고 가리이다."

가서 앙거갖고 있응께 이상 정신이 나라우, 글고 약도 뚝뚝 거자 다 들어가고, 죽 그놈 갖고 와서 입에다 수저로 떠 옇어라우. 녹두물을, 떠 옇께는 정신이 나고 말도 하고 글안하요. 그래서 세상에 거그서 주사나 한나 더 맞힐 것 아니요, 날 샌께 남창 장에서 맹태 몇 개 사고 뎃고 왔제라우, 걸려서 집으로, 그래서 고대로 인제꼼.

소를 키워 빚을 갚다

"이래도 니가 한티로(한 곳으로) 안가고 혼자 살라냐.
느그 성님 저라고 댕이고, 가서 한티로 살아야지."

그래서 한티로 다 산디, 어치게 소끔이 싸든가 어린 새끼 폰다고 해야 소 한 마리에 사만원인가 언마썩(얼마썩) 받고, 돼지 그라고, 쫄딱 그때 망해부렀제라우. 시상에 소 다섯 마리를 사십만 원도 못 받고,
인자 집이다 데려다 놓고, 성경학교 중퇴해 불고 집이서 소래도 키우고 살라고 그라고 했는디, 여그 아잡써네 집서 그때 돈으로 삼만 원인가 빚을 채주락해서(빌려주라고 해서) 채다가 소를 산 놈이 소가 다섯 마리 돼갖고, 그 소로 다섯 마리를 더 생겨갖고 또 한 마리는 폴아서, 우리 큰아들 여움서 소 두 마리를 없애고 새끼를 받은 것이 그렇게 키웠습니다. 그래갖고는 참 그 영감 죽고도 빚이 그때 돈으로 삼백이 남어, 소가 새끼 낭께 그때 소 한 마리 폴먼 새양치 아무리 못받어도 한나 폴먼 이십만 원썩 잽힙디다. 돼지도 뒤마리썩 새끼 나면 그놈도 이십만원썩 잽히고, 그래저래 해서 빚을 싹 갚었제라우.

아들이 목포 성경학교 복학하다

아들이 또 그래도 못있것응께 목포로 또 학교를 간다고 했제라우.

"어머니가 살림을 차라주이쇼. 나랑 따라 갑시다."
"모냐(먼저, 이전에) 차라준 살림 어쨌냐."
"없어졌어요."
"너 어떻고 할라고 그라냐." 그랑께
"가보쇼, 가보기만 허먼 글 안하꺼요."

가본께 벽돌집 그놈이 아그들 방학 때 싹 와분 뒤로 전기로 불이 나갖고 싹 타서 꼬실라져부렀어요. 아조 낼앙거부렀어야.

"오매오매 어찬 일로 이렇게 됐다냐."

그렁께

"내 집은 존 디 있어라. 따라 오쇼."

강께는 아들이 꼭 그 목사님이 하는 소리가 '꼭 주의 종이 되고야 말거니까 어느 땐가 오든지 온다'고. 그 목사님이 그쪽 식당에다가 말해갖고 우리 아들 방은 이렇게 유리창, 책상, 책꽂이까지 다 해다 놓고, 아조 이 사람은 놈이 이렇게 봐도 질 높은 사람이, 하나님이 질 알아주는 사람이 되꺼잉께 이렇게 해놨다고 목사님이 침대까지 다 깔아놨드랑께, 강께,

"이거이 내 방이요 어머니, 이랑께 안심하시오. 옛날 그것이 아니요."

그렇게 좋게 꾸매놨네. 가서 보면 불타진 나무토막을 불 때고, 숯덩어리 같이 그렇게 있었어 첨에는. 그랬는디 거그서 또 이년 동안 해갖고 맹년

삼월 달에는 전도사로 나가꺼이단말이요.

무당 헌신, 없는 집은 내 것 갖고 가서 살려주고

먼 노릇을 했던지 나는 남편 죽은 뒷거리 빚 갚고 우리 아들 종노릇만 하면 안할거라 하고 돈을 벌어야 살것드란 말이요. 남한테 도둑놈 말 안들을 랑께. 없는 집은 내 것 갖고 가서 해주고 살려주고 있는 집에서는 준대로 갖고 오고. 할 수 없제라이. 귀신도 핑계치고 나도 살랑께.

내가 뻡딱도, 시방 누가 뻡딱 뒤졌닥 허먼 이 자리서 못 걸어 가면 걸려 주제, 그런 것도 하고, 자래춤(자래침), 애기들 뱃속에 자래든 그것도 춤(침) 놔서 다 떼고, 채도 걸리머는 먼 챈지를 다 알아갖고 내래주먼 그렇게도 솔하요, 시방까지도 그래. 코에 축농증도 다 약해서 고채주요. 시방도 내가 참 사람 많이 살리고 있어요. 교회 댕에도 그런 것은 허게 되야갖고 있어요.

무당에서 교인으로 회심한 이야기

제주도에서 급히 귀향하다

아들이 인자 방학에 와서 있는디,

"집이서 논귀 밭귀 돌아보고 있어라,
한 달만 너 방학해서 있을 동안에 나는 제주로,
아무리 하나님을 믿는닥 해도 돈 아니먼 공부를 하것냐,
엄마가 제주도 가서 한 달 동안 벌어갖고 와서
보름이 됐든지 이십일이 됐든지 벌어갖고 와서 너를 좀 주마.
너는 공부 하면서 나 없을 때 논귀 밭귀 돌아 보면서 공부하고 있거라.
나는 제주도 가서 좀 벌어갖고 오께."

그라고 갔단 말이요. 갔는디, 아 배에서 있어도 이렇게 돈이 쌓져요. 똘똘 몰아서 돈을 품에 딱 찡기고는 딸싹을 안하고는 두러 놔 있어. 지주 (제주도) 가먼 딸네들이 막 여그저그 전화를 걸제, 그러먼 막 나랍이가 서제라이,

그라니 일절 말을 못하게 하고, 그라고 간날 닷새 차 되는 날 꿈을 꾼께 내가 삼두리 가서 점을 하고 굿하고 한짐 벌어갖고 온단 말이요. 꿈에. 온디 대문리에를 온께 대부등에가 삼층 생애가 나간디, 만사 수십 백척이 뜨고 아조 생애를 넝청거리고 수천명이 대부등(저수지 둑 위)이 생애소리 나고 상자들이 뛰고, 우매 내가 깜짝 놀래.

"누가 죽어 이란다냐." 긍께

"워따 즈그 집이서 생애가 아조 간다."고 그래야.

생애가 아조(아주) 간다고

"그란디 이 어매는 어디 갔다 오까." 그래야.

그놈을 딱 땅에다 내래놓고 생애채를 잡고 내가 울었단 말이요. 그랑께 내 소리에 내가 깻제라이, 그래갖고 퍽석 울고 앙젖내. 그래갖고 사우가 (사위가)

"어머니 어채 그라냐."고, 딸도 그라고.

"우리집 잔 가야것다."

있는 것이 우리 윤수하고 승남이하고 막내 놔두고 왔는디,

"무슨 일이 났는갑다. 집이 가야제, 나 데레다 주라."

그라고 택시 태와줘서 뱃머리 간께, 나 싣고 온 배는 태풍 불어서 못나간다고, 완도 나간 배도 못 돌아오고 그래서, 도로 싣고 집이 들어왔어. 어찌게 죽것는가 날마다 울고 안졌응께 이튿날 목포로 간 카페리가 있어. 큰 배로 가이쇼 그라고 목포로 배를 태서 보낸디, 오다오다 못 오고 짠뜩 바람이 분께 추자도서 잤단 말이요.

하루 내 온 것이 추자도백이 못 오고, 거그서 잤단 말이요. 추자도도 가먼 맨 아는 사람이라. 굿을 해달라고 해도 딸싹 없이 아프다고 꽥소리도 안하고 간디, 추자도 배 타자고 건너 올라먼 다리 놔졌드만이 쪼깐헌 다리 놨드랑께, 건너서 잔등을 넘어 온디 원동 김순경, 즈그(자기) 애기 살렸다고 밥그릇조차 뭣조차 원 없이 해주고 그리 이사 갔제, 그란디 용케도 그 순경을 만냈어. 아조 그 집이 들어가서 못가게 어매어매 하고 징해도 인자 내가 후제 와서 해준다고, 무슨 일이 있어서 지금은 도저히 멸명(말명, 무당이 섬기는 조상신)이 안뜬께 안한다고 긍께 자반 두 뭉치하고 고급 담배 두 보루하고 그때 돈으로 오천 원하고 주드라. 감스로 밥도 사먹고 가시라고.

집에 도착하여 아들과 대화하다

인자 타서 와갖고 막차 타고 집이를 온께, 캄캄한 밤이고 암도 없고 빈 집이고, 큰 비할라 와서 징압고(징하고) 한디, 이상하다, 아그들이 없응께, 근디 교회에서 부흥집회 했던 모냥이여. 나 나가는 날부터 부흥집회를 했던 모양이여.

아직에는(아침에는) 밥을 해놓고 있응께 새끼들이 와요. 눈이 톡톡 붉어갖고, 나 감시로부터 새끼들이 얼마나 울며 울며 기도를 했던가 아조 사람 매고리가 안되야갖고 온당께, 교회에서 온닥해, 그래서 밥은 다 묵고 상은 내논 담에

"어머니"

"왜야"

"멫 년 만에 이런 기회가 올똥말똥 한께
어머니 이번 기회에 나를 따라 교회를 갑시다."

긍께 난리가 나부렀어. 밥상이 날라가고,

"가먼 너나 가제 왜 나를 건드냐."

그라고 해불고는 논에 하고 밭에 하고 이런 큰 비가 와서 밭둑논둑
다 썰어지고 가 봐야제 그라고 간다, 빨래부터 해다 놓고 가야쓰것다
그라고 냇갓에 가서 철철 내래가는 물에 빨래를 했단 말이요.

교회로 향하다

아무 생각도 없이 해갖고 딱 널어놓고 정재다(부엌에다) 통을 갖다
두고 돌아성께(돌아서니까)

"아이고 나도 교회 가야지."

하고 그런 생각이 딱 들드란 말이요, 내 입에서. 그라고 그 생각이 딱
든디, 뭣허러 갈문리로 갈꺼이냐, 아들보고 가작헐꺼인디(가자고 할 것인
데), 큰딸 쩌쪽 동내를 비호같이 막 발이 땅에 디딘지 안디딘지 모르게
갔제라이, 강께 사우고 딸이고 깜짝 놀래, 이 바람통에 어처코(어떻게)
왔냐고 그런게.

"나 저 어저께 왔다. 그란디 교회 갈란다."

그란께 말하고 사우하고 발을 동동 구름서

"어머니나 죽제 왜 우리할라 못살게 그라냐. 또 누구를 죽일라고 교회 가냐."

"나 죽으면 죽어도 교회 갈란다."

그리고 앙저보도 안하고 말 한자리도 더 안하고 와부렀어. 와서 본게 막내하고 응식이하고 가버리고 없는디, 문 열어 본께 그제 두러눠 이불 옴막 쓰고.

"승남아."
"왜요."
"가자 나 교회 갈란다."

얼마나 좋것냐. 뿔떡 일어나서

"어머니 교회 가라우, 참말로라우."
"응 참말로 갈란다."

그리고 오던가 말던가 교회로 달려, 그렇게도 달려지까이, 비호같이, 대부등에 가서 본께 옷이 더럽데, 이 옷을 벗고 가야것다고 도로 낼온께,

"어채 도로 낼오요?"
"옷부터 갈아 입어야제 못쓰것다야."

그리고는 입든 옷 벗어 불고 새 옷을 입고, 승남이가 나를 못 따라 왔당께, 그렇게 달렸어야.

교회를 난장으로 만들다

교회를 강께 부흥회 시작을 해서 난리드만. 그런데 의심 없이 들어가져야. 탁 들어가서 물팍 딱 꿇고 꿇어 앉어서

"당신이, 진짜로 하나님이 있어서
나를 오라고 이렇게 맘을 끌었거든
죽일라먼 죽이고 알아서 해부라"고,

물팍 탁 꿇고 업졌제. 그렁께 가시철사로 몸을 아조 바로 창창 감어서 여까지 숨도 못 쉬게 감어분것같은 기분이 듭디다. 눈도 안떠지고. 딸싹도 못하고 탁 꿇어 업져서는

"죽어도 좋고 살아도 존께 아조 처분해서
오늘 알아서 하라, 나 생전 여그를 못오먼
오직해서 교회 가자고 헌 사람 물 다 찌크러불고
목사님 오먼 바가치 옴박지 물 찌크러불고
무슨 일로 내가 여그 왔으니 알아서 하라고
죽일라먼 죽이고
나 여그서 죽어서 나가도 좋다"고.

싸운 판이여. 그때 나가 죽어부렀든가봐. 죽어부렀든가 어치게 생겼든가 나는 모르제. 그랬는디 얼머나 있응께 그러니까 죽어부렀등가, 사람들이 쩌눌렀닥허냐 나는 몰랐는디. 탁 치고 들오니까 사람들이 쩌눌렀든가 어쨋든가, 기도하는디,

신이 떠나고 성령을 경험하는 과정

얼마나 있응께 혹한(하얀) 새 곽을 짜서 새나쿠(새끼줄) 착 절반 해서 묶은 차 내 앞에다 싯을(셋을) 놔라우.

"이거이 뭐라우."

사람도 없는디 나 혼자 말이제. 그렇게 나하고 큰아들 하고 작은아들 하고 서니 죽은닥하냐. 그래도 좋다고 막 싸워 시방, 꿈이여, 하고 난게 꿈이드랑께, 그래 또 없어지드니, 또 곽 싯 들어갈 구덕을 파네. 그러라고, 나랑 우리 아들 둘이 하고 서니를 묻은다고. 그라라고. 아 쪼깐 있응께 또 묏을 딱 써서 싯을 나란히 있는디라우, 거그다 묻었다고. 죽어서 입신해 부렀제, 싸우는 판이여, 나는 잠자는 것만이로 꿈이제.
　　그라고 있는디

"와! 하늘에서 빤짝빤짝 아조 아슴푸라한디,
나 그때 그것 보고 생전 못본다이,
딱 어깨토막 같은,
전붓대 전깃줄 같은 줄이 이층 삼층으로 조르라니 슨디,
하늘이 쫙 벌어짐서 거그서 뭐락허까,
말도 못하제이,
그란디 스뎅 밥그릇만한 불덩어리가 탁 떨어짐서
교회 안에 확 퍼짐서
내 몸을 감싸부러"

내게 들린 세 명의 신들(친정아버지, 친정어머니, 죽은 아들)

그런디 그것은 없어지고 우리 친정아버지, 우리 어머니, 일곱 살 먹어 죽은 아들을 우리 친정아버지가 딱 손 잡고라우, 지팽이 짚고 우리 친정어머니 영감 싹 그렇게 느르라니(나란히) 딱 서라우. 흑한 옷 입고, 흑한 가방 딱, 우리 엄매는 살아서나 죽어서나 당목 치매 저고리 뻐석뻐석하니 딱 입고, 다른 사람은 암말도 안 한디 우리 아버지가 내 뒷가슴 또닥또닥 하면서

"내 자석아,
니 밍(명)이 삼십 살 못넘기것어서 니 명 잇을라고
인간 적선을 해서 니 명을 잇었으니 너 고생 많이 했다
너 고생 많이 했응께
이자는 하나님 앞으로 옳은 질로 갔응께
죽어도 가고 살어도 가고, 살어서 인간적선 했응께
교회 하나님 앞으로 가서도 인간적선 많이 해라."

그러고,

"아나 이거 묵어라."

그라고 지주 뜰에(제주도 들판에) 유자 같은 것이 있단 말이요. 그놈 시개를(세개를) 줘라우.

"아부지 이것이 뭐라요."
"천두복성(천도복숭아)이라."고 하요. 그람시로

"묵어라."

그라고 줘. 생전 안잊은디라우. 그래서는 인자 한나는 우리 작은 아들이 거가 있응께 주고 한나는 내가 묵는다고 묵고 또 한나는 신운이, 우리 큰아들 줘야것다고 담았는디 탁 깨져부러. 깨져갖고 계란 흐르댓기 딱 흘러부요. 죽은지 안갑서.

눈을 빼 가고, 채 내리고 자라침 놓고 뼈 맞추는 세 기술을 남겨주다
그리고는 간다고 돌아섬시로

"내가 간디 니 눈 빼갖고 갈란다. 빼갖고 가고, 세 가지 기술을 주고
가마."

"무슨 기술 줄라요." 그랑께

"채내리고 자래춤 맞추고 빼딱 맞춘 기술 주고 갈란다."

그랑께 굿하고 점하게만 못하게 눈을 빼갖고 간다고 그라고 여그다
요렇게 딱. 워매워매 그렇게도 아프까. 아부지가 여그다 손꾸락 둘을
넣서 두 눈을 쏙 빼분디라우,

"워매워매 내 눈깔!"

하는 소리에 내가 내 정신을 차라부렀어.

본께 천지가 바카리가 되갖고. 이런디 유리문이 다 깨져갖고 우리 딸네
들, 사우들이 다 와갖고 우리 어매 죽었다고 난리가 나부렀어. 교회 안이
엉망진창이 되붓당께.

집에 와서 신당을 폐하다

깜짝 놀래서 두말도 없이 집이를 냅왔제. '옳다 갔구나' 그라고는, 열시
나 됐든가, 방으로 대번 들어가서, 얼마나 승남이 놀랬든가 막 뒷발 쫓아
왔는디, 싹 신당 문 열고 북장구고 뭐고 방 한나 다 차지했제. 싹 뜯어서
뗄 것은 다 보에다 싸고 쇠, 놈이(남이) 사다 준 놈 다 창고에다 있는
것 갖다 주라고, 안받은다고 갖다 주라고, 일 없다고. 승남이한테 생애(상
여) 논 디 가서 하나님한테 기도하고 잘 가라고 태불고 오락해도 안갈락해,
무서라고. 내가 하는 이상 하고 오라고 시겠제. 생애 논 대부등에(상여를
놓은 대부등에) 가서 다 태불고(태워버리고) 싹 씻쳐불고, 다 딱어불고.

열두시나 됐제. 인자 밥을 하고 있응께 교회에서 사람이 온다고 오오.
워매워매 인자 교회에서 와갖고는 장고 갖고 간 사람, 북 갖고 간 사람,
인자 어디로 그놈 갖고 가서 간증거리 한다고. 그라고 내가 싹 뜯어서

청산해불고는 이기고 댕기고 그란 것이, 그때가 쉰일곱이라.

신아들들을 위해 기도하다

그 새 알아갖고 우리 집이가 초상난 집이 돼부렀소. 즈그 자석들 사다가 해 준 사람들이 즈그 자식들 다 죽은다고. 하다 야단인께 내가 그랬어라우

"예 말이요
당신들도 당신 자식들 위해서 이런 것을 했는디,
나도 그만큼 공 디레 줬응께
나도 하나님 앞으로
내 자석을 위해, 내 몸을 위해 간디
하나님 앞에 간불로
당신네 자석 하나님 앞에 공 안들여주꺼시냐
내 양심이 있는디"

나 이날 평생 산 아그들도 이름 다 알고, 시방도 내가 기도를 하요 그 아그들 위해, 그란디 그 아그들도 싹 교회 나온닥하냐. 잘 돼고.

회심한 후 삼년 동안의 새벽기도

그래갖고 그 질로 나와 갖고 내가 올해 십이 넌이요. 십일 넌인가 그렇게 됐는디, 한 삼 년은 정심(점심)을 아조 안먹었어라우, 아적밥(아침밥)은 안먹으면 일을 못할성 부릉께, 정심을 안 먹고 들녘에 나오거나 어디 가나 한 삼년은 밥을 안 먹어도 한나 배 안고픕디.

농지정리도 안 되갖고 거가 맨 들풀이고, 낮에 가도 또깨비 난다고 그라고, 모르는 사람은, 안 믿는 사람은 그렇게 무선 디를(무서운 데를) 시시(세시) 반에 담박질로 올라가야 니시 새복예배를 본 단말이요. 그란 디를 그 대부등 그 질로 눈이 오고 비가와도 짠뜩 못갈 형편이먼 못가고, 가다가 대부등에 앉아서 기도를 하고 낼 와도 거그를 삼년 동안을 다녔제

라우.

그렇게 댕기면 올라갈 때는 암사랑토 안한디 희미하게 날 샌 뒤로 와도 라우 거그를 오면 꼭 챌 친것마니로 나를 덮어씌어부러라우.

자식들이 잘 되다

일 할 때는 영감 없어 슬프고 외론지도(외로운 줄도) 모르고, 곡식을 해서 집단에 끄서 들이면 이때가 되면 그렇게 이집 아베 생각이 나고 불쌍하고.

내가 아들딸 팔남매 팔도 관광 다 댕김서, 싯차 딸이 제주도서 식당하고, 부산에서 우리 큰딸이 그렇게 잘 되갖고 살고, 서울에도 우리 막내딸이 인천에 가서 산다 서울다(서울에다) 큰 우유 대리점을 차랐다우. 해남 고달가 우리 딸이 한나 또 있어요. 논도 한 육십 마지기 나머(넘게) 진다요, 오만 기계 다 있고. 또 저그 산정가 딸 한나가 산디 그렇게 잘 살고, 또 한나는 궁리 모퉁아리 산디 교회 댕기고 집사까지 되고 잘 살아요.

나는 복 많은 사람이다

내가 그 많은 디를, 여가 쩌가 밭이 있어, 논은 쩌 들녘에가 있으니까 혼자 그 머난 디를 내가 니야까(리어카) 끅고 이 농사를 그제 짓고 있소. 누가 놈의 농사 안벌락 항께 여태가 또 버요. '하나님이 심 줍다. 헐라고 맘 먹응께 힘주고 또 용기가 있고'

할 때게는 죽도록 해도 나락해서 차로 한나 싣고 들어 가면 놈이 다 나를 부러바 하겠다. 내가 이렇게 해갖고 강께 이 하나님 덕이다 그라고 감사합니다. 넘보기에는 혼자 어떻게 사냐고 그래도 기쁘고 찬송가 나오고 기도하고.

얼마나 내가 행복한가, 하나님 좋 있는디, 종자식 있는디, 내가 어찌 불쌍허까, 누가 나보고 외롭고 불쌍하다고 외롭다고 하면 나 같은 복만 타라고 나는 그래부요.

손녀딸을 키우다

큰아들 애기를 본처가 여섯 달 만에 떠어놓고 가버렸어요. 입으로 쌀 씹어서 키운 것이 시무살 먹었습니다. 그놈을 막 중학교 입학 시케 놓고 즈그 아베가 죽어부요. 내가 어찌코 하든지 즈그가 할마니 돈주쇼 하머는 내가 그 역할을 할라고 이만한 것만 봐도 시장에 나가서 폴고, 원동(해남 군과 연결되는 완도군 군외면 지명) 집집마다 다님서 폴고, 송지장으로, 읍장으로, 남창장으로, 원동장으로 머이든지 내가 해갖고 보께뜨에(주머 니에) 돈이 떨어진 적이 없소. 애기가 꼭 가방 들고 갈락 함서 돈 주락헌단 말이요. 적게 주락 해야 오천 원 삼천 원, 그놈을 울리(울려서) 안보낼라 고, 그래서 중학교를 나왔어.

고등학교는 도저히 내 심으로는 못하것드란 말이요. 그래서는 인자 부산에 있는 우리 큰딸 큰 사우가 꼭 그리 보내주락 헌단 말이요. 근디 저는 남창(완도군에 인접한 해남군 북평면 지명)다가 시험 봐갖고 원서 다 써서 입학금을 준비하락 하니 사람이 미칠 정도가 되야서, 부산 고모한 테 한번 가자. 가자고, 소란놈 코꿋고 가댓기 갔단 말이요. 저 울고 나 울고. 그렇게 우리 사우가 좋아락 허요. 데꼬 왔다고. 그래갖고 그 교회 목사님이 시험도 안보고 좋은 학교에다 너줬다요.

거그서 고등학교를 다니는디 냉장고가 원이든가 월부로 떠어가면서 십삼만환이나 되는 냉장고 사서 부쳐줬어. 또 칼라 테래비 사다줘서 보고. 막내딸이 이십만환 주고 전화 놔줬는디, 또 전화 놓는 그 각대기 그런 것 사다주고. 나 딸이 여섯이라도 반지 캥이는 뭣도 안해줬는디, 금 닷돈으 로, 한 달에 이만 원썩 기묻어갖고 반지해서 즈그 고모네 집서 밥 먹고 다닌다고 고모 두돈반, 나 두돈반 반지 갖다주더랑께. 아적이면 일곱 시에 나가서 니시에사 회사 일이 끝나. 아홉시에 학교에서 마치면 열시에 사 집에 옵디다.

그래 공부를 해갖고 회사에서 월급 타고 그래갖고 지가 학비 대면서도 그놈을 보태고, 교회에서 때때로 성가대로 뽑히고, 신앙으로 큰 가이내라 참 이쁘기도 하고 점잔하고 잘생겼어요 아조. 교회에서도 어느 때랑은

장학금도 돈십만원씩 주고 그래갖고 그놈을 안 묵고 모태갖고 꼭 오기만
허면 내 옷 사고 나 먹으라고 머 인삼주라고 사고, 또 쑥차라고 사고.
　그래갖고 즈그 작은 아버지 작은 어머니 하다 못하면 팬티 양말이라도
사요. 즈그 작은 어메가 난 아그들 꼭 철찾아서 옷을 사고, 명절마다
옷을 사갖고 오요. 즈그 작은아버지 보태 쓰라고 추석에서 돈 오만환이나
갖다주드란 말이요. 나한테는 삼십만환을 갖고 왔는디라우. 어찌게 모태
서 이렇게 했냐 그렇게 교회에서 장학금 주고 학교에서도 장학금 주고

"할머니 오래오래 건강허니 살면
　내가 돈 모태갖고
　할머니 원하고 해줄 것 다 해주께
　오래 오래 사이소이."

　한단 소리가 그 소리여. 말도 자주 안해요. 고모 집도 놈의 집인디
얼마나 니가 고통을 받고 세상에 먹고 싶은 거 못 먹고 이놈을 보태서
갖고 왔냐 그리고, 아들한테 그 돈 삼십만환 주면서

"내가 안 죽고 저놈을 키워서 손지 보도록 내가 살고
　또 느그 아들 니 살 묵은 애기를 중학교 가도록만 내가 살탱게
　죽으란 말 마라. 내가 백 살 먹더라도 죽으란 말 마라이.
　내가 어찌게 살던지 살아서 그런 것 보고 죽어야 눈 감고 가겄다."

그리고 말을 했단 말이요. 그렇게 아들이 웃어싸면서

"어머니 그렇게 고상하면서도 살고 싶소?"

그러면,

"고생 이런 것이야 문제도 없다
밸 것도 다 이긴디
아까진 고생이 뭔 문제가 있데
그래도 느그 새끼 보면 기쁘고 얼마나 존지 아냐!"

삼 년 전(1989년) 손자를 잃다

근디 내 속에는 무슨 애로가 이렇고 있고 슬픔이 있소.

큰아들 새장개를 세 번 딜에도 안 되고, 각시를 일고야달을 얻어도 안 살고. 그래서 제일 못나고 쪼금 정신이 이상헌 놈이라도 내가 손이라도 잇을라고 데꼬 산디. 여자가 굵고 좀시로도(좋으면서도) 날만 궂을라면 나가 불고 어디 가 살다가 며칠 되면 오고 그런 여자 한나 얻은 것이,

애기를 나서 즈그 어매 얼굴도 모르는 놈 떠어 불고 또 나가버렸소. 그래서 두 살도 못 먹어서 즈그 어매가 없어졌는디, 그놈을 내가 키웠는데, 세상에 즈그 아베가 시살 먹응께 죽어 불고.

아홉 살 먹어서 이 아래 국민학교 댕이다가 잊어바린 지가 삼 년 됐았소. 설 쇠면 열두 살 먹으오. 그런 애기를 잊어 불고 사진을 내 갖고 온 천지를 다 부치고 아무리 찾을라고 온 천지를 다 찾아도 이렇게 못 찾고 말어부렀소.

내가 밤낮 운께 그런가 울 애기 사진을 집에다 두 장을 놔뒀는디, 전도사 아들이 없애 불고. 내가 그 사진 있으면 방송국까지라도 갈라는 디 사진 없응께 못가요. 애기를 잊어 불고 날이날마다 울다불고 하다하다 못해서 내가 올해 들어서 포구(포기)를 했소.

하나님이 내가 댓고 키면 사람도 안 될 것 같고 크게 갈치도 못항께 하나님이 데려다가 크게 키고 잘 갤쳐갖고 내 앞으로 돌려줄라고 데려갔는 거이다. 죽었으면 천국 가서 만나고.

내가 그 애기를 핏덩이 버끔데기로(갓난아기) 데려다가 킴시로(키우면서)

"하나님 아버지 감사합니다

꼭 이놈은 어떻게 키든지 키워서

당신 참다운 제단에

이 나라 이 민족의 훌륭한 종으로만 키주쑈."

하고 여태 기도를 해 나왔단 말이요. 그랬는디, 그 애기도 교회도 잘 댕겨요. 근디 내가 그 애기를 잊어 불고 못찾응께,

'내가 키면 그렇게 훌륭하게 못킬성 부릉께

하나님이 데려다가 키서

이 나라 이 민족의 종으로 보낼라고 이란 거이다.'

내가 이렇게 딱 포구를(포기를) 하고 아침마다 새벽마다 댕긴께 내가 얼굴도 나고 배창시도(배 창자도) 일어나서 밥먹고 그런디,

열두시만 넘으면 교회 가서 날마다 울고 딱으고 썸시로(쓸면서) 내가 이만큼 죄를 저질렀응께 내 죄를 씻쳐서

"그 불쌍한 애기를 내 앞으로 돌려 주이쇼."

내가 이날 평상에 눈물로 기도한디 아 이번 시안에 접어들면서 눈물이 안나옴서 기쁨으로 찬송가가 나오요. 새복마다 딱고 쓸고, 시시 반에 교회 나가 닦으면 니 시(네 시)가 되고 니 시 반 되면 사람이 와도 그 춘 지도(추운 줄도) 모르고 가서 쓸고 닦으고.

애기를 잊어불고 한 이년을 뼝아리 새끼도 안 킨게 딸 한나가 괴데기(고양이) 한나를 갖다줌서

"이놈이라도 말벗하고 하이쇼."

하고 괴데기 한나 줍디다. 또 딸 한나가 작년 팔월에 개 한 마리 갖다 주고, 또 설에 또 한 마리 갖다 줬어요. 팔월에 갖다 준거 올 여름에 풀아서 돈 십만 원 아들 학비 보태 쓰라고 주고 개 한나를 키웠는데, 시방 새끼를 야달 마리를 나서 키우요. 그래서 나가 지금 이렇게 해방이 됐소.

한 잎이라도 벌어야

그래도 한 잎이라도 벌어야 되것단말이요. 건강도 겸해서. 교회도 돈 없으면 갈 수가 없어요. 헌금도 해야제, 감사예물도 해야제, 나도 전화세, 전기세, 수도세 같은 것도, 나도 먹어야제.

또 이렇게 믿어도 사회 사람하고도 어울러야제, 나만 똑 떨어지면 우애가 없어요. 우리 백일촌 사는 동네도 한나 믿은 사람이 없는디, 인자 내가 눈물기도로 그런가 인자 한나씩 폴폴 나오기는 나온디, 한나 신앙이 없응께 또 우리 동내 노인들이 삼십여 명이나 된단 말이요. 구십 몇 살썩 먹은 사람들이, 그 노인당에 간간이 들여다보고 뭣 좀 사다 줘야 도리가 되요. 인간노릇 하기가 그렇게 어려운께. 그러니 돈이 든단 말이요.

저 성님네들 닛이 어쩌든지 살아도 죽어도 나 따라서 나 간디로 가자고 시방 둘이를 구원 시케서. 같이 서니가 교회를 댕기요. 아까 그 엄매만 안댕기고. 교회도 간께 그렇게 좋아요. 교인들도 나만 보면 그렇게 좋다고 하요. 나 하는 짓거리가 좋다고 한다요. 교회마다 또 간증거리 하고 댕기고 그리고 사요.

내 서럽게 장만한 땅, 그 놈 지키고 살라요

도시에서 간판 내주고 방 얻어주께 이런 것 다 치워 불고 오라고 해도 내 서럽게 장만한 땅, 집, 피눈물로 허리끈 잘라매고 밥 한 끼 물 불려서 먹어감서 장만한 전답 있는데, 나 살아서 까지는 갖고 있다가 죽은 뒤에는 어치게 하든지, 살아생전에는 내가 그놈 지키고 내 집, 여자 돈으로 이백을 얻어갖고, 그 남자들 농업(농업협동조합)에 가서 돈 이백을 얻어갖고

돈 실수 안하고 장만한 집, 내가 아무리 머시기 한다고 여그 카만히 있을란
다. 나 그런 거 안해도 묵고 산다고, 내가 이라고 시방 바우고(버티고)
있소. 안가요.

아들네들이 오락해도 안가고, 딸네들이 오락해도 안가고. 시방 죽는
날까지는 내 집에 있다가 죽게 되면 어찌케 하든지 안가고, 내가 이러고
살고 있소.

2) 나순례 이야기

말한 이 : 나순례 (여, 75세, 화순군 도암면 도장리, 1998년 1월 19일)
묻는 이 : 나승만 (남, 46세, 목포대학교 인문대학 국어국문학과 교수)
일시 장소 : 1998년 1월 19일, 전남 화순군 도암면 도장리

나주 흑룡동에서 할머니 손에 자라다

[연세가 어떻게 되세요?]

긍게, 일흔 다섯인디 인자 이 설 쇠믄 여섯인갑이요. [아버님 성함은요?]
나봉섭. 오빠고 아버님이고 몇 살썩 잡숴서 돌아가셨는지를 모르겄어요.
아주 어렸을 때 돌아가셨어요. 근디 아버님 명함은 내가 알고 있었제.
어미니도 잘 몰라, 어머니도 애래서 돌아가셨어요.

우리 오빠가 두 명인디, 친정 오빠가 두 명인디 한 명은 지병으로 중간에
돌아가시고, 언제 돌아가셨는가 돌아가시고 우리 작은 오빠는 옛날에
거 일본에 안 데려갔소, 모도, 그때 돌아가셔 오시도 가시도 안해불고.

부모님 돌아가시고 할머니가 연세가 어떻게 되야겄는고 할머니 밑에서
살다가 결혼식도 안하고 불쌍하게 왔어요. [시집은 몇 살 때 오셨소?] 스물
시살 때. 스물 시살에 왔어라, [할아버지 하고요?] 갑이여

나주군 나주읍 흑룡동서 태어났지요. 흑룡동 금성 나씨, 그러고만 쪼까
알아라, 그러고는 잘 몰라. 흑룡동에서 컸어요. 그전에 흑룡동서 낯익은
것이 뭣이 낯익냐믄 일본 사람이 많이 흑룡동서 과실나무, 배나무, 능금나
무, 그런 것을 많이 헌디 인자 때쟁이(뙤기, 가파른 자투라기 땅)가 많은게
는 인자 우리 큰오빠를 그것이 서마지기 때쟁인가 모르겄소. 서마지기에
다 나중에 또 오빠가 더 사갖고 열 마지기 때쟁인가 되었이요. 두 반디가,
한 반디는 동네 쪽에가 들었고, 한반디는 쩌, 대밭 넘어가 들판에가 있고,
열 마지기 때쟁이가 물이 찬찬히 몰아서 흐르고 커. 과수원밭이, 배나무를
질로 많이 허고 능금도 잔 있고, 그런 것은 남겨줬어.

거 과수원밭에 오라버니가 과수원밭에 일항께 내가 어린 것 봐주고 어쩌니라고 학교를 못갔제, 어머니가 안계신께. 인자 그래갖고 오빠네는 나 결혼식 해주고 오빠네는 괜찮해졌제, 오빠가 인자 중간에 또 그리고 돌아가셔부러서. 조카도 죽어부렀는디 이림이 우리 간흥이가 큰조칸디 그것도 죽어 불고, 거 뭔, 뭔 거 머리 뽑아진 병, 그 병에 걸렸답디다. 죽어 불고. 또 우리 작은 조카가 머시매가 성안인디, 이름이 성안이 그것도 그 병치다가 죽어붙닥해라. 전에 그런 병이 있닥 합디다. 또 우리 여식이 또 큰 놈 여식이 화자, 화자고 화순이고, 금자고 금옥이고 딸이 닛이, 근디 그것들은 모도 어디가서 산가 모르겠어요. 연락이 안돼요.

자식들이 육남매요

아들 둘, 딸 사형제. 큰아들은 지금 마을에서 방앗간 허요. 그러고 둘째는 전기일 헌디, 광주 전기회사에서 인자 차 갖고 댕겨 지가. 짐차를 큰 놈을 몸시로(몰면서, 운전하면서) 전기줄도 갖다 주고 전기 세우고. 전기대도(전봇대도) 그것도 갖다주고, 인부들을 다 끼니면 밥 찾아서 믹이고, 또 뭣이 모지르면 다 사장한테.

[바깥양반 성함 어떻게 되세요?]
나가 듣고서 잊어부렀네, 형씨고요이, 형가 행가고, 음마 어째 그러고 딱 만감해지요. 그러고 되드랑께 나이가 많은께.
[결혼 하셨을 때 시아버지가 살림은 좀 띠어 주시던가요?]
논 구답으로 일곱 대지기, 구답으로 밭이 또 일곱 대지기, 긍께, 한마지기 석이 못되야. 그놈 탔어, 그놈 타고 집은 사주시고. 글고(그리고) 시어마니가 지겠응께(계시니까) 친정 어마니 만이로(어머니 같이) 인자 또 생각을 허고. 동네서 아조 시방도 그래,

'회진 아짐은 시집와서
허도 거시기가 종게 허신께

머시기 시집와서

시집살이가 머신고(뭣인가) 할거이라

차말로 뭣인고 했어'

'아, 작은 아기야, 작은 아기야'

생긴 우대서 해게(좋게 대해주서).

남편은 구루마로, 아들은 경운기로 돈 벌다

내가 주인 양반허고 사기를 논을 열닷마지기 속이서 한 마지기는 일곱 대지기는 큰집에서 타신, 탄 놈이고 그러고 내가 나허고 내우이(부부간에) 다 탓세(샀어) 그놈을. 긍께 한마지기 가서 지허고(제하고) 열 네 마지기겠제. 큰 집에서 준 놈 내놓고는 열네 마지기, 밭도, 밭도 일곱 대지기를 주신 놈 내놓고 닷 마지기 일테믄 넷, 두 마지기 짜리가 둘잉께 너 마지기에다가 또 밸도로(별도로) 한마지기가 있응께 그놈을 해서 닷마지기, 엿마지기가 있는디 그 놈 하나 큰집에서 탔응께. 내놓고 보믄 그러고 했어요. 그래갖고 우리 인자 다 이전시켜 났제(났제). 일 잘 한다 소리 들었다고 그 말이여.

긍께 그러고 밭도 많이 사고 논도 많이 사고 그러고 해놓고는 기양 갑자기 아퍼갖고 돌아가셔불어라. 옛날에 인자 그러고 살다가 자기가 호말을 땔싹(아주) 큰 놈 사갖고 구루마를 끄집어 쓰고. 구루마를 끄집어 쓰다가 인자,

'우리 아들이 인자 열여덟이나 묵었든가 열일곱이나 묵었든가 모르겠소. 그렇게나 묵었을 때게 인자 구루마를 아들한테도 인자 인계를 해불고, 나만 따라 댕기라 글드만. 자기는 인자 그만 허실란다고. 그래서 내가 인자 구루마 뒤를 차꼬 따라 댕기다 지가 인자 돈벌어갖고는 경운기를 사부렀어.

인자 경운기를 사갖고 경운기로 돈 벌어서 논 많이 샀어라. [아들이요?]

예. 시방 작년 그러게 샀는가 그놈도 닷마지기 떼전 하나 사고. 또 요 시방 논 모도 안 뒤집어 썼소, 긍께 인자 그런 놈 모도 팽수(평수) 보탤라고 또 모도 여그저그 사났을(사났을) 것이요. 샀다고 헙디다.

근디 나는 그놈 귀경은 안해봤소. 어머니 다리 아프신디 뭣하러 해게라. 우리가 평수만 시어드리고 허믄 되았제. 그래서 안갔제. 그러고 보꾸레락 헌디 알으신가 모르겠소. 보꾸레락 헌디 그 앞에도 있고 여그 신작로 그 우게(위에) 안 동네도 있고, 거가 모도 있어.

나는 베 짜고 농사 지어 돈 벌고

나는 그 어머니들, 시어머니 도와서 그 노런 그 마포시라고 안 있드라고 이, 그것 또 매고 짜고, 미영베도 잣아갖고 매고 짜고, 마포질쌈 그것도 허고 미영베도 매고 짜고 가마니도 짜고 농사도 짓고 밭도 매고 못헌 것 없이 했어, 참말로 모든 것을.

또 뭔 어디 돈 벌 데 있으믄 돈도 벌어다가 보태고, 거시기 저 볼프장에. 골프장, 그 볼프장 또 여그 어마어마하니 있어. 긍께 시방도 젊은 사람들은 댕긴디 나는 인자 여 한 삼년 이짝 돌아옴스로는 매느리가 어머님 넘이 보믄 꼴보기 싫은다고 못쓴다고.

'어머님 돈 벌, 어머니가 쓰실 용돈은 내가 다 대드릴 거인께 걱정을 말고 인자 놀으시라'고 해. 그래서 이라고 놀아. 쩌참에도 거 백오십장 연탄을 땐께는 떼고 있응께는 돈 착 갖다주드만, 뭣이든지 내가 나 약묵어 야쓰겄다 그르믄 딱 지가 약값 주고 약 딱 지어서 갖고 오고. 어머니 저 안대(아무, 누구) 한데 뭣허러 가게 되았소, 딱 말허고 사다주고 그래,

긍께 우리 친구들 보듬(보다) 나는 더 시햄이(시험이, 어려움이) 없제. 논 간(논을 가는) 기계 큰 놈, 그 니발 쟁기 니발 달린 놈 고놈 사갖고 농사 다 갈아서 짓고. 또 작은방애 있고 또 우리 나락 쩐 거 큰방애 있고.

6.25 때 학살 위기에 처한 마을 주민들을 기지로 살리다

[6.25 동란을 어떻게 보내셨어요?]

해방 막 되고, 난리가 안 있었소이. 난리 이야기를 할라믄 내가 여기서 손든만치 사람을 살렸어라. 내가 여그서 손들만치 이야그, 내가 그 나라를 또 우리 부락 사람을 살렸다니께라. 그 이야기가 많애서 안되겠는디. 어쯔꼬 했냐 그러믄, 그때 다 헐라믄 소용없고. 인자 그때게 한 보름간이나 그랬는가 이십일간이나 그랬는가 모르겠소, 날마다 인자 막 뚱땅뚱땅뚱 땅뚱땅 난리가 몰아왔다, 군인들이 막 몰아왔어. 기양 그러고 퉁탕퉁탕퉁 탕퉁탕 야단인디, 어쯔꼬 허냐 그러믄 인자 우리 부락 사람이 막 새복밥을 해갖고 암도 모르게 새복밥을 해갖고 밥 그놈을 싸고 감자도 콩같은 놈도 볶아갖고 애기들 달길랑게, 거 어디 가서 우깜숭게(울까 싶으니까) 총소리나믄 우깜숭게.

그 소리를 한께 사지가 벌벌 떨리요

그 소리를 한께 사지가 벌벌 떨리요, 그러고 살았는디 인자 어쯔꼬 그 난리를 봤냐 그러므는 하래 아침에는 검은 밭콩을 놔서 밥을 했어요. 밥을 했는디 형께는 기양 난데없는 총소리가 콩튀듯 내려 인자, 이 앞에 내앞에 그거서. 아따 정지문을 열고 내다본께 기양 까마구떼만이로 검해 군인들 있는 디가 글안하요이, 기양 후닥 넘어왔다구라. 춘양, 이양 거그서 넘어왔다해.

군인들이 까매부러

군인들이 까매부러, 산이 솔나무 수보다 많애부러. 왔다 그것이 뭐이랑 고 기양 집안에 가서 크나 작으나 어린 새끼 까정이라도 개미 새끼도 남지말고 다 그리 모투락해, 논다랭이로 싹 모투락해라. 그래서 모탰어. 그 말할랑게 사지가 벌벌 떨리요야, 어째 놀랬던지. 인자 그래갖고 참으로 암것도 없이 다 모투고 어서 피난 온 사람까정이라도 다 모탰어 인자. 다 모태났는디 어쯔고 허냐믄 벌벌 떨링게 말이 잘 안나오요이

그렇고 그리 다 모태가지고 모타났는디 인자 탁 모태놓고 난디 인자 총을 들들들들 봐 쌓더니 딱 그치고는 인자 딱 그친 것이 아니고 내가

인자 딱 들들들들 총소리가 난디 인자 딱 모타놓고는 인자 요것은 논뱀이고 이것은 질 아니요이, 여가 어덕이 있어 논 어덕이 있는디 여그서 탁 모투고 뭐이락 허냐믄 군인 가족을 뽑아.

군인 가족, 순경 가족은 군대가 좋것다

군인 가족은 요것이 질이락허믄 질로 나오쇼 글드만. 논뱀이다 싹 사람이 부락 사람이 모태논게 겁나 많읍디다이. 딱 모태놓고는 군인 가족은 요리 모태쇼, 인자 그래. 긍게 이거이 딱 인자 오메 그때같이 좋아뵈까이. 저런 사람은 군대가 좋겄다 싶어갖고 인자 군인 가족은 나래비를 딱 세워놓고 어덕에다 세워놓고는 인자 쪼깐있다 또 쿵쿵쿵쿵 총을 놓더니, 딱 근치고는 또 인자 그 뭐? 순경 가족, 순경 가족을 또 나오락 해, 여그서 순경 가족 있으믄 있는대로 싹 나오락 하드만. 어린 것 없이 다 나오락 하드만 또 인자 그 사람들 여그 섰다믄 또 여리 줄을 턱 세웁디다.

그더니 또 인자 총 안 놓고 인자 허는 말이 거스기 만세를 한 번 불러보락 합디다. 긍게 시방도 내 그말을 다 써올리믄 그때게 비를 하나 세워야 쓴닥 했어라. 긍게 그 냥반이 그 말에 그 머리 쓸락 헌 양반이 돌아가서 부렀어. 긍께 내가 손든만치 했소, 그말이 그말이여. 긍께 인자 그 냥반이 그렇고 뭣이 한고 인자 군인 가족을 싹 나오락 해서 군인 가족 나가고 순경 가족 나오락 해서 순경 가족 나가고 그랬는디. 인자 뭣이락 헌고 서방들 어디 보냈냐고 물어보드만, 서방들 어디 보냈냐고.

아자씨 아자씨 농민들이요

그랑께 우리는 서방 어디 보낸 일도 없고 인자 내가 아구를 써 부렀어. 또 그때게는 내가 기양 주인 양반은 없는디 애기를 등에다가 하나 업고, 하나 우리 큰딸을 끄집고 그 까크막을 여마큼 높은 까크막을 기어 올라 갔어라. 올라가서 군인 총대를 탁 잡고 여러고 있는디.

내가

"우따 아자씨 아자씨 농민들이요, 무지한 농민들이요."

내가 맥없이 가서 아따 아무 죄도 없는 사람이 여러 할랑께.

느그 서방 어디 갔어!
"느그 서방 어디 갔어!"

그드만(그러드만), 대번. 그래서 워따 우리는 광주서 그때는 그짓말도 해야 쓰겄드만.

"광주서 얻어묵으락 빌어묵으락 허고 살다가 이 고장에 와서 산디. 간밤에 잠을 자니랑께는 그냥, 우리 주인 양반을 그냥 누가 데려가붓다고."

긍께 즈그는 밤사람이 데려간지 알제, 말하작허믄. 나는 기양 낮사람을 이야그 한다 그러고, 잠을 자니랑게는 그러고 기양 데려가부렀닥 헌게, 근디 주로 요로고 아그들 나두고 그냥반이 오시다가 총맞어부믄 어찌께라. 그러고 그 사람을 텍고 울어. 요라고 아자씨를 텍고 잡고 울어.
내가 애기를 등에 업고 하나 데리고 운게는, 뭔 편지를 하나 해줌서, 요거 들고 가락해, 들고 간 사람은 안잡은다고, 나한테 이야그를 요라고 허네.

"워따 그래라 그래라 살려서만 보내주쇼.
얼어도 같이 얼어묵고 죽어도 같이 죽을라요." 막그랬어.

대한민국 만세, 공화국 만세
그렇께 걱정말라고, 그러고는 딱 본게는 뭔 종이떼기를 짝 찢어갖고 주더만 나를. 워따 이놈이 꽉 쥐었제, 딱 쥐었제. 인자 고놈 없으믄 우리 식구 안 보내주거인디, 워따 그러고 그때 쪼깐 있응게는 인자.

그래놓고는 쪼깐 있응게는 인자 만세를 부르락 허드만. 만세를 부르락 헌디 그때게는 어째서 만세를 하고 대한민국 만세, 대한민국만세 요러고 생각이 나서

"워따 대한민국 만세 합시다."

내가 그래불드라먼 우리 동네서 한나도 안 죽제이, 그러꺼인디 아무리 대한민국 만세를 생각할락해도 그놈은 안 생각나고 공화국만세를 불러싼 대목이라.

'공화국만세, 공화국만세.'

속으로 들키게는 못하고 고놈만 속으로

'공화국 만세, 공화국 만세.'

대한민국이 안 돌아와. 대한민국 만세를 해야 쓰것인디. 그 말이 안 돌아와. 그저 할 수 없이 기냥 암말도 못허제. 그 사람들이 인자 내가라도 '우리 대한민국 만세를 헙시다' 그 말만 해부렀으믄 나도 큰 사람이 되고 우리 동네도 하나도 안죽제. 그러거인디 인자 그러고 대한민국 만세가 안나와서 기양 딱 묵묵부답을 해부렀어 인자.

어떤 쪽인지를 모링께 이 쪽 만세도 저쪽 만세도 못 불렀제 인자. 대한민국을 부를 지 공화국 만세를 부를 지 모링께 기양. 그 수가 일동으로 땅 버버리가(벙어리가) 되야부렀어 인자. 그렇게 느그가 말을 안할 때는 맛을 봐라 그러고 달달달달달달 해부러, 총으로 인자, 기관총으로, 사람들한테.

나는 인자 이러고 아자씨 절에 가서 이러고 애기들 덱고 떨고 있는디,

그 아래를 내려다본께는 기양 달달달달달달 한당께. 긍께 사람이 기양 팩팩 소리없이 꼬구라져 불드만. 나래비 서서. 나래비 서서 꼬구라져붕께, 인자 여 논에 흙이 시방 여것이 사람이 섰닥허믄 팍팍 퍼서 덮어붕께 사람이 기양 사람으로 안뵝에(안보여). 흙으로 저 총기운에 흙이 파서 사람을 덮어줘놓께 워따 그래서 인자 생각이 아무래도 생각이 안나.

'만세 만세 만만세'로 사람을 살리다

그렁께 인자여 내가 인자 내가 인자 그 딱 군인 가족 그거 가지고 다 뺀 다음에 내가 만세를 불렀든갑습디다. 내가 워따 만세, 만세, 만만세 그랬든갑서 인자, 뭣인지도 모르게 대한민국인지… 공화국인지를 모릉께는, 워따

"만세, 만세, 만만세"

막 그랬든갑서 인자. 그렁께 딱 그쳐 불더라. 긍께 만만세 한께 즈그도 딱 이것이 대한민국 만세 소리다 그러고, 인자 공화국 만세 그랬으믄 나도 죽이고 다 죽여부거인디, 워따 그래갖고 아조 긍께 인자 우리 부락에서 기양 다 죽을 거인디, 그러더니 인자 얼마나 해놓고는 기양 너머다 못쓰겄는가 어쨌능가 가락해라.

다시 말하자니 또 한 사람이 총질을 딱 근쳐, 근치더니, 여그는 화순이고 먼 춘양인디 그쪽으로 가락해서 또 내가 워메 어짜라쓰가라 고리 가믄 춘양이다 말이요, 춘양, 이양, 춘양 그 여그로 간다. 여그 사람은 하나도 거그를 장에도 안 댕긴디요. 인자 그러고 막 울었어 내가,

긍께는, 그러믄 여가 어디냐 글드만, 화순군 도암면 도장린디 여그는 갈라믄 우리 화순군으로 가야써라. 인자 여가 화순땅잉께 화순군으로 가야제. 그렁께 그직에는 다 화순군으로 가라드만, 다 화순군으로 싹 가락해. 그렁께 인자 싹 엎으러진 망, 되부러진 망, 발질에 채. 서로 다 갈라고 가락헌께.

샛박 온께사 '대한민국 만세'가 속에서 올라와

그러고 와갖고 아 우리 샛밖으로(사립문에) 막 발을 디딩께 대한민국 만세 이렇고 올라와라 인자 속에서. 근디 그 소리를 못했어. 못허고 인자 해산을 시켜붕께 그 소리를 못허고. 오메 전부 가서 대한민국 만세만 했으믄 우리 동네 하나도 안 죽으꺼인디 그 소리가 막 그놈이 막 떠오른당께.

거그서 떠올라서는 내가 막 욺서 그렁께 아그들도 등에치도(등에 것도, 등에 업은 아이) 울고 머시매 하나 여식 하나 그랬는디, 막 등어리치도 울고 나도 울고 즈그들도 울고 막 울었어.

인자 워따 그래갖고는 인자 와서 봉께, 난리가 나믄 내 등어리 애기도 내불고 간단 말이 딱 맞어라. 그래서 인자 어쯔꼬 어쯔꼬 하다가 나는 인자 가부거인디(가버릴 것인데) 내다보러 갔어. 벌벌 떨고 애들이 가만히 하고 있어, 총소리 난다. 이러코 조자놓고는(조저 놓고는, 잘 단속해 놓고는) 내다 본께 워매 인자 막 쌀가마니를 지고 간 사람, 기양 막 옷, 이불짐을 지고 간 사람, 막 장도 싸갖고 간 사람, 난리당께. 근디 나는 애기 둘 그놈도 못갖고 가졌는디 어쩌 것이여.

워따 니가 살아왔냐

그래도 인자 니모지기 삽짝(고리짝) 안있소이, 삽짝 그놈에다 쌀 한나 푸고, 인자 우리 주인 양반 오시믄 입으락 할라고 그 솜 너서 전에는 흭언 옷 한벌 짓소이, 그놈하고 해서 인자 아랫목에다가 이불로 덮어노믄 모르께미 이불우게다 영거놨어. 그놈을. 옷은 입고 나를 안 찾을라디야 허고, 인자 화순군 도곡이락 헌디가 이 너매가 도곡이여, 도곡 알으신가? 그 도곡을 갔어.

도곡을 가갖고는 거그다가 또 지바구를(집합을) 시케. 오도가도 못가게. 거그다 워따 우리 애기들 하고 밤을, 나는 이불도 없어. 이불이라도 있으믄 덮고 있으거인디. 이불도 없어 어짜쓰꼬(어찌 할까) 우리 인자 먼 시누집은 찾아갔어 인자. 그 동네서 인자 도곡이란 동네서. 외따 니를 잡고 펑펑 운다 말이요. 근디 인자 우리 시누가 또 골머리 남펭이락 한디서 우리 시누 하나 산디.

"워따 니가 살아왔냐."

막 그러고 인자 우리 시누가 막 운당께. 큰시누가 막 움스로 그랬어.

"성님, 헐 수가 있소
나도 덱고 오고 잡아도 어디가 있는지 몰라 못덱고 왔소."

인자 그러고는 그 간밤에 어디고 가부렀다고 했는디. 그래갖고는 인자 한참이나 뒹께는 다 또 자기 집으로 가락해. 그렁께 기양 막 기양 참말로 기양 뭐 몰갈놈 소갈놈 없이 다 가제 동네로, 막 줄줄이 그 너른 신작로가 다 차지 하고도 모지래. 나는 애기가 있응께 못와.

그래서 인자 그 우리 그 한동네 질녀 집에를 들어가갖고, 인자 나는 애기만 갖다 딱 놔두고 내가 딱 죽어불드라. 거그서 아무리 불러도 나무둥 치가 되갖고 불러도 모르고 뭣도 모릉께. 딱 부렀든갑서. 그렁께 인자 죽어부렀다고.

우리 친정에서 클 때게는 이름이 나순례가 아니고 나심이여, 나 나심이, 나가 곧 나심인디, 인자 여 호적에다가 올림서 나순예로 올렸등갑서. 중간에 인자 그래갖고 혼인신고를 헐랑께 나순예로 올렸등갑제, 그때게 는 요마썩 커도 안 올리고 안 크요 모도 긍께는 나도 그랬등갑소. 그래갖고 는 결혼식 헐람서로는 나순예다고 올렸등가 중간에 올렸능가 언제 올렸능 갑서. 그래갖고 나순예여. 그전에 나심인디.

워따 그래갖고 도로 인자 시누가 즈그집으로 막 가작해, 인자 거그 와갖고는 그 언니가 인자 우리 질녀네 동네는 신작로 가에 동네로 우리 시누 동네는 남펭 땅이라 근디 저건네 동넨디 막 가작해. 인자 놔두것이요.

니 새끼들이라도 살레야

"워따 우메 성님 안갈라 안갈라.

오메 우리 시문이 아배 죽어부렀으믄 어짜거이요.

나 가볼라요.

죽어갖고라도 우리 집 왔는가 가볼라요."

"그것이 아니라

죽은 사람은 죽었어도

니 새끼들이라도 살레야 될 거 아니냐."

칵 그냥 막 즈그집으로만 가작해. 그래서 인자 갔어라. 간께는 인자 막 밥을 해서 주고 기양

"느그들이라도 묵고 살아라. 느그들이라도 묵고 살아라."

워따 내가 그리 건너가보기를 했냐. 동네 난리 낭께 즈그 친정 식구 볼라고 나왔등갑서. 우리 시누가

"와따 느그들이라도 살앗응께 쓰겄다. 쓰겄다."

그러고 기양 막 환장을 하고 기양 막 이불을 처 덮어주고 밥을 해 놓고 주드란 말이요. 그래갖고 묵고는 인자 또 우리 도장리서 여그 인암리라는 동네가 있어. 인자 인암촌을 나는 우리 골머리 시누집이서 그리 오고 인자 인암촌이락 헌 동네로 오고 또 요냥반은 인자 와갖고는,

인자 애기 아부지는 와갖고는 인자 내가 어디가 있는지를 모릉께 인자 도곡으로 피난을 갔응께. 도곡가 있는가 어디가 있는지를 몰라 인자 다 안 왔닥하든 갑습디다.

긍께 인자 <u>오도가도</u> 못허고 어디가서 고랂창에 가서 서이 죽어갖고

있는개비 인자 우리 동네서부텀 다 물쭉이랑 나무마다 다 재고. 인자 와갖고는 있등가 인자 또 우리 먼 친척간인가 되야 거 인암촌 사람이, 친척간이라도 쪼깐 친하게 살았제. 그 집을 또 찾아갔어. 인자 쌀 그놈 인자 말석으로 하나 된 놈 거놈을 이고 애기 손잡고, 등에다 하나 업고 그러고 그 집을 찾아가서 그 집서 인자 밤을 세웠어.

밤을 세우고는 인자 밥을 쪼까 줘라이, 그래서 그때게는 숭년이라 밥도 많이썩 안줘 그 난리라도. 다 감추라글거든. 땅속에다가 묻어불고, 나도 묻어불었어. 다 묻어불고 그래서 인자 거그서 그러고 줘라.

아이고 그러고 살았소예

밥을 줘서 인자 묵고는 아직에 오려고 가만히 있응게 누가 내가 택호가 회진댁이여, 나주 회진서 왔다고 회진댁, 인자 나주 흑룡동서 왔는디 우리 그 회진에 작은집이 있어서 거리(그렇게) 불렀습디다. 거 해진댁이라 글드만 여그서는 택호가, 택호가 회진댁이락 헌갑다 듣고 있었는디.

아이 인자 가만히 그 집서 아침에 밥을 주기래 묵고, 집이서 가만히 있으봉께는(있으면서 보니까) 어서(어디서)

"회진, 회진, 회진 아짐씨!"

가 야스러니(아스라하니) 들케라. 그래서 기냥 문을 파딱 열었어. 문을 파딱 영께는 우리 마을 나허고 갑쟁이가 우리 거그도 우리 문중 사람이어,

"와따 이 아지메 얼릉가 얼릉가."

나를 보고 얼릉 얼릉 도장리 올라가 도장리 얼릉 올라가 거시기

"회진 아제가 와갖고
막 시방 사방을 더듬고 댕겨

지금 들판을 더듬고 댕긴다고
긍께 얼른 가라고 오메."

기양 거가 기양 놋대접이 요러고 큰 대접이 있고 작은 대접이 있거덩, 그 대접으로 펑펑 퍼서 기양 서이 묵었응께 서되를, 그거를 싯을 퍼서 줬어. 인자 거 한나만 가지고도 묵었제이. 엊저녁 묵었응게. 근디 기양 내가 서이 잤응께 서되를 줘야 쓰겄다고 서되를 인자 시어머니께 대접할라 놋대접이 큰놈있드만, 펑펑 되야서 줬어.

아 그러고 삽짝을 데리고 인자 가겄어, 개봉께(가벼우니까). 그놈 싸서 퍼 줘붕거(줘버린 것) 아깝도 안하드만, 떠서 줘불고 인자 대천에 보꾸리라는 마을이 있어 작은 마을. 아 그 마을 높은 디 높은 디 잔등에서 나 어서(내가 어디서) 나온가 볼라고 있다고, 있닥형께 긍께 그 양반 보다가 인자 그 양반 나하고 갑쟁인디(갑장, 동갑인데).

"내가 이 남평을 강께 회진아제를 불러봐서 거시기 있으믄 내가 올려 보내리다. 여가 서 계시쇼."

그랬든갑서. 긍께 곧 뭣이 죽일것만 같고 오도가도 못해. 남자들도 무서와서 우리들은 여자들은 죽으믄 죽고 살면 살고라도 헌디. 긍께 인자 숨어갖고는 그러고 워따 온께는 인자 어서.

"정자야!"

그러고 우리 큰딸 이름이 정자거든 '정자야!', 그소리가 듣케, 오메 눈알이 빠져라, 그러고 봐져. 그래갖고 기양 집에 와서 인자 요러고 요러고 생긴, 다 죄 있는 사람 없는 사람 신고를 다 하제. 그래갖고 우리는 죄는 없어. 아무 죄는 없다고. 인자 그러고는 워따 그래갖고 살았소예. 그런 대목을 다 보고 살았소.

나를 비를 세워야 쓴다고, 이 부락을 살린 분이다는 비석을 한나 세워야 쓴다고, 아 그러고 그랬쌌더니 그 냥반이 맬겁시(별 이유 없이) 병이 들어갖고는 그럭저럭 가서불고는, 인자 그래도 헐 수 있다고 어쩌고 해쌌드니 날짜가 많은게 넘어가붑디다, 안허고.

신고를 해야 쓴닥허드만, 긍께 신고를 헐랑께 그때만 해도 나도 죽겄는디 술 들어서 신고헐 사람이 누가 있겄소. 그래서 안했는갑다 싶어, 내마음이. 아이고 그러고 살았소예. 그러고 살았소.

그 시상을 오래 살았어

[할머니는 어떤 세상이 더 좋았어요?]

국군 시상이 더 좋았지라. 그 사람들은 어쩌면 우장나게 막 벌벌 떨리고. 할머니가 막 가라막고 했다요. 총놔서 다 죽인게. 군인이 좋냐 인공이 좋냐 헌께, 저녁에는 인공이요. 반란군들이 내려 오니까 말을 못해.

그렇게 좋단 소리도 못하고. 군인들이 만땅 와갖고 전에 인공 때 요기 논에서 막 따발총으로 내 젓어부러. 인자 군인들이 사람을 많이 죽였제. 반란군들은 어지간히 사람은 죽이지 않았어. 우리는 군인들이 더 좋지만은 그 사람들이 인자 군인들이 가불믄 저녁에 와서 때려 죽인다고 그래, 반란군들이.

그 시상을 핑장히 오래 살았어. 여기는 골짜기라. 아이고 그 인자 애기 델꼬 쩌기까지 갔다가 안 나가면 안나간다고 잡아 죽에. 그 반란군들이. 그라케 나갔다고 들어오면 내일은 죽을 것이다 해서 밥을 많이 해서 먹고. 거인자 내일 쫓겨나 그런 세상을 살았어요.

[봉화불은 어디서 피웠어요?]

거 인자 산너머에서 피우제라 쩌기 쩌기 독혜봉 제일로 높은 산에서. 봉화불 다 피우고 그 사람들이 시키는데로. 일 이학년들이 시키믄 다 따라서 하듯이. [뭘 시키든가요?] 모두 내빼란 소리밖에 안 합디다. 군인들이 포위하믄 내빼라고 그러고. 그 사람들 말이 맞기는 헙디다.

방에서 밥 해먹을 시상이 돌아온다

인자 쪼까 있으면 방에서 밥 해먹을 시상이 돌아온다 하드마. 방에서 밥 해먹을 시상이 그때는 전가불이 있것소? 조까 있으면 방에서 밥 해먹고 전기가 온다고 하든디. 그 다음에 참말로 오기는 옵디다.

〈여자신세타령〉
천상에 무슨 죄로 여자가 되어
남의 집에 살아는데 누가 지었소
손도 설고 물도 서는 타향땅으로
우는 형제 작별하고 저는 갑니다
오늘 밤은 여기 앉아 밤을 세우고
내일은 출가외인 되어 갑니다
옷 꾸러미 풀어지면 다시 맺어도
사랑이란 풀어지면 맺을 수 없소

[여자들이 부르는 노래입니까?]
야, 여자랑 여자들이랑 남자들이랑 같이 부르제. [여자로 태어난 게 서운하신가요?] 몰라 서운한 지 어쩐지 서운하긴 서운하지라. 글이라도 못 배운지

노래 이야기:
큰애기 때도 이전 노래를 많이 불렀제

큰애기 때도 전노래를(이전 노래를) 많이 불렀제. 시방 신가 나는 잘 몰라, 배와서 불러봐도 잊어불고, 내가 배우기만 했으믄 차말로 그런 것은 놈한테 지지않케 허꺼인디. 우리 친구들 보믐 내가 더 잘 부른다고 했어 허기는. 내가 클 때게도 나는 친구들이 많이 따랐제. 모도 시집 온 새댁들이라.

[밭매기 노래 한 번 시작해 볼까요?]

아남차고 장찬 밭이
맷갓같이 짓었으니
우리 서로 밭을 매세
불과같이 나는 볕에
구슬같은 땀을 이고
못다 맬 밭 다 맬라다
금봉채를 잊었구야

해 닳아지고 달 닳아지고
연해연잎이 수물어져
집이라고 들어가니

시금시금 시어머니
옷감 비어 내주면서
누비나돔방에 지으라네

솜 누비고 질 니비고
소매 두동 다누비고
만그렀네 만그렀네(만들었네)
동전 고루 만그렀네
글루만 잡고 숭이라요

멍멍개도 컹컹짖고
꼬꼬닭도 펄펄울고
밝은 달도 세아왔소
내가 살아서 무엇을 허께

주우런 강에나 들어가서
졸복 한나를 낚어다가
짚불에나 구워먹고
잠든 듯이 죽을라요

할머니가 하시길래 내가 배왔제

[누구한테 배우셨어요?]

이것이 밭노래여. 우리 할머니가 전에 하시길래 내가 배왔제. 우리 할머니가 인자 과수원 밭에, 저그 배밭에 복숭밭에 모두 아니 배밭에 능금밭에 그런데다가 거 마늘도 심고 시금치도 갈고 글한다고, 긍께 그놈 그런거 맨디(메는데) 인자.

'할머니 나 노래 한나 갈차줘봐,
우리 친구는 뭣을 즈거매가(자기 어머니가)
갈차 줬다고 알드만.'

긍께 그러고 다 외와 주시더만, 그러케 육도로(몸으로) 배와 부렀어 인자. 여그 와서는 밸라 안 배왔제, 내야 갖고만 써묵고 인자.

시집 와 갖고는 안 불렀어, 구식노래라. 안부르고 내비 뒀어. 그런디 인자 여 문화제 헌께 전노래를 끄집어 낸게 내가 불러줬제. 그런디 더러 저 노래 부른 사람들이 와서 많이 적어 가드랑께.

슬프게 눈물 나오게 부르는 노래여

[혼자 부릅니까 여럿이 부릅니까?]

나 혼자 불러 여것은(이것은). 나 혼자 불렀어, 그때게도, 근디 요것은 슬프게 눈물이 나오게 부르는 노래여.

장감장감 장감새야

팔도 비단이 노담새
만수 문전에 풍년새
대옹대옹 잡동새

너 어디가 자고와
굴가 문으로 돌아가
칠성문에가 자고와

먼 비게 먼 이불
꽃비게 꽃이불
비고 덮고만 자고와

저건내라 안산에
동대문이 징그랑 장그랑 열리는 구나

호리병산에 달이나 뭉게 솟아올라
금이냐 옥이냐 동자 속이냐

니문에 묶던 수달피
천금단금 수반에 들었다

버드리우 꾀꼬리
어라만서
어라만서

　그것이 어쩌냐 그러므는 우리 거 문화제에서 우리 모두 안 잡고 안 뛰어 돌아가더라고 거, 거 우리 친구들 다 그 노래여. 인자 우리 친구들 허고 한 번에 그러고 불렀어 처녀 때.

모시 삼고 모시 삼다가 부르기도 허고 모시 삼어갖고 모시 삼다가도 부르고 우리 과수원 밭매쌈스로도 부르고. 친구들까장 한남구를 서이 너이 싼다고, 그러고 그러면서 인자 해.

면장이나 된 사람이 즈그 각시 따갈락헝께

꽃아 꽃아 건달 꽃아
꽃봉지가 어리다고
손 한번을 안댔더니
지내가는 대별손이
꽃봉지를 꺾어가네

이팔청춘 젊은 나이에
꽃없이는 못산다요
천석꾼 싣고 가도
꽃봉지는 놓고 가소

대별손이가 저 꽃을 끊어간 갑다. 긍게 사람 이름이당께. 그렇께, 꽃봉지가 어리다고 손 한번을 안댔더니 대별손이, 지내가는 대별손이 꽃봉지를 꺾어가네. 꽃노래, 노래가 인자 젊은 나이에 마누래가 강께 꽃을 끊어간 일테제.

나는 인자 꽃아 꽃아 건달 꽃아 꽃봉지가 어리다고 손 한 번을 안댔더니 지내가는 대별손이 꽃봉지를 꺾어가네 그 소리가 나는 어쩨 그냐 그믄 대별손이란 사람이 시방 것으로 해서는 한 면장 거시기나 된다고, 내 짐작에, 인자 내 의사여 그말이여. 거시기 다르케 헐라믄 다르케 하쇼마는 거 꽃봉지가 어리다고 손 한 번을 안댔더니 지내가는 대별손이 꽃봉지를 꺾어가네. 이팔 청춘 젊은 나이에 꽃 없이는 못살어라, 천석꾼은 싣고가도 꽃봉지는 두고가소 그런다고 짐작에.

그라믄 면장 것이나 된 사람이 즈그 각시를 따갈라고, 어리다고 내비둥

께는 따갈락헝께 그랬는만. 죽어서 신체가 아니여 귀신이 아니여, 뜻이 글안헌다고 그란갑이요. 이것은 중간에 멍 딸 때 부르는 노래여.

문화제에서 부른 목화밭, 밭매는 노래

미영 갈라면 쟁기로 골을 내갖고 영감님이 쟁기질을 허면 인자 내가 종자랑 뿌래. 종자를 뿌래갖고 나순 놈이 점점 자라.

〈목화밭 가는 노래〉
저건네라 목전밭에
미영 한번 갈아보세
시집 못간 노처녀야
어서 미영 따서
시집 한번 보내보세

〈밭매기노래〉
밭을 매세 밭을 매세
우리 서로 밭을 매세
시집 못간 노처녀가
한숨 소리에 기맥허니
우리 서로 미영 따세
미영 따서
노처녀 시집 보내보세

[실지로 옛날에 했어요?]
주인 양반이 쟁기질을 허고. 시방 노래가 여자라고 남자일을 못하네 말하자믄 그 노래나 같어. 긍께 남자가 가서 쟁기질을 허믄 또 그 뒤엣 사람이 거름을 힗고 또 내가 써를 힗고 뒷 사람이 고것을 고차 써를 다 고차 버리고 그런 것은 그러고 해. 노래는 안불렀어요. 그렇고 허기만

허고. 어찌고 허냐 그러믄, '우리 미영따게 저건네 묵전밭에 미영 한번 갈아보세' 인자 문화재에서는 고렇고 코스를 넌디. 요놈은 노래가 아니여. 그렇고 들어간 것은.

놀거나 일하면서 부른 노래

공단같은 요내 머리
모시바구리 다되었네
초롱같은 요내 눈은
반봉사가 되었구나
청기같은 요내 귀는
반머거리 다되었네
외씨같은 요내 이빨
쓸이빨이 되었구나
옥동같이 허든 살림
자식에다가 전장하고
극락세계로 나는 가네
극락의 세계로 나는 가네

인자 죽어간다고 그말이여. 다 울어, 그런 노래 험서는 노인네들이. 보통 문화재 헐 때 부르고, 우리가 모타서 놀면서도 부르고, 밭매면서도 부르고, 밭을 매면 슬픈께 기양.

물레야 물레야
빙빙빙 돌아라
물레야 자새야
어리뱅뱅 돌아라
어서나 짜고 짜서
배삐 짜서

우리님 도복이나 지어놓세

그렇고 해. 인자 다르케 허는 사람도 있제.

베짜는 노래 :
베틀개타령

인자 하늘에 선녀가 비늘대를 입고, 인자 하늘에서 못살고 내나부렀어. 근께 하다 시상에서 헐 것이 없고 인자 옥랑관에서 베틀을 찾았어.

월궁에 노든 선녀
지하에 나려와서
세상에 할길 없어
금사를 자리하고
옥랑관에다 베틀 놓아
앉을 데를 더듬하고
그 위에 앉은 양은
웃임금 지웃지에
용상자개 하였는듯
나삼을 반만 들어
허리양에 두른 양은
북두칠성을 둘르는 듯
애원급등 쳇등일랑
우녀울란방 소나기투에
새우나 뿌리는 듯
모질개에 물을 주어
요리조리 닦는 양은
지도방에 비척거리
비자나무 날란 북에

대추나무 보드집 치는 소리
좁고도 좁은 골에 백년 울리는 듯
고단하다 눌림대는
강태쟁이 낚수대로
우수강에 띄었는 듯
빼보니 사침대는
허다 헌 틀린 우를
차례로만 갈라주네
밀쳤다 달쳤다 빙허리는
허다 헌 틀린 우를
차례로만 갈라주네
쿵기를 쿵 도퉁아리
전기로쿵 뒤헌난다
상애집 재간할 때
백년이 뒤늦는 듯
얼그릉 떨그릉 원산소리
청천에 뜬 저 기러기
벗부르는 소리로다

근께 베틀 연장만 따라서 허는 노래여. 베틀노래라 안허고 베틀개타령
이여.

팔월에 뛰노면서 부른 노래

타박타박 타박네야
무엇을 보려고 울고 가냐
울어머니 산소에로
젖을 먹자 울고 가네
울어머니 산소에는

접시꽃도 너울너울
울아버지 산소에는
함박꽃이 방실방실
그꽃 한쌍 껑을라니
눈물 받쳐 못껑겄네
눈물 닦고 껑을라니
눈물 닦고도 못껑겄네
빗장문이 문이라면
열고닫고 내 못올까
산질이라 질이라면
오고가고 내못올까
뒷동산에 올라가서
어매하고 불러보니
울어매는 간 곳 없고
억만수라 바우 속에
뫼산이가 대답하네

[이거는 언제부른 것이요?]
팔월이믄 뒤놈시로 부른 노래여

〈디딜방아노래〉
떨거덩 떨거덩 찧느나 방애
어서 찧고 잠자러 가세
떨거덩 떨거덩 찧느나 방애
들로 들어서 들방아
산으로 들어 산중방아
얼거덩 떨거덩 찧느나 방애
언제나 다찧고 잠자러 갈까

〈강강술래〉

강~강~술~래~

이술래가 누술래냐 마당임네 술래로시

강~강~술~래~

짚은 마당은 야프놓고 야픈마당은 돌아눕제

강~강~술~래~

짚은 마당은 야퍼지고 야픈 마당이 깊어지고

강~강~술~래~

검은 통치마 아주 멋졌네 강내기녹두새기

강~강~술~래~

이시필새기 전년도라 전라패든 쇠주 한잎 돈아 여자삼사야

강~강~술~래~

웃구름 짜개나 민화주 댕기 끝에 호리

강~강~술~래~

저건네라 단양에 노을범상 피는 꽃은

강~강~술~래~

그꽃일랑 좋네마는 가지가 높아 못껑겄네

강~강~술~래~

〈꿩타령 1〉

꿩아꿩아 유지꿩아

비단초록 꼬리 달고

진등재를 넘어가니

한량의 포수가 능노라져

숨으로가 숨으러가

월선이 밖으로 숨으러가

월선이는 간곳 없고

거문개줄만 걸려 있네.

〈꿩타령 2〉
꿩꿩 장서방
낙지 볶아서 술 한잔
지쪽에 밥 한상
(홀딱홀딱 뛰면서 해)

물레 노래
〈한재넘어〉
한재 넘어 한갑개야
두재 넘어 지천개야
꽃잎같은 울어머니
솔잎같은 나를두고
님의 정이 좋다 한들
자식의 정을 떼고 간가
어매 어매 우리 어매
요네 나는 죽어지면
잔등잔등 넘어가서
양지밭로 묻어놓고
비가 오면 덮어주고
눈이 오면 쓸어주소

[이 노래는 어느때 불렀어요?]
우리는 명자실 때 불렀어. 이렇게 돌리면서 불렀제.

〈담방구타령〉
구야구야 단방구야
동래나 울산에 단방구야
시절일네 시절일네

단방구타령 시절일네

니가 못나 단방귀냐

내가 잘나서 단방귀냐

에~헤 둥~둥~ 단방귀야

시집살이 노래

시집가든 사흘만에 잉애걸어서 베짜라한다네

구름잡어 잉에걸어 얼겅덜겅 베를짜니

조그마한 시누애기 성님성님 우리성님

사랑앞에 능금복성 한나따다 먹을께요

그것이사 내가아요 한나따다 둘이묵고

다래같은 시어머니 대문안에 들어선께

어매어매 우리어매 우리집은 망할란가

어제오신 새성님이 사랑앞에 능금복성

겉가지는 제쳐놓고 속가지만 끊어갖고

지그방으로 들어가데 에라요년 요망헌년

시금시금 시어머니 베짠방을 뛰어들어

밀침대를 손에들고 감태같은 요네머리

자창자창 감아쥐고 에라하고 요망한년

(그러고 시누가 일러갖고 며느래를 뚜드러뵜어)

내가살아 뭣을할까

중아행동 가자서야 중아행동 가자서라

집이라고 들어가서 야달폭 치매

한폭뜯어 바람넣고 한폭뜯어 손에들고

순천송광 중노릇을 가지않게

서른이가는 학도중에

가운데 학도 뒤로 선다

못가느니 못가느니 천이앉아 천말하고

만이앉아 만말해도 내말전에 못가노니
그리해도 갈란제라
가자서야 가자서라 순천송광 들어가서
깎어주소 깎어주소 요내머리 깎어주소
우리절을 망헐란가 앞으로 보믄 연지때도 안가시고
뒤로보믄 낭자때도 안가신 젊은분이
우리절을 망할거요 그자걱정 말으시고
요내머리 깎어주소
감태같은 요내머리 중에손길에 다녹는다
첫째전을 들어가니
늙은중은 신을삼고 젊은중은 잠을자네
에라그절 못쓰겠다 둘째전을 들어서니
늙은중은 잠을자고 젊은중이 신을삼네
깍아주소 깎아주소 요네머리 깍아주소
우리절을 망할란가 앞으로보면 연지대도 안가시고
뒤로보면 낭자대도 안가신즉 우리절을 망할쏘요
무사걱정 말으시오 요네머리 깎어주오
중하손질에 다녹는다 목탁없어 어찌갈까
중하목탁 둘이거든 단불로나
속락없어 어찌갈까
중하속락 둘이거든 단불로나 나눠갖세
가자서야 가자서라 시댁대문 찾아가서
동냥왔소 동냥왔소 양태기 동냥왔소
우리님이 밥을먹다 먼산보고 탄식하네
가자서라 가자서라 친정귀경 가자서라
친정대문 들어서서
동냥왔소 동냥왔소 양태기 동냥왔소
우리성님 나섬시롱

무슨중첩 받아먹고 중화행동 되어왔소
살다살다 저못살면
우리집의 밥바구리 식은밥도 모르겠소.

〈시집살이 서사민요 2〉
시집가든 사흘만에 모를하러 가자한다네
비단치마 벗어불고 옥옹단치마 떠입고
뒤축없는 신을신고
활등같이 굽은실을 벌쏘듯이 뛰어가서
모폭써를 갈라지고 굽이굽이 숨니란께
시금시금 시아버지 가래창을 손에들고
할래살래 오시더니 상사소리 나질않아
맞기야사 맞소마는 오늘보니 쌍놈이요
웃논에 좌수안저 아랫논에 밸반안저
밸반자수 앉은논에 상사소리 맞질않소
모폭써를 갈라쥐고 굽이굽이 숭구다
어화둥둥 내며느리
속실건지 몰랐더니 오늘본께 속실겁다
손시렵다 들어가자 발시렵다 들어가자
어화둥둥 내며느리
속실건지 몰랐더니 오늘본께 속실겁다
활등같이 굽은길을 벌소듯이 들어오니
시금시금 시아버지
어제장에 가시더니 비상사다 걸어놨네
몰피같은 단간장에 비상사발 손에들고
한모금을 홀짝하니 요네정신이 아득하네
두모금을 홀짝하니 천지도야 가득하네
삼시모금 홀짝하니 실낱같은 오네목숨

요자리서 끊어지네

뛰놀면서 부른 노래들
〈운석사〉
운석사야 문열어주소
문열어주면 뭣할란가
삼포장시 보고감세
보고가면 뭣할단가
낙지발도 늘어지니
(이래. 그것도 몰라. 운석사 그것도 여러 가지여)

운석사야 문열어주소
문열어주면 뭣할란가
기린 동생 보고감세

껑자껑자 고사리 껑자
응달고사리 꺽으러 가세
꺽자꺽자 고사리 꺽자
양지쪽 고사리 껑으러 가세

〈손자랑 발자랑〉
발자랑 발자랑 새보선 신고 발자랑
옷자랑 옷자랑 새옷 입고서 옷자랑
보신등이 희끗하면 니가 무슨 한량이냐
돈 잘 써야 한량이지
단의 갓이 팔당하면
니가 무슨 한량이냐
돈 잘써야만 한량이제

발맞춰 발맞춰

이 많은 군사가 모여갖고

발맞추기를 못할쏘냐

흰저고리 남끝동

검은 통치마 아주 멋졌네

강내기 녹두세기 이십일세기

청년 놀아 들앞에든 새주한돈아

여자상사야 옷고름 짜게나 미나주

댕기 끝에는 호걸이

저건네라 단장하네

너울범성 피는 꽃은

그꽃일랑 좋다마는

가지가 높아 못끙고

짓고가소 짓고 가소

이름일랑 짓고 가소

그꽃이름이 단장화

(뜀서 빙빙 돌아 뛰면서 부른 노래여)

〈풍년가〉

보리가 세가 집을 짓고 왕

보리가 질쭉

공부가 공부가 보통핵교로 공부가

무안읍고 학생들은

반지만 껴도 양반지

댕기만 해도 양댕기

구두만 신어도 양구두

은으로 맨든 쪽집개

건방진 큰애기 노리개

〈임노래〉
쳐다보니 천장이요
내려다보니 술상이요
술상머리 피는 꽃은
꽃도같고 임도같네
꽃같으면 낙화를 말고
임같으면 늙지를 마소
네모반듯 장판방에
순무기등을 걸어놓고
임은 누워 임책을 보고
나는 앉아서 임수를 놓고
임도 쌩긋 나도 쌩긋
못다 웃고서 날만 새네

순무기는 옛날 등이제. 차양같은 것 있어가지고 호롱불같은 것이제 말하자믄.

〈거무타령〉
거무야 거무야 왕거무야
줄에 동동 왕거무야
아징개 자징개 동박골 동경지
경상도 천아래 대복산 꾀꼬리
잠새잠깐 놀다가소
놀다가면 뭣할란가
신던보신 볼걸어줄께
날본듯이 신고가소

〈개미타령〉
개미야 개미야 불개미야
새빅달 열이렛날
동대문을 열고 보니
천왕리에 저새소리
나도 동동 했건마는
낳으시를 낳으시고
어른님을 따를란께
잡새소리 잊어구야.

〈노다지타령〉
노다지 노다지 금노다지
노다진지 도라진지를 알수가 없구나
나오라는 금노다지는 아니나오고
쇠뿌리만 나오니 성화가 아니냐
에라라 차차
에라라 차차
논폴고 귀폴아서
모조리 받쳤건만
요노다지 애태우누나
사람의 간장을
에라라 차차
에라라 차차

내 속에 있는 옛날 노래 끄집어내서 문화제가 되었다

[할머니에게서 많이 배우셨어요?]
응 그라제 어머니한테도 배우고, 여렸을 때 배웠제.
[노래 잘 부르면 대접이 좋습니까?]

노래 잘 부르는 사람은 노래 적게 부르는 사람덜보다 술도 더 많이 먹고 맛있는 것도 많이 잡수고, 퍼 묵고 더 불러라 퍼 묵고 더 불러라 그것이제. 장구를 우리 작은 손자가 아주 아주 장구를 잘 쳐. 장구도 잘 치지만 꽹가리도 그렇게 잘 치고 잘도 악정이여.

[옛날 노래 많이 불렀습니까?]

구식노래? 아 구식노래 우리 문화제에다가 우리 친구들이 몇 분 하긴 했거든. 그 냥반들이 나 속에 있는 걸 끄집어 내가지고 문화제가 되었제.

〈시집가는노래〉
오늘 밤 여기에 앉아 밤을 세우고
내일은 출가 외인 되어 갑니다
옳고 허니 부르기는 다시 맺어도
사랑이라 부르지면 맺을 수 없어
장날 네거리 술퍼온 처녀
술만 보기만 알아먹을제
날보고 정들기로 다시 불렀소

[옛날 물레 할 때 팀 짜갖고 했죠?]

그라지라. 품앗이 해 갖고, 야달 명이 한방 수를 채우면 야닯을 채워. 언제나 다 있제, 한방 채우면 여덟 명이고 한방 못 채우면 여섯 명이고.

[여덟 명이 해마다 같이 했어요?]

하믄, 오늘은 이 집에 가면 이 집서 하고 이틀은 그 집 가면 거기서 하고. 해년마다 똑같은 사람들로. 암만해도 더 친해지제. 노래 잘 부르고 품앗이에서 잘 하느니라고. 일반 이반 이렇게 반이 있어. 근께 반에서 요렇게 야닯 명 시고(세우고), 모지라면 모지란 반이 되면 2반에서 반을 떠어다 채우고 그렇고 했었어.

그리고 물을 좀 낼라고 그라믄 명치를 이틀이고 사흘이고 찾아주어. 이틀이고 사흘이고 하라고. 또 그 안한답시믄 매일 하루썩 돌아가고 그

랗제.

[동네에는 남자들이 더 잘 놀아요 여자들이 더 잘 놀아요?]

똑같어. 여자들도 여자들이 기회가 있을 때는 더 근사게 놀고. 또 남자들이 기회가 있어, 뭔 수가 있으면 또 놀고.

노래를 좋아해, 지어갖고도 잘 해

[할머니는 노래를 참 좋아하시는 모양이에요?]

좋아해. 지어갖고도 잘 해. 그렁게 내가 자랑한 것이 아니라, 어디 노래 부를 때 있으면 앞서 놀러 가제, 나 오라급디여 잉 그리고 그래.

[문화제에는 언제부터 갔어요?]

그것이 한 오년 넘어 되제. 잉 목포 간 지가 솔찬히 오래 됐제. 그때는 나 각시 젊었을 때제. 처음에 원인이 어떻게 되았냐믄. 인자 방송국에서요, KBS방송국에서 아 노래를 하라 합디다. 고추딴 데서도 하라하고, 밭맨 데서도 하라하고 노래를 해라 했산게,

인자 한자리썩 잘 한 양반이 해각고 노래로 인자 적어각고 잘 한 양반이 있어라우. 그냥은 다 몰라. 그랑게 다 적어각고 노래를 다 따서 책에다 다 매서 해각고, 요 노래를 해 각고, 인자 밭노래를 해각고,

밭노래로 문화제에 나가다

밭노래를 해서 문화제로 나가자 해서 목포로 처음 나갔지라우. 나갔는디 잘 해줍디다 거서(거기서). 호테리(hotel)를 얻어 각고 하루 저녁을 자고 입고 밥도 잘 해주고.

근디 아 거기서 일등을 날라고 그렀는가 잘 해져부라. 여그서는 내일 갈란디 올 저녁에도 못했어. 근께 군에서 나와서 쟁마도(저녁마다) 가르치거드라 그 사람이 오직했어.

'염병하네' 내가 그 소리를 생전도 안잊어 먹었시라. '염병하네' 했는디 아 그래서 거기 가갔고 일등을 날라고 그랬는디 잘 해졌는디 허고 나온게, 기 수 모튼(모인) 수가 바수를 징처니 키고 '봉당 갔오면' 그놈을 함께

노인들이 다 울고 거 담당 군서기가. 나는 잘 몰라, 나도 잘 몰라,

시집살이 노래 이야기

금천댁 노래인디. 그것이 근께 한 번 해 보랑께 처음부터요.

〈일천장 먹을 갈아〉
오늘같은 망국에
급제못한 저 선비야
일천장 먹을 갈아
이천장 붓대잡고
일천자를 적자소니
요내 눈물이 솟아나네

[선비가 왜 눈물을 흘려요?]
아 못적은게. 오늘같은 망국에 급제 못한 저 선비야, 천자를 시간 안에 글 천자를 못 적으니까 눈물이 나제, 아이 거시기. 글도 많이 쓴 양반이 챙피하제. 시험에 낙방한 노래여.

[할머니는 시집살이 많이 하셨어요?]
나는 시집살이 안하고 살았제. 시집살이 안 했어 시어머니가 좋제. 아이고, 시집살이 하면 방을 신랑도 못들어가게 재를 문앞에다 뿌려 놓기도 하고, 밥도 안 주고. 인자 신랑 각시 잠잘랑거(잠잘라고 하는 것) 엿 볼려구, 재를 인자 부작재를(부엌 재를) 갖다가 며느리 못들어 가게 할려고 뿌려놓은 사람들도 있다요.

그랑께 신랑도 발작구(발자국) 소리 날까봐, 옛날엔 지금은 고무신잉께 짚신 들고 살금살금 갔다요. 모르게 잠자고, 전에는 그랬제. 그런 사람들이 다 있어. 아까 나 거 밭노래도 하루내 밭을 매고 해다라지도록(해가 닳도 록) 밤에 들어오면, 옷감이랑 내침스러 이부자리도 피라항께 '삼비비고

진리비고 삼에도동 다 내리고 안그러내 안그러내 동정거리 안그러내'
그러니까 인자 그러게 숭을(흉을) 잡은께 각시가 하는 말이, '눈먼개도
펑펑짖고 꼬꼬닭도 펄펄 울고 밝은 날도 새야와서' 그러고 인자 그러고
대답을 했어. '밝은 날도 새야와서 그러고 내가 살아 뭣을 할까, 주릉강에
내려가서 졸부(졸복) 하나 낚아갖고 쥐불에다 구워먹고 잠든 듯이 죽을라
요' 그러고. 빨래도 해 놓으면 합수통(오물통)에다 넣어 버리기도 하고
며느리 미워라고 그런 사람들이 있제. 그냥 미워라 했제.

며느리가 친정에 갔다가 오늘 오니라 했는지 내일 왔는 갑이드마. 그랑
께 인자 니년이 우리가 왜 이렇게 못 사는지 아냐, 니년이 석회에다가
불을 댕겨 갖고 다니니까 못 살아야, 활딱 벗겨갖고 꾸중물에다 딱 담가부
렀는 갑이드마, 옷을 벗겨 가지고 꾸중물에다 니가 옷에다가 석회에다가
불을 댕겨 가지고 다니니까. 인자 시집살이 시킬려고 그라제 말 안듣는다
고. 어제 오라고 그랬는디 오늘 온께. 전에는 시집살이 많이 시켰은께
내 며느리 내가 잡제 못 잡것소. 내 서방도 내가 못잡은디 시방 같으면
하고도 남겠지만 그때는 안돼, 시집살이 시켜.

각시가 약 먹고 죽어분께

그런께 한 사람 얘기 더 해야겠구만. 그런께 한사람도 시집을 가까꼬
하도 곤란하고 못 살겠은께 도망을 갈라고 도망을 치는디.

근께 신랑이 거시기 서재를 갔다 오다가 서른의 학도 중에 가운데 학도
가 뒤로서. 가운데 학도가

뒤로서 못가느니 못가느니
천이 천말을 하고 만이 만말이어도
내 말 없으면 못 가느니
그리해도 갈랑께

근디 난 안해, 노래가 길고 슬퍼라 근께. 그런 노래가 다 시집살이

노래지라 펭야. 그것이 솔찬히 슬프고 좋아가지고 첫 대목이 안 나오요.
[아 그것이 은비네금비네?]

  늬 명에 너같으면
  문 밖에가 떨어져고
  비명질러 갔거든랑
  문안으로 떨어져라

하면서 은비네를 띵겼어 신랑이, 각시가 죽어븐께. 약을 먹고 죽어 분께
비명에 갔다고 질러 죽어븐께 문 밖으로 던져부렀어. 인자 지기 아버지가
비상약을 사다가 걸어놨어. 근께 그 놈 먹고 죽어불었어. 근께 신랑이
급지(과거급제)를 해갔고 오니까 급지를 해갔고 오니까 금분이가 각시이
름이 금분이여 죽어붕께.

  아랫방에 어머님도 거직했소
  아버님도 거직했소
  아랫방의 금분이는
  누덕으로 갔냐'

누가 죽었냐 그말이제. '지명에 제죽었제 지금 누구한테 원망하냐' 그랬
제. 아랫방의 금분이는 누덕으로 죽었나요 그러니까

  지명에 제죽었제
  누덕으로 죽었겠냐

그랬어 시아버지가. 그러니까

  옥당화를 집어타고

천리길을 나섰어

신랑이

어머니도 들으시오
아버님도 들으시오
앞논 폴고 뒷논 폴고
물레밑의 윤주 담아

그전에는 금을 윤주라 하드마. 윤주 담아

그놈을 되팔아서
비단으로 매장하고
고운단으로 입장해서
세상아를 잘해주오

옥당화를 집어타고
천리길을 가니란께는
친한 친구 만나 가지고
들어가소 들어가소
자네 가서 잊었다면
천리길이 웬말인가
사흘나흘 가던 길
그말을 어찌 듣고
사흘 나흘 가던 길을
하루 아침에 뒤따랐어

말을 타도 사흘나흘 가던질을 하루아침에 뒤따른께, 아랫침의 금비녀가 그제 거그서 썩고 있어. 근께 신랑이 앞논 폴고 뒷논 폴고 물레밑의 윤주담아 그놈저놈 다 팔아서 비단으로 매장하고 공단으로 입장해서 세상아를 잘해주고. 금분이야 금분이야 늬명에 너갔으먼 문안에가 떨어주고 제명에 갔거들랑 문밖으로 떨어져라 그라고 각시를 문밖으로 땡겼당께. 그러니까 각시가 문밖으로 떨어졌어. 지명에 안갔다고.

3) 고봉순 이야기

말한 이 : 고봉순 (여, 65세, 화순군 화순읍 벽나리 2구)
묻는 이 : 나승만 (남, 46세, 목포대학교 인문대학 국어국문학과 교수)
일시 장소 : 1998년 1월 12일, 전남 화순군 화순읍 벽나리 2구

고봉순이고, 칠남내 막둥이, 육십 오세요

　고봉순이어요. 육십오세요. 친정은 여기 계소리 삼구예요. 바로 요동네로 시집와갖고 요동내서 요렇고 늙어부요. 우리 아부지가 내가 나무를 잘 올라가고 긍께 지앙스러웠는 갑소. 애래서 클 때 과일을 좋아했단말요. 그래 산중으로 여워야 쓰겄다 했어. 우리 아부지가 옛날 분이라 내가 칠남매에서 막둥이었는디 거시기. 공부를 갈치믄 친정에다 편지뿔뿔 헌다고 여식들은 갈치믄 절대 못쓴다고 그래서 나 부끄런 말씀이지만, 요 국민학교 발도 안 디더 봤어요. 그래서 나는 일생에 헌 것이 밭메고 논메고 미영잣고 베짜고 고거뿐이 안해봤어요. 그럼시롱 부른 노래요.

　인자 그렇게만 해봤지 어디로 가보지도 않고 먼 소리도 안해 봤고 아들보고 항상 내가 하는 소리가, 나는 이름을 한나 냉기고 죽고 싶은디 마음에 그것이 소원인께 우리 생활 엔간만 해지믄 나 옛날 노래 여. 궁작궁작하고 텔레비전에서 봐도 노래 부르고 막 그렇게 허대요. 그래서 나는 저것이 소원인께 저거를 좀 배어와 보고 싶다. 어머니 쪼끔만 참으쇼 그랬당께라.

서러운 노래 부르는 이유

　우리 형제간이, 칠남매에서 막둥이랑께라우. 남자가 서이고 여자가 너이고 그랬어요. 응 그래 내가 막내당께.

　[크면서 고생하지 않았습니까?]

　귀염은 한나도 못 받았어요. 그랑께 이렇게 서런 노래를 부르제. 어째서 못 받았냐 그러믄, 어머니가 그렇게 돌아가셔불고 우리 아부지가 우리들

고상시킨다고 나 일곱 살 묵도록 안얽었어요. 안얽었는데.

나 일곱살 묵어서 우리 큰언니가 나주서 사는데, 어머니를 한분 모셔왔데요. 그래서 일곱 살 묵어서 그 어머니하고 같이 쭉 생활을. 인자 열 살, 한 열 두 살 묵어서 그 어머니가 나가셨을 것이요. 나 열 살 묵어서 우리 오빠가 결혼을 했어요. 결혼을 했는데,

우리 형님하고 우리 의붓어머니하고 맹일 전쟁이야. 만날 전장이야. 그랬싼께 나가락했어요, 우리 아부지가 할멈을. 인자 왜 나가라했냐믄, 동네 사람은, 우리 성님이 왈가닥이에요. 시집 올 때 동네서 아조 떨이가 온다고 했어. 그 동네에서 제일 이쁜 사람이 온다고 했어.

이쁘기만 하고 성질 나쁜 올캐 언니

근디 이쁘기는 한디 성질이 그렇게 못돼야묵었어. 고약했어. 그런께 인자 안맞어. 우리 서모도 성질이 고약했거든요, 인자 안맞어 그런께 맨날 이렇게 싸와. 그런께 동네 사람들은 이 속을 다 아는데, 이 사우들이 서이나 된디. 인자 우리 언니들이 서이나 된 디. 그 사우들이, 미너리가(며느리가) 나가불고, 내가 서모를 보면 어떻게 그 사우들이 나를 사람으로 인정을 하것냐 그말이요, 우리 아버님 말씀이.

그런께 자네가 나가불고 나는 미너리하고 살란다고 그랬어. 그래갖고 서모는 나가버리고. 그 아무 철도 모르고 성질도 고약헌 미너리하고, 옛날에 종방(종연방직, 광주에 있는 일신, 전남 방직의 전신)생활을 했던 갑서요(가봐요). 우리 언니가, 우리 형님이.

그래갖고 이 멋만 들고 이쁘기만 했제, 이 저고리 동 한나도 어떻게 붙일 줄도 몰랐어요. 그래갖고 우리 아부지가 참 고생했어요. 그래갖고 미영 잣을 줄도 모르고 베 짤 지도 모른께, 동네 그 어머니 친구들을 다 떡도 해서 설에믄 많이 주고 칠월 백중에믄 전도 지져서 많이 주고. 우리 미너리가 명 잣을 지도 모른께, 미영을 못자스믄 그냥 버려부러요. 근데도 그런거 생각 말고 우리 미느리를 찌고 조까 갈쳐주라고 우리 아버지가 사정을 하고 그렇게 성의를 베풀었어요. 그래갖고 그런대로

배왔어요. 그런데도 베도 잘 못짜고.

나는 베를 짜고 싶어

나는 인제 베가 그렇게 짜고 싶어서, 우리 성님이 베를 삐뚤어지게 하고 못 짜. 근디 나도 배움시롬 잘못 짜믄 떨어지기만 하고 못쓴께, 절대 못짜게 하네, 베를.

근께 옛날에 넘의(남의) 집으로 물질러 댕김시로, 베짜다가 베틀이 근치면 얼른 가봤어요. 그러면 그 엄마들이 베짜고 애기 젖을 주고 있으면 그 순간에 얼른 올라가서 그 베를 짜주고. 그러면 물 얼른 질고 안왔다고 지천 대게 들었제.·

그래갖고 돌아댕김시로 넘의 집서 베를 나는 배왔어요. 그래갖고 우리 형님보다 베를 내가 제일 잘 짰어. 그런께 나보고만 베를 다 짜라고 하네.

손으로 하는 것은 몰랐어. 그래갖고 근께 가린식이라고 하면 이해를 못하실것이요. 베를 짜면 이렇게 잉애솔이 있고 놀시울이 있고 그러거든 요, 근디 기계도 그것은 마찬가지여. 기계도. 기계도 마찬가진디 그것은 안디 요렇게 보드집을 이렇게 칠 줄을 몰라. 그런께 그렇게 못짜.

그런께 우리 성님보다 실은 내가 베를 더 모냐 배왔어. 그래갖고 하루에 한필썩 베를 꼭꼭 짰제.

열 여섯에 시집 가다

나 열 여섯 살에 정월 시무 이튿날 요집에, 이 양반한테 시집을 왔어. 열 여섯 살에 나는 정월에 왔은께로 열 다섯 살 묵고 아니 열 일곱 살에 왔구나. 에려서 시집을 왔제. 그랬어도 베를 한 필썩 딱딱 끊었어.

[친정집 가정 형편은요?]

우리 친정은 잘 살았어. 우리 친정은 잘 살아갖고. 논이 좌우지간 많았어요. 많아갖고 두비너리 시비너리 그렇게 불렀어요. 그런께 우리 친정은 겁나게 잘 살았는데.

[왜 이곳으로 시집오게 되었습니까?]

우리 친정 아부지가 이리 선을 보러 오셨든가봐요. 그런께 이 집이 아니고 이 다음 집이었어요. 글 때 나 시집 올 때 째깐한 오두막집이었든가 봅디다. 오두막집이여 내가 시집올 때는. 오두막집이었는디, 그나마도 곧 써러질 정도 그런 집이었어.

그러고 인자 우리 시아부지가 병쟁이어갖고 그렇게 몸이 안좋고 그랬는데. 우리 아부지가 이리 선을 보러 와갖고 선을 본께로 사우가 눈에 들었든가봐요. 그란디 인자 나는 참 모던(모든) 것으로 봐서, 하는 행동이나 인물이나 우리 영감님 맨발 벗고도 못따러 가요. 우리 영감님은 젊어서 참 이쁘고 그렇고 얌전하겠는디 나는 아무 배움도 없었어요. 그래갖고 인자 선을 보러 오셔갖고 아무 것도 눈에 든 것이 없었는디 인자 사우가 눈에 들었나봐요.

그래갖고 선을 보고 와게서(와가지고) 하근(잎담배의 한 종류인듯)을 써라(썰라) 해요. 노랜 하근을. 그때는 몽침(목침)에다 하근을 이렇게 똘똘 몰아서 썰었소. 노랜 댐배같이. 근께 촌에 댕김시로 하근이 생겼든가 찾아왔든가. 인자 스물 다섯 살이나 묵도록 장개를 못가갖고 선보러 온께 하도 좋아갖고, 쟁인영감 되겄다 좋아갖고 개재를 했던갑서, 생각헌께. 근께 고놈을 갖고 와서 몽침에다 놓고 이렇게 썰드라고요.

"오매 아부지 댐배가 여간 좋소, 어서 나겠소?
니그 신랑이 주더라"

우메 신랑이 뭣인가 몰랐죠. 그래서 내가 두런두런 하고 있은께, 아버님 하시는 말씀이,

"거시기, 아무 것도 볼 것이 없드라
집도 오두막집 배뚜름허니 곧 써러지겄고
시아바지도 병객이고,

점심을 해왔는디
상담을 본께 살림도 그렇고,
암것도 취미할 것이 없는디,
당자가 그만하믄
너를 허리끈에다 차고 댕겨도
너 한나는 거천하것은께
승낙을 했다."

그러시더라고요.
인자 공기총으로 옛날에는 나 어려서는 사내키(새기줄)를 이렇게 쨈매 갖고 새를 잡아서 사내키 사이에다가 새 모가지를 이렇게 끼고 댕긴 것을 봤거든요. 그래서 인자 그 소리도 부끄러와서 아부지한테 물어보도 는 못허고.

'새를 사내키에다 끼어갖고 댕기드만
사람도 허리끈에다 차고 댕긴갑구나.'

그랬어요. 인자 그렇게 받아들였어. 그러쿠는 인자 우리 아버님이 하시 는 말씀이,

"느그집이 질가(길가) 집이드라.
거시기 시집을 가믄 점잔해야 한께,
거시기 누가 고샅에서 쌈을 허고
시끄럽게 해도 뿔뿔 나가지 말고
집에가 점잖허니 있고
그 시어마니를 본께로
성질이 보통 성질이 아니시것더라
근께 시어머니가 아무리 야단을 해두

잘못했다고 야단을 뭐라고 해도
비는데는 약이 없단다
근께 니가 잘했든지 못했든지
야단하시믄 어머니 잘못했소 다시는 안할라
그 말만 하고 살어라."

고 허데요. 그래서 그것만 배워갖고 시집을 왔어요. 아 그래서 이놈의
신랑이 언제나 허리끈에다 차고 댕길람갑다 본께로 오늘까지 안차요.

동네 야학에서 글을 배우다

[학교는 전혀 안다니셨구요?]

발도 안딛어 봤어요. 인자 일제시대에 우리 언니가 글때에 영성손(양성
소)가 양악(야학)인가 나보다 여섯 살을 더 잡순 언니가 있었거든요.
근께 그 길을 따라 댕기면서 밤에믄 일본말 배우러, 일본글. 나도 인자
따라 댕겠어요. 언니를.

그래갖고 인자 이찌니산시를 배왔제. 이찌니산시를 배웠고, 뭐 시노마
루또 하라 뭐 지랄허고 인자 일본말을 일본글을 쪼끔 배왔어. 근께 쪼금
배왔제. 그러고 배와갖고 해방되아갖고 그것을 못써먹었잖아요.

그래갖고 인자 시집 오도록까지 인자 실은 시계도 못보고 달력도 못보고
글자를 모르기 때문에 못봤어. 못봐갖고는 이놈의 노릇을 시계도 못보고
인자 시방인께 전화라도 있는디, 그맥에는 전화도 없고 그러지만 시계도
못보고 뭣도 모르고, 그렇게 미영만 잡고 베만 짜고.

어찌고 허든지 우리 어머니가 나 뭐라고나 안하면, 그러고 베나 쪼가(조
금) 부리믄(짜면서), 그러고 살았제. 그렇게 살았는디, 여기서 삶시롱
그맥에, 내가 스물 싯에 우리 큰놈을 나았응께 스물 한 살이나 묵었든가
스물 두 살이나 묵었든가 그 정도 되았을 맥에 공부를 했어요. 동네에서
양학(야학)을 했어. 그래갖고 학교를, 공부를 안하믄 장에도 못간다.
그래서 뭐시냐, 도산떡 아들이 갈치고 여기여 안동떡 막둥이 시아재가

가르치고 그랬어.

남편은 통운에 다니면서 노동했어요

[남편 성함이 무엇이고 어떤 일을 하셨는가요?]

이 복남이어요 복복자 남남자. 인자 칠십서이요. 직업은 기양 노동허조. 일도 안허고 그랬습니다만 노동일이제. 인자 촌에서 살이겠어요 젊어서는. 그러다 나이 많으신께 심이 부친께 안허고 집이서 농사지섰제. (농토가 좀 있으신가요?) 농토도 없어요. 밭뙤기만 쪼끔 있고 모도 놈의 집 가서 품도. 통운에서 한 삼십년 있었제. 지금 나온 지가, 시방 마흔 살짜리 고등학교 졸업 헐 때에 통운 고만 했을거요. 그놈 갈치고는 그만 했어. 긍께 그놈아가 고등학교 졸업한 딸이 시방 마흔 살 먹었거든요. 우리 막내가 그런께 몇 년인가 고런 것도 모르것어요. 근 이십년 가차히 될꺼여요. 그럴꺼예요.

한시도 일손 놔불믄 죽을 줄 알았어요

[일을 많이 하셨군요?]

그러지요 인자 우리는 한시도 손을 놔두고 안살아 봤어요. 한시도 한시만 손을 놔불믄 죽을 줄 알았어요. 들에 가고 밭메고 논에 가면 논매고 집이 오면 거시기 머시냐 질삼허고. 도구질 해서 밥해 묵고 보리쌀 갈고 맨 노래를 불렀어요.

긍께 집에 가서 시집살이하고 들에 가서 징그라갖고 그런 노래도 부르고 그랬어요. 들에가서 모 숨그믄 거마리가 어찌게 뜯어먹던지 거마리가 원수고 밭에로 가믄 바라구가 어째 많은지 그놈을 멜라믄 힘든게 바라구가 원수. 집으로 들면 시누이가 어찌게 시집살이를 시켰는지 시누가 원수. 그래서 원수 원수 시 원수를 세사실로 목을 걸어서 대동강에나 삐여부라고 했어요. 어찌게 징그러워서 그 노래를 불렀어요.

삼 훑을 때 땡감을 먹는 이유는요?

[삼베 일은 안했어요?]

삼베질쌈도 다 했제. 삼 삶고 근께 글땍에(그런 때에) 삼 삶음시로는 감을 뽁직뽁직 헐 때, 감을 먹어야 이빨이 맞어갖고 삼을 이렇게 잘 훑어서 삼었어요. 그렇게 감을 사다가 탁탁 쪼개서 묶음시로 감이 떠럽고 대리믄 된장을 찍어서 먹었어요. 그때는 배가 고픈께 어쩌든지 많이 먹을라고. 그라고 고치를 따다 놓고 묵으믄 고치가 매아서 속이 아프믄 고치배를 따갖고 된장을 너서 딱 나두믄 쪼끔 덜 맵대요.

[삼 훑을 때 땡감을 먹는 이유는요?]

이빨로 한나한나 물어 뜯어서 삼을 삼을랑께 이빨이 더 안맞어요. 감을 묵으믄 떫떠른 맛이 있어각고 이빨에 잘 엥게요. 그렇께 감을 쪼개서 묵고 인자 대리고 긍께 된장 고치에다 묵고 삼을 삼었어요. 그럴 때는 땡감을 먹어야 그맥에 거 여자들이 삼 삶고 헐맥에 어이 아무게 댁네 감이나 쪼까 갖다 주소 긍께, 감 이고 와서 군데 군데 부서주든가요. 그거이 바로 그것이었어요. 긍께.

[베짜는 기술은 어떻게 배우셨어요?]

그런께 그 분들은 다 돌아 가셔부렀지요. 특별히 때나게 갈차 준 사람은 있었든가, 그 기억은 잘 모르겄는데, 내가 그렇고 배울라고 쬐깐헌 것이 배울라고 그것이 안타까와서. 암만해도 인자 했싸믄 떨어지고 그 사람 짜기가 불편허지요. 그래도 못짜게는 안하대요. 내비(내버려) 두데요. 동네 사람들이.

남편 군대 가고 염병을 앓다

[아파서 고생한 적도 있어요?]

근디 재수대가리가 없어갖고 글 때 내가 염병을 해갖고 머리가 낭자한차 빠져부렀어요. 시방은 열병이라고 허지만 그때는 염병이었어. 그때 이 양반은 군인에 가불고 이 물도 못이고, 물을 이렇게 이기는 이었는디 내리면 이 가심이 맞쳐가지고 내리도 못허고 그정도 되았어요. 그때 죽기로 내봐부렀어요. 그 정도 되았는디, 인자 거시기 시아바니가 돌아가셔갖고 이 양반 정월 보름날 군인에를 가갖고, 나 열 일곱 살에.

[남편이 군대 가셨어요?]

열일곱 살에 시집을 정월에 왔는디 열아홉 살에 정월 보름날 군인을 가고요. 그래갖고 그때는. 그래갖고 그렇고 오래 있어갖고, 그때는 휴가를 오나 뭣 오나 아무 소식도 없이 산디. 아 인자 시아바지가 돌아가셔 부렀어요. 군인에 막 가고. 돌아가셔 부러갖고, 군인에 감시롱 그맥에는 저 마리 보시서 직장이라고 돈 걷어주고 처갓집서 주고 동네에서 걷어주고 그래갖고. 우리는 돈 없응께 암껏도 못주고 이 찰밥만 쪼까 뭉쳐서 싸주고. 그놈 돈 갖고 우리 동네 사람 옥동양반하고 둘이 갔어. 근디 거기는 외아들이라 떨어져서 와불고, 이 양반 감시로(가면서) 떨어져서 온 사람한테 돈허고.

군대 간 남편이 보내준 돈으로 시아버지 장례 치르다

가부렀넌디, 여수를 간 날 저녁에 그 이튿날 새벽에 시아바니가 돌아가셔버렸어요. 근께 돈 그놈 보낸 놈을 이 비개에다 비여드렸지요. 그래갖고 시아바니가 돌아가심시로 그래도 아들 비고 있으니께,

'사람은 올 것인께
널이나 한나 사고
조구나 댓마리 사고
막걸리나 뒤말 받어갖고
나를 파묻소'

근디 사자밥 할 것도 없었어요. 그렇게 쌀이 없었어요. 그래갖고 어뜻고 초상을 쳤든고 초상을 쳤어. 치고는 인자 돈 그놈 갖고 신속허니 썼제 인자. 장남이라 틀리데요. 군인에를 감시롱 그 돈을 보내줘서. 그래갖고 초상을 치고는 어렵게 어렵게 느물만 캐다가 시아게를 머어 살렸어요.

징허게 고상했소, 나. 그렇게 살아갖고, 거시기 내 그렇게 살다가 제대를 해갖고 왔대요. 제대를 해 왔는디 그렇게 내가 열병을 치르고 그렇게 아팠을 땍에 나 다른 땍에는 미운 것이 없었는디, 그때 쫌 미왔어요.

군대에서 남편이 바람을 피우다

[남편이 왜 미웠습니까?]

아니, 옆에가 없는 것이 미웠잖애 내가 죽기로 내봐불고 인자 군인에 있음시로 당신은 그래도 좋은께 얼굴도 이쁘고 좋은께, 인자 각시가 있었든갑데요. 각시가. 인자 군대 가갖고 전장해갖고(전쟁을 해가지고) 총을 일곱간대나 이분이 맞었어요. 그래도 빙신이 안되고 와갖고 광주 뭔 사단으로 왔던갑데요. 거가 있음시로 외출 댕기고 가락내고 댕김시로 각시가 하나 따라붙었는갑데요.

놈 앞에서 잘난 척이나 한번 해봐야제

[살기 힘드셨겠습니다?]

나는 묵는 것도 내 몸에는 등한히 허고 입는 것도 등한히 하고 거울을 보면 우리 식구 중에서 내가 제일 못낫고, 내가 어째서 요로코 못낫을까 그렇게만 생각하고 이렇게 먹는 것도 나는 별라 그렇게 나는 안쳉겠어요.

그런께 우리 아들이 하는 소리가,

'어머니 아버지가 건강해야 내가 돈 벌 재미가 난께 어머니 아버니 건강허시쑈'

항상 그러고 좋은 것도 사주고 막 약도 지어다 주고 그러데요. 그러니 인자 가만히 생각해본께

'대체나 내가 먹고 살아야
자식 산 것을 보겄구나

대체나 묵고 심을 내봐야 되겠구나.
내가 못났다고 맨 놈의 뒤에만 앙겄은께
나가 무장 못난 것 아녀.
에이 빌어묵을 것.
그것이 아니라
내가 놈의 앞에 나오고
앞에서 잘난 척이나 한 번 해봐야제'

그러고 내가 자신을 키웠지요. 내 마음으로. 내가 시방 그렇게 사네. 진짜 나 그랬어. 자신이 죽을 것이 아니여. 근께 충청 양반이 뭐라 헌 줄 아요.

'자네는 머시 그리 재미진가,
머시 그리 재미져서 웃은가'.

성가시면 노래를 불러부러

나는 집이서도 성가시고 그러믄 넘은 운다고 헌디 나는 노래 불러부러. 뭣이 좋아서.

[구식 노래 중 어떤 노래를 부르시겠습니까?]

옛날에 인자 시집살이 한 노래. 그런 거 그런 것이나 부르지 뭐. 다른 것은 없어요. 옛날에 시집살이 한 노래도 부리고 뭐 그런 것이나 부르제. 긍께 시방 그 아리롱타령에서 그렇게 부린 노래 그런 곡을 여러 가지로 불러야 좋을 것인가, 옛날에 삼시롱 그런 가사가 질어요. 그런 것은. 거 시집살이도 허고. 옹삭시럽게 산 그런 노래를 불러드래야 될 것인가

[기억력이 좋으셨겠네요?]

좋다고 생각했죠. 오늘 저녁에 어디 가서 노래를 부리믄 낼 아칙에 그 노래를 짝 했어요. 한나도 안빼고 우리 아들 저 거시기 부산가 있을

때게 가갖고 거그 주인 하숙 안주인 남자가 사람을 얻어갖고 안좋았등가 봐요 마음이.

그래갖고 같이 놀고 술을 한잔 잡수고 저녁에 노래를 부르데요. 그래서 그 노래를 배갖고 와서 듣고 와서 그 노래를 지금도 해.

[밭매면서 밭매는 노래도 하셨죠?]

예. 밭매고 한낮 되믄 뜨겁고 땀이 펄펄 나고 그냥 힘들믄 그렇게 노래 한자리썩 부르고. 그냥 더운지 모르고 잘 매지대요. 자기 신세 타령같은 그런 노래도 있지요 이.

그렇게 하도 폭폭허믄 노래를 부름시로 했어요. 시집을 가갖고 시집살이 험시로 배고프고 헐벗고 그런 노래는 불러 봤어요.

놈들이 헌께 따라서 불렀다

[이 노래는 누구한테서 배우셨어요?]

놈들이 헌께 따라서 어려서 헌게. 즈그 시누가 성님헌테 시집살이 시켰었는데, 시누가 또 시집을 간게 그렇게 시집살이 하고, 맨발 벗고 동짓섣달에 물지리고(물 길으고) 거 젊은 분들은 모르실꺼지만 베짜기가 그렇게 배고파요. 근디 이삼사월 진진 해에 점심을 굶고 베를 짰드래요. 근께 쌀도 한말 보내주고 신도 특미신 삼은놈 신도 한축 보내 주라고 근께 인자 노래를 그렇게 불렀어요.

그렇고 불르믄 밭 한 합이 다 매지고 그랬어요. 좌우간 어쯔고 되았든지 그렇고 험시로 밭을 매믄 한 합 매고 두 합 매고 땀이 폭폭 떨어지고 그렇고 맸어요. 그렇고 밭 매고 살았어요. 그러다 본께 인자 밭 맬 것도 없고 이렇게 늙어가고. 밭 매다가 숨차면 술도 한잔 마시고 글제라. 그땍에는 술 그런 것도 없고 인자 밭에서 목화밭에다 무를 많이 넣거든요. 근께 무잎삭 뜯어다 시쳐갖고 된장허고 풋고치허고 밥허고 갖고가서 그 놈 막 싸서 묵고 그렇고 또 맸제라. [이 노래 부를 때 춤도 추고 그랬습니까?] 그래갖고 질검 좋은 양반은 호맹이를 들고 춤도 추고 그랬지요. 꺽꺽

매다가는 인자 재미나갔고 목화뿌리도 파불고 그랬어요.(웃음)

어머니 보고 싶어서 노래 지어 불렀다

[지어서 부른 노래가 있습니까?]

나는 평소에 시살 먹어서 어므니가 돌아가셨거든요. 칠남매에 막내여갖고 그래서 어므니를 못 뵙고 어머니 유방을 한번도 못 만져 봤어요. 그래서 글로 소원이 되아서 글로 노래를 진 것이 한나 있어요.

한재 넘어 한가꾸야
두재 넘어서 지층개야
큰잎같은 울어머니
송잎같은 나를 두고
복송나무 배를 타고
저승길을 가셨는가
저승질이 질같으믄
오고가고나 내 못하리
저승문이 문같으믄
열고 닫고나 내 못하리
높고 높은 상상봉이
평지가 되거든 오실라요
한강수 짚은 물이
육지가 되거든 오실라요
빈풍에(병풍에) 기린 장닭
잘룬(짧은) 목을 질게 빼고
울음을 울거든 오실라요
가시는 날짜는 알거니와
오실라는 날짜나 일러주오

그렇게 지가 작곡을 해봤어요. 그러고 또 우리 언니가 나를 봄시로 하도 안타까워서 부린 노래가 있어요. 그 노래는 먼 노랜고 허니,

저기 가는 저 생이는
오년인가 소년인가
오년이믄 무엇하고
소년이믄 멋헐란가
저승길에 가시거든
울어머니 만나시믄
어린 동생이 보친다고
쉬엉에다 젖을 짜서
눈물이로 막애(마개) 막어
한숨이로 끈을 달아서
구름안에 보내라소

그렇고 우리 언니가 지었다요. 나를 보믄서 내가 하도 울어싼게. 그래서 그 노래는 우리 언니가 지었고 이 노래는 지가 지었어요. 우리 어머니를 못봐서 내가 한이 맺혀갖고 그래서 그 노래는 지가 지었어요.

내 재미를 내가 맹글고 살아야제
[노래부르면 마음이 시원해져요?]
예, 후련해 부러요. 아주 가슴이 훤해져부러요. 나같은 사람은. 머시 성가시러서 머시 좋아서 글고(그렇게) 노래 부른가 그러믄 지금도

'내 재미를 내가 맹글고 살아야제. 내 재미 누가 준다우? 영감도 안주고 자식들도 안줘.
내 재미 내가 만들어갖고 살아야제. 내가 속으로 아무리 괴로워도 누가 내 괴로움을 주간디. 내가 괴롭제. 놈한테 왜 괴로운 표현을 해'

난 집이서 괴로워도 나가믄 얼싸허고 그렇게 살아요.

'뭣이 재미져서 노래부르고 웃고 그런가'

그러믄, 내 재미 내가 맨들어서 살아야제. 내재미 누가 주간디 내야가
내재미 만들어갔고 살아야제. 그렇게 산께 이 세상이 재미있대. 그러고
나 「옛날에 금잔디」(연속극 이름) 볼때게 느꼈어요. 그맥에 내 마음을
딱 느끼고 내 마음을 계발했어요.

충격을 많이 받으믄 그 치매병이 온다고 그러대요 그 박사가. 그래서
테레비를 보고 그 박사 말을 듣고,

'아이코 나도 충격을 어려서부터 얼마나 받았넌디. 늙어서 내가 저모냥
이 되믄 어쩌냐.
인제라도 내 맘을 터부려야 쓰겠구나. 그렇게 살아서는 안되겠구나,

그래갖고 그 뒤로 나 그렇게 살아서는 나도 틀림없이 내가 충격을 많이
받고 어려서 받고 컸는께 저사람 같이 되야불겠구나. 내가 고생하고 살았
는디 내가 내 자식한테 늙어서 못헐 일 시키고 내가 그렇게 천한 세상을
살아서는 안되겠구나.

노래만 들어도 그 사람을 알아

내 마음을 열었어. 가만히 이렇게 이런 일을 허시고 댕김시러 가만히
이 얘기고 듣고 노래도 들어봐요. 글믄 노래를 들어보믄 저 사람의 사연이
어떻게 됐다는 것을 알 수 있어. 어째 그러냐 허믄 재미지게 얼싸절싸
산 사람은 노래도 재미진 것만 부르거든.

살기가 딱딱하고 고생을 많이 허고 그러믄 그 비극 노래, 자기가 안타까
운 그런 노래를 많이 해. 그렇게 노랫소리만 들어봐도 저 사람이 호화스럽
게 살았구나, 아니믄 고상허고 살았다 그건 내가 알 수 있어.

내 마음을 내가 풀고 살아야제

자식들한테 해도 안들을라 할 것이고 남편한테 해도 안들을라 할 것이고. 놈한테 허믄 누가 놈은 누가 돌봐줘. 안받어 주제. 근께 내가 내 마음을 풀고 그러다 저러다 보믄 그냥 풀어져부러. 내 마음을 내가 풀고 살아야제. 놈이 못풀어줘.

4) 월항리 사람들 이야기

말한이들 : 김진국(남, 69세), 김진식(남, 64세), 정기순(여, 64세, 완도군 노화
　　　　　읍 충도리에서 시집옴), 김술호(남, 64세)
묻는 이 : 나승만(남, 40세, 목포대학교 인문대학 국어국문학과 교수)
일시 장소 : 1992년 6월 22일, 완도군 소안면 월항리

일제 때 독립운동으로 유명한 마을입니다

나승만 : 월항리는 어떤 마을입니까?

김술호 : 우리 동네는 독립운동으로 유명한 마을입니다. 사립학교 설립하
고 초대 교장을 지낸 김사홍 선생도 이 마을에서 태어났습니다. 2대
교장 김경천 선생도 이 마을 출신이고요. 가학리에다 사립학교를 세웠
고, 그 후손들이 마을에다 야학을 세웠습니다.

마을 뒷산 이름이 금성산이어서 야학 이름도 금성학당이라고 했다고
들었습니다. 우리 선친들이 거기서 공부했습니다. 시기는 사립학교를
강제로 폐교시킨 이후입니다. 암암리에 일본놈들 모르게 우리 한글을
교육시켰지요.

김진식 : 항일투쟁하는 내용을 가르쳤습니다. 우리들은 일일이 알기는
어렵지만요.

김술호 : 사립학교는 폐쇄시키고 일본놈들이 소안 공립보통학교를 세웠습
니다. 우리들은 이학년까지 한글을 배웠습니다. 그 후 일본놈들이 성
바꿔불고 강제로 일본어를 교육시켰습니다. 이 마을 옛날 어른들은
한글 모르는 사람들이 거의 없습니다.

김진식 : 사립학교가 있을 당시에도 각 마을에 야학이나 학원 비슷한 것이
있었어요. 그리고 공립학교와 사립학교 학생들 간의 갈등이 굉장했습니
다. 주재소에서 공립학교 댕긴 학생들을 호송해서 학교까지 보내고
하교 시에도 데려다 주고 그랬습니다. 한 이년 동안 그랬어요.

항일 투쟁을 위해 사립학교를 세우다

나승만 : 김사홍 어른이 사립학교를 세우고, 민족운동에 투신한 이유가 무엇일까요?

김술호 : 당시에는 공립학교가 없었고, 송내호 선생같은 분을 양성해낸 곳입니다. 사립학교를 졸업하신 분들이 신안 근방에도 계세요. 민족주의 사상이 강하기 때문에 거기에 호응해 들어왔고, 노화 근방에 사신 칠팔십대 분들이 보통학교 출신이 많습니다. 왜냐면 소안 노화에서 제일 먼저 설립한 것이 소안 사립학교예요. 사홍씨가 사립학교를 설립한 목적은 후손을 양성하다가 일본놈들이 합방하니까 생각이 강해진 것이지요.

김진식 : 토지문제로 투쟁하다가 세운 학교가 사립학교인디, 그 당시 학교가 가학리에 있지 않고 비자리 당밑에가 쪼그만한 서당만이로 … 그래갖고 어떻게 사립학교를 가학리 우슬 밑에, 지금은 길이 나 있습니다만은 …

김술호 : 나중에 소안 중학교 세울 때 사립학교 터로 가자고 논란이 많았는데, 재일교포가 기증을 해갖고 소재지로 갔어요.

김진식 : 소안사립학교라면 역사적으로 굉장해서 명분이 있는디. ….가학리 유성호 씨가 당밑에 사립학교를 격은 사람이다. … 우리 소안도 역사가 살아 있습니다. 우리 역사가 살아 있어요. 우리 작은 아버지가 사립학교 선생으로 계시다가 … 나는 이것만 지킬 뿐인디. 김형권씨가 우리 작은 아부지였어요.

항일운동 하신 분들 피해는 말할 수 없을 정도다

김술호 : 송내호 선생이 원래 이 넘에 마을 이목리에서 사셨는디, 그 부친이 비자리에서 시방 낙향여관, 여관을 했어요, 그 분이 투옥 당했을 때, 그러면서 뒷바라지를 했어요.

김진식 : 그 당시 항일운동 한 분들의 피해라는 것은 말할 수가 없어요, 전부다 피해자여요. 막 다 죽여부렀으니까. 존재가 없이 이런 정도로

흘러 왔습니다. 지금에 와서 모다 역사가 이렇게 살아가지고 탑을 세운다 비도 세운다 그러니 우리가 다시 후세의 입장에서 아 이렇구나 하고 느낄 뿐이죠.

김술호 : 저 기념비를 완도에다 세울려고 했습니다. 소안 사람들이 동의를 안했죠. 결국 노인회가 주도를 해갖고 금고를 쳐서 모금을 한 것이 시발이 되갖고 모금을 해 세운 것입니다.

육이오 피해는 말할 수 없을 정도다

나승만 : 육이오 때 피해는요?

김진식 : 피해는 말할 수 없죠. 전부 피해를 당했죠, 사람이 많이 죽었어요.

김술호 : 마을에 독립운동을 한 사람들을 공산주의로 몰았어요, 관제 공산당이죠. 그래가지고 희생도 많았지요. 일본에서 유학해 갔다 온 분들이 많이 가담했다가 좋은 분들이 세상 많이 떴습니다.

김진식 : 그로인한 피해는 말할 수 없죠. 좌익이다 공산당이다 그리 몰아쳐 갖고...지금에 와서는 인자 다 해소되고 웃음서 살고 있습니다.

김 덕분에 일본 유학을 많이 가다

김술호 : 일제 때 김을 많이 해갖고 일본에 유학한 것은 김 덕분에 유학을 많이 갔지요, 수입이라고는 김밖에 없었거든요. 그 당시 톳같은 것은 논에 비료로 했고, 중간이 되면서 톳같은 것이 수출품이 되었고, 일제 그 당시 김으로 해서는 우리 마을 이상 김 생산을 한 곳이 없을 겁니다. 우수 마을로 상도 탔어요. 소안김이라면 일제 때부터 유명한 곳입니다. 일본 유학은 사립학교 폐쇄 후거시요. 농사는 자급자족 겨우 어렵고, 학생들 유학 시길라면 자금이 있어야 하는데, 그것 때문에 김 많이 해갖고 유학 간 사람도 있고 밀항해간 사람도 있고.

김진식 : 내 생각에는 사립학교가 일제 압력에 눌려갖고 일본에 유학하는 일이 생겼다고 봐요. 그 후 일본 유학생이 많이 생겼어요.

김술호 : 일제 때는 지주식 김밭을 했습니다. 말목을 찔러갖고... 그 당시

우리 마을에 인쇄기가 있었어요. 1, 2, 3구 구역을 정해갖고 했어요.
6.25 나면서 삐라 만들어 뿌린다고 인쇄기 경찰에서 압수해 갔어요...

항일 독립운동가를 많이 불렀다

나승만 : 옛날 노래는 많이 불렀습니까?

김술호 : 옛날 노래라면 여그서 주로 불렀던 노래는 사립학교서 불렀던
독립운동가, 애국가 그런 것이제, 우리도 독립운동기념비 세우면서
조사단이 와서 조사했는디, 우리들도 대개 어렸을 때는 그런 노래 따라
불렀제라. 그리고 그 당시 우리 마을 사람들은 민요보다도 옥중에 가서
생활하는 혁명수가 있다고 그라믄 이불을 안덮고 잤다고 그래요. 같이
고생한다고,... 그 당시에는 "천지정기 부름쓴 계림남아야..." 그것이
시발이 됐어요, 우리들이 해방이 되면서 흔히 불렀어요. 해방 되갖고
마을 사람들이 온장(김 말리는 공간)에다 극장을 만들어 갖고... 극장
맨들어갖고 아주 큰 경사가 있었제. 노래 부르고 일본놈들이 탄압했던
그런 것을 재현하고 그랬어요.

정기순 : 우리들도 가이나 때는 많이 불렀는디, 인자 안부른게 잊어부렀어
야. 연극 꾸밈스로 한 노래 조금 알어. 기곤이 하고 승호 아잡씨(아저씨)
하고 아조 잘 불렀어, 어머님 어머님 왜 울었습니까 그거.

정기순

어머님 어머님 왜 울었습니까
어머님이 울면은 울고 싶어요
야야 수동아 자사히 들어아
네 아버지는 너를 난지 불과 삼년에
상사불경 하신님의 손목을 잡고
만난 소리 다못하여 달개 소리에

놀라 깨니 허무한 꿈 날도 밝구나

그라고 한디 뒤에가 있을 거인디 얼른 개득(기억)이 안나.

김술호 : 수동이라 하면 누구를 칭한 것이 아니라 가상된 인물로 정해갖고,

김진식 : 투옥을 당해분게, 슬픔의 한을 자식한데 전해주는 노래요.

김술호 : 여그서 해방의 노래가 나왔고, 그 당시 애국가도 시방 애국가와
　　　　 달랐오.

정기순 : 충도서는(정기순의 친정 노화읍 충도리) 이런 노래 안불렀어,
　　　　 여그를 열 야달에 시집왔는디. 여그서 하는 거제.

8.15 때 해방굿을 하다

나승만 : 해방되던 때 마을 사람들이 굿했다고 했는데요?

김술호 : 처음 모이면 농악입니다. 꽹과리를 치면 제일 잘 모입니다. 그
　　　　 래가지고 밤에 횃불을 써갖고 했어요.

김진식 : 해방의 기쁨이란건 누가 머래도 … 그리갖고 농악도 하고 그런
　　　　 것이제.

김술호 : 해방 후에 부른 노래는 한이 맺혀서 부른 노래고, 사립학교 교가도
　　　　 있고,

정기순 : 여기서 청년들이 할 때.

아침에 두둥실 희망에 넘치고
…

한양을 차려가네 한양을 차려강산
금강의 힘 금강의 힘 힘 힘

그런 노래는 해방이 되서 청년단에서 부른 노래고.

나승만 : 해방 후에도 그런 노래 많이 불렀어요?

김술호 : 그 뒤로는 육이오가 발발했으니까,

육이오 때 이리 당하고 저리 당하고

김진식 : 육이오가 나면서 탄압이랄 지 이런 식으로...주눅이 들어갖고 부를 수가 없었제.

김술호 : 마을을 관제 공산당화시켜 부렀어요 경찰이. 사립학교 거시기가 있고 그래갖고는 우리 마을이 얼른 애기하자면 서로...

정기순 : 노래는 많이 있소만은 못부르게 한께 전부 묵어불고.

김진식 : 그 놈들이 왔다 간 바람에 공산당으로 몰려갖고 탄압이 심했제, 그래갖고 노래도 못하게 되얐제.

김술호 : 인민군들이 유월 칠월 경에, 아마 후퇴를 그 때 대구 근방까지나 갔을 것이오, 여그 있던 발동선을 전부 징발해갖고 완도 상륙작전 한다고.

정기순 : 경찰들이 사람을 많이 그랬제. 그 사람들은 와서 털끝도 안거치고 갔어. 그 사람들하고 말하고 환영했다고 경찰들이 그랬제, 죽였어.

김술호 : 나주 부대는 우리 면사무소 다닐 때, 경찰 후퇴해불고, 여그 지방 사람 둘을 의경으로 나뒀는디 와서 본께 암도 없거든, 그 사람들이 들어와서 인민군기를 안그려갖고 환영한다고 야단을 친께, 우리 총무계 이상길써라고 기를 기리는(그리는) 시늉을 한디, 어떠께 인민군기를 아꺼시요, 그랑께 안기린다고 야단이 났는디, 그 사람이 면장실로 세수하로 들어가는 것을 본께 경찰 공문대를 차나서, 내가 면장님한테 이것이라 그래갖고 그 사람이 나중에 신분을 밝혔지요. 그 당시 소안에서 피한다고 그래갖고 희생당한 사람들이, 총을 쏴서 죽이고 완도에서도 그런 거시기가 있고 그랬다요.

정기순 : 아이고 못할 시상을 살았제. 아 노래는 한자리도 못불렀제, 인민군이 지내간 뒤로는 누가 그런 노래를 어떻게 먼 노래를 부르고 그런 모임이란 것이 없지라.

김진식 : 수복하니까 어떻게 해. 다 주눅들어 부렀제. 할 수 없지요.

김술호 : 경찰이 후퇴하면서 면사무소에 근무한께 같이 후퇴해야 할 것인디 즈그들만 후퇴해불고, 나중에는 양뺨맞은 편이지요.

김진식 : 육이오를 당해가지고 이리 당하고 저리 당하고 이모저모로 그런 억울한 세상을 살았제.

나주 부대의 만행

김술호 : 나주부대란 것이 후퇴하면서 패잔병들이 조직해갖고 들어온 부대여,

정기순 : 나주부대한테 나 당한거 갈쳐주라요 ? 진국이네 논에서 맞모를 한디, 유월달에, 아조 무선께 모하로 안오던 사람들도 전부 모하로 왔어요. 처녀들도 낭질을 하고 그래서 저 안구석지부터 일더만

"야 쩌그 안구석지에 있는 네 년 네 서방 이름이 뭐여."

권자 진자 찾을 라고 그란께, 지어내기도 잘 해, 이녁 동네 권자 진자 안따라 간 사람을 어쩌고 할라하면 아무개여라, 아무개여라, 한디 나는 하다 못해.

"모방수여라."

그랬당께, 그런디 나만 안잊어불고 아까 왜 그랬냐고 발로 차고 볿고 창대 쇠로 치고...

월항리 사람들의 운동회 응원가

김진국 : 응원가는 모든 부락민의 합작입니다. 그 때가 한 사십년 됐으까, 그 때 이 소안면이가 국민학교락헌 것이 한나밖에 없었습니다. 그래서 옛날에 운동회를 하게 되면 우리 소안면 면민이 커다란 잔치라고 생각하고 남녀노소 없이 자기 부락, 특히 리에다 치중해갖고 막 우승할라고

관심이 컸어요. ...부락 대항 릴레이 그것이 제일 인기가 좋았습니다. 거기서 우승하게 되면 우승기를 탁 가지고 부락에 오면 꽹과리 치고 아조 이만저만 잔치가 아니어요. 그래서 젊은 후배들이 우리 부락에도 응원가 한번 만들어 보자 그래가지고 여러분네 합작으로 해서 가사도 몇 번 수정하고 작곡을 했습니다. 응원가가 있고 청년단가도 있는디 다 잊어버렸어요. 응원가는 지금도 부를 수 있는디,

금성산 돈는 햇빛
우리의 기상일세
청해 바다 푸른 물결
우리 마음 솟구치네
달려라 달려라
승리의 길로
월항월항 월항 용사
세이보 제트기

그때에는 미국에서 나온 세이보 제트기가 제일 빨랐어요. 그랑께 우리가 월항리입니다.

김술호 : 비자리가 그렇게 강해도 우리한테 항상 당했어요. 밤에 넘어오면 꽹과리 치고 오면 비자리 사람들이 돌맹이 던지고 테러도 하고 그랬어요. 이기면은 마을에서 꽹과리를 갖고 와요. 그라면 그 놈을 치고 소재지 사람을 골리고 그 사람들 환장을 해갖고...

정기순 : "면 있어도 묵노물 / 지서 있어도 묵노물 / 묵노물 묵노물" 하고 비자리 사람들보고 묵노물이라고, 월항리가 뭣이든지 역사가 있어, 뭣을 하든지 이긴께, 그랑께 월항리 사람들을 꺼라락해.

김진국 : 전체 동내 사람들이 이 노래 모르는 사람들이 없었지요, 참말로 이 노래 부르고 응원하면...

김진식 : 그 당시는 아조 좋았어라이. 지나놓고 보니까 참 좋았어.

정기순 : 우리가 시집와갖고 보니까 월항리같이 무선 동네가 없었어라.
　　　　지금은 젊은 사람들이 다 나가불고 묵노물이제.

우리는 항일 애국정신으로 노래를 불렀다

김진국 : 우리가 불렀던 노래라는 것이 일제 식민지 하에 한이 맺혀 항의하
　　　　던 노랜데, 인자 독립을 했는데 그런 노래 부를 의욕도 없고, 일제
　　　　말엽까지도 숨어서 그런 노래 부르고 그랬어요. 그야 항일 애국정신
　　　　아니것습니까?

노래도 즐거워야 나오는데 뭔 노래가 나오것소

정기순 : 강강술래 안 부른 지 오래 됐어요. 우리가 시집와갖고도 명절에
　　　　놀먼은 팔월 추석에 생금소리 그런 것 다 알지요. 육이오 끝난 뒤로는
　　　　안불렀을 것이요. 한 사십년 될거요...밭매면서는 청춘가 그런 거 부르
　　　　제라.
김진국 : 옛날 우리 조고마할 때 이종할 때 우리 어머니들이 노래를 불렀어
　　　　요. 내가 한 열 살 때나.
정기순 : 노래를 못부르게도 안했제만 세상살이가 산 것 같게 살아야...
　　　　노래도 즐거야 나오제 뭔 노래가 대고 나오것소?

일제 말 징용가는 사람들 위해 산다이를 했다

나승만 : 산다이 했습니까
김진국 : 우리 부락에서 산다이라고 하면 통상 그저 술 한잔 먹고 흥겨워서
　　　　노는 것을 산다이라고 합니다. 요즈음에는 유행가, 대중가요 부르지요.
김술호 : 마을에 좋은 일이 있고 그라믄 노인네들은 자리를 피해주고 젊은
　　　　층들이 노래 부르고 춤추고 그라제.
김진식 : 흥청거리고 논다 그거제.
정기순 : 산하지로 구나 이것이, "에야라 에야노야 어기여차 뱃노래가자"
김진국 : 그깃이 산아시요, 우리 지방에서는 산하지보구나 그렇지 않고

"사나이로-구나" 그러죠.

정기순 : 그것은 뱃사람도 다 하요.

에야하 데야 에헤헤에야-
에-야 디여라 사나이로-구나

김진국 : 이 노래를 여그서는 일제 말엽 강제로 군에 끌려갈 땍에 송별
모도 할 때 출전나간 과정에서 술, 막걸리 먹고, 돼지 잡고 준비해갖고
그 때 모도 먹고 이 노래를 많이 불렀어요.

말한 이들 : 정기순(여, 64세), 김술호(남, 64세)
묻는 이 : 나승만(남, 40세, 목포대학교 인문대학 국어국문학과 교수)
일시 장소 : 1992년 6월 24일 전남 완도군 소안면 월항리

옛날에는 서로 일을 다 해줬다

정기순 : 우리 마을에서는 김윤심이가 노래 잘해요. 출상 전날 저녁에
철야하고 놉니다. 노는 것을 철야한다고 해. 여자들도 같이 나와서
논데, 그 집 사람들이 평소에 동네 일 있을 때 협조를 안해준 사람이면
사람들이 잘 안갈락하요. 육이오 동란 때 그 사람 때문에 많이 죽었는데,
그 사람이 밀고질 해갖고 사람이 희생이 많이 되았는디... 그 사람 죽어
서 그랬제.

여그서도 옛날에는 같이 일했제. 이종모, 품앗이, 오늘은 갑집 하면
내일은 을집 하고, 그렇게 해서 날을 차근차근 받어 놓고 안쉬고 물을
잡어 놓고, 옛날에는 돈 주고 하는 일이 없었어.

김술호 : 인자 끼리끼리, 형제간들이 그날 가서 입이나 얻어먹고 형제간
모를 인자 돈도 안받고 다 해줬제.
요새는 경운기로 못짐을 실어 날리는데, 옛날에는 바지게로 했어요,
한 낮 되면 새참하고 딱 하루치가 정해져요.

젊은이들이 다 나간다

옛날에는 식량을 유지할라니까 밭도 개간해서 보리같은 것 심고, 모도
집단적으로 그렇게 많이 했는디, 지금은 도로 산천이 되야부렀어요. 다
믹여부러,

우리 마을에 사십대 미만은 셋뿐이요. 요새는 농촌에가 있으면 장가
가기 힘든께 안있어, 참 큰일이요. 옛날 60년도에는 여그가 163호였는디,
지금은 98호밖에 안돼, 집 그대로 비워놓고 젊은 사람들이 새끼들 교육하
러 간다고 다 가부러. 벌초하려만 와.

해태도 금년에가 한계점이라고 봐야해. 중국산 김이 들어오는데, 생산
비도 못미쳐, 자재값, 인건비, 공장세, 그러면 삼 천 원 이상은 받어야
허는디, 지난해에 천 몇 백 원까지 내려가부렀어, 쩌번에 진흥원 직원이
와서 그러는데 중국 것들 올 것에 대비해서 품질 좋은 것으로 쪼그만
하라고 그럽디다.

완도 사람은 어디 가든 김발을 막는다

정기순 : 완도 사람들이 중국 가서 발을 막은 것이제. 어디 가든지 완도
사람들이 개발은 다 하데끼 해.
김술호 : 강화도까지 가서 김발을 막는디. 여그서는 안된께 차츰 올라가,
청정 바닥이라는 완도 바닥도 인자 오염이 되야가. 배, 유조선 드나들면
자연히 찌끄리가 남고 오염이 안된다고 할 수 없제. 그것이 오염이여.
앞으로 살아갈 일이 까깝해, 점점 노령화되고.
정기순 : 나는 도시 가서 못살것습디다. 일주일도 못지내것습디다. 어디
갈디올디도 없고 숨이 막히고,

모일 할 때 작난이 심해요

밭일은 가까운 친척들끼리 하고, 품앗이 하고, 형제들이 집단적으로 산께, 그랗께 한 560호 되요, 그랗게 형제간들끼리 하고, 타성은 타성들끼리 하고 그래요.

남자들이 지게에다 모를 저다 부려주고 쟁기질해서 써래질 하먼 모찌고 심는 것은 여자들이 하고, 논매기도 여자들이 다 해요. 남자들은 쟁기질하고 거름주고 농약합니다. 남자들이 석유나 중유를 뿌리면 여자들이 물을 품어서 며루를 잡았어요. 김은 세벌 맸습니다. 모심을 때는 생금소리 하고 그랬는데 질게 하지는 않았습니다.

모일 할 때 장난은 심하게 했어요. 모일 마지막쯤 되면 못논에다 자빨쳐 가지고 옷에다 흙태백이 되버려요. 여자들끼리 서로 물속에다 잡아넣어서 한나가 옷을 멍치면 전부 못침(모 묶음)을 땡겨갖고 다 옷을 망치고, 얼굴도 흙이 묻어서 눈도 눈알만 보이게 빼짝빼짝 해요. 한나만 장난해갖고 못침이 내게 날라왔다 그라면 온 논바닥 사람들이 다 막 물속에다 잡아 옇고, 전장통이 되야불어요. 못침 갖다 등거리에다 때려 불고, 얼마나 재미있제, 그래놓고 서로 건네다 보고 웃고, 남자들한테도 땡게분께 남자들은 다 도망가부러요. 남자들은 안하고 여자들이 한디 구경만 하제.

일은 여자들이 더 많이 해. 지금은 여자들을 많이 도와주는 편이요. 그땍에는 간장들 많이 녹였소, 도저히 일은 손끝에도 안댈락하고 선비들이 많했제. 여자가 이라나 저라나 고생 많이 했제.

노래 안부르면 못산다

김술호 : 우리 마을이 해방 전후로 해서는 남자들이 편한 마을이었어요. 어지간히 돈 버는 집에서는 유학 보낸다고 다 보내고, 나도 왜정 때 소화 18년에 국민학교 졸업나갖고 유학 간다고 일본 가서 한 이년 살다 왔는디...

정기순 : 노래 안부르고는 못산디 다 묵어져부렀어요. 여자들이 밭매로 가면 뭔 노래를 부르던지 노래는 불러요. 신세타령도 하고, 밭매면서,

보리하면서, 나무하면서도 노래해요. 우리 같은 사람은 어디 가도 노래 부르고 앉아서도 노래 부르고 맨날 노래 불러요. 노래 안부르면 못산께. 그런디 지금은 노래를 안부릅니다. 그러니 잘 못합니다. 얼른 이야기 해서 집단으로 노래 부르고 할 시간이나 기회가 없어요.

수동이 즈그 아부지가 수동이를 배놓고 싸우로 갔는디, 수동이를 나놓고 울고 있응께, 수동이가 인자,

어머니 어머니 왜 울었습니까
어머니 울면은 울고싶어집니다
흐르난 눈물을 둘이 서로 딱음서
야야 수동아 자사히 들어라
아버지는 너를 난지 불과 삼년에
떠나신 이후로 오늘날까지
한번도 못뵌게 오늘일이다
전보에 이르기를 지나마적에
참혹하게 마적 손에 죽어갔단다
불에 타고 칼에 맞은 한가운데
그 사람이 바로 느그 아버지란다

해방 되자 노래연극 했다

아버지가 혁명운동 하려 나가고 없어, 자식이 부른 노래제, 우리가 해방이 되갖고 해방 후 유행이 되야 많이 불렀제. 그래갖고 노래연극 함서 그런 노래 불렀제, 남자들이 여자로 차라갖고 소안면 일대 다 돌아다 니면서, 노화까지 갔어요. 평상까지 다 짊어지고 다녀요, 노화 동구리까 지. 횡간, 구도를 빼고는 다 갔어요. 연극이 언제 온다고 그러면 포스터도 만들어서 붙여놓고, 그날 밤은 아조 호화판이여. 돈은 안받았는데, 연극이 그 마을에 가면 그 마을에서는 식사대접을 하제.

월항리 청년들은 말도 못하게 똑똑하고 잘 생긴 사람들이었어

월항리 청년들이 다 이뻤어요, 서로 월항리로 시집 올라고 했어요. 그렇게 분장해놓은께 다 여자로 알아, 그리고 노래할라 다 잘 불렀어. 규봉이, 일광이, 진배, 진규, 병모, 다 잘 불렀제. 말도 못하게 똑똑하고 잘생긴 사람들이었어. 욕심나게 생긴 사람들이제. 몹쓸 동란이 그 아까운 사람들 다 죽여부렀어.

쓸만한 사람들은 다 저길로 가불고 쌀 같으면 인자 싸래기만 남았어. 아니 싸래기가 아니라 누무께제, 누무께[6].

부인 여의고 부른 관석이의 노래 이야기

충도 사람들이 연극할 때 전관석이라는 사람이 노래를 불렀어요. 갑자생, 칠십 됐는디, 내가 쬐깐했을 때, 즈그 각씨가 애기를 낳는디 안투를 못나서 자기 무릎에서 죽었다요. 관석이가 자기가 노래를 지어갖고 부른디, 참말로 눈물 빼요. 신파극을 꾸며갖고 한디, 그날 저녁 부른 노래를 내가 혼자 알았단 말이요.

〈관석의 노래〉
비내리는 가을밤 처량한 내 마음
눈물 젖은 베개 머리 찬바람 분다
이밤이 다가도 안오신다니
눈물로 이 한밤을 어이 날 것인가
어이 날 것인가 애달픈 사랑

---

6 벼를 찧을 때 껍질 벗긴 쌀알을 초벌 치면 쌀알에서 떨어져 나온 것이 싸래기다. 그 싸래기를 다시 한번 치면 가루는 빠지고 싸래기만 남는데, 이때 밑으로 빠진 가루를 누무깨라 한다.

굳은 맹세 저버린 박절한 사람
잊을리야 잊을 수 없으련마는
꿈에나 만나리 잠을 청해라
꿈에도 못보는 어이 날 것인가
어이 날 것인가 애달픈 사랑

그놈을 배갖고(배워가지고) 큰애기들한테 갈차 준께 서로 갈차주라고
해서 갈차준께 서로 배와갖고 유행했어요. 지금도 충도에 살고 있는디
이쁘고 멋있었어요...

남편 때문에 고생하며 살았다

내가 이 세상을 얼마나 묘하게 살았는지, 남편을 잘못 만나갖고 숨
붙었응게 살아 있제, 죽은 지 오래 됐는디 왜려 죽어분께 편하제. 아그들하
고 나하고 해방 되서 살았제... 혼자 돌아다니면서 맘대로 살았어요. 머리
가 영리해서 일제 때도 군에 잡혀 갔다가도 바로 풀려나왔다. 사람은
비상했다. 집안 걱정 안하고, 노름 좋아하고, 노래 잘 불렀다. 배에서
조구 거래할 때 세기 했다. 어떻게 잘 세는지 안둘린 사람이 없었다.
삼일이 멀다하고 마누라 팼다. 누가 오면 안때린 것처럼 했다. 그래도
놈의 여자한테는 눈질 한번 안줬다. 나만 팼다. 장사해서 팔남매 키우는데
그 돈 뺏을라고 뚜두러 패고 했다. 해산물 갖고 육지로 가서 식량하고
바꿔서 갖다 애기들 키웠다.

우리 친정은 잘 살았다. 거그서 못살고 나오면 친정 큰아버지, 아버지가
우리는 도저히 의관을 하고 댕기들 못하고 동생들도 어디 가서 출세도
못한다고 뻐딱하고 가죽만 남어도 거그서 살라고... 또 나가 나가면 아그들
이 죽어버릴 것 같아서 못나갔지요. 어찌게 해서 쟁인 영감이 풍선배
하나 해준께 그것도 목포 가서 잽혀먹어 버렸어. 그래도 누구 해칠까
멋할까 사람은 참 좋았제.

〈정기순의 청춘가〉
별도나 떴네 달도나 떴네
강원도 금강산 경기도 좋네
아리리리리리동동 스리리리리리동동
요리리리리리송알송알
원산 대천으로 뱃노리 가자

우리가 쬐깐해서 활등치고 놀면서 불렀다.

고꼬히 꿔다둔 보리
보리밭 머리에 풍년이 온다
에헤야얼럴럴 상사두야
뒷동산 할미꽃은
늙으나 젊으나 허리 꼬부라진다

대공부 큰산 밑에 동백꽃이 싸가 열려
아리-가 돌들열려 신추가 실실 날러든다

이런 노래는 전부 우리가 앉아서 진 노랜디, 신추는 참새보다 큰 그런
새가 있어요. 동백꽃 따 먹을라고,

말한 이들 : 김진국(남, 70세), 정기순(여, 65세), 김한호(남, 82세)
묻는 이 : 나승만(남, 41세, 목포대학교 인문대학 국어국문학과 교수)
일시 장소 : 1993년 3월 24일, 전남 완도군 소안면 월항리 정기순의 집

사회주의적 성향의 공립보통학교 일본인 교장

김진국 : 일본인 교장 모리모도 선생이 사상가였다. 그가 소안공립보통학
교 교가를 작시했는데 하나도 침략성이 없다. 한국말로 번역하자면

사랑과 정의에 자라나거라
이상을 목표로 해서
가학산 무너내릴 지식을 연마해서
도로봉산에다 덕을 쌓자
자력이 머무는 소안교
갱생에 꽃이 핀다 우리 소안교

그런 뜻이지요. 그분은 사회주의 사상가였어요. 자흥으로 전근가서
교장 했는데 우리 한국사람 보고 어떻게 하든지 대동아 전쟁에 가지
마라. 거면 죽는다고 그런 말을 했다고 그래요.
민족운동하는 노래를 기숙사 생활에서 우리 나이 때는 안불렀다. 커갖
고 성년이 되어서 어른들이 그런 노래 부른 것을 들었다.

사면공파 상김과 축은공파 하김

처음에는 상김이나 하김이나 다 같이 하나로 일가로 지냈다. 같은 김해
김인디 파가 틀린다. 웃김은 사면파, 아랫김은 축은공파... 숫자적으로
보면 상김에서 민족운동에 가담한 사람이 좀 많은 편이고 하김도 가담을
많이 했는디 상김보다 숫자가 좀 적은 편이고, 우리들도 잘 모르는 이야긴

데 듣기만 했는데 상김에서는 사립학교 쪽에 편들고 하김에서는 공립학교 편들고 그랬다고 듣기만 했어요.

옛날 우리 어머니들이 이종할 때는 모들 찌면서 노래같은 것 불렀지만은 우리 알기로는 이종할 때 밭 맬 때 노래 부른 것은 모르것어요. (정기순 : 이런 디는 논도 없었고 원안 막으면서 논이 좀 생겼제.)

일제 말엽에는 상김 하김 단결이 잘 됐다

일제 말에는 월항리에도 민족운동하는 기운을 찾아보기 어려웠다. 말엽에는 상김, 하김 단결이 상당히 잘되었다. 체육대회 나가면 일체가 되어 부락이 단합했다. 외부에서 생각한 것처럼 심각한 상황이 아니었다. 새시대 젊은 층이 자라나니까 사립, 공립간의 대립과 같은 양상은 전히 없어졌다. 연극한다면 같이 뭉쳐서 했다.

해방 당시 연극할 때 월항리 청년들이 극을 꾸며 순회공연 했는데, 김진택씨가 다니면서 계몽 강연을 했다. 강연 내용이 뭔지는 잘 모르것소만은...

월항리 청년 활동이 활발했다

〈정기순〉

내가 시집와서 물길로 다닐 때 청년들이 청년단 조직해갖고 노래를 지어서 부릅디다.

아침에 동실동실 희망에 넘치고
하늘에는 종달새 숲속에는 뻐꾹새
...

그런 노래 불르고 그것을 물질로 댕김서 들었는디 그것이 생각나요. 나는 해방 되고 나서 시집을 왔어. 내가 들을 때가 동란 나고 불렀어, 나가 한번 불러 보께.

아침해 둥실둥실 희망에 넘치고
하늘에는 종달새 숲속에는 뻐꾹새
...중단...
항상 꿀내 풍덩 소리 한양을 차라가네(치러가네)
한양을 차려가는 금강의 힘
금강의 힘! 힘!

그라드냐 어차드냐, 그랬어, 원 안에서 밤낮으로 아가씨들하고 청년들
모여봐두고 그런 노래를 시기고 불러쌓드만. 그때 청년들이, 나가 열 야달
에 시집왔그든, 그때 아침에 샘에 가면 청년들이 불러, 그라면 다니면서
그런 노래를 뵈고, 수동이 어머니 그런 노래도 가서 배운 것이 아니라
듣고 뱄어. 아가써, 청년들이 모두 모여서 부르고 그랬어. 이런 어른들은
일본으로 유학 가버리고 외지로 나가버려서 잘 모를 것이여... 그란게
그 노래 뜻이 무엇인가

아침해 둥실둥실 희망에 넘치고
하늘에는 종달새 숲속에는 뻐꾹새
한가로운 이 아침 평화로운 이 벌판
항상 꿀내 풍경 소리
한양을 차라가네
한양을 차려가네
금강의 힘 금강의 힘! 힘!

나는 따라 댕기도 안하고 시집 온 새댁인께, 그때는 새댁이 어디 가서
말이나 하요, 긍게 그때 부른 사람들이 더 잘 아꺼요... 진웅이라고 군인에
가서 죽은 머이마, 그 애가 즈그집 맷독질하로 가면 그런 노래 다 갤차주고
그랬어요. 살았으면 지금 예순 멋 됐것네. 내가 시집 온 것이 해방된
이년짼가 된디, 내가 광주로 종방 모집에 자원해서 가부렀다고 아버지가

억지로 나를 시집을 보내버렸단께, 또 나간다고. 그래갖고 여그서 참 못겪을 거시기를 다 겪고 살았제라.

육이오 때 웃김씨들이 말도 못하게 씰어져부렀다

나는 우리 어른이 입산도 안하고 안나가갔고...머 나가갔고 기냥 산다고, 어디서 쳐들어온다고 함께 전부 나가갖고 오도가도 못하고 질이 막혀갖고 한거이 모도 입산 해갖고 우리 웃김씨들이 말도 못하게 씰어져부렀제. 죄 있는 놈이나 없는 놈이나 끄서다가 누가 손구락질만 하면 죽에불고, 이 동네 사람은 택해다가 죽에부렀어. 시어보면 수 십 명 이제, 웃김씨만 해서, 갑자기 실랑께 잘 안되는디 아랫김씨, 또 다른 성씨들도 있어서 다 시먼..진만, 성님, 아잡씨, 즈그 막둥이, 즈그 성님 다섯, 진배네 서니, 진토, 진백이, 즈그 각씨, 진백이 작은 아베 작은 어메, 일수네, 즈그 성님, 즈그 아베, 이집 어메(김진국씨 어머니), 진모하고 즈그 두 성제, 며느리, 진순이, 갑자기 실랑께 잘 안된다. 우리 웃김씨만 해서 한 삼십 명 될랑가, 아랫김씨는 병모, 영모, 주창이, 성모, 영모네 작은 아베, 작은 어메, 다 시먼 열이는 넘것소. 다른 성씨도 있고, 다 합쳐서 일일이 시먼 한 오십명은 되것소.

죄가 있어 죽은 것도 아니여, 비자리 면사무소 넘어 오자면 재있는디 거그서 많이 죽었어. 우리 어른이 거그서 죽은 사람 다 당가로 메다가 묻었소. 우리 성제간들, 진양이네 식구, 여그 성님, 누가 죽었다고 해도 가서 울도 못하고 모르게 가서 갖다가 쩌그 산에다 묻었소. 시숙도 돌아가시고 아들네 싯다 죽고, 윤곤이 작은아버지, 진곤이, 진우, 진태, 추곤추곤 해보니까 오십 명도 넘것어, 우리 성제간만해도. 잠 안오면 생각하면 꼭 뜬눈으로 ... 겁나게 많아.

월항리 사람들 예의 바르고 똑똑해요

이 동네가 소안면에서는, 완도군에서는 똑똑한 사람이 많았어요. 참 어디다 내놔도 빠지지 않을 인물들 ... 재운이는 즈그 처남 숨겨놨닥해서

각씨하고 죽었제. 이 월항리는 어른들이 얼마나 행실을 갈차놨는가 시집
와서 물길로 가도 길가에서 누가 담배 한나 핀 사람 없이 열이먼 열
모두 열 번 보먼 열 번 백 번 보먼 백 번 다 그렇게 보기 좋게 인사하제
머 누구 한나 눈에 거스른 사람이 없어, 근께 누구나 다 월항리로 시집올라
고 했제, 나만 그도 저도 모르고 억지로 보낸께 왔제. 어른들 있을 때는
그렇게 행실이 좋은 동네였어.

나주부대 학살

숙자 배갖고 논가에서 대창으로 쑤셔 죽일란다고 느그 서방 이름 갈차주
라고 그리고 수십 명 논둑에가 늘어놓고, 큰 애기들이 전부 낭지를 하고,
아가씨들은 무조건 머리체 끅고 얼로 들어가, 권자, 진자 따라간 사람
밝힐라고, 우리 우게 어른이 권자고 우리가 진잔께, 그 이름 따라가면
무조건 죽여. 그래서 논두룩에다 늘어 세워놓고 느그 서방 이름 누구여,
그리고 그래서 진자, 권자 안 따라 간 동네 사람을 생각하네, 생각하고
있으면 딴 사람이 툭 불러버리고, 그래서 나는 모방수라고 했제, 한수
즈그 어머니는 원권이를 댓어. 그 사람이 좀 짜잔함께 괜찮을 것이라고,
그랬는디 너이년 이리 나와 그래갖고 발로 물꼬랑창에다 쳐 박아 넣고
대창으로 쑤심서 느그 서방 어디다 뒀냐고 대창으로 쑤시고 때리고, 죽기
는 안하고 그 뒤로 얼마나 살다가 죽었제. 경찰 나주부대가 들어와서
그랬어. 이런 사람들(김진국, 김진택)은 그때 일을 몰라, 입산해불고
거그서 바로 잽혀서 징역 살아부러서 동네서 일어난 일은 몰라요 통.
진택이 즈그 아부지는 잽혀가서 당했는디 그때도 먼 말 허먼 자식을
나면 걑을 낳제 속까지 낳냐고 그랬어. 그 영감들을 다섯이나 공회당에서
우리 보는 앞에서 뚜두렀네, 거지반 다 죽을 정도가 되기도 하고 다리가
부러지기도 하고.

잊어불라고 노력했어요

우리 형제간들이 다 우리는 우리끼리 힝시 내통을 하세, 밀은 안해도.

우리는 우리까장 그런 노래를 다 알았제, 혁명가를 전부 노래를 그렇게 헝께. 어쩔고 허더라도 무섭게 나갔제. 명엽이랑 밭매로 가서 그런 노래를 불렀지요. 그 뒤로 잊어불라고 노력했어요. 그런 이야기 하다가도 주위에 누가 오면 입 딱 다물고, 입 주의 안하면 금방 죽소, 우리 형제간이 아니면 뭔 말 안소.

김진국이 입산해서 다시 완도로 온 내력

김진국 : 여그서 입산한 사람들은 장흥 유치로 갔지요. 거그서 지리산으로 소환당해서 일부 가고, 나는 자수했어. 입산한 동기는 육이오 동란 발생시 완도중학교에 있었는데, 육이오 동란이 터져가지고 7월 24일 하기 휴가를 줘서 집에 들어왔는데 인민군이 들어온다고 하니까 완도중학교에서 인민군 환영준비 회의를 했어요. 그런디 우리 경찰이 인민군으로 가장해갖고 와서 완도중학교 선생님 몇 분이 희생을 당했어요. 그런데 같이 있던 직원이 나도 한물에 싸인 고기모양으로 나를 잡으로 간다고 자꼬 연락이 온단말입니다. 그래서 아이고 이래서는 안되것다 그라고 해남까지 인민군이 주둔해 있었거든요. 그래서 밤에 여그 있다가는 죽것다 그래서 밤에 해남으로 갔지요. 그래가지고 완도를 탈환해가지고 완도로 진주해왔지요. 그래서 완도중학교, 전에 있던 곳이니까 다시 부임하고, 그런데 인민군들이 인민가요집을 주면서 인민가요를 보급하라고 그럽디다. 내가 음악 선생이니까. 그런데 악곡을 보니까 순전히 여기서 좌익활동하면서 부른 노래는 없고 거기서 가져온 노래만 있습디다. 가사만 내놓으면 다 알것는디, 그냥 생각할랑께 전히 생각이 안나. 『울고가는 가마귀야 시체보고 울지마라』 그런 노래가 동란 전에는 여그서 비합으로, 좌익으로 활동한 사람들이 많았거든요. 그런 사람들이 그런 노래를 불렀는데, 실지 육이오동란이 나서 인민군들이 내려와서 보니까 그런 노래는 일절 찾아볼 수도 없고 순전히 이북서 가져운 노래만 부르라고 그럽디다.

혁명가의 마음이 싯처지들 안해

〈정기순〉

"펄펄날린 조합기를 앞에 세우고"

그라고 부른디 동생은 잘 아꺼인디 입 딱 다물고 아조 모른다고 해분디. 그 때 동상은 그런 사람들하고 같이 댕겠어요. 죽은 사람들하고. 그 때 같이 회의도 하고 그랬는디 그래도 그 동생은 안죽기를 다행이여. 같이 저그 해남으로 안나가서 안죽었제.

당시에 혁명가 부르면 위험했지만 그래도 늘 불렀제, 싱개초리는 아무리 식은총에다 담가봐도 싱거초리 꼴랑지는 그대로 있다고 항시 그 마음은 그대로 갖고 있제 싯처지들 안해. 항시, 그랑께 지금도 나는 항상 민주당 김대중, 아조 항상 그 마음, 나 부산서 선거 한다고 왔어요. 나 한 표라도 보텔라고. 여그 저기 가설하로 온 전라북도에서 온 사람들이 내말한 것 듣드만 그래야고 우리도 갈란다고, 그래갖고 이튿날 선거한다고 올라 갑디다. 그란디 그 맘은 베리지를 못해, 떠나도 안하고 죽어도 이대로 죽을 판이여.

그때 그런 노래를 비밀스럽게 했다.

김진국 : 그런 노래를 비밀스럽게 부른 것은 특별한 목적이 있는 것은 아니고 그때 그런 바람이 불어가지고 허다가 안되니까 그런 사람들에 대한 동정 겸해서 하나의 음악으로서 취미로 삼고 한 것 같아요.

정기순 : 형제간이 그란께 그래서 그랬제, 글로 해서 형제간이 많이 잃고 죽어분께 항시 그 마음은 못버리고 지끔까장도 한하고 있소. 억압받고 못사는 사람들을 위한 머 한다는 그런 생각도 없었어요. 몰라요. 형제간들이 그리 쏠려 노니까 이녁도 똑같은 맘으로 확실히 한 쪽은 적이고 한쪽은 인자 우리 형제간들이고, 형제간도 똑같은 것이 아니라 거기도 또 맘이 다른 사람이 있응께 그 사람 파악 안하고는 속내말도 못하고 이녁 짐작만 묵제 대고 말도 못했소 ... 맘을 고쳐 먹을락해도 안돼,

김진국 : 아버지께서 저 열 다섯에 돌아가셨는데, 항일 투사였지만 특별히
　　교육을 받은 적은 없다. 그래도 조선어 독본을 가지고 와서 읽으라고
　　하셨다. 내가 유창하게 읽고 그랬다.

정기순 : 아이고 뭐 남은 것이 뭐 있었다요, 다 썰어 가불고 심지어는
　　소도, 찹살, 꾀, 쌀 그런 것도 있으면 다 들어다가 묵어버리고 쬠이라도
　　존 것 있으면 뭣을 냉겨났다요? 즈그 ....식구들은 다 눈 뻔하고 이리저리
　　숨어 댕기고, 땅파고 안묻었으면 뭣이 남는다요, 뭔 시상을 시상답게
　　살았다요, 이 동네가 난동판이 되부렀는디. 우리 집안은 그때 다 가비랬
　　어. 지금 이 동네에 그걸 다 기억하는 사람은 없어, 다 겪으며 살았지만
　　기억조차 안해 ... 혁명가가 얼마나 많했는디 지금은 몸서리가 나고
　　기억이 안나.

김진국 : 인민군이 들어 오기 전의 혁명가하고 인민군이 들어와서 가르치라
　　고 준 혁명가하고는 전혀 다르더라. 인민항쟁가는 잘 안다. 노래가
　　단조로 되어가지고 슬프고 좋더라, 사상을 떠나서. 당시 김순남은 뚜렷
　　이 알고.

〈정기순〉
가슴짓(쥐)고 나무밑에
쓰러진다 핵맹(혁명)군아
날러가는 가마귀야
시체보고 우지마라
몸은비록 죽드라도
핵맹(혁명)정신 살어(아)있다

가만히 가서 집이가 드러눠 있으면 생각이 날란가. 그런 노래를 뭘라고
생각하고 있것소. 아주 이녁이 지정곡으로 부른 노래도 다 잊어부르고,
누가 초두 끄서내면이나 모를까. 그렇게 치매가 일찍 와분가 어쩐가.
혁명가는 처음에는 남자들이 어디서 배와갖고 왔는디 나중에는 여자들

이 많이 불렀소. 남자들은 노래 부를 줄 아는 사람은 다 죽어부렀어요.

사립학교에서 공립학교로

〈김한호〉

기숙사 생활을 했다. 보통 한 기숙사에 대여섯 명씩 했다. 나는 김재육이 집에서 했다. 그분 아들 이름이 김옥로다. 학교 갔다 오면 밥먹고 바로 기숙사로 갔다. 사립학교에서 배운 것 공부했다. 내가 활동할 당시에는 기숙사가 두어 개 있었다. 나 다닐 때는 여자들이 안다녔다. 소안면에서는 여자가 서니 다녔다. 내가 사립학교 짓어갖고 처음으로 들어갔다. 사립학교에서 배운 창가 "평안북도 마지막끝." 이런 노래를 기숙사에서 불렀다. 나는 사립학교 일년 댕기고는 안다녔다. 그러고 보통학교로 들어갔다. 보통학교에 다닐 때도 사립학교에서 배운 노래를 불렀다. 학교 안다닌 사람은 같이 안논다. 공립학교 다니면서도 기숙사 생활은 했다. 사립학교 학생들하고는 같이 안놀았다. 사립에서 공립으로 옮긴 것은 어른들이 그렇게 하라고 했기 때문이며 할 수 없이 그렇게 했다. 마음은 안좋았지만 할 수 없었다. 사립학교에 다닐 때는 사립학생들하고 같이 구숙사 생활을 했는데 공립으로 옮긴 뒤로는 공립학교 학생들끼리만 했다. 공립학교 기숙사가 두 군데였다. 사립 기숙사는 어딘 지 잘 모르겠다. 앞에서 말한 김재육씨의 기숙사는 사립학교 다닐 때의 기숙사다. 공립 기숙사는 김열호집에 있었는데 왜정 때 남양군도로 징용가서 죽었다.

사립학교 학생들이 원허니 많았다. 보통학교가 수가 적으니 원허니 딸렸다. 아이들끼리 다툼이 심했다. 사립이 없어지면서 공립학교로 끌어들였다. 그 후에도 기숙사는 계속되었다. 왜정 말기에는 동네에서 젊은 사람들이 주동이 되어갖고 많았다. 그때 공부 내용은 보통학교에서 배운 것이었고 노래도 사립학교에서 배운 것이 아니라 일본노래를 가르쳤다. 민족운동은 안가르쳤다.

사립학교에서 배운 조선 노래를 많이 불렀다

사립학교 그만둔 뒤에도 사립학교에서 배운 노래를 많이 불렀다. 보통학교에서 배운 노래는 일본놈 노래고 사립학교에서 배운 노래는 조선 노래라서 많이 불렀어. 마을에서 몇몇 사람들이 어울려 일할 때는 사립학교에서 배운 노래를 부른 일이 있다. 뱃일 할 때도 그런 일이 있다. 그런디 왜정 때는 그런 노래를 불러 봐도 뭔 노랜지 제대로 의미를 알지 못했다.

사립학교에서 미신타파하자고 해서 성주동우 없애고 당제 없애자고는 안했어요. 사립학교 노래로는 혁명가, 운동가 이런 것들이 있다. 동네에서 독립운동가 부르면 주재소에서 알면 잡아갔다. 동네에서 일제 앞잡이는 없었지만 조심했다.

해방 후 이런 노래 더러 불렀다

흔매우게 무궁화 만발했드니
동편에서 찬바람이 불우오므로
아름다운 무궁화는 간곳이없고
보기싫은 사꾸라만 만발했구나
슬프도다 우리에 부모형제난
자유낙원 잃고서 유리하도다

내가 제일 좋아한 노래는 옥중가다

평안북도 마지막끝 신의주감옥아
세상에 생겨난지 몇해되었나
이제부터 너와나와 둘사이에
잊지못할 관계가 생기었구나
수수밥이 맛이있다 누가먹으며
고생잠이 자고싶다 누가자리요

... 잊어부렀어 ... 이 노래 부를 때가 무서운 때였어. 간혹 이 노래를 부르기 땜세 안잊어부렀제 글안했으면 그냥 잊어부렀제. 옛날 감옥에 있던 사람들 고생했는데 해방 후 그것이 좋게 생각되어서 제일 좋아했제. 일제 때는 무서워서 잘 못불렀제. 해방후 더러 불렀제.

해방되자 청년들이 순회 연극운동을 했다

해방 당시에 연극은 뜻있는 마을 청년들이 주축이 되야서 했다. 일본놈 한테 탄압을 받어서 인자 해방이 됐응게 왜정 때 일본놈들이 우리들한테 했던 행동도 보여주고, 왜놈들한테 대항했던 것도 보여주자는 그런 것이 었다. 왜놈들이 공출 거둘라고 한 것과 안줄라고 발버둥치고 대항한 것이 었제. 참여한 수가 젊은 청년들만으로도 한 삼십 명 넘을 것이요. 이 때 부른 노래는 어디서 배웠든가는 모르제마는 『애국가, 한매우에 무궁화, 천지정기 부를쓴..』 그런 노래를 불렀제. 이런 노래들은 선친들이 이어 줬겠지요.

연극할 때는 노래 못허는 사람이 없이 다 잘했제. 활동하신 분들이 잘 불렀어요. 우리 연령층들이 했는디 다 죽어부렀어, 육이오사변 때도 죽고, 육이오 전에도 사상관계로, 군에 가서 전사하기도 하고, 그때 운동했 던 사람들 중에 진국이하고 복장하고 살았구만.

연극 공연한 목적은 해방 후 기분이 좋고 한께 서로 잘해보자 그런 취지였을 것이여. 마을 어른들은 그런 것 보고 좋게 생각했다.

해방 후 혁명가를 많이 불렀다

해방 후 혁명가는 복호가 잘 불렀는디 가학리 박주태한테 뱃닥하데. 그가 해방 막되고 선생 했어. 거그서 많이 뺐어. 우리는 다 잊어부렀는디 복호는 안잊고 불렀어, 그리고 진건(곤)이 즈그 어머니도 잘 불렀어. 그래서 내가 그떽에도 왰소? 그란께 밥하면서 불여면서도 항상 속으로 했다여. 확실히 잘 한 내림이 있어라. 즈그 오빠가 그리 잘했소. 아들이 군산서 교수로 있는디, 청년단으로도 머리를 많이 썼어요. 그랑께 그

창가를 다 알아요.

월항리 기숙사 활동 소개

김진국 : 비자리 입구는 물이 얕아서 일제 때에도 배가 잘 들어오지 못했다. 맹선리 쪽으로 들어왔다. 제주도로 내왕했다. 진산리에서 일본 군함이 격침된 사례가 있다.

소안 보통학교에 고광범씨가 부임해 오면서 각 부락에 기숙사를 설치 장려하고 밤이면 각 부락마다 돌아다니면서 공부를 장려했다. 주로 남자 기숙사가 활성화되었다. 공부 내용은 특별히 민족적이지는 않았다. 일제 말에는 상김, 하김 구분없이 단합해서 운동회에도 나가 단합했다.

김한호 : 한 기숙사에 5-6명씩, 사립 기숙사는 김옥모의 집이었고 공부 내용은 사립학교에서 배운 것, 기숙사는 2개 정도였다. 여자는 3명, 사립학교에서 배운 창가를 불렀다. 사립 기숙사생과 공립 기숙사생이 따로 놀았다. 공립 기숙사는 김열호(징용가서 남양군도에서 사망)의 집, 사립생이 훨씬 많았다. 사립 폐교 후에도 마을 내에서 기숙사를 운영했다. 사립 폐교 후에는 뱃일, 들일하면서 생활 속에서 민족운동가요 불렀다.

말한 이 : 김고막(여, 89세, 완도군 소안면 월항리, 노화읍으로 출가)
묻는 이 : 나승만(남, 41세, 목포대학교 인문대학 국어국문학과 교수)
일시 장소 : 1993년 3월 25일, 광주시 북구 용봉동 큰아들 집

야학에서 한글 배웠다

학교는 못댕겼어도 얼로 결혼하든지 결혼하먼 선거글은 알어야 한다고

밤에 야학을 차렸드라요. 야학 차라갖고 그런 창가를 배우고 그랬지라우. 마을에 야학은 하나 있었다. 여러 명이 다녔다. 주로 여자들이 다녔는데 남자들은 학교로 다녔다. 상곤이, 민곤이 그런 오빠들이 가르쳤다. 다 돌아가시고 없다. 해방 되기 전에 시집갔다.

노화도에서 해방되자 모여서 창가 불렀다

팔월에 해방 되어 나하고 같이 야학에 다닌 조카도 문흥박씨 집으로 시집왔는디 해방되어서 모도 사람 모였는디 창가 불르고 그랬다, 노화도에서.

다른 노래는 다 잊어부르고 이 창가 하나만 안다.

지공무사 하나님이 우리인류 내실때
남녀노소 귀천없이 각각자유 주셨네
그진리를 배반하고 약육강식 일삼어
귀중하신 남의지유 빼앗기가 상사라
실푸도다 애처럽다 자유없는 민족아
노예적인 그생활은 죽기만도 못하다
포악하고 무독한것 악행당했 으므로
골속까지 맺힌병은 천명만기 다된다
피골이   상접하여 뼈만남은 손으로
위문하러 오신친구 손목잡고 하는말
내의육신 내영혼은 이세상을 떠나도
남아계신 여러분은 복스러운 생활로
하던말도 다못하여 푸르러진 얼굴에
뜨거운   피눈물이 두줄기로 흐른다
넓고넓은 바다가에 오두막살이 집한채
고기잡는 아버지와 철모르는 딸있다
내사랑아 내사랑아 나의사랑 한민아

내가비록 죽드라도 너를잊지 않노라
한살두살 점점자라 열서너살 넘으니
일본놈께 구박함은 더욱서러 하노라

이놈 중요한 놈만 알제 다른 놈은 다 잊어부렀어. 토요일날 일요일날은
우리 오빠네 집이서 창가 갈치고 다른 시간에는 공부 갈치고 그랬어.
어따어따 그 조카들이, 진국이 조카가 나를 안잊어불고 시상에.
이 노래는 사립학교 없어진 뒤에도 마을에서 계속 불렀다. 시집갈 때까
지도 계속 불렀다. 야학에서 배운 노랜디 친구끼리 놀면서도 부르고 그래
도 아무 일 없었다. 친구끼리 명월에 놀면서 방안에서 부르고 놀았다.
지공부사 이놈은 이녁 생명이 생긴 거시기도 있소, 그렇께 이놈은 기억
해갖고 놈서도 부르고 했제. 나는 지공무사 이 노래를 제일 좋아했어.
늙어서 부른께 그러제 젊어서는 쌈빡했제 아조. 처녀 때는 강강술래도
많이 했다. 내가 야학 다닐 때는 정국이 사랑방에다 차려서 했다. 그
오빠가 틀도 좋고 인물도 좋고 삼형제분 중에 아조 참... 경천이 오빠
집에다 차려서 했는데 가르치기는 다른 일가 오빠들이 가르쳤어요. "평안
북고 마지막끝 신의주 감옥아" 이 노래도 불렀는디 잊어부렀어요.

모심는 것은 여자들이, 논매는 것은 남여 같이, 소리맡고 해야 논바닥이
얼른 군다고 해서 소리맡고 했제만 지금은 다 잊어부렀어. 그런 일은
다 잊어부렀어.

아랫김가 웃김가로 나뉘었다
아랫김가와 웃김가가 있는디 우리는 질우게 김가여. 사립 공립 갈라질
때는 사립학교는 살자, 공립학교는 골골 하고 문제는 있어도 다른 것은
아무 일 없어.

산다이라고 노래부르고 놀았는데 자주 안하니까 잊어부렀다. 그때는

여자들은 여자들끼리만 했다. 야학에도 큰오빠는 가이나들이 밤에 놀러 다닌다고 그랬는디 간데 오빠가 배와야 쓴다고 그래서 다녔다.

사립학교에서 배운 노래는 남자나 여자나 가릴 것 없이 불렀다. 노래 부르는 데는 남여 구별이 없었다.

육이오 나서가 징했제

그런 때는 아무 일이 없었다.

육이오 때 혁명가 불렀제만 지금은 몰라, 잊어부러서.

말한 이 : 주채심(여, 78세, 소안면 월항리 출신)
묻는 이 : 나승만(남, 41세, 목포대학교 인문대학 국어국문학과 교수)
일시 장소 : 1993년 4월 21일, 광주시 지산동 주채심 큰 아들 집

월항리에서의 소녀 시절 사립학교 생활

주채심-월항리에서 태어났으며 가학리에 있는 사립학교에 다니다 13살인 3학년 때 학교 폐교로 학업 중단.(어른들은 14살에 폐교되었다고 말한다) 10여명의 여학생이 사립학교에 다니다 김응덕(여, 82. 사망), 김진업(여, 89. 해남에서 생존), 김진화(여, 79), 주채심(여, 79) 다섯 사람만 끝까지 다니다 폐교와 함께 중단했다. 학교에 다닌 수는 남자들이 많았다.

당시에 글 갈치면 갈보가 된다고 해서 부자일수록 글을 안가르쳤다. 당시에 보면 노화에서 와가지고 월항리에서 기거하면서 학교에 다닌 사람들도 있었다.

월항리에는 사립학교가 생기기 전부터 야학이 있었다. 사촌 오빠가

친척 3-5명을 데리고 가르쳤는데, 여자는 주채심 1명이고 나머지는 조카 등 남자들이었다. 그 오빠가 사립학교도 데려다 입학시켰다.

학교에 보내준 오빠는 대흥사에 있던 작은 아버지께서 데려다 공부시킨 분이다. 오빠는 강습소에 다니고 나는 사립학교에 다녔다. 그 오빠는 감옥살이도 했는데 그 후 사회주의 운동을 했고 그걸로 해남에서 총살당해 죽었다. 정확한 시기는 기억하지 못한다.

노래는 사립학교에서 배웠다. 친구들끼리 놀면 사립학교에서 배운 노래를 부르며 놀았다.

사립학교는 월항리에서 제일 많이 다녔다. 학교에 다닌 사람들은 마을 사람들이 더 귀엽게 생각하고 대우해 줬다. 친정이 잘 살아서 학교에 보낸 것이 아니다. 잘 산 사람들은 더 안보냈다. 연애질하고 남자들하고 편지질한다고,

학교 입학 전에도 동네에서 또래들끼리 모여 놀면서 강강술래를 했다. 동네가 커서 언니는 언니 또래들끼리 모여 놀고 나는 5살 아래인데 우리 또래들끼리 모여서 놀았다. 달밝은 밤이면 모아서 강강술래를 하면서 놀았다. 시집가기 전 보리밭에서 꽃넘고 둥굴고 놀라고 품앗이도 했다.

전에는 어느 동네나 파당이 심했다. 길에서 아그들이 그 파당 때문에 쌈했다. 버던뚱에서 싸웠다. 면선리(맹선리)에서 오는 공립학교 학생들과 월항리, 비자리에서 가는 사립학교 학생들이 맞붙어 싸웠다.

현 소안학교는 공립학교 자리다. 기념관도 가학리에다 지어야 하는데 지금도 아쉽다. 비자리한테 못이겨서 그렇게 됐다.

시집간 후로는 명절에 친정에 와야 친구들과 모여 학교에서 배운 노래를 불렀다. 시집가서는 글도 안배운 것처럼, 학교도 안다닌 것처럼 행동했다. 전에는 그러면 숭이 됐기 때문이다. 시집가서 살 때 남편이 일본가고 없으니까 밭맬 때

임아임아 정든님아

하고 불렀고 독립운동가는 안불렀다. 거기서도 강강술래는 했다. 학교 폐지당하고 못부르게 하니까 아주 덮어버렸다.

감옥에 간 친오빠를 생각하며 노래 불렀다

친오빠가 평안도 감옥에 가 있을 때 어머니가 나더러 〈평안북도...〉노래를 부르라고 하면 불렀다. 그 노래라도 들으면 위안이 된다고 했다. 어머니는 명쟀고 나는 옆에 앉아서 불렀다. 어머니가 울면 같이 울었다. 그 노래를 부르면 지금도 눈물이 나온다. 학교에서 배운 노래에는 독립운동가 말고 서정적 사랑노래도 있었다. 학교 다닐 당시 동네에 들어와 독립운동가를 불러도 별 탈이 없었다.

학교 귀가 후 마을에서의 기숙사 활동

월항리에서는 학교에 갔다 오면 기숙사(김진열의 사랑방, 여, 80. 당시 같이 학교에 다닌 학생, 해남으로 출가)에 친구들끼리 모여서 함께 공부하고 학교에서 배운 노래도 불렀다. 공부시간과 노는 시간을 정해놓고 운영했다. 공부하다 저녁에 집에 와서 저녁 먹고 가서 공부하고 놀다 자고 아침에 집에 와서 밥먹고 학교에 가는 생활을 했다. 남자들은 남자들끼리 기숙사를 정해놓고 했다. 지도교사가 없이 학생들끼리 자치적으로 생활했고 친오빠가 가끔 와서 공부하는 것을 관찰했다.

큰 방에다 각자 자기 자리를 정해놓고 잠도 자기 자리에서 잤다. 한두어 해 정도 참으로 재미있는 세상 살았다. 평생에서도 학교 다니고 시집가기까지가 제일 재미있는 세상이었다.

남편 찾아 일본 대판에 가서 사년 살았다

오빠가 동생 고생 안 시킨다고 했는데 가다가 세상이 바꿔져부렀다. 일본놈 세상이 되부렀다.

시집가서는 남편이 일본 가서 안오니까 일본까지 찾아 갔다. 당시 남편은 대판에서 돈 빌기 위해 공상에 다녔다. 친구늘이 가니까 같이 갔다.

남편 들어 간 지 삼 년 만에 26살에 들어가서 사년 살다 해방 뒤에 귀국했다.

강강술래는 동네동네 다 했다. 명절, 달 밝은 밤이면 계절에 상관없이 또래들끼리 모여 강강술래를 했다. 명절 밤이면 사방에서 강강술래 판이었다.

어머니는 미영 잣을 때 춘향전, 충열전, 조웅전 세 권을 전부 외웠다. 글도 모르면서 외조부께서 책 읽는 것을 듣고 입담으로 외웠다고 하면서 음영했다.

소안 사립학교에 다녔다

면선리(맹선리) 김남천씨가 애를 많이 써서 사방으로 다니면서 이 노래를 알고 내막을 알라고 여학생들 명단을 나보고 다 대략해서 그랬다...

사립학교는 열세살 먹어서 삼학년이 됐어요.

사립학교 들어가기 전 집안의 사촌 오빠가 집안의 아이들 몇 명 데리고 전에는 본문이락했는디 ㄱㄴ과 한문을 가르쳤어요. 그리고 열한 살 먹어서 학교에 들어갔어요. 사촌 오빠는 전에 돌아가셨는디 주채순이요. 평안북도 감옥에 가신 오빠는 친오빠요. 전부 육형제(삼남삼녀)요. 내가 젤막둥이로 한 분도 안계신다. 그래서 나도 더 열심히 했다. 우리 오빠도 같이 고생은 했드라요. 그런디 가다가 왜국 시대에 면을 댕겼어요. 그래서 가다가 왜국자들 밑에서 그렇게 했다고 해서 아무 혜택이 없어요. 김진택이 동생이 한 부락 사람이요, 그래도 애를 써도 안되요. 아들이 둘이었는디 하나 살아서 지금 서울에서 사요. 그런 줄을 알고 저도 실망해 갖고 비 제막식에도 오도 안했습디다. 내가 전화했어도. 감옥에서는 내가 여려서 잘 모르것는디 사년 만에 나왔는가 어쩐가 잘 모르것소. 자흥(장흥)가 있다 어쩌다 그랬소.

결혼은 열아홉에 했어요. 진산리로 시집갔어요. 내 본토는 소안면 이월리(이목리와 월항리)여요. 진택이하고 한 부락이요.

독립운동가를 기억에서 불러내다

이런 노래는 학교 다닐 때 부르고 그 후에는 전혀 못불렀다. 일본시대가 되부러서 못불렀다. 일본 사람하고 싸운 노랜디 못불렀다. 나보다 나이 많은 언니들이 그저 살고 그랬어도 안불렀기땜세 탁 덮어논께 암도 모른다요. 면선리 남천이가 서울로 얼로 다 찾어 다녀도 못찾고는 와서 인자 나를 괴롭게 했드라요. 그 당시에는 남이 부른께 어쩐지 모르고 따러서 불렀다. 나도 잊어부렀는디 소안도 비 시운다고 그래서 내가 일부러 공부를 했다. 혼자 불러보아서.

일본놈들이 사립학교 없애불라고

일본놈들이 사립학교 없애불라고 공립학교 짓어 놓고 전부 거그 다니라고 그러니 누가 보내꺼요 안보내제. 큰 벌판에 질에서 이짝저짝 학생들이 싸우요. 그러면 우리는 인자 열시살 먹었응께 쬐깐하제라. 그러면 막 품으로 들어갔제아. 굵은 머이마들 속으로 막 무서라고. 그러면 막 귀에서 피가 쩍쩍 나고 징했어요. 아그들 쌈이 더 무서와요. 그래도 사립학교 팬이 많으니까 이기지요마는 막판에는 사립학교 학생들이 그런 못당할 일을 당하고 말았지요. 학교가 없어지는 마음의 희생이요. 청년들만 잡아다 가돠버리고 학생들은 별일 없었어요.

사립학교 공립학교 두 쪽으로 나눠졌다

나도 사립학교 출신하고 결혼했어요. 사립학교 출신은 사립학교 출신끼리 혼인했어요. 사립학교 출신하고 공립학교 출신하고는 서로 결혼도 안하고 자식도 안여웠다. 서로 두 쪽이 되버렸어요. 조선도 두 쪽인디 소안도도 두 쪽이지요. 부락부락 두 쪽이지요. 서로 자식들 결혼도 안시켰지요. 한쪽은 노래 부른 독립국가 쪽이고 한 쪽은 일본편이지요. 조선 사람도 일본 편을 들어서 자식들도 일본학교에 넣고 그랬어요. 지금 글씨 쓰는 것이 그때 학교에서 배운 것인디 지금 것하고 다른 모냥이어요. 지금 사람들은 못알아 먹은다요. 토 단것이 다르다요.

말한 이 : 김진택(남, 71세, 월항리 출신)
묻는 이 : 나승만(남, 41세, 목포대학교 인문대학 국어국문학과 교수)
일시 장소 : 1993년 4월 22일, 전남 목포시 용해동 주공 3단지

민족운동 세력들의 인척 관계

김진국이하고는 사촌간이다. 김사홍씨가 종조부님이다. 우리 조부님하고 사홍씨가 사촌간이다. 경천 어른과 사홍 어른은 친숙질간이다. 사홍 어른이 중화학원, 사립학교 다 초대 교장을 했다.

야학, 사립학교 건립 배경

토지계쟁사건에 승소해서 지서를 피해 소진리에서 면민대회로 환영회를 했다. 거기서 비를 해 세우자고 하니까 거기다 조금 더 보태 학교를 세우자고 했다. 그리고 중화학원 옆에다 주재소를 세워 놓고 강의하는 것을 일일이 감시하였다. 그래서 이런 것을 피하기 위해서도 학교를 세우자해서 가학리에다 정식 규격에 의해 세웠어요. 중화학원은 1913년에 세웠어요.

중화학원 운영 당시에도 각 부락에 야학이 있었다. 나이 많은 사람들을 교육시키기 위해 있었다. 사립학교 생기기 전에도 월항리에 야학이 있었다. 주채심 할머니도 야학을 다니다 사립학교에 들어갔다.

사립학교 설립을 주도한 인물들

내가 알기로는 사립학교 법적인 설립자가 이한태씨였어, 재산이 만원 이상이어야 인가를 해주니까. 리민들은 학교 설립자가 감사홍씨로 알고 있고 우리가 어렸을 때는 그 사람이 학교 세우는데 보증을 섰다고만 알고 있었지요. 이한태씨도 만원이 못되서 김사홍 선생 재산, 김경천(김진택의 작은아버지)씨 재산, 우리 조부님 김사현(김경천의 아버지)의

재산, 김사홍씨 사위 신동희씨의 재산까지 해서 만원이 되어서 설립했다고 되어 있어요. 이한태씨는 당시 면장으로 친일한 사람이라고 할 수 있는데 김사홍씨와는 인간적으로 유득히 친해서 자기 딸도 사립학교에 보냈어요. 김사홍씨의 권유에 의해 요식을 갖춘거제.

우리가 사립학교 폐쇄 후 사년 있다가 공립학교 들어간 세대여. 우리 때에도 기숙사가 있었어.

수의위친동맹계 활동

우리 월항리에 수의위친 동맹계라는 것이 있어. 송내호 선생이 조직한 수의위친계라는 것하고 뿌리가 같어, 수의위친계의 부락조직이라고 할 수 있어. 지금도 수의위친계 후손들이 매년 계를 치루고 있어. 계책 표지에는 수의위친동맹계라고 되어 있어. 중간에 와서 계책도 바꿔지고 순전히 순수한 친목회로 되었어. 일제 때도 계속 되었어. 1916년도에 조직된 것이여. 지금은 순수한 위친계여. 일제 때는 주로 미신타파, 성주동우를 내다 버리고 이런 미신에 젖어서는 안된다 그리고 당제도 없앴어, 놀기는 주로 걸궁 치고, 위친계에서도 걸궁에는 참여했어, 그리고 군자금 모금을 했는데, 우리 아버님이 군자금 협조를 해서 중국에서 송내호 선생이 군자금 갖다 주고 그때 무기로 육혈포라고 권총을 우리 아버님이 가지고 있었어. 소안에서 무기를 소지했던 집은 우리집 뿐이었어, 육이오 나면서 없어져버렸는데. 군자금 모금은 걸궁허고는 별도였을거여, 삼일운동 때도 태극기를 월항리 김문곤씨 집에서 제작을 했다고 해요.

해방되어서 연극운동 했다

해방되니까 계몽극단 조직해서 노화까지 다니면서 연극했어. 내용은 우리 민족이 독립했고 일제에 침략당했다가 해방됐으니까 정신차려서 건국을 허자 그것이었제, 김진국이 내 사촌이 예술적인 소질이 있어, 노래도 잘하고, 거그가 실무를 봤어. 나는 노화까지 갔을 때 단장격이라고 할께 가서 공연 진에 인사를 하고 세몽강언을 했어요. 상언 내용이란 것이 우리가 몰라서 이렇게 우매한 데서 침략을 당했다가 해방이 됐으니까 좋은 국가를 건설하자는 취지였지요. 중앙하고는 연결이 없이 우리 마을에서 주체적으로 했어요.

군서기, 교사, 빨치산이 된 김진택의 인생행로

내가 완도 군청에 있다가 해방됐어요. 그해에 5월 30일자로 발령을 받고 군청에 있다가 2개월 반 만에 해방이 됐어요. 군청은 그대로 건국준비위원회로 협력이 되았어, 미군정이 들어오기 전에. 들어와가지고도 그대로 근무하다 소안국민학교에서 학생 숫자는 많고 중학교 이상 나온 소안 출신들은 교편을 잡아주라는 부름을 받고 거기서 교편을 잡고 있다 거그서 인자 조직하고 경찰하고 충돌이 있었제. 당시 조직은 남로당이었어. 남로당 조직이 있었어, 학교 내 거의 모든 동지들이 월급에서 얼마씩 내서, 당시 해남에서 인민항쟁이 있었는데, 대구인민항쟁이 있던 그 당시, 그 주동자들이 섬으로 피신해왔어. 완도에서는 그거이 없었는데, 그래서 구제운동을 했어.

계몽운동 하면서 "천지정기 무름쓴 계림남아야" 그런 노래 많이 불렀어요. 사립학교에서 배웠던 노래를 많이 불렀어요. 우리가 국민학교에 있으면서 박채신 선생(가학리 신흥부락 출신), 문남균 선생님(이남리 출신)이 사립학교에서 배운 노래를 학생들에게 갈쳤다. 그분들이 사립학교에서 배웠던 노래들을 간직하고 있다가 가르쳤다.

혁명가는 지하운동을 하면서 적기가같은 것, 46년 5월 1일 메이데이 날 교정에서 행사를 하다 경찰과 충돌을 했는데, 그때 메이데이가를 공공연하게 불렀다. 당시 지하활동을 한 세력들은 소안도의 경우 일제 때 민족운동했던 세력의 연장이라고 봐도 된다.

1924-5년부터 민족운동 세력이 지하화한다

소안도의 민족운동 세력 조직이 지하화한 요인은 사립학교가 폐쇄된 것을 계기로 해서, 그 전까지는 해방의 땅이라고 할 정도로 자유스러웠는데, 말 그대로 해방구였어, 사립학교가 폐쇄된 후로는 일제 탄압 때문에 지하화할 수밖에 없었다. 그 시기는 30년대를 고비로 하는데 1928년도에 민족운동하셨던 분들이 몽땅 징역가고 13명이 투옥되었다. 월항리에서는 주채도씨가 이때 투옥되었는데, 31년도에 석방이 되어 일본으로 많이 건너가 노동운동을 통해 항일운동을 했다. 일본으로 건너가기 시작한 것은 24-5년 경부터다. 27년도에 폐쇄되면서 일본에서 군중대회가 열렸거든요. 그러니까 24-5년 경부터 였다고 봐야지요. 정남국 선생이 그때 재일본조선인노동총동맹 위원장을 지냈으니까. 그러니까 우리 소안에서 동양 삼국을 무대로 삼고 민족운동을 했다고 할 수 있지요. 중국에도 북경에 8명을 파견했고 용정에 7명을 파견했고 일본에도 파견해서, 30년대 초부터는 지하화하고 해외로 나가 활동하게 되었다.

해방 되자 민족운동가가 부활한 이유는 각자 마음 속에 간직하고 있었기 때문이다

나승만 : 해방이 되자마자 민족운동가가 다시 부활하게 되는 데 그 요인이 무얼까요 ?

김진택 : 각자 마음속에 간직하고 있던 생각들이 강했기 때문이제, 주채심 씨같은 사람이 대표적이 사례제. 최근까지 전혀 몰랐어요. 근간에 소안 도의 봄이라는 프로를 만들면서야 알았어요.

해방되면서 별도의 공식적인 지하조직이 형성되었다. 소안학교에 3년 있다가 피신했다. 그때는 탄압이 아조 심하게 들어왔다. 병신이 아니면 죽거나, 그러니까 피신한거다. 당시 전라남도에서 경위가 지서장한 곳은 영산포하고 소안이었다.

소안도 사람들은 중경에 임시정부가 있다는 것을 알았다

우리가 중학교 다닐 때도 중경에 임시정부가 있었다는 사실을 알았다. 김장균이라는 친구가 소안 비자리 출신이고 나하고 국민학교 동기 동창이고, 중학교는 나보다 일년 먼저 나왔는데, 가와시마 세꼬라고, 그 친구가 임시정부를 찾아가기 위해 징용을 지원해서 광동으로 가서, 나는 18살에 같이 건너 갔다. 중경까지 가는데 6개월 걸려 가서 나승학이라는 동지를 만난다. 그래서 광복군 소위로 근무하다 귀국할 당시에는 한계급 올라서 중위로 귀국했다.

독립운동 하는 사람들이 해방 뒤 청년운동 하다 경찰에 희생당했다

김장균이 그 친구가 46년 해방 후 임정 요인들과 함께 와서 소안도에다 중경에서 불렀던 노래를 보급시켜 불렀다. 그 친구도 완도에서 청년운동 하다가 경찰한테 희생당했다. 그런 것은 구체적으로 쓰지마. 실지로 경찰들이 한 것이 그런 것이 법입니까. 재판도 없이 데리고 가다가 그냥 아무데 나 가서 좌 죽여버리고 그래부렀어요 해방 후로,

우리 마을 사람들은 토지를 공평하게 소유했다

우리 김해 김씨 입도조는 10대에 이르고 있고 그전 거주지는 영암이었다. 월항리의 주도 인물 김사홍 어르신은 강직하고 사심이 없었기 때문에, 왜정 때는 거의 전부가 다 지지해서 결집된 지도력을 행사했다. 해방 1년 전에 돌아가셨다. 그 뒤로 해방되고 체제가 양분되면서 마을 자체가 풍지박산이 되어버렸다. 반상의 구분은 없다.

일제 때 주 소득은 농업이었고 주로 김생산에 의지했다. 농사는 비교적 공평했는데 김사홍 어른은 논 20마지기, 밭 40마지기 정도, 우리 조부님, 김사현이 논 이십 마지기 정도, 그리고 밭 오십 마지기 정도 되었다. 농사일로 소득을 삼았던 때는 김이 본격적으로 생산되기 전 일이고 그 당시에 군자금도 농사를 많이 지은 조부가 보리 몇 가마라도 협조를 했다. 다른 사람들도 보통 열 마지기 남짓, 밭이 삼사십 마지기 정도 되었다. 평균 잡으면 논이 7-8마지기, 밭이 20-30마지기 정도, 임야도 각자 연료로 할 정도는 공평히 갖고 있었다.

일제 때 마을의 의사 결정은 마을 유지들에 의해 결정됐다. 마을에

무슨 일이 생기면 유지들-십여 분 정도, 식견이 있고 존경 받고, 재산도 좀 있고 나이가 좀 든-을 구장 집에 모셔 놓고 논의한다.

국민학교 졸업하면 일본으로 유학 간다

국민학교 졸업하면 대개 일본으로 유학을 많이 간다. 내가 국민학교 팔회 졸업생인데 동기 중 사십여 명이 일본으로 유학을 갔다.

마을 위에 공동목장-방목림 운영-이 있다. 마을 소를 거기 가서 사육한다. 우리 또래 소년들이 돌아가면서 보리같은 것을 돌아가면서 볶아서 가져가 먹으면서 소를 관리하는 공동 목장 운영이 있었다.

해초 체취가 있는데 길을 중심으로 우아래로 나눠 해안을 두 개로 나눠 매년 교대로 체취한다. 일제 때 유지들이 논의하여 김사현의 주관으로 원둑을 막았으며 취토장도 김사현의 논을 삼았다. 해방 전에 시작해 해방 후에 완성했다. 마을 공동작업으로 했다.

장흥 유치로 입산하고 백운산에서 잡히다

산에서도 노래를 많이 불렀어요. 주채심씨가 왜정 당시 사회주의 이데 올로기를 담은 노래를 부른 것이 있는데 우리가 당시에 노래를 수록한 고등학교 음악선생한테 그런 내용의 노래를 빼라고 했어요. 제주도 빨치산 노래도 입산해서 우리가 불렀지요.

제주도 빨찌산은 …
돌담은 우리의 진지
…

이십대였으니까. 입산해서 일년 남짓 도당과 완도 군당에 있었고, 내가 입산한 곳은 장흥 유치였어, 이쪽에서는 주로 유치로 많이 했제, 그래갖고 백운산으로 가서 있다가 백운산에서 잡혔어. 조서에는 완도 군당 선전책 임사로 되어 있어, 사실도 그랬고. 진국이는 같이 활동했다가 일찌기

자수했어. 해남 계곡에서, 그래서 거그는 형을 안받았어, 마치 아는 사람이 있어서, 고숙이 지서장이었어. 그런데 그 후 동생이 육이오 때 죽은 줄 알았는데, 김진설이라고, 월북해가지고 내려왔던 모양이라. 바다로 오니까 용이하게 접선이 됐던 모냥이라. 그래서 진병이라고 15년 살고 나왔는디, 우리 형제간들만 걸렸어. 육군 대위로 제대한 진명이하고 진국이하고 셋이.

징역살이 후 김양식업에 종사하다

육이오 끝나고 징역살고 나와서 거제도에 가서 김 양식 면허 얻어갖고 가서 양식했어. 지방에 있어봤자 주목이나 당하고, 30대에 목포로 나와서 조선일보 지국을 하다 판 받아갖고 거제로 가서 장사로 나간거여.

초등학교 교사와 결혼하다

아내하고는 징역살고 나와서 만났어. 당시 경기도 양평에서 근무하고 있었는데 육이오 전에 서울대학교 물리대에 들어갔어요. 다니다가 육이오가 나서 부산으로 후퇴하는 바람에 학교도 못 댕기고 초등교원 자격시험을 봐서 양평에서 근무할 때 만났어요. 당시 나이가 삼십이었고, 올드미스라. 나는 감옥에서 나와 갖고 삼년 있다가 했으니까 서른일곱이라. 약혼해가지고 이쪽으로 전근을 했어요. 전근하고 나서 결혼을 했어요. 작년에 명예퇴직을 했어요, 4년 남겨 두고. 나는 지금도 집사람한테 할 말이 없제. 생활은 집사람이 번 것으로 하게하고 나는 사업 한답시고 그냥 돌아다닌 거여. 벌이도 일정하지 않고 까먹기도 많이 하고. 고향에 있어봤자 감시나 당하고, 지금도 등제가 돼있어.

배우고 의식 있는 사람들은 다 좌익활동 했다

내 안사람도 내가 누구라는 것을 알고 했어요. 당시에는 좌익활동 한 사람 빼버리면 남자 같은 남자는 없었어. 머저리같은 것들이나 분단도 모르고 민족도 모르고 국가가 먼지도 모르는 것들이 우익을 했제. 좌익헌 사람들은 다, 왜정 때도 마찬가지잖아요, 거의가 다 일본 유학생들부터 다 조선공산당 산하 단체에 가담이 되고 했거든요. 1925년대에는 푸로문학이 한국민족의 문학을 대표헌 것 아니것어. 그런 때 우리 세대만 해도 우리 소안같은 경우 소안 청년들 중 한 청년만 우익이랄까 거의가 다 좌익으로 활동하는 그런 실정이었어.

김진택이 부른 노래들

말한 이 : 김진택(남, 74세, 월항리 출신)
묻는 이 : 나승만(남, 41세, 목포대학교 인문대학 국어국문학과 교수)
일시 장소 : 1993년 5월 24일, 목포 주공 용해동 주공 3단지 관리사무소

〈제주도 빨찌산의 노래〉
한라산 깊은골짝 우리의 진지
돌각담 울타리는 우리의 성새
아- 제주도 빨찌산
우리는 조국과 함께 있다
아- 제주도 빨찌산
우리는 인민과 함께 있다

자흥 유치, 지리산에서도 많이 불렀다. 오대산 빨치산 노래도 있었다. 해방 후 청년들이 부른 노래들에는 토지개혁의 노래도 있다.(46-7년 경에 불렀다) 토지개혁 노래는 입산 전후 기층민중들이 많이 부른 노래였다.

〈토지개혁노래〉
춘(...)삼월오일
논밭이 고스란히 돌아왔오너

먹고남고 입고남고 쓰고도남은
즐거운 봄하늘에 종달새운다

〈적기가〉 세계 노동자들의 노래
1
민중의기 붉은깃발은
우리들의 시체를 싼다
높이들어라 붉은 깃발을
그 그늘에서 전사하리라
비겁한 놈 갈테면 가거라
우리들은 붉은 깃발 지킨다

2
모스크바에 이 깃발 날리고
시카고에 노래 소리 높으다
불란서 사람이 사랑하는 기
중국 사람이 이 노래를 부른다
높이 들어라 붉은 깃발을
그 그늘에서 전사하리라
비겁한 놈 갈테면 가거라
우리들은 붉은 깃발 지킨다

제 3 부

민요 소리꾼의
생애담 연구

1.
민요 소리꾼의 생애담 조사와 사례 분석
: 서남해 도서지역 민요 소리꾼 생애담 조사를 중심으로

1) 머리말

이 글에서는 글쓴이가 전남도서 지역 민요 소리꾼 조사에 적용하고 있는 생애담 조사법을 제시하고 이를 적용한 소리꾼의 생애담 사례와 분석 결과를 서술하고자 한다. 민요 소리꾼들은 민요를 배우고 노래하고 만들고 물려주는 민요의 주인들이다. 민요를 왕성하게 부르던 시절에는 민요가 생존의 한 요소를 차지하기 때문에 누구나 민요의 소리꾼이었지만 지금은 소수만이 민요의 소리꾼으로 남아 있다. 이들은 민중 사회의 조직 관행에 따라 일정한 규율과 통제를 바탕으로 체계화되어 있는데, 글쓴이는 민요의 다양한 조직들을 민요 공동체라는 이름으로 표현하고, 이들의 사회적 체계를 민요사회로 규정하고 정리한 바 있다.[1] 민요사회의 체계에 의하면 민요의 소리꾼들은 민요사회를 이루는 기본 인자인 셈이고 소리꾼 조사는 민요사회 연구를 위한 기초 단계의 작업이라고 할 수 있다.

조사 지역인 도서는 흔히 섬이라는 용어가 내포하듯 고립성이나 폐쇄성을

---

1   나승만, 「민요사회의 사적 체계와 변천 – 전남지역의 민요사회를 중심으로–」, 『민요와 민중의 삶』, 한국역사민속학회, 1995 참조.

연상하기 쉽다. 그러나 역사적으로 보면 대외 교류가 활발했던 곳이다. 특히 18세기에 들어 전남의 서남해 도서지역은 조선 정부의 주목 대상이 되는데, 세곡과 물자의 운송을 위한 조운로로 활용되었을 뿐만 아니라 물산이 풍부했기 때문이다.[2] 이곳 주민들은 해로를 통해 활발히 교류했고 외지에 나가거나 외부 문화와의 접촉이 활발해 문화적으로 개방적인 자세를 지닌다. 그러나 일제 이후 해상운송이 육상운동으로 개편되고 또 해방 후 폐쇄적 사회 정황 때문에 이 일대는 1970년대까지 고립되어 있었다. 그래서 주민들은 전통시대의 문화를 유지하고 있지만 내면적으로는 호기심이 많고 개방적인 성격을 지닌다.

서남해 도서지역은 아직도 전통시대의 민요 사회가 기능하고 있는 곳이다. 진도군, 신안군, 완도군 일대에는 민요의 노래판인 산다이가 연행되고[3] 민요 공동체인 노래방이 운영되고[4] 상례에서 상여소리를 한다. 특히 상여소리의 설소리꾼들은 90년대에 들어 직업화되는 경향을 보이고 있어 민요 소리꾼의 직업화 과정을 연구하기에 좋은 소재다. 이곳에는 마을마다 민요의 소리꾼이 있고, 그 소리꾼을 중심으로 산다이판과 상여소리가 연행되고 있다. 지금도 산다이가 벌어지면 산아지타령, 둥덩이타령, 아리랑타령, 창부타령, 청춘가 등과 대중가요를 고루 부른다는 점에서 생애담 조사에 적절한 지역으로 생각된다.

---

2   고석규, 「조선후기의 섬과 薪智島 이야기」, 『島嶼文化』 제14집, 목포대학교 도서문화연구소, 1996, 84~5쪽.
3   나승만, 「노래판 산다이에 대한 현지작업」, 『한국민요학』 4호, 한국민요학회, 1996 참조.
4   나승만, 「소포리 노래방 활동에 대한 현지작업」, 『역사민속학』 3호, 한국역사민속학회, 1995 참조.

2) 생애담 조사의 방법론적 배경과 조사 항목

소리꾼 조사는 민요사회 조사의 기초 단계로 조사 대상은 가창 자료, 전승 현장, 연행 현장, 연행 방식, 자료에 대한 인식, 생애담 등이다. 이러한 조사가 이루어져야만 소리꾼의 생애, 전승 현장, 연행 현장, 민요 공동체를 민요 각편들과 연관시킨 현장론적 연구가 가능하며,[5] 자료가 지닌 제한된 범주를 넘어 민요의 행간에 숨어 있는 내재적 의미를 읽어 낼 수 있을 것이다.

생애담 조사는 민요 소리꾼들의 삶을 온전히 이해하기 위한 작업으로 소리꾼들의 성장 과정, 사회 활동, 문화 체험, 민요 체험 등을 조사하고 분석하는 작업이다. 민요 소리꾼들의 생애담을 들여다보면 그들의 의식과 지향, 그리고 미적 감각까지도 조망할 수 있어 민중의 삶을 전형화시킬 수 있는 적절한 대상으로 판단된다. 그리고 구술 자료에 입각한 민속학적 접근이라는 점에서 생애담이라는 용어를 사용한다.[6]

현지 조사는 대담자의 구술을 중심으로 이루어진다. 조사자의 제약 없이 대담자가 자유롭게 자신의 이야기를 서술하는 분위기 속에서 이루어지며, 그런 분위기를 만들기 위해 조사 전에 소리꾼, 또는 제보자와 충분한 교분이 이루어져야 한다. 조사의 내용들이 개인 신상과 성격, 내면적인 문제들이기 때문에 사전에 조사 대상자의 이해가 있어야 조사가 가능하다. 실제 조사에서는 조사표를 참고하는데, 구술에서 부족한 부분을 질문하기 위한 것이지만 조사표의 항목들을 모두 수집할 수 있는 것은 아니다. 그 이유는 소리꾼이 구술을 꺼리는 경우도 있고 체험하지 못하거나 생각지 못한 경우가 많고 또 오래 되어서 잊어버린 경우도 있기 때문이다.

다음은 생애담 조사를 위해 준비한 조사 항목표다.

---

5 임재해, 『설화작품의 현장론적 분석』, 지식산업사, 1991, 참조.
6 천혜숙, 「여성 생애담의 구술사례와 그 의미분석」, 『口碑文學硏究』 제4집, 한국구비문학회, 1997.

(1) 기초 자료

이름 : 성별, 나이, 본관
부모 : 이름, 출생지, 직업, 재산, 가족 내 서열, 주거지 이주 과정
현주소 : 거주 기간, 정착 사연

(2) 성장 과정

태몽 : 꾼 사람, 내용, 해석
성장지 : 태어난 곳, 성장 지역
교육 : 서당, 야학, 학교
친구 : 교제 방법, 장소, 기타
습득 기술 : 농사, 어로, 건축, 기타 기술

(3) 가족

배우자 : 이름, 나이, 성장지, 혼인 유형
자녀 : 수, 혼인 여부, 사는 곳, 이주 사연
결혼 후의 위기 : 징용, 한국전쟁, 군 입대, 시집살이, 공방살
시집살이 : 내용, 대응 방법
가족의 결손 경험 : 부모 사망, 이혼, 형제 자녀 사망, 배우자 사망, 기타
　　　　　　　　　　체험

(4) 경제와 생활

직업 : 종류, 갖게 된 동기, 만족도
재산 : 월수입, 전답 규모, 축재 과정
생활과 노래 : 세시·의례와 노래, 농사와 노래, 어로와 노래, 길쌈과 노
　　　　　　　래, 기타 노래판

(5) 사회 활동

공동체 활동 : 어촌계, 부녀회, 두레, 물레방, 상포계, 야학, 친목 조직, 기타

객지·고난 체험 : 머슴살이, 처가살이, 징용, 입산, 입대, 여행

(6) 문화 체험

전통문화 체험 : 정월 보름굿, 풍장굿, 노래판, 이야기판, 당골굿, 판소리판, 사당패, 기타

종교 체험 : 접신, 도깨비, 교회 활동, 기타

음악 체험 : 농악 습득, 전축(시기, 장소, 배운 노래)·라디오·TV 체험, 창가와 대중가요

(7) 민요 습득

가창 목록 :

습득 과정 : 시기, 상황, 전수자, 기타

애창 민요 : 곡명, 사연, 기타

3) 소리꾼의 생애담 조사

조사 대상은 구술 자료를 수집할 수 있는 전통 민요의 남성 소리꾼들 중 평범한 소리꾼과 소문난 소리꾼들이다.

평범한 소리꾼이란 주로 마을 내에서 활동하는 소리꾼을 의미하는 용어로 사용한다. 소문난 소리꾼의 대부분이 상여소리 설소리꾼이듯 이들도 상여소리 설소리꾼들이다. 1970년대만 하더라도 향촌사회의 대부분 마을에는 마을의 소리꾼이 있어 상여소리의 설소리를 맡았지만 1980년대 이후에는 평범한 소리꾼도 없는 마을들이 속출하여 소문난 소리꾼의 출현을 가능하게 했다.

평범한 소리꾼들 중에는 소문난 소리꾼이 되고 싶어도 지역사회에서 인정을 받지 못하기 때문에 안 된 사람들이 있고, 또 뛰어난 소리꾼의 소질을 지니고 있어도 스스로의 활동 영역을 자기 마을로 제한하는 경우가 있다. 이 글에서는 이광민과 양우석의 생애담을 사례로 제시한다.

　소문난 소리꾼이란 마을이나 면 단위에서 민요의 소리꾼으로 알려진 사람을 의미하는데, 향촌사회에서는 상여소리꾼으로 활동한 내력 때문에, 또는 각종 문화제 행사에 출연한 경력 때문에 이미 소문난 민요 소리꾼들이 잘 알려진 상태다. 소문난 남성 설소리꾼들은 거의가 상여소리 설소리꾼이다. 현재 향촌사회에서 유일하게 연행되는 민요가 상여소리인데, 그 수요는 일정하게 유지되고 또 경제적으로 일정한 수입을 올릴 수 있기 때문이다. 더구나 갈수록 전통적인 상여 설소리꾼이 줄어들어 지금은 한 설소리꾼이 몇 마을의 상여소리 설소리를 전담하는 실정이기에 아직도 향촌사회에는 상여소리 설소리꾼을 만날 수 있다. 소문난 소리꾼으로 알려지면 일정한 대가를 받는 추세다. 이들은 일정하게 수요가 있어 그 수입만으로 생계를 꾸릴 수 있을 정도다. 이 글에서는 최홍과 지용선의 생애담을 사례로 제시한다.

(1) 기본 출신 마을 소리꾼 이광민

① 가난한 소리꾼의 성장 과정

　이광민은 전남 완도군 노화읍 대당리 마을 소리꾼이다.[7] 노화도는 전남 완도군의 서남방에 위치한 섬으로 완도항으로부터 31.5㎞ 떨어져 있고 인구는 2,928명이며 소안도와 보길도에 인접해 있다.[8] 이 세 섬은 한 생활권을 형성하고 있지만 각기 다른 문화적 정체성을 지니고 있다. 소안도는 일제하 민족

7　이광민(남, 70세. 1996년 6월 25일 면담)은 전남 완도군 노화읍 대당리에서 살고 있으며, 그에 대한 논의는 나승만, 「노화도 민요 소리꾼의 생애담 고찰」, 『島嶼文化』 제15집, 목포대학교 도서문화연구소, 1997에서 다룬 바 있다. 이 글은 앞의 작업을 바탕으로 쓴 것이다.

8　『완도군지』, 1992, 1114쪽.

해방운동으로 널리 알려져 있으며 일제 때는 이 일대 교육의 중심지로서 보길도와 노화도 주민들이 사립 소안학교에서 공부하였다.[9] 보길도는 고산 윤선도 유적지와 예송리의 자연환경으로 널리 알려져 있으며, 이 자원을 잘 활용하여 지금은 문화관광지로 각광받고 있다. 노화도는 이들 두 섬에 비해 문화적 인지도는 낮지만 경제생활의 중심지로 기능하고 있다.

1927년 노화도 대당리에서 태어난 그는 조부가 노화읍 도청리에서 이주한 이래 이 마을에서 3대째 살고 있다. 부친 이계준은 2남을 낳았는데, 장남이 보길도로 이주했기 때문에 차남인 이광민이 2칸의 초가를 가산으로 상속받았다. 이광민은 부친 대부터 무산자로 살면서 농업 노동으로 생계를 유지해 왔던 것이다. 1945년 해방되던 겨울 19세의 나이에 노화읍 북고리 출신의 공금진(여, 69세. 1996년)과 결혼하여 3남 6녀를 두었으며 자식들은 모두 출가하여 외지에서 살고 노부부만 대당리에서 살고 있다.

원래 가세가 빈곤했기 때문에 결혼 후에는 농사 품팔이, 공사판 노동을 하면서 평생을 살았다. 당시에는 부자집에서 보리쌀 한말(4-5되 정도)을 갖다 먹고 일로 보상하는 고지를 많이 이용했는데, 생활이 곤란했던 당시에는 이 관행이 그나마도 생계를 유지하는데 도움을 주었다고 한다. 그러나 농번기 때만 불려가 일하기 때문에 고지먹은 일을 마치면 가을이 끝나버려 겨울 준비에 어려움이 많았다고 한다.

농사 노동을 하며 살다 서른여덟 살에 외지로 나가 해남과 목포, 제주도에서 12년 동안 노동자로 떠돌면서 농사판, 염전, 공사판 등지를 전전했다. 외지로 나가게 된 이유는 큰아들의 병 때문이었다. 큰아들의 중풍으로 돈이 없어 곤란을 겪었을 뿐만 아니라 적절한 치료 시설도 없었기 때문에 당시 마을 사람들이 함께 살자는 권유를 뿌리치고 해남군 산이면에 사는 친척 마을로

9　박찬승, 「일제하 소안도의 항일민족운동」, 『島嶼文化』 제11집, 목포대학교 도서문화연구소, 1993 참조.

이주했다. 객지로 나간 후 해남군 산이면에서 남의 전답 얻어 벌어먹고, 낙지 주낙을 하면서 2년, 지도에서 염전 일로 2년, 목포시 대반동에서 노동자로 2년 살고 북제주로 가서 남의 집 행랑을 얻어 살면서 주인의 밭을 벌어먹고 살다 성산포 등지로 나다니면서 노동하였다.

그러다 50세에 귀향하게 된다. 귀향 동기는 아들의 귀향 권유와 고향 마을의 공동체 생활에 대한 그리움과 정 때문이었다. 귀향 후 농사 품팔이와 상여 소리를 하며 살다 지금은 노환으로 어려움을 겪고 있다. 녹내장으로 두 번의 수술을 하였으며 위장병으로도 고생하고 있다. 그는 스스로 병의 원인을 노동으로 살았기 때문에 골병들어 그렇다고 설명한다. 현재는 생활보호대상자로 지정되어 읍사무소에서 주는 월 70,000원의 생계보조비와 딸들이 매월 보내주는 5만원, 10만원의 돈으로 생계를 유지하고 있다.

② 노동 현장에서의 민요 습득

그는 노래를 전문적으로 배운 적이 없으나 마을굿(당제, 마당밟이, 어장 굿), 상여소리판, 둘레미[10], 초군패, 산다이 등에서 활동하며 굿과 소리를 체득해 「들은 풍얼」로 배운 솜씨지만 마을 사람들로부터 소리꾼으로 평가받았다.[11] 유년 시절 정월 한 달 당산제와 어장굿을 지낸 다음 마을의 집집을 돌아다니며 마당밟이를 했는데, 이때 마당에 모닥불 피워놓고 놀면서 민속예능의 다양한 기능과 신명을 체득했다.

소리꾼으로 인정받는데 필요한 노래들은 마을 공동체 활동을 하면서 배웠다. 들노래의 경우 청년시절 둘레미에서 일하며 배웠다. 20명 단위로 「둘레미」를 짜서 쇠와 북을 치고 상사소리를 하면서 모심기를 했는데, 20여명의 친구들과 함께 노래를 부르며 하루해를 보내는 것이 큰 재미였다.[12] 그런 과

---

10 공동으로 모심는 단위를 이르는 명칭이며 20명을 단위로 구성되는 두레다.
11 즐겨 부른 노래는 모심기노래, 산타령(초군노래), 상여소리, 육자배기, 쑥대머리, 청춘가 등 이며 특히 육자배기를 좋아한다.

정에서 소리의 능력을 인정받아 마을의 상여소리와 들노래 설소리꾼이 되었다.

청년 시절 민요공동체 활동을 하면서 창민요를 배웠다. 마을에서 뜻이 맞는 사람들끼리 일정한 집에 모여 노래 부르는 모임을 가졌는데, 육자배기의 경우도 친구들과 함께 이 모임에서 불렀지만 특별히 선생을 모셔놓고 배운 적은 없다. 이광민은 이 시절이 그의 평생에 가장 좋았던 시절로 기억한다. 특히 노래를 같이 주고받았던 마을 친구인 박복태에 대한 기억은 남다르다. 그는 5년 전에 68세로 사망했는데 어릴 때부터 친구로 일하면서 같이 어울려 노래 부른 노동 친구였다. 마을 사람들은 이들 둘이 함께 노래 부르며 일하는 일판을 좋아하여 이 둘이 어우러지는 일판에 참여하기를 좋아했다.

이광민은 민요 소리꾼으로서 가장 중요한 자질인 사설 만들기에 능한 생산적 창자로 자기 목소리를 낼 줄 아는 소리꾼이다. 그는 "괴롭고 즐거울 때, 산에 가나 들에 가나 풀 베로 가나 지어 부른 노래가 천지여. 이녁 내 처지에 맞게 부른 노래가 있어. 슬픈 노래도 있고 즐거운 노래도 있고. 소질 따라서 불러"라고 말한다. 현재 그가 부르는 노래 사설의 대부분은 전승적 차원에서 유형화되어 있는 것들이다. 현장에서 노래할 때는 현장 상황을 표현하는 사설 창작이 수월했지만 현장을 잃어버린 지금은 전승적 차원에서 고정되어 있는 사설의 노래만을 부르고 있다. 이러한 현상은 글쓴이와의 면담이라는 특수한 상황이 빚어낸 결과인 동시에 연행 현장을 잃어가고 있는 민요사회의 실상을 반영하는 것이기도 하다.

이광민은 또 노래에 대한 일종의 믿음을 갖고 있는데, 노래를 잘해야 일이

---

12 당시에는 남자와 여자들이 함께 일하면서 모심기노래를 불렀기 때문에 노래를 부르는 재미가 대단했다고 한다. 또 모심기가 끝나 가면 등에다 모찜을 지우는 놀이를 했는데, 모를 심던 사람들이 서로 남의 등에 남은 모를 얹어 물을 뒤집어 씌웠다. 이 장난이 시작되면 서로 모찜을 끼었으려 하거나 이를 피하면서 즐거운 놀이를 했고 또 논에서 깨금잡기하고 물장난을 했다. 주인이 나오면 막걸리 먹고 취했다고 하면서 주인도 이종을 한 번 해보라고 장난을 쳤다. 이러한 놀이는 완도지역에서는 일반화되어 있다.

잘된다는 것과 일을 잘해야 노래도 잘 나온다는 것이다. 그의 구술에 따르면 일을 하면 자연히 노래가 나오며, 노래를 부르면 덜 피곤하고 지게를 지고 가야 노래가 더 잘 나온다는 것이다. 그는 자기의 노래에 자기가 반한 적이 있고, 자기가 불러도 노래에 감동되어 흥이 절로 날 때가 있다고 한다. 그와 함께 노동하면서 노래를 듣고 부르면 모두 좋아하고 잘한다고 했는데, 마을 사람들이 보낸 그의 노래에 대한 지지가 그의 세상살이를 의미 있게 만들었다. 그래서 노래를 부르면 마음이 시원하고 기분이 좋아질 뿐만 아니라 듣는 마을 사람들에게도 즐거움과 재미를 안겨줬다.

외지에 나가 있을 때도 고향에서 익힌 노래를 불러 그의 노동생활을 원만하게 이끌었으며 그가 다른 사람들과 잘 어울릴 수 있는 방편이 되기도 했다. 그래서 지게질하면서, 염전에서, 제주도에서 일하면서도 고향에서 배운 노래를 불렀으며 이 노래 때문에 다른 노동자들과도 쉽게 어울릴 수 있었다.

③ 노래판 산다이 체험

노래 부르고 춤추고 뛰고 노는 것을 산다이라고 하는데 중심은 노래다. 대당리의 산다이는 주로 설명절, 보름, 혼인 잔치(신랑을 다룰 때), 추석 명절 때 벌어진다. 보름과 추석 명절에는 시집간 여자들이 남편과 함께 친정에 돌아오며, 이때 마을의 젊은 사람들이 함께 온 신랑과 합석하여 산다이를 했다. 한국전쟁 전에는 남성과 여성의 놀이판이 뚜렷이 구분되었으나 그 이후에는 함께 어울려 노는 것이 관례로 정착됐다. 산다이를 하기 위하여 모이려면 젊은 사람들이 허물없이 모여 놀 수 있는 집을 택했다. 그런 집으로는 어른이 없어 조심하지 않아도 되며 또 젊은 자부들이 없는 집을 택했다. 부르는 노래는 이광민의 표현대로라면 「즐거움으로 나오는 아무 노래」나 불렀다고 한다. 그러나 주로 아리랑타령, 노랫가락 등 민요를 제창으로 부르든지 당시 유행하던 유행가를 부르고 옛날 당골들이 추던 춤을 추었다.

(2) 생애사를 노래하는 마을 소리꾼 양우석

① 가난한 기본 출신

양우석은 완도군 신지면 임촌 마을 상여소리 설소리꾼이다.[13] 그가 태어난 신지도는 완도읍 군청 소재지에서 8.5km 떨어져 있으며 동쪽은 금일도, 서쪽은 완도, 남쪽은 청산도, 북쪽은 고금도와 접하고 있다. 완도읍에서 페리 도선으로 20여분 거리에 있는 섬으로 강진 마량 포구, 장흥 옹암포와는 대략 30여 km 떨어져 있으며 그 사이에 고금도와 약산도가 가로 놓여 있다. 1994년도 인구는 5,613명(남자 2,977명, 여자 2,814명)이고 조상의 대부분은 임진왜란 이후 정착한 사람들이다.[14] 주민들은 농업과 어업에 종사하고 있으며 많은 마을들이 半農半漁의 생활방식을 취하고 있지만 전적으로 농업에 종사하는 마을도 있고 어업에 종사하는 마을도 있다. 어촌의 경우 어로 작업 소득이 농업 경영 소득에 비해 월등히 높지만 반드시 일정한 정도로 농업생산을 유지하고 있다. 이와 같은 양상은 자급하는 생산양식을 유지해 왔던 과거의 관습에서 기인한 듯하다. 신지도 민요 소리꾼들은 80대, 70대가 많고 50대, 40대도 있는데 나이가 젊을수록 숫자가 줄어 전통 민요를 부르는 사례가 최근에는 많이 줄어들고 있음을 나타내 준다. 그렇지만 아직도 노인들은 상여소리 듣기를 좋아하고 아리랑타령을 즐겨 부른다. 전통 민요가 거의 사라지고 연행 현장을 찾기가 좀처럼 쉽지 않게 되었지만 신지도에는 상여소리와 산다이판이 종종 벌어진다. 민요에 있어서는 아직도 살아 있는 섬이라고 할 수 있다.

그의 생애담을 요약하면 다음과 같다. 양우석은 어려서부터 부친을 잃고 고생하며 살았다. 부친 대에 이웃 섬인 고금도에서 이사 왔는데, 양우석이

---

13 양우석(남, 77세, 1995년 6월 30일)은 전남 완도군 신지면 임촌 마을에 살고 있다. 그에 대해서는 나승만, 「신지도 민요 소리꾼 고찰」, 『島嶼文化』 제14집에서 다룬 바 있다.

14 김경옥, 「신지도의 역사·문화배경」, 『島嶼文化』 제14집, 1996 참조.

세 살 때 12세, 9세 된 두 딸과 6세, 3세 된 두 아들 4남매와 부인을 남겨 두고 아버지가 사망해 먹을 것이 없어 고생했다. 공부도 할 수 없었지만 남의 어깨 너머로 배워 겨우 한글을 해독할 정도다.

젊어서 배를 타다 목수 일을 배워 목수를 직업으로 삼고, 마을의 궂은 일을 도맡아 하면서 한평생을 지낸다. 18살에 거제도와 부산을 전전하면서 고등어잡이 배를 탔다. 스물한 살에 어머니가 사망하자 고향에 돌아와 장례를 치르고 또 떠나려 했으나 이러저러한 사정 때문에 고향에 정착하게 되었다. 고향에 눌러 앉은 후 목수 일을 배워 마을들을 순회하면서 집을 지었다. 스물세 살에 현재의 부인 김난초씨와 결혼해 4형제를 두었다. 그는 신지면을 두루 돌아다니면서 집을 지었는데 주로 대평리, 신기리, 신상리, 모래미, 동고리가 그의 작업 범위다. 마을 내에서는 죽음과 관련된 일을 모두 처리한다. 임촌 마을 사람들은 어린이나 어른이 사망하면 으레 양우석씨를 불러 절차를 상의하고 일을 맡긴다. 흔히 궂은 일이라고 하는 것들—시신에 수의를 입히고 입관하는 일 등—을 그가 주관한다. 지금은 나이가 들어 이런 일들을 젊은 사람들에게 가르치고 있다.

② 마을 사람들의 생애사를 노래하는 사람

마을에서 노래부르는 일을 담당한다. 남보다 좋은 목을 지니고 있어서 주변 사람들로부터 인정받아 지금까지 마을에 일이 있을 때마다 설소리를 해왔다. 마을 아래 제방을 막을 때도 다구질소리 설소리를 했다. 옛날에는 지게로 모래를 져다 막았기 때문에 큰 바람이 나면 쉽게 터져 제방을 보수하는 등 제방 막기를 많이 했는데 이때 설소리를 했다. 또 집을 지을 때 상량소리 설소리를 한다. 그리고 상여소리 설소리를 한다. 이 마을에서는 설소리꾼을 앞잽이, 또는 사모라고도 하는데, 특히 상여소리 설소리를 하면 담뱃값이나 다소 용돈도 벌 수 있다. 초상이 나면 상가에서 상여를 매는 마을 유대군들과 노래를 잘 부르는 여자들과 함께 노래 부르고 논다.

상여소리의 설소리는 죽은 자의 생애사를 구조적으로 서술한 것이다. 그의 상여소리 사설에 대해 주민들은 다음과 같이 말한다. '슬프게 한다, 그 사람 역사를 다 들먹인다. 젊어서 살았던 일이나 고생한 일들을 다 들먹이면서 울렸다 웃겼다 한다'고 말한다. 이는 양우석씨의 상여소리에 대한 주민들의 평가라고 할 수 있다. 지금은 고령이 되어 자식들과 며느리들이 상여소리를 하지 말도록 권유하기 때문에 상가에 쉽게 나서기 어려운 실정이다. 그렇지만 지금도 여전해 상여소리를 한다. 지금은 장의차 운전석에 앉아 마이크로 소리하기 때문에 소리하기가 수월해졌다고 말한다.

양우석은 상여소리 사설을 망자의 가족사와 생애사 중심으로 구성한다. 그의 구술을 요약하면 다음과 같다.

나는 그 사람 역사를, 이렇트면 젊어서 이 집에 시집와서 몇 살 먹어서 돌아가셨다고 그 내력을 다 말한다. 그리고 하적할 때도 선영을 하적하고 아까운 자식들 다 버리고 나는 어디로 갈 것이냐 그러면 다 운다. 가다가 돈 받으면 아무개 즈그 어머니 잘 모시라고 가라고 돈을 낸다고 그러면 모두 웃고 즐거워한다. 그 사람 살아온 역사를 생각해서 지어 부른다. 그 사람 형편이 이라고 어쩌고 해서 그랬다고. 지금 동네 늙은이들 여든 아흔된 노인들을 내가 어떻게 저 넘어 동네로 보내놓고 죽어야 하꺼인디 나보다 늦게 죽을 성 부릉께 탈이다.

마을 사람들 중에는 상례를 당하여 완도에서 여자 소리꾼을 불러다 상여소리를 메기게 하는 경우도 있는데, 이에 대해서는 매우 비판적이다. 그의 말에 의하면 기생을 부르면 상여소리에서 나오는 돈을 다 가져가 버려 마을 유대군들에게 돌아갈 몫이 없어지고, 또 소리쟁이들이나 기생들은 노래만 부르지 망자의 역사를 말하지 못한다고 한다.

(3) 이웃 섬까지 알려진 소리꾼 최 홍

① 여유 있는 집안에서 태어난 최홍의 성장 과정

최홍(남, 75세)은 1924년 완도군 노화읍 당산리에서 태어났으며 그의 조상들은 당산리가 설촌되던 때부터 이 마을에 살았다.[15] 당산리는 반농반어의 전통적인 어촌으로 일찍이 상업에 눈뜬 마을이다. 천씨들이 조기 장사를 해 천석 부자가 되어 해남에 외답을 두고 곡식과 볏짚을 배로 실어올 정도로 경제적으로 성공했다. 같은 마을에 살던 천씨들의 경제적 성공에 자극받아 마을 사람들은 상업에 눈을 떴는데, 최홍도 이런 추세에 따라 어물장사를 했다. 천씨들의 경제력은 마을내 갈등의 요인이 되기도 했다. 최홍은 자기의 마을에 대하여 귀천의 차이가 엄격한 마을로 곤란한 사람을 천대하는 마을이라고 평한다. 그래서 해방 후로 계층 간의 다툼이 있었는데, 한국전쟁이 터지자 사상적인 문제보다는 마을 내부의 갈등 때문에 30여명의 젊은이들이 희생되었다고 한다.

그는 부친 최정근의 4남 중 장남으로 태어나 전답 10여마지기와 집을 재산으로 물려받았다. 나이 20에 보길도 중통리의 유갑엽과 결혼했으나 3년 만에 아이도 없이 교통사고로 사망했고 노화읍 구목리 출신의 둘째부인 이말례와 결혼하여 3형제를 두었다. 큰아들이 18년 전 병으로 사망하고 나머지 두 아들 중 첫째는 노동자로 건축일을 하고 있으며 둘째는 울산 공단에서 근무하다 지금은 전주로 이주해 자동차 운전을 하고 있다. 부인은 1996년에 사망하고 지금은 혼자 살고 있다.

최홍은 청년이 될 때까지 고향에서 농사를 짓는 한편 고기잡이와 어물장사도 했으며 2년의 객지 생활을 경험했다. 어려서부터 배를 타기 시작했는데,

---

15 최홍(남, 75세, 1996년 6월 26일 대담)은 전남 완도군 노화읍 당산리에 살고 있다. 그에 대한 논의는 나승만, 「노화도 민요 소리꾼들의 생애담 고찰」, 『島嶼文化』 제15집에서 다룬 바 있다.

7살 때부터 떼배를 타고 나가서 고기 낚시를 했으며 10살 때부터 노를 젓고 다녔다. 19세에 함경북도 청진으로 가 2년 동안 청진과 하관을 다니는 배를 탔다. 그러다 해방되던 8월에 북해도로 징용 당해 그곳에서 해방을 맞았다.

상여소리는 40년 전부터 하였다. 당산리에서 초상이 나면 으레 최홍이 상여소리를 했으며 주민들은 상여소리를 잘하는 최홍을 귀하게 여기며 좋아한다. 그러다 6년 전부터 다른 마을의 상여소리를 시작했는데, 당산리에서 상여소리를 들어본 사람들이 자기 마을의 상여소리꾼이 사망하자 모셔갔기 때문이다. 지금은 이웃 섬인 보길도까지 다니며 상여소리를 한다. 5년 전부터는 상여소리 설소리를 한 대가로 한 번 가면 5만원에서 10만 원 정도를 받는다.

최홍은 최방울로 불릴 정도로 이 근동에서는 소리꾼으로 알려져 있다. 상여소리와 판소리를 잘하기 때문에 이웃 보길도까지 다니면서 상여소리를 한다. 농사를 짓는 한편 고기잡이와 어물장사도 해서 경제적으로 여유 있는 편이었다. 농사를 많이 지었던 옛날에는 밭 20마지기, 논 4마지기까지 있었지만 도시에 나가 사는 자식들을 위해 팔아 쓰고 지금은 전답은 없이 구멍가게 일만 하고 있다.

② 듣고 배우기를 통한 노래 습득 방식과 세상에 알려지기

최홍은 민요 소리꾼들이 공통되게 수련한 방식대로 「들은 풍얼」로 금고(농악)와 노래를 배웠다. 당산리는 노화읍에서는 금고로 유명한 마을이다. 정월 초하루 당산제를 지내고 금고를 치고 또 정월 보름이 되면 4일 동안 마당밟이를 하였으며, 마을굿이 끝나면 노화읍의 포전리와 양하리, 미라리, 그리고 보길도의 중리와 통리까지 다니면서 걸궁을 쳤다. 20세 무렵부터는 다른 마을로 걸궁을 나갈 때 따라 나섰으며 장구가 없으면 양철로 장구를 만들어 칠 정도로 금고를 즐겼다. 현재도 노화에서는 당산리에서만 금고를 친다고 한다. 최홍은 유년시절부터 금고에서 장구를 치며 마을의 음악문화를 익혔다.

그의 말대로 「듣고 배우기」가 그의 노래습득 방식이다. 모심기노래와 놋소리, 구구타령, 육자배기 등은 마을 어른들과 함께 일하는 현장에서 배웠다. 상여소리는 다른 마을의 소리를 듣고 배웠다. 당산리에는 최홍 이전에는 소리꾼이 없어서 초상이 나면 외지 소리꾼이 와서 소리를 했는데, 최홍은 이때 만장을 들고 따라다니면서 소리를 익혔다. 그리고 다른 마을에 문상 가면 그 마을의 상여소리를 듣고 익혔다. 최홍의 소리가 점차 알려지자 그를 마을 소리꾼으로 인정하고 상여소리를 의뢰하면서 마을의 상여소리 설소리꾼이 되었다. 그는 상여소리의 유형적 구조를 배워 수용하고 세부적인 사설은 그가 스스로 망자의 삶을 바탕으로 지어낸다.

그는 유성기를 통해서도 노래를 배웠다. 마을의 천석군이었던 천씨 댁에서 유성기를 구입하여 판소리와 단가를 틀었는데, 최홍은 이 집에 일을 다니거나 놀러 다니면서 그 소리를 듣고 배웠다. 최홍은 이 시기에 임방울의 소리를 특히 좋아하였다고 한다. 유성기에서 배운 소리 중에서도 "쑥대머리"와 "앞산도 첩첩하고"를 가장 깊이 좋아하여 지금도 즐겨 부르는데, "앞산도 첩첩하고"는 첫부인과 사별한 후 즐겨 부르게 되었다고 한다.

최홍이 노래를 좋아하는 이유는 노래를 부르면 재미가 있고 또 사람들의 마음에 재미를 불러일으키는 힘이 있다는 생각 때문이다. 그의 말에 따르면 "어떤 일보다도 노래를 부르면 마음이 겁나게(아주) 좋다. 바다에 나가 놋소리를 할 때도 아주 재미가 있다. 어서 가서 고기를 잡아야겠다고 생각하면 재미가 절로 난다"고 말한다. 열심히 일하면 풍성한 결실을 얻고 노래를 잘 부르면 그만큼 큰 재미가 따른다는 일과 노래의 상관성을 알고 있다.

그는 소리꾼으로 이름이 인근 섬에까지 알려진 데 크게 만족한다. "마을의 후배들이 노래가 좋다고 칭찬할 때 기분이 좋다. 보길도에서 상부소리를 할 때 여자들이 와서 잘한다고 하면서 자기들도 장구소리에 맞춰 놀고 싶다고 장구치라고 조르며 옷을 잡아 당겨 옷이 떨어진 적이 있다. 20대에 금고를 차려서 보길도에 가서 친 적이 있는데, 장고를 칠 때 아가씨들이 잡아당겨 고생한 적이 있다."는 그의 말은 자기 소리의 힘 — 사람들이 자기 소리를 듣고 그 소리에 맞춰 신명 또는 재미라는 심리적 상황으로 유도하는 능력 ―
을 스스로 확인하고 있다는 의미인 동시에 소리의 기능을 알고 있다는 의미
를 담고 있다.

(4) 다른 마을에까지 소문난 소리꾼 지용선

① 상여소리꾼 집안에서 태어난 지용선

지용선은 3대째 이어 오는 상여소리 설소리꾼으로 완도군 신지도 대곡리
에서 태어났다.[16] 그의 가계와 소리에 대한 관심을 요약하면 다음과 같다. 할
아버지, 아버지가 상여소리를 잘 했다. 배고팠던 유년시절 초상이 나면 상여
소리 설소리꾼인 조부나 부친을 따라 다니면서 떡과 좋은 음식을 배불리 얻
어먹었다. 그래서 상여소리만 잘하면 배고픔을 면할 수 있을 뿐만 아니라 대
접도 잘 받는 것으로 생각해 상여소리 설소리를 배우기로 작정했다.

② 학습을 통한 상여소리의 재구성

그의 상여소리 학습 과정에 대한 구술을 요약한 것이다.

상여소리의 곡은 마을 어른들로부터 배우고 사설은 회심곡의 가사를 많이
수용해 소리꾼으로서 자신의 독자적인 지위를 확보하게 된다. 지용선은 마을
할아버지들이 나이 들면 찾아가 소리를 가르침 받았다. 그가 찾아가면 배우
라고 하면서 가르쳐 줬는데, 문자로 배우지 않고 따라서 부르는 방식으로 배
워 소리의 가락을 풍성하게 키웠다. 그리고 할아버지와 아버지가 상여소리를
잘 했기 때문에 따라 다니면서 듣고 배우기를 20여 년간 계속했다. 상여소리
의 사설을 풍부하게 만들 수 있게 된 것은 회심곡을 익힌데 서 많은 도움을
받았다. 절에서 부르는 회심곡을 한글로 적어 단계별로 끊어서 익혔는데, 회

---

16 지용선(남, 49세, 1995년 6월 28일 대담)은 전남 완도군 신지면 대곡리에서 살고 있다. 그에
    대해서는 나승만, 「신지도 민요 소리꾼 고찰」, 『島嶼文化』 제14집에서 논의한 바 있다.

심곡 가사는 절의 법사가 가지고 있는 책을 한글로 적어 배웠다.

지용선은 절에 다니면서 소리의 세계를 넓힌다. 신지도에는 세 군데 절이 있는데, 그 중 명심사의 남자 법사가 씻김굿을 잘 해 그와 교분을 가지면서 자신의 소리 세계를 확대시킨다. 법사는 책으로 읽어서 굿하는 사람이었으며 여자 무당 2명과 같이 다니면서 굿을 했는데, 법사가 경을 읽으면 여자 무당들은 춤을 추면서 고를 풀어 환자를 즐겁게 해준다. 지용선은 쇠, 북, 장구, 징을 치면서 손으로 책을 넘기며 굿을 하는 법사의 소리에 감동해 마음까지 들뜬 적이 많았다고 한다. 굿거리의 중간에 공백을 즐겁게 하기 위해 노래를 부르는데, 지용선은 이때 나가서 노래를 부른 적도 있다고 한다. 또한 소리의 수용에 밝아 한 번 들은 소리를 곧잘 기억했다. 특히 전통음악의 선율에 민감해 민요나 창, 이야기는 한번 들으면 잊지 않고 기억한다. 아리랑타령, 창부타령 등 타령류의 노래를 잘한다.

다음은 상여소리 사설 구성 방식에 대한 구술을 요약한 것이다. 지용선의 상여소리 사설 구성은 인간이 살아 나가는 삶의 과정과 일치하게 구조화시킨 것이다. 즉 인생의 생로병사 과정을 축으로 삼아 망자 개인의 삶을 그 과정에 대입시켜 서술한다. 망자의 운명적인 고난, 억울한 사연, 고난 극복의 과정을 노래로 서술한다. 그래서 소리를 듣는 사람들도 사설 속에서 자신의 삶을 발견하고 의미를 되새기며 호응한다. 사설 붙이는 방법이 구조화되어 있기 때문에 망인의 생애를 알아야 효과적으로 사설을 구사할 수 있다.

모르는 사람의 상여소리 설소리를 할 때는 기본적으로 나이가 몇 살이며 할머니인지, 할아버지인지, 중년인지, 젊은이인지, 남자인지 여자인지를 알아야 한다. 거기에 따라 공식적으로 정해진 사설을 이어 간다. 젊은 사람인 경우 애도의 내용을 더해주고 늙은이인 경우에는 좋은 세상에 자식들을 남겨 두고 떠나는 아쉬움을 사설로 이어 간다. 노래하는 현장에서는 처음 사설만 내면 나머지는 익혀 온 절차에 따라 자동적으로 서술된다. 회심곡과 백발가의 가사를 많이 인용하는데, 그 내용이 나서 커서 죽어가는 과정으로 엮어져

있기 때문이다. 지용선의 소리를 듣는 사람들은 그의 소리에 감동하여 함께
울고 웃으며 즐긴다.

4) 자료의 분석과 의미

(1) 평범한 마을 소리꾼의 생애

소리꾼으로 알려진 서남해 도서 지역 남성 소리꾼들의 일반적 생애는,

- 기층민으로 태어나다.
- 마을 공동체 생활에서 농악을 익히다.
- 일터, 산다이, 상여소리판에서 노래를 배우다.
- 노동으로 생계를 유지하다.
- 마을 소리꾼으로 인정받다.
- 객지 생활을 하고 귀향하다.
- 상여소리꾼으로 일생을 보내다.

의 과정을 거친다. 소리꾼들의 대부분은 기본 출신으로 태어나 노동하면서
성장하는 가운데 마을 공동체 의례와 공동 노동의 예능 연행에서 문화적 자
질을 훈련하고 숙성시킨다. 그런 과정에서 마을의 원로들로부터 소리꾼으로
인정받아 시간이 지난 뒤 마을 소리꾼이 되어 노동과 의례에서 설소리를 맡
는다. 대부분의 소리꾼들은 객지 생활을 체험하는데, 가난을 면하기 위해,
새로운 삶을 개척하기 위해, 또는 징용이나 징집 때문에 객지로 떠난다. 소리
꾼들의 소리 습득과 익히기의 전통적 방법이 듣고 배우기라는 점에서 이들의
객지 체험 또는 외부 문화 체험은 매우 중요하다. 이들은 자신이 익힌 노래에
외적 체험을 활용하는 경우 소문난 소리꾼으로 성장하는 경향이 있다.

① 이광민의 경우

　이광민은 전형적으로 가난한 기본 출신의 소리꾼이다. 그의 생애담에서 드러난 일생을 정리하면 다음과 같다.

- 가난한 집에서 태어나다.
- 마을굿에서 농악을 익히다.
- 일판, 산다이, 민요공동체 등에서 민요를 익히다.
- 성년이 되면서 품팔이로 생계를 유지하다.
- 마을 설소리꾼이 되다.
- 가난하여 객지에 나가 살다.
- 민요를 불러 객지 생활을 원만히 하다.
- 귀향하여 농사 품팔이로 살아가다.
- 마을 상여소리꾼을 하다.
- 노년을 어렵게 보내다.

　민요 창자들의 대부분은 경제적으로 빈곤한 가정 출신으로 평생 동안 근근히 사는 경우가 일반적이다.[17] 이광민의 경우는 기본계급 출신으로서 마을 소리꾼으로 성장한 경우다. 그가 살고 있는 대당리는 농사짓는 마을이었기 때문에 획기적으로 부를 축적할 기회를 갖지 못했다. 부친 대부터 가세가 빈곤하였는데, 이러한 형편은 평생 동안 벗어날 수 없었다. 산에 나무하기 위해 지게를 지고 올라가며 부른 산타령 사설은 그가 살아가는 삶의 과정을 단적으로 보여준다.

17　나승만, 「신지도 민요 소리꾼 고찰」, 169쪽.

가네 가네 나는 가네
태산같은 높은 봉을
두 지게 새에 목을 옇고
태산같은 짐을 지고
산천 초목을 올라 가네

이광민의 노래에도 나타나듯 그를 평생 고통스럽게 한 것은 가난이었다. 20대 이후 평생을 노동에 종사했지만 현재까지도 그런 형편에서 벗어나지 못했다. 만년에는 질병으로 노동력을 상실해 정부에서 지원하는 생계보조비와 자녀들이 보내주는 용돈에 의지해 살고 있다. 그의 삶은 두 개의 지게 목 사이에 낀 머리처럼 평생을 가난에 짓눌려 지냈다.

가난은 그에게서 삶의 빛과 함께 소리의 빛까지 앗아갔다. 그는 가난을 육체노동으로 감당했으며, 노동판에서 몸이 소모되는 것을 최소화시켜준 것이 노래였지만 결국 가난이 그의 모든 것을 억눌러 버렸다. 그는 자신의 삶과 주민들의 삶을 노래에 반영해 소리꾼으로 인정받았지만 가난과 고된 노동으로 육체를 소진시켜 창조적 소리꾼이 되기 어려웠고 대중의 신명을 끌어내는 데까지 이르지 못했다.

② 양우석의 경우

가난한 유년 시절을 보냈다는 점은 양우석도 마찬가지다. 가난은 도서지역 주민들이 겪는 전형적인 삶의 과정이었다. 특히 양우석은 세 살 때 아버지를 잃고 홀어머니 밑에서 4남매와 함께 혹독한 가난을 체험한다. 유년 시절 그가 당한 가장 큰 고통은 배고픔이었다. 18세에 배를 타기 위해 거제도와 부산으로 떠난 것은 당시 그가 처한 현실의 문제를 해결하기 위한 방편이었다. 같은 신지도의 소리꾼 지용선은 배고픔 면하는 길이 소리에 있음을 일찍이 알아 소리에서 삶의 길을 찾았다. 그러나 양우석은 고향을 떠나 배를 탐으로

써 가난에 대응한다.

그런데 양우석이 노래 부르기에서 가장 관심을 갖은 부분은 마을 사람들의 삶을 읽어내는 일이다. 양우석은 마을 내에서 활동했다. 그가 노래를 부르게 된 동기는 유년시절부터 마을 노래를 불렀기 때문이기도 하지만 목소리가 좋았기 때문이다. 거기에 더하여 가난한 생활을 해오면서 함께 고통당하는 주민의 삶을 따뜻하게 감싸는 남다른 심성을 가졌기 때문이다. 상여소리의 사설을 생애사 중심으로 서술하는 그의 태도에서 잘 드러난다. 그래서 양우석의 사설은 주민들의 마음을 깊이 있게 구체화시킨 것들이다. 어느 순간에 어떤 가락과 사설을 노래해야 주민들의 마음이 움직이는가를 체험적으로 익힌 그는 주민들의 목소리로 주민들의 마음을 표현하는 전문적인 소리꾼이다. 양우석 스스로 그러한 경지가 되어야 겨우 마을 소리꾼이 될 수 있다는 생각을 갖고 있어 다른 마을 사람들의 상여 소리는 하지 않았기 때문에 마을 소리꾼의 영역에 머물었다.

(2) 소문난 소리꾼의 생애와 남다른 점

소문난 소리꾼이란 그 이름이 널리 알려진 소리꾼들을 뜻한다. 여기서는 특히 소문난이란 말에 유의할 필요가 있다. 소문나지 않은, 평범한 소리꾼의 경우도 기량이 뛰어난 소리꾼들이 많다는 점에서 질적으로 차이를 구분하려는 용어가 아니다. 그러나 소문난 소리꾼의 경우 노래하는 목청과 몸짓, 사설 구성력이 보통 이상이라는 점은 인정된다. 이 글에서는 최홍과 지용선이 소문난 소리꾼의 경우에 해당되는데, 그의 생애를 보면 평범한 소리꾼들과는 몇 가지 다른 점이 있다.

① 최홍의 경우

소문난 소리꾼으로 알려진 최홍의 경우에는 전답 10여마지기와 집을 재산으로 상속 받았으며 일찍이 상업에 눈을 떠 경제적으로 원만하게 살았다는 점에서 다른 소리꾼들과는 다른 삶의 과정을 보여준다. 그의 생애담을 정리하면 다음과 같다.

- 중류층 가정에서 장남으로 태어나다.
- 당제, 마당밟이에서 농악을 익히다.
- 일판, 상여소리판에서 소리를 익히다.
- 유성기에서 판소리를, 다른 마을에 다니면서 상여소리를 익히다.
- 농사와 뱃일, 어물장사로 돈을 벌다.
- 선원으로, 강제징용당하여 객지 생활을 하다.
- 민요를 불러 객지 생활을 원만히 하다.
- 결혼하여 부인을 잃고 재혼하다.
- 상여소리꾼이 되다.
- 외부 마을에까지 알려져 상여소리를 하고 돈을 벌다.

최홍은 생애담 서술에서도 아무 거리낌 없이 자신의 생애를 술술 털어 놨고 글쓴이도 자유스런 분위기 속에서 질문할 수 있었다. 그의 성격은 매우 개방적이어서 외부인을 잘 받아들이는 성격이었다. 현지 조사에 동행한 목포대 국문과 구비문학분과 학생들과 친밀하게 되어 대학 문화행사에 초청받아 노화도 민요를 공연했을 정도로 열린 마음을 갖고 있다. 그는 어려서부터 배를 타고 추자도까지 다니면서 고기를 잡았으며 그 후에도 계속해서 농업과 어업, 그리고 상업에 관심을 보였다. 그는 농번기에는 농사를 짓는 한편 고기잡이와 어물 장사로 부를 축적했다. 그의 개방적이고 긍정적인 삶의 태도는 그의 노래에도 잘 나타난다.

(앞부분 생략)
추자바다를 / 어야뒤야차 / 어 야
어서 가서 / 어야뒤야차

도미를 잡자 / 어야뒤야차
어어 뒤야 / 어야뒤야
얼른 가자 / 어야뒤야
추자가서 / 어야뒤야
고기 폴고 / 어야뒤야
술한잔썩 먹고 / 어야뒤야
저어나 오자 / 어야뒤야
(이하 생략)

그가 부른 뱃노래의 사설은 이 지역 어부의 일상적 소망으로 채워져 있다. 만선해 일확천금을 벌겠다는 칠산 바다 어부들의 꿈과는 좀 차이가 나는 소박한 꿈이지만 최홍은 어로 작업에서 생활의 안정과 부를 얻었다. 그의 노래 사설에는 삶터를 긍정하는 심성이 나타난다.

최홍의 객지체험은 도서 지역 소리꾼의 생애사에서는 보편화된 과정이다. 그의 객지 체험은 장사꾼으로, 선원으로, 그리고 일제의 징용 때문인데 객지에 나가기 전에는 고향에서 민요를 충분히 익히고 객지에 나가서는 고향의 민요를 부르다 귀향 후에는 더욱 세련되고 풍성한 민요의 세계를 구현하는 현상으로 나타난다. 최홍은 젊은 시절 3년 동안 객지에 나가 생활했는데, 일반적인 소리꾼들이 가세가 빈곤해서 객지를 떠돌았던데 비해 최홍은 장사 해 돈을 벌기 위해, 배를 타기 위해, 일제의 강제 징용으로 인한 것이었다. 그의 객지 생활은 자신의 삶을 혁신시키기 위한 적극적인 것이었다고 할 수 있다. 그는 객지 생활에서 고향에서 불렀던 민요를 불러 자신의 삶뿐만 아니라 동료 노동자들의 고달픈 삶도 위로하였다. 그 결과 민요 연행은 그에게 객지 삶을 유리하게 만들었으며 민요 창자로써의 자질과 능력을 확대시키는 기회가 되었다. 귀향 후 최홍은 최방울로 불릴 정도로 지역에서 소리를 인정받아 이웃 섬 보길도에까지 소문난 소리꾼이 되었다.

그가 유능한 소리꾼으로 성장한 것은 유성기에서 판소리를, 다른 마을에 다니면서 상여소리를 익힌 적극성과 농사와 뱃일, 어물 장사로 돈을 벌 정도로 매사에 적극적이고 낙천적인 성격 때문이라고 생각된다. 그러나 무엇보다도 외부에 대한 열린 태도, 즉 외부의 문화, 인간을 받아들이고 감싸는 마음이 그를 소문난 소리꾼으로 만든 원동력이다.

② 지용선의 경우

지용선이 유능한 상여 설소리꾼이 된 것은 사설 구성력에서 남다른 특징을 지녔기 때문이다. 그는 다른 소리꾼과 마찬가지로 망자의 생애사 중심으로 상여소리 사설을 엮어 가지만 사설 구성을 유형화시켜 서술하고 있다는 점이 남다르다. 망인의 성(性)과 나이, 생애, 가족관계, 경제력의 정도 등을 파악하여 그 유형에 맞게 사설을 엮어 간다. 그래서 준비된 유형화된 사설에 현장에 맞는 요소들을 넣어 상여소리를 함으로써 수요자들의 요구에 적응한다.

지용선이 유형화된 사설을 익혀 구체적인 현장에 적응하는 양상은 민요사회의 변화에 적응하려는 노력의 결과며, 그 변화에 적응했기 때문에 소문난 상여 설소리꾼이 될 수 있었다. 상여 설소리꾼이 사망하고 뒤를 이을 소리꾼이 없는 마을에서는 평소 호감을 가졌던 지용선에게 상여 설소리를 청하였다. 그래서 모르는 사람의 상여소리를 해야 할 경우가 생겨나고 이에 대처하는 과정에서 주민들의 생애를 구조화시켜 파악하고 묘사하는 능력을 갖게 되었다. 마을 소리꾼들과는 달리 상여소리 사설에 현장성이 줄어든 반면 주민의 생애를 구조적으로 이해하는 힘이 강화되어 어느 곳에서나 상여소리꾼의 역할을 할 수 있게 되었다. 그리고 현장성이 떨어지는 사설의 한계를 극복하고 더 흥미 있게 진행시키기 위해 회심곡과 백발가의 사설을 삽입하였다.

5) 맺는말

민요의 소리꾼을 조사하는 방법으로서 소리꾼의 생애담 조사법을 제시하고 적용 사례를 분석해 보았다. 논의의 순서는 조사 방법을 항목화시켜 제시하고 구체적 사례로 전남 서남해 도서지역 민요 소리꾼들 중 평범한 소리꾼 이광민과 양우석, 소문난 소리꾼 최홍과 지용선의 생애담 내용이다. 충분한 사례조사가 이루어지지 않았기 때문에 아직 어떤 결론에 이르기는 이르다고 생각지만 주어진 결론을 요약한다면 다음과 같다.

민요 소리꾼들의 생애는 보편화되어 있다. 대부분 기본 출신으로 태어나 마을 공동체 생활을 통해 민요를 습득한다. 그들의 표현에 따르면 노래를 들은 풍얼로 배웠다. 청년 시절부터 산다이판에 참여하여 창민요를 배우고 공동노동 조직인 두레에 참여하여 들일을 하면서 마을의 노동요를 배우고 성장하여서는 설소리꾼이 된다. 청년 시절 뜻 맞는 사람들끼리 모여 육자배기를 배우는 등 민요공동체 활동을 통해 민요의 음악성이 강조되는 가창민요를 습득하여 마을 소리꾼의 기반을 다진다. 소리꾼으로 알려진 서남해 도서 지역 남성 소리꾼들의 일반적 생애는 아래와 같다.

- 기층민으로 태어나다.
- 마을 공동체 생활에서 농악을 익히다.
- 일터, 산다이, 상여소리판에서 노래를 배우다.
- 노동으로 생계를 유지하다.
- 마을 소리꾼으로 인정받다.
- 객지 생활을 하고 귀향하다.
- 상여소리꾼으로 일생을 보내다.

그렇지만 소리꾼의 세상에 대한 마음가짐, 체험의 양상, 삶의 조건, 소리에 대한 욕망에 따라 소리꾼으로서의 기량과 활동 영역이 달라진다. 소문난 소리꾼으로 성장하려면 소리꾼이 자신의 소리를 혁신시키고자 하는 욕구가 있어야 하고, 좋은 지도자를 만나야 하고 경제력을 갖췄을 때 가능하다. 소문 난 소리꾼과 평범한 소리꾼의 차이는 그가 갖는 마음의 태도와 처한 사회적 조건에 따라 결정된다. 이광민과 최홍의 사례는 환경과 성격에 따라 결정되 었고, 양우석은 평범한 소리꾼이면서도 소리꾼의 전형을 보여주고 있다. 특 히 소문난 소리꾼의 경우 민중의 삶을 구조화시켜 서술하고, 또 노래의 수용 자를 외부의 영역으로까지 확장시켰다는 점에서 주목된다. 그리고 이러한 확 장은 민요 소리꾼의 직업화 추세로 전환된다는 점에서 관심을 끈다.

최홍의 경우 성격이 개방적이어서 외부인을 잘 받아들이며, 부를 축적하는 재능도 있다. 그가 유능한 소리꾼으로 성장한 것은 유성기에서 판소리를, 다 른 마을에 다니면서 상여소리를 익힌 적극성과 농사와 뱃일, 어물 장사로 돈 을 벌 정도로 매사에 적극적이고 낙천적인 성격 때문이라고 생각된다. 그래 서 현재는 이웃 섬인 보길도까지 다니며 상여소리를 하고 돈을 벌 정도가 되 었다.

지용선이 유능한 상여 설소리꾼이 된 것은 사설 구성력에서 남다른 특징을 지녔기 때문이다. 그는 구조화된 사설에 현장에 맞는 요소들을 넣음으로써 지역 단위의 경제를 넘어서는 보편성을 지닌, 소문난 소리꾼으로 성장했다. 지용선의 사례는 민요사회의 변화에 적응하려는 노력의 결과며, 그 변화에 적응했기 때문에 그는 소문난 상여 설소리꾼이 될 수 있었다.

(「구비문학의 연행자와 연행양상」, 도서출판 박이정, 1999년 수록 논문)

2.
일제 강점기 항일민족해방운동노래의 주체화 과정
: 월항리의 사례를 중심으로

1) 머리말

글쓴이는 일제하 완도군 소안면 월항리에서 일어난 노래운동 사례를 통해 민요의 주체화 과정을 알아보려 한다. 전통민요의 경우, 민요의 수용과 변동 과정에 대한 실증적 자료가 부족하기 때문에 민요 주체화 과정을 알아내기가 힘들지만 월항리에서 수행된 일제하 항일민족해방운동노래[18]의 경우 민요로 서의 성격을 갖고 있고, 당시 연행 주체들이 생존해 있기 때문에 주체화 과정 의 실상에 접근할 수 있다. 그리고 민중이 새로운 노래를 수용하여 자기의 노래로 삼는 방식, 즉 민요화하는 방식이 크게 변하지 않으리라 생각하기 때 문에 이 시기에 일어났던 민족운동노래의 주체화 과정, 즉 수용과 생산과정 을 통해 민중의 민요화 방식을 알아보는 것이 가능하리라 생각한다.

주체화란 외부의 노래를 수용하여 생활 속에서 부르기 과정을 통해 민요화 하는 과정이다. 이러한 사례연구에 적절한 곳이 완도군 소안면 월항리다. 아 래의 사실들을 검토하여 민요 주체화 과정의 유형을 알아보려 한다.

(1) 소안도와 월항리 사람들의 역사과정과 민족운동노래를 주체화할 수 있 는 조건
(2) 수용주체의 성격
(3) 수용한 노래의 내용

---

18 이하에서는 줄여서 민족운동노래라 칭한다.

(4) 수용 방법

(5) 갈등에의 대응, 또는 노래 지키기를 통한 주체화의 실현

(6) 갈등 해소 공간에서 연행실상

2) 소안도, 월항리의 역사, 사회적 배경

소안면은 완도군 소재지로부터 남쪽으로 18.7km 떨어져 있는 섬으로, 동쪽으로는 바다건너 청산도와 마주하고 서쪽으로는 노화도와 보길도에 인접해 있고, 남쪽으로는 멀리 제주도가 보인다. 유인도 4개, 무인도 7개로 이루어져 있으며, 본도의 지형이 남북으로 길게 뻗은 長鼓형을 이루고 있는 이섬은 완도에서는 민족운동의 성지로 이름난 곳이어서 학계에도 그러한 사실이 얼마쯤은 알려져 있다.[19]

소안면은 1018년(고려 현종 9년) 이래 영암군에 속했고, 임진왜란을 피해 월항리에 처음으로 주민들이 입도해 오면서 섬 이름을 달목도(達木島)라고 불렀다. 1866년 靑山獨鎭의 설치로 이에 속했으며, 1896년 設郡과 함께 완도군에 편입, 所安面이라 칭하고 현재에 이르고 있다.

현재 살고 있는 소안도 사람들의 문화는 양란 이후 입도한 사람들의 문화를 기초로 하여 그 후 17-18세기 동안에 순차적으로 입도한 사람들의 문화, 또는 새로 수용한 의식, 기술이 층위를 이루면서 형성된 것이다. 민요사회의 형성 과정도 이러한 구도 속에서 파악할 수 있고 본론에서 논의하려는 월항리 사람들의 민족운동노래도 같은 구도 속에서 파악할 수 있다. 즉 월항리의 민족운동노래는 20세기 초에 새롭게 성장한 월항리 사람들의 민중의식을 바탕으로 수용되고 주체화된 노래라고 할 수 있다.

---

19 이균영, 「해방의 땅 소안도」, 『사회와 사상』 8월호, 1989.
    손형부, 「식민지시대 송내호, 기호 형제의 민족해방운동」, 『국사관논총』 40, 국사편찬위원
    회, 1992.

소안도에서 사람이 처음 살았던 것은 패총과 고인돌 등 선사 유물이 발견된 것으로 보아 청동기시대 이후부터로 추정하고 있다.[20] 문헌기록에 소안도가 처음 나타난 것은 1648년의 조선왕조실록에서였다. 1500년 경 월항리에 입도한 김해김씨, 동복오씨가 처음이었지만 이 일대가 옛날부터 끊임없이 왜구의 침범으로 시달렸으며, 임란 직전 달량진사변으로 空島 상태가 되었고, 양란 중에도 실제로는 공도상태였기 때문에 현재 조상의 대부분은 양란 직후부터 17-18세기 사이에 입도한 사람들이다. 직전 거주지는 강진, 장흥, 해남, 영광, 나주, 노화 등지였다.[21] 전반적으로는 양란 후부터 17세기 동안에 고향을 떠나 새로운 삶터를 찾아 온 사람들이 입도자들의 대부분이었다고 단정해도 무리가 없을 것이다.

성씨별로는 김해김씨, 전주이씨, 밀양박씨, 평산신씨, 진주강씨 등이 소안도 개척을 주도했던 성씨들이다. 337호중 장흥과 강진에서 입도하여 월항, 북암 비동 등 소안도 동부지역에 자리 잡은 김해김씨가 93호로 가장 많았으며 주로 어업과 농업에 종사했고, 다음으로는 전주이씨로 52호가 강진 등지에서 입도하여 소진, 미라, 이목, 부상 등 동부지역보다 농업에 유리한 서부지역에 자리 잡았다. 그리고 밀양박씨, 평산신씨 등이 해남과 인근 각지에서 입도했다. 1700년 이후에는 그 외의 성씨들이 해남, 강진, 영광, 나주에서 입도하였다.[22]

---

20 최성락, 「소안군도의 선사유적」, 『완도소안도지역의 문화성격』, 제7회 도서문화심포지움, 1993, 목포대학교 도서문화연구소.

21 이해준이 분석한 1876년의 청산진호적대장에 의하면 총 337호 중 홀아비, 과부가 236호로 전체의 70%에 이르렀고 170명의 노비를 소유했다고 기록되어 있다. 그리고 이들의 성향을 파악하는데 참고 되는 기록으로 숙종 30년(1704년) 전라감사의 장계 중 소안도가 良丁. 公私賤의 도피소굴이라는 기록을 참고할만하다. 입도 이유가 표면적으로는 피란, 은거, 제주 항해 중 기항, 고기잡이 중 피항 등으로 나타난다. 이해준, 「소안도의 역사 문화적 배경」, 『완도소안도지역의 문화성격』, 제7회 도서문화심포지움, 1993, 목포대학교 도서문화연구소.

22 김해김씨는 1500년 경 장흥에서 입도하는 것을 시작으로 1650년에 강진에서, 1740-50년에 강진과 해남에서 세 차례에 걸쳐 入島하여 소안도의 최대 성씨가 되었고, 전주이씨는 1600년, 1630년, 1660년 세 차례에 걸쳐 입도하여 김해김씨와 함께 소안도의 주력 성씨가 되었다.

인구는 1993년 현재 약 5,300명, 1987년도 완도군 발행 마을유래지 7,408명,(남자 3,651명, 여자 3,757명) 1977년도 발행 완도군지 약 9,500여명, 1961년경 12,000여명 추정, 일제 말경 8,000여명 추정, 1920–30년대 7,000–8,000여명이었을 것으로 추정한다.

생업은 반농반어의 상태였으나 농경지가 지극히 협소했고 밭이 논보다 많았다. 1920년대의 주 농업생산물은 보리, 서숙, 콩, 팥, 고구마, 면화 등이었다. 1910년대 이후 완도 일대에 김양식이 시작되자 이 섬에서는 주요 생산수단이 되었다. 1935년경 완도군은 해태어업조합원 9,421명으로 전국 해태어업조합 중 제1위로 두각을 나타냈는데, 소안도의 조합원 수가 1,094명에 달했을 정도로 김양식이 번성했다. 김양식 이후 소안면민들의 생활이 크게 나아져서 자녀들을 교육시키고, 외지로 유학을 보내 소안도를 문화적으로 성장시키는데 기여했다.

3) 월항리 사람들

기록에 드러난 월항리의 변화과정은 다음과 같다.[23]

그리고 밀양박씨과 평산신씨가 1660–70년경에 입도하였다. 현재의 소안도 주력 성씨들은 양란 직후부터 1670년 사이에 입도하였다. 이해준, 「소안도의 역사문화적 배경」 참조.
23 아래의 자료 중 19c 후기 자료는 이해준이 정리한 1876년 청산진 호적대장의 통계자료에 의한 것이다. 참고로 이 호적대장에 기록된 자료를 정리하면 다음과 같다.
〈1876년 고종 13년 청산진 호적대장 기록〉
· 호수: 21호(환부–홀아비–15명)
· 호주 성씨: 김해김 15명, 완산이씨 2명, 진주강씨 1명, 밀양박씨 1명, 동복오씨 1명, 남평문씨 1명
· 통수: 4통
· 인구: 43명
· 성비: 남성 28명(호주 21+자식 7), 여성 15명(부인6 + 자녀7 + 호주의 여동생 2)
　　　1920년과 45년 자료는 마을 사람들의 구술에 의한 것이고 77년 자료는 완도군지, 87년 자료는 완도군 마을 유래지에 의한 것이다. 마을 사람들의 구술에 의하면 호수가 가장 많았을 때가 1970년대 초로 160호였다고 하는데 군지의 것과 다르다. 이는 행정기관의

분류＼항목	19c말 자료	20년 자료	45년 자료	77년 자료	87년 자료	현재 자료
호수	21호	60호	100호	173호	145호	100호
호주성씨	김해김 15 완산이 2 진주강 1 동복오 1			김해김 135 신안주 10 제주고 9 전주이 7	김해김 111 전주이 10 기타 24	
인구, 성비	43명 (남 28, 여 18)	350명 정도	550명 정도	962명	713명 (남 353, 여 360)	440명 (남 220, 여 220)
교육기관	서당	야학, 기숙사	야학, 기숙사			
주소득원	보리, 고구마, 조	보리, 김, 고구마, 조	보리, 김 고구마, 조	보리, 김	보리, 김	보리, 김

　호수와 인구의 변동과정을 보면 1970년대까지는 점진적으로 증가하다 70년대 후반부터 감소추세로 접어들어 현재는 1930년대 수준으로 하락했다. 생산 작목의 변동에서는 일제 때 고구마와 조의 경작이 활발했는데, 해방 이후 지속적으로 축소되었다. 그리고 마을 내의 교육활동은 일제 때 가장 활발하여 마을 내에서 야학과 기숙사활동이 활발히 전개되었음을 알 수 있다.

　보리농사와 고구마, 조의 경작 등 밭농사가 주업이었고 노동력 동원은 품앗이 형태였다. 향촌사회에서 품앗이 조직은 여성 노동력 동원의 주도적인 형태였기 때문에 자연히 여성문화를 형성하는 중요한 장치가 되었다. 월항리의 경우 동족마을이었기 때문에 같은 성씨 중에서도 형제간, 또는 가까운 일가끼리 품앗이를 구성했다. 이점은 월항리의 민요사회를 이해하는 중요한 사

　통계 기준과 마을 사람들의 호구에 대한 인식의 차이에서 비롯된 것으로 생각된다. 1993년 11월 현재는 100호, 440명(220, 220명)이다.

　문제가 되는 것은 위의 청산진 호적 자료가 실제와 어느 정도 부합되느냐는 것이다. 청산진 호적대장의 것과 1920년대의 통계와는 40년 정도 떨어진 시기인데, 너무 차이가 나고 지나치게 홀아비가 많았던 것도 의심스럽다. 이는 세금, 부역을 피하기 위해 식구수를 줄였을 가능성으로 해석할 수 있다.

항인데, 정기순의 구술에 의하면 형제들 간에 품앗이를 주로 했고, 노래를 불렀음을 알 수 있다.[24]

김이 생산되기 시작한 1920-30년대에 들어서면서 상황이 변했다. 그 전에는 농사와 해산물 채취에 의존했는데, 김의 생산이 시작되고, 나아가 생산이 확대되고, 경제력이 증대하여 교육에 대한 투자가 확대되어 야학, 학원 진학, 일본으로 유학하는 사례가 늘었다. 그리고 한편으로는 노동력 동원에서 가족단위의 노동형태가 늘어갔으며, 이점 또한 노동력 동원 형태에 변화를 가져왔다. 작업기간이 겨울 한철에 국한되었지만 생산력이 높았기 때문에 노동력을 집중해서 투입한 까닭에 겨울철의 민요 연행에 영향을 미쳤다.

일제 초기 월항리 김해김씨들이 주동이 되어 교육운동을 통해 소안도 민족운동의 지도세력들을 배출했다. 월항리의 김해김씨들이 소안도 민족운동의 불씨를 일으켰다. 김사홍(1883. 8. 17 - 1945. 1. 15)이 앞장서서 수행했다. 그는 어려서 보길도 고암산 남은사 고승 문하에서 수학, 서당에서 한학을 수학했다. 26세 되던 1909년 소안면 토지계쟁사건에서 최성태, 신완희, 이한제와 함께 면민대표 4인 중 한사람으로 선출되어 1922년 승소판결을 받아내는데 주도적인 역할을 수행했으며, 30세 되던 1913년에 사립 중화학원을 설립, 애국지사를 양성, 항일운동의 진원지를 만들었다. 후일 항일운동의 선봉장이 된 인물들이 이 학교 출신들이었다. 1922년 토지계쟁사건의 승소를 기념하여 설립한 사립 소안학교의 초대 교장을 지냈고 학교가 폐교된 뒤에 향리에서 끝까지 항일운동을 수행했다. 그에 대해서는 김진택의 구술을 참고할 만하다.[25] 김경천(1888-1935)은 어려서 김사홍과 마찬가지로 보길도 고암산

---

24 완도군 소안면 월항리 정기순(여, 64세) 구술. 1992년 6월 22일. 글쓴이 현지조사.
'여그서도 옛날에는 같이 일했제, 품앗이로. 오늘은 갑집하면 내일은 을집하고 그렇게 해서 날을 차근차근 받어 놓고 안쉬고 물을 잡어 놓고, 옛날에는 돈주고 하는 일이 없었어. 끼리끼리, 형제간들이 그날 가서 입이나 얻어먹고 형제간 일을 돈도 안받고 다 해줬제......노래 안부르고는 못산다. 여자들이 밭매로 가면 뭔 노래를 부르던지 노래는 부른다. 신세타령도 하고, 밭매면서, 보리하면서, 나무하면서도 노래한다. 우리같은 사람은 어디 가도 노래 부르고 앉어서도 노래부르고 맨날 노래부른다. 노래 안부르면 못산다.'

남은사 고승 문하에서 수학, 한학에 능했으며 당대의 석학으로 알려졌다. 사립 중화학원의 교사, 3대 교장을 지냈고 1924년 사립 소안학교 교사, 2대 교장을 지냈다. 주채도(1907-?)는 사립 소안학교 출신으로 1927년 일심단원으로 활약했고, 1927년 배달청년회사건으로 투옥, 징역 2년 복역했다. 김진식의 구술[26]에서 당시 마을 지도세력들의 영향력과 정황을 짐작할 수 있다.[27]

한편 월항리 사람들은 야학을 통해 한글을 깨치고 민중의식, 민족해방의식을 갖게 되었다.[28] 월항리 사람들의 구술에서 당시 야학의 정황을 이해할 수 있다.[29] 그러나 당시 소안도의 정황이 그랬듯이 월항리에도 마을 내에 갈등

25 김진택(남, 71세, 소안면 월항리 출신),목포시 용해동 주공 3단지 아파트, 1993년 4월 22일, 글쓴이 현지조사.
    '월항리의 주도 인물인 김사홍어른은 강직하고 사심이 없었기 때문에, 왜정 때는 거의 전부가 다 지지해서 결집된 지도력을 행사했다. 해방 1년 전에 돌아가셨다. 그 뒤로 해방되고 체제가 양분되면서 마을 자체가 풍지박산이 되어버렸다.'
26 소안면 월항리 김진식(남, 64세) 1992년 6월 22일, 글쓴이 현지조사.
    '독립운동으로 유명한 마을이다. 사립학교 설립하고 초대 교장을 지낸 김사홍 선생도 이 마을에서 태어났다. 2대 교장 김경천 선생도 이 마을 출신이다. 가학리에다 사립학교를 세웠다. 그 후손들이 마을에다 야학을 세웠다. 마을 뒷산 이름이 금성산이어서 야학 이름도 금성학당이라고 했다고 들었다. 우리 선친들이 거기서 공부했다..... 암암리에 일본놈들 모르게 우리 한글을 교육시켰다. 항일투쟁하는 내용을 가르쳤다. 이 마을 옛날 어른들은 한글 모르는 사람들이 거의 없다..... 사홍씨가 사립학교를 설립한 목적은 후손을 양성하다가 일본놈들이 합방하니까 생각이 강해진 것이지요..... 소안사립학교라면 역사적으로 굉장해서 명분이 있는디..... 우리 소안도 역사가 살아 있습니다. 우리 역사가 살아 있어요.'
27 소안도에서 전개된 민족운동의 구체적인 내용에 대해서는 박찬승의 「일제하 소안도의 항일민족운동」, 『도서문화연구』 제11집 참조, 목포대학교 도서문화연구소, 1993.
28 월항리 민족운동 세력들이 민족운동에 투신할 수 있었던 신념의 근거는 1917년 소련의 혁명에 있다. 러시아 혁명이 성공하자, 일본은 반드시 망하고 우리는 독립한다는 신념을 가질 수 있었다. 특히 무산자계급의 해방에 대한 기대가 컸다.
29 김고막(여, 89세, 소안면 월항리 출신, 완도군 노화읍으로 출가, 광주시 북구 용봉동 거주), 1993년 3월 25일, 글쓴이 현지조사.
    '학교는 못댕겠어도 얼로 결혼하든지 결혼하면 선거글은 알아야 한다고 밤에 야학을 차랐드라요. 야학 차라갖고 그런 창가를 배우고 그랬지라우. 마을에 야학은 하나 있었다. 여러 명이 다녔다. 주로 여자들이 다녔는데 남자들은 학교로 다녔다. 상곤이, 민곤이 그런 오빠들이 기르쳤더. 더 들이기시고 없더. 해방되기 전에 시집갔다. 말일에 해방되어 나하고 같이 야학에 다닌 조카도 문흥박씨 집으로 시집왔는디 해방되어서 모도 사람 모였는디 창가 불르고

이 없었던 것은 아니다. 사립학교를 지지하는 측과 일제가 세운 공립학교를 지지하는 측의 갈등이 만만치 않았다. 이 대립적 경향은 월항리 사람들의 행동양식, 노래연행의 실상을 이해하는데 한 요소가 된다. 당시의 갈등 양상에 대해서는 주채심의 구술이 참고가 될 것이다.[30]

4) 월항리 사람들이 부른 민족운동노래들

월항리 사람들이 민족운동노래를 연행한 시기가 어느 때부터인지 확실치 않지만 김사홍이 소안도 토지계쟁사건에서 소안면의 대표로 나섰던 것이 1909년이었던 것을 고려한다면 그전부터 민족운동노래를 연행했을 개연성은 있다. 구술에 의하면 야학이 실행되던 시기인 1910년 전후부터 노래를 배운 것은 확실하다. 당시 배운 노래들은 애국가, 감동가, 독립운동가 등 민족운동 계열의 노래들이었다.

애국가 계열의 노래들은 19세기 말과 20세기 초에 집중적으로 창작된 노래들로서 신문지상을 통해 발표된 것이 있고, 향촌사회와 각 지역에서 특정한 작자가 밝혀지지 않은 채 불린 것들이 있다. 19세기말, 20세기 초 국권상

그랬다, 노화도에서.'
30 주채심(여, 78세, 소안면 월항리 출생, 소안면 진산리로 출가, 현재 소안면 비자리에 거주), 1992년 4월 21일, 글쓴이 현지조사.
  '일본놈들이 사립학교 없애불라고 공립학교 짓어 놓고 전부 거그 다니라고 그러니 누가 보내 껴요 안보내제. 큰 별판에 질에서 이짝저짝 학생들이 싸우요. 그러면 우리는 인자 열시살 먹었응께 쬐깐하제라. 그러면 막 품으로 들어갔제아. 굵은 머이마들 속으로 막 무서라고. 그러면 막 귀에서 피가 찍찍 나고 징했어요. 아그들 쌈이 더 무서와요. 그래도 사립학교 팬이 많으니까 이기지요마는 막판에는 사립학교 학생들이 그런 못당할 일을 당하고 말았지요. 학교가 없어지는 마음의 희생이요. 청년들만 잡아다 가둬버리고 학생들은 별일 없었어요. 나도 사립학교 출신하고 결혼했어요. 사립학교 출신은 사립학교 출신끼리 혼인했어요. 사립학교 출신하고 공립학교 출신하고는 서로 결혼도 안하고 자식도 안여웠다. 서로 두 쪽이 되버렸어요. 조선도 두 쪽인지 소안도도 두 쪽이지요. 부락부락 두 쪽이지요. 서로 자식들 결혼도 안시켰지요. 한 쪽은 노래 부른 독립국가 쪽이고 한 쪽은 일본편이지요. 조선 사람도 일본편을 들어서 자식들도 일본학교에 넣고 그랬어요.'

실의 위기에서 농민, 애국지사들이 애국가, 독립운동가를 지어 불렀고, 그중 일부가 신문지상에 발표되었는데, 필자의 조사에 의하면 월항리에서 부른 독립운동가, 애국가 계열의 노래들은 민중의 공동창작으로 구전으로 연행되던 노래로 생각된다.[31]

이외에도 운동가, 권학가, 부모은덕가, 대한혼 등의 노래를 불렀는데, 이

---

[31] 애국가는 김한호(남, 82세, 소안면 월항리 출생, 현재 거주, 1993년 3월 24일, 글쓴이 현지조사)가 부른 것이고, 지공부사는 김고막(여, 89세, 월항리 출신, 노화읍으로 출가, 광주시 북구 용봉동 거주, 1993년 3월 25일, 글쓴이 현지조사)이 부른 것이다.

〈애국가〉
흔매우게 무궁화 만발했드니
동편에서 찬바람이 불어오므로
아름다운 무궁화는 간곳이없고
보기싫은 사꾸라만 만발했구나
슬프도다 우리에 부모형제난
자유낙원 잃고서 유리하도다

지공부사
지공무사 하나님이 우리인류 내실때
남녀노소 귀천없이 각각자유 주셨네
그진리를 배반하고 약육강식 일삼어
귀중하신 남의지유 빼앗기가 상사라
실푸도다 애처럽다 자유없는 민족아
노예적인 그생활은 죽기만도 못하다
포악하고 무독한것 악행당했 으므로
골속까지 맺힌병은 천명만기 다된다
피골이   상접하여 뼈만남은 손으로
위문하러 오신친구 손목잡고 하는말
내의육신 내영혼은 이세상을 떠나도
남아계신 여러분은 복스러운 생활로
하던말도 다못하여 푸르러진 얼굴에
뜨거운   피눈물이 두줄기로 흐른다
넓고넓은 바다가에 오두막살이 집한채
고기잡는 아버지와 철모르는 딸있다
내사랑아 내사랑아 나의사랑 한민아
내가비록 죽드라도 너를잊지 않노라
한살두살 점점자라 열서너살 넘으니
일본놈께 구박함은 더욱서러 하노라

런 노래들은 중화학원에서 수학한 사람들이 마을에서 야학을 실행하는 1910
년대부터 성창되기 시작했다.

감동 가는[32] 글쓴이가 조사한 바에 의하면 신문이나 문헌에는 나타나지 않

---

32 이 노래의 가사는 소안면 이남리 백종화의 부친 백성안이 야학에서 교재로 사용한 창가집에
수록된 것이다. 이에 대한 자세한 경위와 자료는 나승만의 「소안도 민요사회의 역사」와 자료
편의 백성안 필사본 창가집(「도서문화연구」 11집, 목포대학교 도서문화연구소, 1993)을 참조
할 것.
    백성안 필사본 창가집, 8-10쪽에 수록된 감동가의 가사는 다음과 같다.

〈感動歌〉
슬프도다우리民族야   子子孫孫奉樂하더니
四千餘年歷史國으로   오늘날이지겡웟일인가
〈后斂〉
鐵絲鑄絲로結縛한줄을   獨立萬歲우리소리에
우리손으로끈어버리고   바다이끌코山이動켓내

一間草屋도내것아니요   무래한羞辱을대답못하고
半묘田地도내것못되니   空然한毆打도그겨밧도다
    后斂
한치벌내도마일발브면   조고만벌도내가다치면
죽기전한번은곰자가리고   내몸을반다시쏘코죽난다
    后
눈을두루살펴보시요   우리父母의한숨뿐이요
三千里우에사모친것은   우리學徒의눈물뿐일새
    后
山川草木도눈이잇시며   東海魚鱉도마얌이시면
悲慘한눈물이가득하것고   우리오갓치시러하리라
    后
錦繡江山이빗흘이럿고   이것시뉘죄야생각하여라
光明한日月이가득하도다   내죄와네죄의까닥이로다
    后
사랑하난우리靑年아   懶惰한惡習依賴思想을
죽든지꾀든지우리마암에   모도다한칼로끈어버리새
    后
사랑하난우리同胞야   와신상답을잇지말어셔
죽든지사든지우리마암에   우리國權을回復해보새
    后
愛國精神과團體心으로   원수난비녹山과갓트나
肉彈血淚을무렴쓰면   우리압흘막지못하내
    后

222   민중 생애담 조사와 연구 : 민요의 소리꾼들

는 것으로 보아 구전으로 전승, 연행된 노래로 생각된다. 최초의 문헌 정착은 백성안필사본 창가집인 것으로 생각되며, 여기에 전편이 수록되었다. 그리고 [계몽기의 시가집]에 이 노래의 2, 3절이 〈토지조사에 반대한 노래〉라는 제목으로 소개되었고, 일반 민중들 사이에서 전통적인 민요조로 연행된 노래라고 기술하였다.[33] 그리고 [조선문학개관] 제2권에서는 1917년 경 김형직이 만든 〈정신가〉라는 노래로 1절과 5절이 소개되었다.[34] 가사의 맥락으로 보아 이 노래는 독립 애국가가 성창되던 20세기 초에 제국주의 세력의 식민침탈에 대항하여 새 국가를 건설하려는 민족운동세력들이 부른 노래로 생각되며, 작자가 밝혀지지 않은 것으로 보아 공동창작으로 생각된다.

1920년대에 들어 교육을 통해 수용한 애국가, 운동가 등의 범주를 넘어서 월항리 사람들의 의식을 반영한 노래를 만들어 불렀다. 초기 수용 단계에서 전승된 노래의 사설을 그들의 처지에 맞게 개사하거나 알려진 곡에 가사를 창작하여 부르거나 자신들의 처지에 맞는 노래를 만드는 작업이 이루어 졌다.

노래가사의 개사작업은 거의 모든 노래에 걸쳐 이루어졌다. 감동가의 경우도 백성안 필사본의 노래, 조선문학개관 수록 노래, 계몽기시가집에 수록된 노래의 가사가 약간씩 달리 기록되어 있는데, 이는 수용자에 따라 개사작업이 이루어졌던 결과로 생각된다. 그리고 1920년대에 부른 〈수동이 어머니의 노래〉[35]에서도 같은 양상이 나타난다. 조선문학사에서는 이를 토벌가, 혁명

獨立旗自由鍾밧궈칠때에   大韓半島光明天地에
父母의한심은우심이되고   建國英雄이우리아인가
   后

33 김학길, 「계몽기시가집」, 『현대조선문학선집6』, 문예출판사, 1990, 13-14, 45쪽 참조.
34 박종원, 류만, 「조선문학개관」 2, (1986) 1988, 인동, 12-13쪽.
35 주체심, 1992년 4월 21일, 글쓴이 현지조사. 주채심이 3학년 때인 1927년에 사립학교가 폐교당했다. 해방 후 사립학교에서 배운 노래를 부를 기회가 없었는데, 1989년에 소안항일운동사료집을 편찬하는 과정에서 당시의 노래를 부르게 되었고, 잊지 않기 위해 노래를 한글로 필사해 두었다.
〈수동이 어머니의 노래〉
어머님이 울으시면 울고 싶어요

가의 아내 수동이 어머니[36]라 했는데, 월항리에서 부른 노래에는 수동이 어머니라는 시적 자아를 통해 일제의 총칼에 희생된 민중의 참상과 어린 아이를 키우면서 돌아올 남편을 기다리는 향촌사회 부녀자들의 심정을 현실성있게 노래하였다. 이러한 현상은 향촌사회에서 전통민요를 수용하는 경우 반드시 자기 마을의 현실생활에 맞게 가사와 가락을 개량하여 수용한 노래연행 관습의 반영인 것으로 생각된다.

알려진 곡에 가사를 창작하여 부른 것도 이 시기 월항리에서 노래를 수용한 한 방법이었다. 가령 올드랭사인에 맞춰 〈지공무사〉, 〈부모님이 기르실 때〉[37] 등을 불렀다. 이 경우 창법은 전통적인 음영리듬에 맞춰 불렀다.

품안에 안기어서 울음을 운다
야아야 수동아 너의부친은
엄동설한 찬바람에 지나북간도
떠나가신 이후로는 지금까지에
한번도 못보이니 이제 이르러
어언간 삼년이 흘러 갔도다
전보에 이르기를 지나마적에
칼에맞고 불에타진 우리 동포중
네아부지 그가운데 한사람이라
슬프다 애처럽다 마적의 손에
칼에맞고 불에타진 우리 동포야
* 이적고 무기없난 우리 동포야
네아버지 떠나신 그날 밤부터
무사히 돌아오게 아침 밤으로
하나님께 기도를 들이었건만
그도또한 허사로다 쓸데없더라

36 가사의 내용은 「1926-1945년 조선문학사」에서는 토벌가라는 제목으로 가사가 소개되는데, 월항리의 것과 후반부가 다르다. 월항리에서 부른 노래는 향촌사회에서 부녀자들이 민족운동에 나섰다가 희생당한 남편을 생각하는 기다림의 정서가 반영되어 있다면 조선문학사에 소개된 토벌가의 후반부는 '울지말자 아이들아 울지를 말자/ 운다고 이원한이 가시어지랴/ 저산을 넘어가서 살길을 찾자'(토벌가 5절)라고 노래하여 민중의 투쟁의식을 반영하고 있다. 한편 1920-30년대에 공연된 연극 '혁명가의 아내 수동이 어머니'와 가사의 내용이 일치되며, 가사의 구성도 어머니와 수동이의 대화체로 되어 있어 연극적 구성을 지니고 있다.
김하명, 류만 외, 「1926-1945년 조선문학사」, (사회과학원문학연구소, 1981) 열사람, 1988, 69, 151-152쪽.
37 주채심, 1992년 4월 21일, 글쓴이 현지조사.

새로운 노래의 창작은 1920년대 후반에 이루어 졌다. 1927년 사립학교가 폐교당하고 많은 청년들이 사립학교 복교운동과 민족운동과정에서 투옥당하자 수동이 어머니의 노래와 함께 옥중가[38]를 불렀다. 옥중가는 소안도 사람

〈부모님이 기르실때〉
부모님이 기르실때 금옥같이 기르니
어린마음 고운얼굴 자랑할만 하도다
한살두살 점점자라 열서너살 먹으니
일본놈의 구박함은 더욱서러 하노라
부모양친 일가친척 동모들이 만어도
나라없는 이내몸은 항상근심 이로다
의복음식 넉넉하고 고대광실 좋아도
나라없는 이내몸은 항상설음 이로다
조선천지 십삼도에 태극기가 빛난다
올타올타 우리민족 원수갚아 보겠다
손을들어 만세불러 태극기를 세우니
무지한   왜놈들이 총과칼로 찔은다

38 주채심, 1992년 4월 21일 글쓴이 현지조사.

〈옥중가〉
평안북도 마지막끗 신으주가목가
세상에 태여난지 몃해되연나
이제붓터 너와나 둘사이에
잇지못할 관계가 생기엿구나
압되(뒤)를 살페보니 철갑문이요
곳곳이 보이난것 불근옷이라
아침에 세수와 저역운동은
허리에 베지고 조선에수갑은
사린강도 메소와 다름업스니
구먹(구멍)으로 주난밥을 먹고안전네
떼떼로 주난밥은 수수밥이요
밤마다 자는잠은 고셍잠이라
수수밥이 맛이잇다 누가먹으며
고셍잠이 자고십다 누가자리요
슬프도다 가목에인난 우리형제들
이런고셍 저런고셍 악행당할떼
두눈에 눈물이 비오듯하나
장녠(장래의)일을 생각하니 질거웁도다
여보시오 갓치나간 우리압길에
추호라도 낙심말고 나아갑시다

들의 창작으로 생각된다. 주채심의 구술에 의하면 옥중가를 부르면 오빠 생각이 나서 저절로 슬퍼진다고 한다. '친오빠가 감옥에 있을 때 어머니가 옥중가를 부르라고 하면 불렀다. 그 노래라도 들으면 위안이 된다고 했다. 어머니는 명잖고 나는 옆에 앉아서 불렀다. 어머니가 울면 같이 울었다. 그 노래를 부르면 지금도 눈물이 나온다.'고 구술한다. 그는 월항리에서 살며 배운 민족운동노래를 필사해놓았는데, 기억력이 날로 떨어지기 때문에 잊지 않기 위해 필사해 놓았다.

월항리 사람들은 민족운동노래를 다른 유의 노래보다 더 좋아했다. 왜냐면 그들이 성취하려는 세계 – 민족의 독립과 평등한 사회의 건설 – 를 담고 있었기 때문이다. 김진식의 구술에서 그런 심성을 찾을 수 있다.[39]

'옛날 노래라면 여그서 주로 불렀던 노래는 사립학교서 불렀던 독립운동가, 애국가 그런 것이제...우리가 대개 어렸을 때는 그런 노래 따라 불렀제라. 그리고 그 당시 우리 마을 사람들은 민요보다도 혁명가, 옥중가를 불렀제, 옥중에 가서 생활하는 혁명수가 있다고 그라믄 이불을 안덮고 잤다고 그래요. 같이 고생한다고... 그 당시에는 "천지정기 부름쓴 계림남아야..." 그것이 시발이 됐어요.

월항리 사람들은 일제 강점기에 당시의 사회현실을 반영하는 민족운동노래 부르기를 민요 부르기보다 좋아했다고 한다. 여기서 김진식이 말하는 민요란 전통민요계통의 노래를 의미한다. 전통민요로는 당시 월항리 사람들의 의식을 충분히 반영할 수 없었기 때문에 민족운동노래를 많이 불렀다고 한다. 이 구술에서 이미 전통민요가 당대의 사회현실을 충분히 반영해 내지 못했다는 숨어있는 의미를 읽을 수 있다. 월항리 사람들이 보인 이런 반응은

---

39 김진식(남, 64세, 소안면 월항리) 구술, 1992년 6월 22일, 글쓴이 현지조사.

비단 이 지역에만 국한된 것은 아니다. 물론 지역에 따라 정도의 차이가 있겠지만 19세기 말부터 20세기 초반에 이르러 이러한 경향은 사회의 전반에 걸쳐 일어났다고 생각된다.

이 시기에 일어난 월항리 사람들의 민족의식, 민중의식은 과거의 전통사회의 의식구조와는 뚜렷하게 다른 것이었기 때문에 전통민요의 세계로 수용하기에는 세계 자체가 다른 것이었다. 그러므로 전통민요와는 다른 민중의 노래 형식이 당연히 요청되는 시기이기도 했다. 이런 흐름이 완도지역 일대에 국한된 것인지는 보다 넓은 지역의 자료 조사가 이루어져야 알 수 있을 것이다.

5) 교육운동과 노래 수용

월항리에서는 1910년대부터 해방정국까지 야학이 실행되었다. 김사홍이 중화학원을 설립한 1913년 이후 각 마을에서 학원을 설립하여 주간에는 어린 학생들을, 야간에는 부녀자들과 문맹자들을 가르쳤다. 월항리에서도 이 시기에 야학이 운영되었다. 월항리의 지식인 청년들이 중화학원에서 배운 것을 마을 야학에서 가르쳤다. 그 실태는 주채심의 구술에서 알 수 있다.

> '월항리에는 사립학교가 생기기 전부터 야학이 있었다. 사촌 오빠가 친척 3-5명을 데리고 가르쳤는데, 여자는 주채심 1명이고 나머지는 조카 등 남자들이었다... 오빠는 중화학원 강습소에 다녔다.

월항리 민족운동노래의 기본 뿌리는 야학이라고 할 수 있다. 야학은 1910년대 이후 월항리의 문화전통을 계승한 기본조직이다. 탄압이 심해지고 민족운동의 분위기가 침체되어 갔을 때도 야학은 상황의 변화에 적응하면서 존속되었고, 설사 드러내놓고 민족운동 교육을 시키지 못하는 30년대 이후에도 꾸준히 지속되어 내적으로 월항리의 민족운동 전통을 이어 갔다. 분위기가 그랬기 때문에 민족운동노래도 지속적으로 월항리 사람들의 마음에 새겨지면서 연행될 수 있었다.

사립학교가 설립되는 1920년대에 들어 월항리 사람들은 보다 폭넓게 민족운동노래를 학습할 수 있게 되었다. 중화학원에서도 창가 시간에 비밀리에 민족운동노래를 학습했는데, 중화학원을 승계한 사립학교에서도 철저하게 민족운동 교육과 창가 학습을 시켰기 때문에 월항리 사람들로서는 학습기회와 질이 보다 확대되고 향상된 것이다. 마을 사람들이 사립학교에 다니는 것을 좋게 생각했을 뿐만 아니라 자식들을 학교에 보냈고, 사립학생들을 우대했다. 이런 분위기는 마을내의 일상생활에까지 파고들어 마을 어린이들이 놀이할 때 민족운동노래를 부르며 놀았고 부녀자들도 민족운동노래 부르며 바느질, 빨래질, 밭일 등을 하는, 일생생활속의 노래로 자리 잡았다. 그들은 민족운동 노래 부르기를 자랑스럽게 생각했다. 이런 분위기는 1920년대 월항리에서는 확고하게 자리 잡았다. 씨족 간에 갈등이 있다 하더라도 민족해방의 큰 주제에 용해되어 마을공동체의 기틀을 흔들지 못했다. 더구나 김사홍과 김경천 등 걸출한 지도자들이 마을을 이끌었기 때문에 일치단결하여 민족운동을 수행했다. 민족운동을 일선에서 수행하는 주도세력들, 그리고 그러한 의식과 그에 따른 교육과정, 노래들이 마을 사람들의 절대적인 지지를 받았다.

월항리에서는 사립학교에 다니는 학생들끼리 공동체를 조직하여 기숙활동을 했다. 이들이 거처한 곳을 기숙사라고 했으며, 마을 내에서 적당한 방을 얻어 공동으로 생활했다. 월항리에는 두 종류의 기숙사가 있었다. 하나는 사립학교 기숙사였고, 다른 하나는 공립학교 기숙사였다.[40] 각기 두세 곳에서

---

40 김한호(남, 82세, 사립학교 1학년 다니다 공립으로 전학했음) 구술
'기숙사 생활을 했다. 보통 한 기숙사에 대여섯 명씩 했다. 나는 김재육이 집에서 했다. 그분 아들 이름이 김옥로다. 학교 갔다 오면 밥 먹고 바로 기숙사로 갔다. 사립학교에서 배운 것 공부했다. 내가 활동할 당시에는 기숙사가 두어 개 있었다. 나 다닐 때는 여자들이 안다녔다. 소안면에서는 여자가 서너 다녔다. 내가 사립학교 짓어갖고 처음으로 들어갔다. 사립학교에서 배운 창가 "평안북도 마지막끝." 이런 노래를 기숙사에서 불렀다. 나는 사립학교 일년

기숙사가 운영되었다. 주채심이 구술한 사립학교 기숙사 운영은 다음과 같다.

> '월항리에서는 학교에 갔다 오면 기숙사(김진열의 사랑방, 여, 80, 사립
> 학교 출신, 해남으로 출가)에 친구들끼리 모여서 함께 공부하고 학교에서
> 배운 노래도 불렀다. 공부시간과 노는 시간을 정해놓고 운영했다. 공부하
> 다 저녁에 집에 와서 저녁 먹고 가서 공부하고 놀다 자고 아침에 집에
> 와서 밥먹고 학교에 가는 생활을 했다. 남자들은 남자들끼리 기숙사를
> 정해놓고 했다. 지도교사가 없이 학생들끼리 자치적으로 생활했고 친오
> 빠가 가끔 와서 공부하는 것을 관찰했다. 큰 방에다 각자 자기 자리를
> 정해놓고 잠도 자기 자리에서 잤다. 한 두어 해정도 참으로 재미있는
> 세상 살았다. 평생에서도 학교 다니고 시집가기까지가 제일 재미있는
> 세상이었다.'

사립학교의 민족운동 교육은 학생들의 마을 내 기숙사 공동체 활동을 통해
더욱 강화되었다. 야학이 민족운동을 마을 내로 끌어들인 통로였다면 기숙사
활동은 마을의 학생 운동세력을 조직화하는 역할을 했다. 사립학교 학생들을
중심으로 전개된 기숙사 활동에서 월항리의 청년들은 사립학교에서 배운 교
육내용을 학습하고 마을과 민족현실을 연계시키는 토론을 통해 민족운동의

댕기고는 안다녔다. 그리고 보통학교로 들어갔다. 보통학교에 다닐 때도 사립학교에서 배운
노래를 불렀다. 학교 안다닌 사람은 같이 안논다. 공립학교 다니면서도 기숙사 생활은 했다.
사립학교 학생들하고는 같이 안놀았다. 사립에서 공립으로 옮긴 것은 어른들이 그렇게 하라
고 했기 때문이며 할 수 없이 그렇게 했다. 마음은 안좋았지만 할 수 없었다. 사립학교에
다닐 때는 사립학생들하고 같이 기숙사 생활을 했는데 공립으로 옮긴 뒤로는 공립학교 학생들
끼리만 했다. 공립학교 기숙사가 두 군데였다. 사립 기숙사는 어딘 지 잘 모르겠다. 앞에서
말한 김재육씨의 기숙사는 사립학교 다닐 때의 기숙사다. 공립 기숙사는 김열호집에 있었는
데 왜정 때 남양군도로 징용가서 죽었다.
　사립학교 학생들이 원허니 많았다. 보통학교가 수가 적으니 원허니 딸렸다. 아이들끼리
다툼이 심했다. 사립이 없어지면서 공립학교로 끌어 들였다. 그 후에도 기숙사는 계속되었다.
왜정 말기에는 동네에서 젊은 사람들이 주동이 되어갖고 많았다. 그때 공부 내용은 보통학교
에서 배운 것이었다.'

당위성을 확고히 했다. 기숙사 활동을 하는 당사자들의 이념적 무장과 운동의 실천력 확보는 물론 마을 사람들에게 민족운동의 이념과 그에 관련된 노래들이 얼마나 정당한 것인가, 또 우리 민족이 마땅히 수행해야 할 임무인가를 깨닫게 해주는 역할을 수행했다. 민중의식이 성장한 마을 사람들은 사립학교 학생들을 지지했고, 그들의 행위를 자신들의 전범으로 삼았다.

결과적으로 기숙사 공동체 활동은 당사자들의 민족운동에 대한 실천력 확보와 사립학교 폐교 후 야학과 함께 민족운동을 수행하는 마을 내의 실천기구가 되었고, 마을 사람들에게 민족운동을 수행하는 행위의 전범을 보여 주어서 탄압이 심해지는 1930년대에 보이지 않는 행위지침이 되었다는 점에서 의의가 있다.

월항리 사람들이 민족운동노래를 학습한 곳은 야학, 학원, 사립학교, 기숙사에서였다. 이중에서도 야학에서의 학습이 노래를 대중화시키는데 가장 크게 공헌했다. 그리고 사립학교와 기숙사 활동에서의 학습은 학생들의 활동으로 국한되었지만 여기서의 학습이 곧 마을 전체로 확산되어 갔다.

6) 탄압과 노래 지키기

1927년 일제에 의해 강제로 사립학교가 폐교 당했다. 이 사건은 단순히 한 학교의 폐교 이상의 의미를 지녔다. 민족운동과 관련된 문화 자체가 큰 타격을 받으리라는 것을 상징하는 사건이었다. 사립학교가 폐교되자 그와 관련된 여러 가지 변화가 일어났다. 각 마을 학원의 기능이 약화되거나 폐쇄되는 사태가 일어났고, 다수의 소안도 민족운동 세력들이 투옥되었다. 월항리 마을의 입장에서 볼 때 자기 마을이 주도가 되어 건설한, 소안도의 정체성을 상징하는 문화의 결집태가 해체된 것이었다. 이는 바로 월항리의 위상 변화와 관련되었고, 민족운동노래와 그것을 부른 사람들이 시련을 당하리라는 것을 의미하기도 했다.

시련이 센만큼 대응력도 세진다. 월항리 사람들이 이 시기에 보여준 탄압에 대한 대응방식은 주목할 만하다. 이 상황에 가장 적절하게 대응한 것이 야학이었다. 일경의 감시가 심했기 때문에 야학에서의 노래운동은 위축되었지만 일상생활에서 노래를 불렀다. 김한호의 구술을 참고할 만하다[41].

사립학교가 폐교된 이후에도 기숙사는 계속되었고, 일제 말기에도 동네에서 젊은 사람들이 주동이 되어 기숙사 활동을 했다. 기숙사 활동은 학교에서 충분히 배우지 못한 민족운동가요를 익히는 중요한 장치였다. 지도교사가 없이 학생들끼리 자치적으로 생활했고 마을의 선배 청년들이 공부하는 것을 관찰했다. 당시 기숙활동에 참여했던 월항리 사람들은 이 시기의 활동이 평생에서 가장 보람 있고 재미있었던 생활이었다고 회고한다. 소안도에서의 기숙사 운동은 소안 사립학교가 폐교된 이후에도 계속되었고, 이 조직은 마을 내의 민족운동 계열의 청년조직과 연계되면서 소안도 사람들이 정체성을 지키는 중요한 기제가 되었다. 그러나 일제의 탄압이 심해지는 말기에는 민족운동의 기능이 약화되었다.

일제의 탄압에서 끝까지 살아남은 것은 야학이었다. 월항리에서도 다른 마을과 같이 중화학원과 사립학교 출신의 청년들이 야학을 주도했다. 야학은 소안도에 민족운동노래를 뿌리내리게 한 최 말단의 연행조직이었다.

1927년 5월 10일 사립학교가 폐교당하게 되자 상황이 변했다.[42] 소안도의 교육체계가 〈사립학교-학원-야학〉의 세 층위를 이루면서 사립학교를 정점으로 진행되어 왔는데, 사립학교가 폐교 당하자 교육조직의 상층부가 허물어

---

41 김한호, 1993년 3월 24일. 글쓴이 현지조사.
  '사립학교 그만둔 뒤에도 사립학교에서 배운 노래를 많이 불렀다. 보통학교에서 배운 노래는 일본 놈 노래고 사립학교에서 배운 노래는 조선 노래라서 많이 불렀어. 마을에서 몇몇 사람들이 어울려 일할 때는 사립학교에서 배운 노래를 부른 일이 있다. 뱃일 할 때도 그런 일이 있다.'
42 「그년일보」, 1927년 5월 17일, 〈전도유일의 교육기관 돌연 폐교를 명령 - 전남완도에 돌발한 괴사건 진상형세 험악, 경계엄중〉, 「동아일보」, 1927년 5월 17일, 〈소안학교 돌연폐쇄〉

지고 학원이나 야학의 운영체계도 흔들리게 되었다. 더구나 그해 11월 배달 청년회 사건으로 15명의 소안도 민족운동 지도자들이 피검되었다. 월항리 사람으로는 주채심의 오빠 주채도가 이때 피검되어 2년 동안 투옥되었다. 김생산이 활발해져 경제력을 갖춘 데다 적절한 학습조직이 폐쇄되자 젊은 층에서 일본으로 유학하는 사례가 늘었다. 상대적으로 월항리에서의 민족운동이 침체되어 갔다. 그러나 이런 상황에서도 야학운동이 중단된 것은 아니었다. 교사의 공백을 남아 있던 사람들로 채우면서 지속했다.

야학운동과 함께 부녀자들과 남아있던 남자들이 민족운동노래를 연행했다. 그들이 노래를 익힌 사정은 두 가지로 정리할 수 있다. 하나는 자가들의 삶의 고난을 노래하고 있기 때문이다. 즉, 노래들의 대부분이 억압받고 못사는 사람들의 삶을 노래하면서 그런 삶의 질곡으로 부터 벗어나 평등과 자유를 실현하자는 내용으로 되어 있기 때문이다. 또 한 이유는 혈연적으로 관련되어 있었기 때문이다. 가족들 중 누군가는 관련을 맺고 있었고, 더구나 탄압의 과정에서 투옥되자 그를 그리워하고, 그들의 의식을 따르게 되었다. 그리고 그들에 대한 그리움을 노래로 달랬다.

1930년대 이후 민족적으로 고난을 당하는 시기에 월항리 사람들은 일상생활 속에서 민족운동 노래를 부르며 노래를 지켜 나갔다. 친구끼리 놀면서도 부르고, 명절에 놀면서 방안에서 부르고 놀았다. 부녀자들 사이에는 수동이 어머니의 노래가 유행했다. 이런 노래를 부를 때는 위험을 감수해야 했다. 왜냐면 마을 내에 갈등하는 상대가 있었기 때문이기도 하지만 일경들에게 발각되면 큰 봉변을 당했기 때문에 무서워서 함부로 부를 수 없었다. 월항리 사람들은 쉬지 않고 밥하면서, 불 때면서, 밭매면서, 물 길으며, 갯일에서, 노 저으면서 불렀다. 드러내놓고 부르면 탄압이 무서워서 속으로 불렀다. 겉으로는 드러나지 않았지만 항시 그 마음은 그대로 갖고 있어서 잊지 않았다. 이 시기에 부른 노래를 월항리 사람들은 '식민지살이에 한이 맺혀서 항의하던 노래'라고 말하면서 숨어서 불렀다고 한다. 노래의 가슴에 새기기, 또는

속으로 부르기였다.[43]

7) 해방과 민족운동노래의 연행

해방이 되자 온 마을 사람들이 함께 민족운동노래를 불렀다. 마음속에 새겨두었던 노래뿐만 아니라 새로 수용한 노래, 또 새 노래를 만들어 불렀다. 여성들의 노래지키기, 남성들의 가슴에 새기기 작업이 성과를 거두었으며, 또한 새로운 노래를 받아들이는 터전을 그대로 간직한 것이다. 다른 마을 사람들이 일제의 탄압이 심해지자 의지를 꺾고 좌절한 데 비해 월항리 사람들은 확고하게 신념을 갖고 고난을 이겨냈다. 신념의 근원은 민족해방에 대한 역사적 인식에 바탕을 둔 역사적 신념이었고, 한편 김사홍을 비롯한 마을 지도세력들이 끝까지 의지를 굽히지 않고 민족운동을 실천한 데서 찾을 수 있다. 그러므로 해방이 되자 다른 마을 사람들보다도 먼저 그 감격을 노래로 표출했다. 항일운동 당시 불렀던 노래를 부르거나 새로 수용한 노래 – 당시 민중의 의식을 나타내는 노래들 – 를 불렀고, 또 자기 마을의 노래를 만들어 불렀다.

김고막은 시집인 노화도에서 해방을 맞았을 때 월항리 야학에서 배운 노래를 마을 사람들과 함께 불렀다. 당시의 정황에 대해 다음과 같이 구술했다.

'팔월에 해방되어 나하고 같이 야학에 다닌 조카도 문흥박씨 집으로 시집왔는디 해방되어서 모도 사람 모였는디 창가 불르고 그랬다, 노화도 에서. 다른 노래는 다 잊어부르고 이 창가 하나만 안다.

---

43 나승만, 「소안도 민요사회의 역사」, 『도서문화연구』 제11집, 목포대학교 도서문화연구소, 1993, 노래운동의 한계와 변천 참조.

지공무사 하나님이 우리인류 내실때
남녀노소 귀천없이 각각자유 주셨네
그진리를 배반하고 약육강식 일삼어
귀중하신 남의지유 빼앗기가 상사라
실푸도다 애처럽다 자유없는 민족아
노예적인 그생활은 죽기만도 못하다
포악하고 무독한것 악행당했 으므로
골속까지 맺힌병은 천명만기 다된다
〈이하 생략〉

　해방이 되자 월항리 사람들은 연극을 꾸며 소안도 일대와 노화까지 다니면
서 연극운동을 했다. 여기서 민족운동노래를 불렀다. 당시의 정황에 대해 김
진택은 다음과 같이 구술한다.

　'해방되니까 계몽극단 조직해서 노화까지 다니면서 연극했어. 내용은
우리 민족이 독립했고 일제에 침략당했다가 해방됐으니까 정신차려서
건국을 허자 그것이었제, 김진국이 내 사촌이 예술적인 소질이 있어,
노래도 잘하고, 거그가 실무를 봤어. 나는 노화까지 갔을 때 단장격이라고
할까 가서 공연 전에 인사를 하고 계몽강연을 했어요. 강연 내용이란
것이 우리가 몰라서 이렇게 우매한 데서 침략을 당했다가 해방이 됐으니
까 좋은 국가를 건설하다는 취지였지요. 중앙하고 연락이 없이 우리 마을
주체적으로 했어요. 당시 극단꾸며서 그렇게 한 마을은 면 내에서는 월항
리 하나 뿐이었제. 우리 면내 부락하고 노화까지 가서 몇 부락에서 했어요.
계몽운동 하면서 "천지정기 무름쓴 계림남아야" 그런 노래 많이 불렀어
요. 사립학교에서 배웠던 노래를 많이 불렀어요. 우리가 해방 뒤 국민학교
에 있으면서 박채신선생(가학리 신흥부락 출신), 문남균선생님(이남리
출신)이 사립학교에서 배운 노래를 학생들에게 갈쳤다. 그분들이 사립학
교에서 배웠던 노래들을 간직하고 있다가 가르쳤다.

당시 새롭게 수용하여 부른 노래들은 청년단가[44], 토지개혁의 노래[45], 세계 노동자들의 노래[46], 인민항쟁가[47] 등이었다.

뿐만 아니라 이 시기에 마을 응원가도 만들어 불렀다. 김진국이 주동이 되어 만들었지만 실제로는 마을 사람들의 공동작이었다. 김진국은 당시의 정황에 대해 다음과 같이 구술한다.

---

44 〈청년단가〉
아침해 둥실둥실 희망에 넘치고
하늘에는 종달새 숲속에는 뻐꾹새
한가로운 이아침 평화로운 이벌판
항상꿀내 풍경소리
한양을 차라가네
한양을 차려가네
금강의 힘 금강의 힘! 힘!

45 〈토지개혁노래〉
춘... 삼월오일
논밭이 고스란히 돌아왔으니
먹고남고 입고남고 쓰고도남은
즐거운 봄하늘에 종달새운다

46 〈세계 노동자들의 노래〉

1
민중의기 붉은깃발은
우리들의 시체를 싼다
높이들어라 붉은깃발을
그그늘에서 전사하리라
비겁한놈 갈테면가거라
우리들은 붉은깃발 지킨다

2
모스크바에 이깃발 날리고
시카고에 노래소리 높으다
불란서사람이 사랑하는기
중국사람이 이노래를 부른다
높이들어라 붉은깃발을
그그늘에서 전사하리라
비겁한놈 갈테면 가거라
우리들은 붉은깃발 지킨다

47 〈인민항쟁가〉
가슴짓(쥐)고 나무밑에
쓰러진다 핵맹(혁명)군아
날러가는 가마귀야
시체보고 우지마라
몸은비록 죽드라두
핵맹(혁명)정신 살어(아)있다

'응원가는 모든 부락민의 합작입니다. 그때가 한 사십년 남짓 됐으까, 그 때 이 소안면에가 국민학교락헌 것이 한나밖에 없었습니다. 그래서 옛날에 운동회를 하게 되면 우리 소안면 면민이 커다란 잔치라고 생각하고 남녀노소 없이 자기부락, 특히 리에다 치중해갖고 막 우승할라고 관심이 컸어요...부락대항 릴레이 그것이 제일 인기가 좋았습니다. 거기서 우승하게 되면 우승기를 탁 가지고 부락에 오면 꾕과리 치고 아조 이만저만 잔치가 아니어요. 그래서 젊은 후배들이 우리 부락에도 응원가 한번 만들어 보자 그래가지고 여러분네 합작으로 해서 가사도 몇번 수정하고 작곡을 했습니다. 응원가가 있고 청년단가도 있는디 다 잊어버렸어요. 응원가는 지금도 부를 수 있는디,

    금성산 돋는햇빛
    우리의 기상일세
    청해바다 푸른물결
    우리마음 솟구치네
    달려라 달려라
    승리의 길로
    월항월항 월항용사
    세이보 제트기

전체 동내 사람들이 이 노래 모르는 사람들이 없었지요. 참말로 이 노래 부르고 응원하면, 그 당시는 아조 좋았어라이, 지나놓고 보니까 참 좋았어.'

8) 맺는말

19세기 말과 20세기 초 사이에 외세에 의한 우리 민족의 식민지화 과정에서 민중의 민족적 자각에 따라 민족의 독립과 민중의 평등한 삶을 추구하려

는 기운이 민중사회에서 형성되었고, 이를 실천하는 과정에서 민족운동노래가 연행되었다. 글쓴이가 파악한 바에 의하면 당시의 향촌사회 기층 민중들이 민족운동노래를 수용하여 자신들의 의식을 실천하였던 것은 지극히 보편적인 시류였다. 현실적으로 향촌사회의 민요주체들이 불러야 할, 부르고 싶은 노래는 일제에 종살이를 하는 자신들의 현실적 종속에서 해방되자는 내용과 이를 실천하자는 것이었고, 지배세력의 착취를 벗어나 평등한 사회를 건설하자는 것이었다. 그러나 전통민요의 노래틀에서는 이를 수용할 만한 적절한 노래틀이 형성되어 있지 못했기 때문에 향촌사회의 민중들은 당시 창가형식의 악곡을 지닌 민족운동노래를 수용하여 자기들의 노래로 만들면서 민족의 독립과 민중의 평등한 삶을 실천하는 운동을 수행했고, 이러한 기운은 민족사에서 필연적으로 요청되었던 당위적인 것이었다.

이 글에서 논의한 월항리의 사례는 글쓴이가 파악하기로는 전남의 도서 지역에서는 이 분야에서는 선도적인 마을이라고 할 수 있으며, 또한 대표성을 지닌 마을이라고 할 수 있다. 월항리가 유별하게 두드러진 곳이지만 결코 다른 마을에 비해 돌연변이적으로 돌출한 마을은 아니라는 것이다. 완도지역의 거의 전역에서 이 시기에 민족해방운동이 월항리와 같은 양상으로 수행되었다. 그러나 이러한 사례에 대한 전국단위의 논의가 없기 때문에 얼마나 민족적 보편성을 지닐 지는 앞으로 보다 많은 작업이 필요한 일이다.

이상의 논의를 통해 월항리 민족운동노래의 주체화 과정을 다음과 같이 유형화할 수 있다.

첫째, 민요의 수용은 민요주체의 삶의 조건에 의해 이루어진다.

둘째, 민요의 수용과 연행은 공동체 단위, 또는 조직단위로 이루어진다.

셋째, 기존의 노래를 수용한 다음에는 삶터의 사회적, 역사적 조건을 반영하여 자기들의 의식을 표현하는 민요의 주체화가 실행된다.

넷째, 민요사회의 변동은 외적 조건과 이에 대한 대응으로 이루어진다. 외적 조건이 민중의 지향과 맞을 때 민요주체의 삶과 신명, 의식을 표현하는 노래들을 만들고, 적대적 관계에 있을 때 주체화된 민요는 갈등의 요소, 적대 세력에 대한 저항력을 높여준다.

민요의 주체화는 노래의 수용과 생산 단계를 거쳐 이루어지고, 외적 조건이 적대적 관계에 있을 때 주체화된 민요는 이에 대한 민중의 저항력을 높여주어 민중의 삶의 질을 향상시키는데 기여한다.

(『배종무총장 퇴임기념 사학논총』, 1994년 수록 논문)

3.
약산도 민요에 나타난 주민의식

1) 머리말

이 글은 약산도 사람들이 불렀던 노래의 의미를 현지 사람들의 구술에 근거하여 정리한 보고서다. 먼저 제보자들로부터 민요의 연행현장을 조사하고 민요를 만들어 내는 터전으로서 삶의 실상을 조사한 다음 민요에 내재된 의미를 해석하고자 한다.

이와 같은 목적으로 글을 쓰기 위해서는 기존의 조사 방법과는 다른 각도에서의 조사가 필요하다. 이러한 필요 때문에 글쓴이는 이에 적절한 조사방법을 발표한 바 있다. 필요한 자료의 습득은 글쓴이의 이 방법에 의해 수집된 것들이다.[48]

글쓴이는 1993년 6월 22일부터 6월 26일까지, 1994년 7월 28일부터 29일, 그리고 9월 3일까지 3차에 걸쳐 현지조사를 실시했다. 1차 조사에서는 조사자와 보조원들이 21개 자연마을 모두를 방문하여 미리 마련한 조사 목록표에 따라 면담하고 구연 가능한 민요를 녹음하였다. 그 결과 9개 마을—해동리, 장룡리, 상득암, 넙고리, 우두리, 죽선리, 가래리, 관산리, 여동리—에서 민요를 수집할 수 있었다.

21개의 자연 마을 중 12개 마을에서는 자료를 수집하지 못했다. 그 이유를 사례별로 나누어 보면 제보자가 도시로 이주해서 조사가 불가능한 경우가 제일 많았고, 가창자가 사망하여 조사할 수 없는 경우, 제보자가 고령이어서 구술할 수 없을 경우가 있었다. 즉 21개 마을 전부에서 민요를 불렀는데 앞

---

48 나승만, 「전통민요의 현지조사 방법론」, 『전남 민속학연구』 제2집, 전남민속학연구회, 1993.
　　　, 「민족운동노래 조사방법」, 『전남문화재』 제6호. 전남도청, 1993.

에서 제시한 이유로 인해 12개 마을에서는 조사가 불가능하게 되었다. 이러한 사례는 도서지역을 포함하여 향촌의 민요사회가 당면하고 있는 일반적인 경우라고 할 수 있다. 특히 많은 제보자들이 자식들을 따라 도시로 이주했기 때문에 민요사회가 해체되는 상황에 이르고 있다. 앞으로 10여년 후에는 전통민요의 현지조사가 힘들게 될 것으로 생각된다.

다른 도서지역의 민요조사에서와 마찬가지로 현지조사에서 전통민요를 가장 많이 수집했다. 전통민요는 전통사회 속에서 노동하고 사는 민중의 삶과 의례 과정, 그리고 그러한 과정에서 느낀 의식을 표현한 노래로 신분제 사회에서 민중이 불렀던 노래인데 어느 시대, 어느 계층이건 노동과 의례가 필요했기 때문에 전통민요, 특히 노동요는 가장 질긴 생명력을 지니고 지금까지 전승되어 오고 있다.

노동요 중에서도 밭매기에서 부른 노래가 가장 많이 수집되었다. 그러나 밭매기만의 고유한 기능을 수행하는 노래는 없고 서사적 음영민요와 창민요들이 많다. 특히 사설의 구술을 통해 창자의 의식을 표현한 서사민요들이 주목된다.

2) 서사민요에 나타난 반봉건의식

약산도 전통민요의 특징을 찾는다면 아마도 서사민요가 발달했다는 점일 것이다. 약산도에서 수집한 서사민요는 시집살이노래 3편, 첩노래 3편, 전쟁 관련 노래 2편, 부모 죽은 노래 2편, 중타령 1편, 사슴타령 1편, 김동짐네 맏딸노래 1편 등이다.

시집살이노래는 며느리가 시집의 가정생활에 적응하면서 당하는 고난을 서술한 노래다. 새로 시집 온 며느리가 시집생활을 시작하면서 문제를 일으키고(문제의 발단) 시집 식구들이 며느리에게 문제의 해결을 요구를 하며(고난의 부과) 며느리가 이에 대해 해결을 시도하고(해결의 시도), 원만한 해결이든 불행한 결말이든 문제가 해결되는 방향(해결)으로 전개되는데, 부과된 고난과 이에 대응하는 방식, 그리고 해결에 이르는 과정과 방식이 사람에 따라 각기 다르게 나타난다. 가령 시집살이를 쉽게 넘긴 약산면 상득암의 우덕례(여, 62세, 1993년 6월 24일)는 시집식구들과의 원만한 합의에 의해 문제가 해결되는 구조를 지닌 노래를 부르는데 비해 시어머니가 죽은 다음에야 비로소 노래를 부를 수 있을 정도로 심하게 시집살이를 경험한 약산면 넙고리 오순금(여, 74세, 1993년 6월 25일)의 경우 그가 부른 시집살이노래에는 불행한 결말로 해결에 이르는 과정을 상세하게 서술한 노래를 부른다. 이러한 현상으로 보아 몇 편의 서사민요를 분석하여 그 지역 사람들의 의식을 인지해 내기에는 많은 한계가 있을 것으로 보이며, 오히려 창자 자신이 처한 상황이 노래 사설의 선택에 영향을 주고 있음을 알 수 있다.

우덕례는 약산도 전통민요 창자의 대표적인 사람으로 서사민요를 많이 불렀는데, 그가 부른 노래를 들어보면 개인적인 삶의 과정과 마을 환경이 노래에 반영되어 있음을 알 수 있다. 우덕례가 태어나고 결혼하여 사는 상득암은 약산도에서는 가장 오래된 마을 중의 하나다. 완도군 마을유래지의 기록에 의하면 상득암은 17세기 후반에 건설된 마을로 해발 100-120m 사이에 형성되었다.[49] 전형적인 도서지역의 농촌마을로 산비탈을 개간하여 밭을 만들고 산비탈에 돌담을 쌓아 계단식 논을 만들었다.[50]

산간 마을인 상득암에서 수집한 민요들을 분류해보면 상여소리와 일부 창

---

49 완도군, 『마을유래지』 완도군청, 1987.
50 논의 개간은 엄격한 통제하에 이루어진다. 개간에서 가장 중요하게 여겨지는 것은 물의 총량과 수요량과의 적정선 유지다. 논농사에 이용하는 물은 계곡을 흐르는 물과 바위틈에서 솟아나는 생수다. 공한지가 있더라도 무리하게 개간할 경우 물이 부족하게 되므로 마을에서 통제하여 적정한 수준을 유지한다. 계간방법은 경사면 중 개간에 적절하고 수로가 연결될 수 있거나 생수가 솟아 물을 자급할 수 있는 적정한 부지를 선정하여 논둑이 될 곳에 축대를 쌓아 가며 밑의 공간을 바위나 큰 자갈로 채워 올라가면서 점점 작은 자갈로 채우다 논 표면 90cm 정도를 흙으로 채워 논을 만든다. 이렇게 만든 논은 물관리, 논갈이, 모심기, 시비에서 예사 논과는 다른 방법이 필요하다.

민요를 제외하면 여성민요가 대부분인데, 이는 여성들이 농업노동의 대부분을 담당했기 때문으로 생각된다. 상득암 마을에서 전승되고 있는 되반작이 논배미 전설[51]에서 보는 것처럼 산지 경사면에 이루어진 계단식 논으로 인해 노동력을 집약적으로 투여하기에 곤란하도록 되어 있다. 이런 연유 때문인지 모심기노래, 논매기노래같이 여러 사람들이 어울려 부르는 공동노동 현장에서 부르는 노래는 일찍 단절되고 개인 단위의 일에서 부르는 음영민요와 유희요 등을 주로 불렀다. 〈노래 1〉은 우덕례가 시할머니와 함께 밭을 매면서 배워 부른 시집살이노래다.

〈노래 1〉
저건네 높은집이 은정지냐 반정지냐 [52]
비자나무 쪼각선반
영캤구나 영캤구나 양동우가 영캤구나
어저온 새며늘아 참깨닷말 갖고랑께
양동우를 깨었느냐
시어머니 나오드니
느그친정 건네가서 새간전지를 다폴아다
양동우값 해올래라
아버님도 여기안고 어머님도 여기안고
씨누님도 여기안소
자네오빠 장개락때 온독잡어 술에여코
온소잡어 핵드리고[53] 하늘밑에 채알치고

51 되반작이 논배미의 전설을 요약하면 이렇다. 작살구미란 곳에 논 세 배미가 있는 데 한마지기가 160평이니 되반작이면 24평이다. 그런데 이 되반작 한 논에서 벼 한섬을 수확한다는 소문이 났다. 이 소문이 인근에 났는데 소출이 뚝 떨어져서 알아본 결과 신지면 사람이 몰래 건너와 이 논의 흙을 가져다 자기 논에 뿌렸다는 사실을 알게 되었다. 그래서 다시 그 논의 흙을 가져다 자기 논에 뿌렸더니 소득이 좋아졌다. 해마다 이런 일을 되풀이 했는데, 그 후로는 되반작이란 말이 이랬다저랬다 하는 변덕장이 논 이름으로 바뀌었다는 것이다.
52 좋은 집을 뜻하는 말

채알밑에 편풍치고 팬풍밑에 자리피고
자리밑에 덕석을깔고
찰떡같은 이내몸이 모떡같이 될-직에
양동우값이 못될손가
시아버니 나오드니 어어둥둥 내며늘아
속실건지를 몰랐드니 오늘봉께 속실겁다

우덕례의 경우 시어머니가 일찍 사망했기 때문에 시할머니와 함께 가사를 꾸려 갔으며, 그런 과정에서 노래를 배우게 되었다. 그리고 시어머니 또래의 마을 사람들과 품앗이를 하면서 노래를 배웠다. 그러므로 우덕례의 경우는 가족사의 고유한 형편 때문에 다른 사람에 비해 한 세대 앞의 노래를 전승하고 있다고 할 수 있다.

위의 노래는 [고난- 해결의 시도- 해결]의 구조를 이루는데, 해결의 내용이 시집식구들과의 화해를 통해 며느리의 지위를 인정받는 것이다. 이러한 구조는 [고난-해결의 시도-좌절]이 연속적으로 반복되다 문제의 해결에 이르는 구조에 비해 다른 양상을 지니고 있다.

사설 구성에서 드러난 이러한 양상은 가족 내에서 며느리의 지위, 또는 노동하는 사람의 지위가 보장되었던 삶의 양상을 반영한 것이라고 할 수 있다. 우덕례는 며느리가 시아버지에게 가족 내에서 며느리의 지위와 생산자로서의 역할을 내세워 그 위상을 보장받는 내용의 노래를 부름으로써 상득암 마을의 여성들의 지위를 표현하고 있다. [찰떡같은 이내몸이 모떡같이 될직에/ 양동우값이 못될손가/ 시아버니 나오드니 어어둥둥 내며늘아/ 속실건지를 몰랐드니 오늘봉께 속실겁다]라는 결말 부분은 전통사회의 가족관계에서 상득암의 여성들이 기존의 인식틀을 깨고 새롭게 며느리의 위상을 형성해 가는

---

53 동네 사람들을 대접한다는 의미

과정을 보여주는 대목으로 이해할 수 있다.

우덕례가 불러준 다음의 노래도 시집살이노래에 속하지만 전승력에서 앞의 것과 다른 양상을 보여준다.

〈노래 2〉
(시집살이 되게 한 놈인디 중도부터 할 수는 없고,..)[54]

　　활등같이 굽은길에 활살같이 튕게가서
　　활등같이 굽은베미 구부구부 심어나와
　　물귀동동 돋아놓고 지심동동 떠어놓고
　　활등같이 굽은길에 활살같이 튕게나와
　　논둑밖에 썩나서서 집이라고 찾어오니
　　저방에 자는방에 문을열고 들에다보니
　　멀고같은 간장에다 비상국을 풀어놨네
　　(즈그 어른은 과개를 갔는데 어째 시집살이가 된가 저 멀리 구부구부
꼬부라진 배미 다 심기고 나온게, 시어머니가 요새 풀약같은 비상약을
타놨어, 먹고 죽으라고, 문을열고 내다봐도 남편을 내다봐도 안와.)
　　앞다지문을 열어놓고
　　물명기 겉오바지 말만잡아 털어입고
　　거무비단 한산치매 말만잡아 털어입고
　　자지비단 접저구리 질만잡아 털어입고
　　외씨같은 민버선은 목만잡아 졸라신고
　　문을열고 내다보니 님이라고는 아니오네
　　가네가네 나는가네 요망헌길로 나는가네
　　(남편이 와서 가슴에 손을 너보니 따순정을 한나없고 찬정만 내자친께
즈그 어매보고 하는 소리가)

---

54 괄호 안은 대화나 설명 부분임.

어머니 따순절은 하나없고 찬절만 내지치요
(즈그 어매가 하는 말이)
하늘같은 부모가 중하지
얻으먼은 지집인디 지집한나 죽었다고
하늘같은 부모를 내불고 도망가냐
(그랬어도 그렇게 애매한 죽엄을 시케논께 남자가 그냥 나가버렸다요.
중도리에서 끝은 했는디 처음을 잊어부렀당께. 옛날에는 그렇게 시집살
이를 살렸는디 지금은 며느리가 시어머니 고생을 그렇게 시켜, 나도 아들
이 다섯, 딸이 둘이여.)

이 노래는 〈노래 1〉과 같은 조사 상황에서 우덕례가 부른 노래다. 그는 이
노래의 첫머리를 기억해 내지 못했고 사설의 기억력도 〈노래 1〉에 비해 떨어
졌다. 노래를 부르다 막힌 부분은 설명으로 채우고 마지막에 가서는 설명으로
끝을 맺었다. 노래의 사설을 검토해보면 이 노래를 불렀을 당시에는 우덕례의
삶이 이 노래와 직접 연관을 맺지 않았음을 알 수 있다. 그러나 세월이 지나
우덕례가 시어머니가 되자 며느리와 시어머니의 관계가 역전되어 자식과 며
느리로부터 소외된 체 살아가게 되자 그 처지를 이 노래로 표현하고 있다.

오순금(여, 74세, 약산면 넙고리)이 부른 다음의 노래는 약산도 사람들의
역사를 담고 있다는 점에서 유별나다.

〈노래 3〉
가) 배가떴네 배가떴네
　　두선등에 배가떴네
　　올라갈때 서른세착
　　낼올때는 다만세착

나) 앞에가는 동무손아
　　뒤에가는 저남손아
　　우리집이 가거들랑
　　배벌에서 죽었다말고
　　뒷배로 온닥해라
　　울아부지 들으시면
　　반던밥상 밀체내고
　　상감물리를 떠올리고
　　울어매는 들으시면
　　글안해도 끓는가심
　　장과같이 뒤끌르고
　　열두폭 두루초매
　　눈물씻기 다쳐지네
　　우리처는 들으시면
　　쪼그만헌 소자애기
　　소자애기를 옆에끼고
　　병창문 여는소리
　　팩팽이 울릴듯하시

다) 우리처 하는말은
　　명사당 꽃자리는
　　깔댓기나 도져놓고
　　얼댕이를 깔었는가
　　우유비단 홋이불은
　　덮을댓기 도져놓고
　　늦댕이만 덮었는가
　　영관자 천관자는
　　붙일댓기 도져놓고

불적관자를 붙였는가
원앙금자 자오비개
빌댓기나 도져놓고
소랑병을 비였는가
월통월통 관주설대
물댓기나 도져놓고
깔대물만 물었는가

단락 가)는 역사적 상황을 서술하고 나)는 망인의 입장에서 집안 식구들을 생각하는 사설이며 다)는 처의 입장에서 죽은 남편을 대상으로 서술하고 있다. 이처럼 시적 자아의 입장을 변동시켜 가면서 상황을 서술하는 방식은 민요에서는 흔히 사용되는 문체며 특히 만가에서 많이 이용된다.

오순금은 이 노래를 마을 어른들에게서 배웠다. 노래에 담긴 뜻을 물어 보면 옛날에 마을 사람들이 배를 타고 놀러갔다 풍랑을 만나 죽은 일을 노래로 만들어 불렀다고 한다. 그러나 사설 내용에 놀이갔다 변을 당했다고 해석하기에는 미심쩍은 부분이 많다. 더구나 섬에서 서른 세 척의 배를 타고 단체로 놀이를 나갔다는 것은 더욱 수긍키 어렵다. 가령 [울어매는 들으시먼/ 글안해도 끓는가심/ 장과같이 뒤끌르고/ 열두폭 두루초매/ 눈물씻기 다쳐지네....]와 같은 구절은 노래의 시대적 배경이 예사롭지 않았음을 암시하고 있다. 추측컨대 이 노래는 조선조 중·후기에 일어난 전란이나 기타의 변혁운동에 남성들이 참여했다 패배한 역사적 체험, 또는 관권에 의해 어쩔 수 없이 전쟁에 참여하여 억울하게 죽음을 당한 상황을 여성의 입장에서 수용하고 형상화한 노래로 생각된다. 그리고 이러한 암시의 기미는 오순금이 부른 사슴타령[55]에서 더욱 짙게 풍긴다. 추측컨대 〈노래 3〉은 조선조 후기에 일어난

---

55 우영에는 우영포수 좌영에는 좌영포수
    질보선을 털어신고 대맹정석 들쳐매고

민중봉기에서 민중군이나 관군으로 참여했다 죽은 역사적 체험을 여성의 입장에서 수용하고 형상화한 노래로 생각된다.

완도 일대의 도서지역 주민들은 한말에 전개된 변혁운동에 적극적으로 참여했는데, 자료수집이 가능한 동학농민전쟁이나 일제하의 민족해방운동에 참여했던 사람들에 대한 자료들[56]를 참고하면 이러한 가정이 단순히 억측만은 아니다. 만일 이런 가정이 성립된다면 옛 어른들이 왜 이 노래의 배경을 놀이갔다 참변당한 것으로 설명했는지 궁금하다. 노래의 배경이야 어떻든 이 노래는 섬사람들의 역사적 체험을 형상화한 노래임에 틀림없고, 그 역사적 체험이 어떤 것이었는가가 문제로 남는다.

다음의 〈노래 4〉에는 그러한 상황이 좀더 구체적으로 드러나 있다. 완도군 약산면 상득암에 사는 이정단(여, 89세)이 부른 〈노래 4〉에는 〈노래 3〉의 의미를 확인시켜줄 만한 약간의 단서들이 들어 있다.

산천초목을 높이올라
맹감잎싹 뛰적뛰적 새풍대도 뛰적뛰적
뛰나간다 뛰나간다 사심한쌍이 뛰나간다
저그앙근 저포수야 날잡어다가 멋할랑가
곡석께다 해치든가 인간께다 해치든가
산에올라 절로생긴 칡잎이나
절로생긴 맹감이나 내가묵고 내가산디
무슨죄가 내가있어 날접어다가 멋할랑가
아홉골 아홉새끼 쪽쪽이 우는새끼
젓이나주고 죽고지나
요내나를 잡어갖고 요내까죽을 베께갖고
새큰아기 시집간디 까죽골미나 하고지나
요내뿔은 빼여갖고 사또님네 칼집이고
요내살은 볼카내먼 사또님네 술안주라

56 약산도에서도 갑오농민전쟁 당시 장흥전투에 참여했던 사람들의 이야기가 전해온다. 뿐만 아니라 일제하 민족해방운동에 참여해 투쟁한 이야기는 도처에서 들을 수 있다. (소안도 항일 독립운동사료집 참조)

〈노래 4〉

　가) 세상월궁에 노든선녀 세상에 할일없어
　　　옥란강에다 베틀놓고 얼그당절그당 짜느랑께
　　　편지왔네 편지와 어디서 무슨 편지가와셨는가
　　　앞문으로 받어드려 뒷문으로 필쳐보니
　　　임의죽은 편지로다
　　　신을벗어 손에들고 머리풀어 산발하고

　나) 불쌍하다 박진천이 왜놈원님 살릴라고
　　　오백명 얻어다가 올라갈때 쓰던구시
　　　불쌍하다 이태복이 불쌍하다 이태복이
　　　수안성청에 베뭇어갖고
　　　올라갈때 서른세척이 낼올때는 다만세척

　다) 서울갔든 선배들아 우리선배 안오든가
　　　자네선배 오데마는
　　　정옥갈재 눌러신고 칠성판에 영저오데

　사설이 시작되는 첫단락인 가)는 [부모 죽은 편지] 서사민요의 전형적인 형식이다. 주로 질삼을 하거나 밭을 매면서 음영으로 부르는 노래다. 그러다 단락 나)에서 의외의 사건이 서술되고 있다. 박진천과 이태복이라는 인물이 등장하고 있는데, 박진천은 왜놈과 원님을 살리기 위해 오백 명의 군사를 모집하여 올라간 것이고, 이태복은 서른 세척의 배를 이끌고 나갔다 다만 세척만 돌아오게 되었다는 것이다. 단락 다)에서는 이들이 모두 죽어서 돌아온다는 것으로 맺어진다. 이 노래에서 박진천의 실체는 어느 정도 드러난다. 그가 왜놈과 원님을 살리기 위해 군사를 모집하여 이끌고 나갔던 것으로 보아 갑오농민전쟁 때 일본군과 관군을 위해 동학군 토벌군에 나섰던 지방 세력이었던 것으로 추정된다. 그리고 이태복의 실체는 명확히 드러나지 않는다. 그런데 박진천이나 이태복이나 모두 여자들의 노래에서는 불쌍한 사람으로 인식되고 있다는 점이다. 박진천이나 이태복과 같은 인물의 실체가 밝혀져야 이 노래의 의미가 확연해질 것이지만 이 노래가 동학농민전쟁과 관련된 노래라는 점은 확실히 말할 수 있겠다. 앞으로 이러한 자료이 보다 많이 수집된다면 당시의 상황에 대한 민중들의 인식과 예술화 방식을 알 수 있을 것이다.

3) 유희 가창민요와 신명

생산 노동행위에 맞서는 것이 노는 일이다. 마찬가지로 일노래에 맞서는 노래가 유희 가창민요라고 할 수 있다. 일과 놀이와의 관계는 달리 말하면 일상과 의례 또는 일과 굿의 관계로 표현할 수 있다. 일노래는 일상의 생활과 생산현장에서 부르는 노래라는 의미이고 유희 가창민요는 의례나 놀이, 또는 굿에서 부르는 노래라는 말이기도 하다.

그런데 이렇게 맞서는 일과 놀이가 하나라는 말한다. 그 의미는 이 두 축이 대칭을 이루면서도 실상은 서로 의존적 관계에 있다는 뜻이기도 하다. 전통사회에서는 일상의 삶과 생산행위가 뒷받침되지 않은 놀이나 의례는 점차 의미를 상실할 뿐만 아니라 자연도태되기 마련이다. 의례나 놀이가 생산행위를 뒷받침하고 삶의 공간을 구분 지으며 나아가 일상 자체를 의미 있게 만드는 데 기여할 때 그 존재가치가 인정되며, 이러한 놀이는 노는 사람들에게 신명을 안겨준다.

일상을 구분 짓는 대표적인 놀이 시기가 명절이다. 명절이 되면 굿과 놀이, 노래판이 각 마을마다 벌어진다. 구체적 내용은 예축이든 감사든 명절에 노는 놀이와 노래는 일상의 생산행위와 관련된 축제의 의미를 지닌다. 특히 강강술래는 명절에 부르는 대표적인 노래이자 놀이다. 정월 보름과 팔월 추석에 부르는 강강술래는 새해의 시작을 알리는 노래이자 일 년 노동행위의 결실에 대한 감사의 의미를 지닌 축제노래다.

현재 전승되고 있는 강강술래의 사설은 고정된 사설로 내려오는 것[57], 밭 매기에서 계속 불러온 것[58], 창민요에서 부르는 것[59], 역사적 사실을 반영하

---

57 완도군 약산면 우두리. 1993년 6월 23일, 글쓴이 현지조사
    매기는소리 : 강종순(여, 47세), 받는소리 : 이금행(여, 57세), 이명진(여, 63세)
    강-강 술-래   강-강 수월-래
    달아달아 밝은달아   강-강 수월-래
    이태백이 놀던달아   강-강 수월-래
    저기저기 저달속에   강-강 수월-래
    계수나무 백했으니   강-강 수월-래
    은도끼로 찍어내어   강-강 수월-래
    옥도끼로 다듬어서   강-강 수월-래
    양친부모 모셔다가   강-강 수월-래
    천년만년 살고지고   강-강 수월-래

58 완도군 약산면 우두리, 1993년 6월 23일, 글쓴이 현지조사
    매기는소리 : 배옥님
    강강술래   강-강 술-래
    하늘천자 남게올라   강-강 술-래
    따지자를 굽어보니   강-강 술-래
    놈의부모 공자씨는   강-강 술-래
    책책마다 실랬는디   강-강 술-래
    우리부모 맹자씨는   강-강 술-래
    어느책에가 실렸는그 강-강 술-래
    부모시늉을 기회를보세 강-강 술-래
    정지청에 종아그야   강-강 술-래
    벼루내어 글올려라   강-강 술-래
    이천자 벼루속에   강-강 술-래
    자두한쌍 먹을갈아   강-강 술-래
    부모시늉을 기릴란다 강-강 술-래
    한자씨고 눈물짓고   강-강 술-래
    두자쓰고 한숨을 쉬고 강-강 술-래
    눈물에지워서 못쓰것네 강-강 술-래
    아가아가 그말을마라 강-강 술-래
    건공으로 떠댕게도   강-강 술-래
    널크는줄 나도안다   강-강 술-래

59 완도군 약산면 우두리, 1993년 6월 23일, 글쓴이 현지조사.
    매기는소리 : 박점수(여, 80세), 받는소리 : 박옥례(여, 80세)
    강강-슈월래-   강강-슈월래-
    노세노세 젊어노세   강강-수월래-

는 사설들이다. 강강술래 사설 중 일부가 약산도의 역사적 과정을 반영하고 있다. 특히 임진왜란과 관련된 구비자료기[60] 많이 전하고 있는데 다음의 강강술래 사설은 그 대표적인 것이다.

〈노래 5〉

강-강 수월-래	강-강 수월-래
임진왜란 왜적들이	강-강 수월-래
동래부산에 왔을적에	강-강 수월-래
우리장군 이순신은	강-강 수월-래
큰칼을 옆에차고	강-강 수월-래
깊은수련 하실적에	강-강 수월-래
어데서 일성호가	강-강 수월-래
남의애를 끊나니	강-강 수월-래

위의 사설은 전남의 도서 해안지역 강강술래에 흔히 나타나는 구절이다. 남해안 일대는 임진왜란 때 격전지로 거의 전 지역에서 이순신장군의 함대와 왜군 함대가 격돌했던 곳이고 어느 섬치고 피해를 입지 않은 곳이 없다 할 정도로 왜구의 침탈이 극심했던 곳이다. 그래서 많은 섬사람들이 섬을 버리고 육지로 이주했는데, 이러한 문제를 한꺼번에 해결한 사건이 바로 임진왜란에서 이순신장군의 승리였다. 그러므로 어느 섬에든지 이순신과 관련된 일화나 전적이 남아 있고 강강술래의 첫머리에 이순신장군과 관련된 설소리를

늙어지먼 못노나니	강강-수월래-
젊었을때 놀다가세	강강-수월래-
손에손질 마지잡고	강강-수월래-
저달이지도록 놀다가세	강강-수월래-

60 넙고리의 활목이 이순신 장군의 수군 주둔 시 활쏘는 연습장이었다는 지명 유래담이나 임진왜란 때 왜군들을 피하여 굴에서 베틀을 차려놓고 베를 짰다는 베틀굴 전설이 그러한 범주에 속하는 것들이다.

매긴다.

〈노래 5〉의 사설은 임진왜란 당시 이웃섬인 고금도에 조명 연합함대가 머물었던 역사적 사실에 근거를 두고 만들어진 것이다. 이순신장군과 진린이 이끄는 조명 연합함대가 이 일대에 머물면서 왜군과 전투를 벌여 승리하였는데, 당시의 도서민들에게 이 사건이 생존과 직결되는 중요한 것이었고, 그러한 의식을 강강술래 사설에 반영했던 것으로 생각된다.

일노래와 유희 가창민요와의 친밀성은 구조적 관계에만이 아니라 노래의 사설에서도 드러난다. 가령 강강술래의 사설이 밭매기노래의 사설과 일치되는 사례가 있는데, 〈노래 3〉은 원래 강강술래의 사설로 배운 것을 밭매기에서 음영민요로 부른 것이다. 이처럼 일노래와 유희민요 사이의 사설 끌어쓰기는 흔히 일어나는 일이다.

일과 놀이가 연속적으로 이어지는 사례도 발견된다. 도서지역 사람들의 놀이를 관찰하다 보면 이러한 현상을 곧잘 발견할 수 있는데, 밭일을 하면서 서사민요를 부르다 신명이 나면 바로 유희 가창민요판이 벌어지고 그러면 일판이 노래판으로 자연스럽게 바뀐다. 글쓴이가 현지조사를 하던 과정에서 이런 상황을 몇 번 경험한 적이 있다. 여러 사람들이 공동으로 모여서 밭매고 있는 곳에 가 민요조사를 하다 결국에는 노래판이 어우러져 일을 팽개치고 노래판을 벌인 적이 있다.

의례나 노동과는 무관하게 수시로 노래판이 벌어지기도 한다. 흔히 산다이라고 말하는 노래판인데, 산다이는 전남의 도서 해안지역 어디에나 분포되어 있는 민중의 노래판이다. 글쓴이가 직접 조사한 산다이 사례를 들면 완도군 보길면 예송리의 경우 장례를 마친 날 밤 상가집에서 마을 부녀자들을 위해 가까운 집에 자리를 마련하여 음식을 대접하는데, 여기서 부녀자들이 밤새우며 노래 부르고 노는데 이를 산다이라고 부르고 있으며, 완도군 소안도의 경우 마을 사람들끼리 술자리를 마련하여 노래 부르고 노는 것을 산다이라고 하며 일제 때 징용가는 사람을 송별하게 위해 마련한 산다이를 특별히 송별

산다이라고 했다.[61] 그리고 신안군 흑산면 가거도리의 경우 여자들이 집단으로 산에서 나무하며 노래부르는 것과 명절이나 특별한 때 남녀가 모여 노래 부르고 노는 것을 산다이라고 한다. 산다이에서 주로 부르는 노래는 산아지 타령이다.

〈노래 6〉[62]
종로 니거리 솥때운 영감아
정떨어 진데는 때울수가 없느냐
에야-뒤야 에에--에야-
에-야 뒤여라 사랑이로- 고나-

정떨어 진데는 때울수가 없어도
솥떨어 진데는 기계로만 때우소
에야-뒤야 에에--에야-
에-야 뒤여라 서방네가 아니냐-

저건네 저큰애기 어프러자 쪄라
일으켜 준대끼 보둠아나 보세
에야-뒤야 에에--에야-
에-야 뒤여라 사랑이로- 고나-

우리집 서방님은 명태잡이를 갔는디
바람아 강풍아 석달열흘만 불어라
에야-뒤야 에에--에야-
에-야 뒤여라 사랑이로- 고나-

---

61 나승만, 「소안도 민요사회의 역사」, 『도서문화연구』 제11집, 목포대학교
    도서문화연구소, 1993. 149~151쪽.
62 완도군 약산면 해동리 최영순(여, 75세). 1993년 6월 21일, 글쓴이 현지조사

산다이는 그 지역의 특성이 가장 강하게 드러나는 노래판인데 약산도 산다이에서 부르는 산아지타령, 아리랑타령, 청춘가는 다른 지역 노래 사설과 비슷하여 지역적 특성을 찾기 어렵다.

약산도의 강강술래나 산다이의 경우 다른 지역과 마찬가지로 명절이나 일과 일 사이의 휴식기에 많이 불렀다고 하는데, 현재 전승되고 있는 노래들은 비교적 단순한 것들이다. 그 이유는 전승과정에서 잊혀졌기 때문이다. 현지의 제보자들은 자신들이 어렸을 때, 즉 1930-40년대 까지만 하더라도 강강술래를 비롯한 전통 민요를 많이 불렀는데 한국전쟁 후로는 거의 부르지 않았다고 말한다.

4) 근대민요에 담긴 저항의식과 한계

근대민요의 대부분은 한말에서 일제 강점기 동안 민족해방운동 과정에서 부른 노래들인데, 약산도의 경우 천도교, 야학, 교회를 통해 이런 노래들이 보급되었다. 약산도를 비롯한 완도 일대의 섬지역에 이런 노래들이 쉽게 보급되고 애창되게 된 배경에는 그전의 역사적 상황이 크게 작용했다. 약산도를 비롯한 완도 일대 섬 지역의 토지가 목장이나 관둔전, 궁방전 등으로 편입되어 이중 삼중으로 국가, 또는 특권기관의 관할하에서 수탈당해[63] 그로부터 벗어나려는 주민들의 의식이 형성되었다. 그리고 일제가 완도군 일대에 김을 보급하자 김생산기술을 습득하여 부를 축적했고 그 자본을 배경으로 많은 청년들이 서울과 일본으로 유학했다. 그 결과 일찍 개화한 이 지역 사람들은 민족해방운동에 대한 의식을 갖게 되었다. 이러한 사실은 박병희(남, 84세)의 구술에서도 드러나는데, 그는 "옛날에 여그는 일본사람들이 김을 보급해서

---

63 이혜준, 「그약도지역의 역가문화 배경」, 『안도약산면지역의 문하성격』, 목포대학교, 도서문화연구소 제8회 도서문화 학술심포지움 자료집 15쪽.

생산했기 때문에 김 경기가 좋았다. 그 덕분에 공부했다. 농사지어갖고는 가망없다."고 구술한다.

약산의 천도교 신자들이 동학군으로 장흥전투에 참전했던 구술로 보아 약산면에 천도교가 들어온 것은 동학농민혁명이 일어나기 전이었다. 약산면 관산리에 교당을 둔 천도교는 한때 교세가 300호에 이를 정도로 번성했으며 약산도에서의 3.1 만세운동을 주도하기도 했다. 그 과정에서 동학가요뿐만 아니라 독립운동가도 보급되었을 것으로 생각된다. 박병희는 약산도에서 동학의 활동에 대한 구술을 요약하면 다음과 같다.

동학혁명 말기에 동학도들이 많이 들어왔다. 동학에 든 사람들과 일진회에 든 사람들이 있었고 이들의 대립은 격심했다. 술이나 먹고 행실이 좋지 못한 건달들이 일진회에 많이 가입했다. 동학혁명에 참여한 사람이 꽤 많았다고 들었다. 모두 잡혀가서 고생들을 많이 했다고 하더라. 장흥읍 근방에서 많이 잡혔다고 그러더라. 장룡리의 정씨들이 많이 참전했다. 지금은 다 돌아가시고 별로 없다.

그리고 약산도의 동학도들이 장흥전투에 참여하기 위해 장흥군 대덕읍 옹암나루를 이용했다는 구술 등으로 보아 많은 사람들이 장흥전투에 참여했던 것같다. 동학혁명에 관련된 노래는 새야새야가 있다. 그리고 서사민요 [올라갈 때 서른세칙]은 동학혁명에 관련된 듯 하나 이에 대해서는 다음 장 서사민요에 담긴 민중의식에서 다루려 한다.

완도의 다른 지역과 마찬가지로 이곳에서도 야학운동이 일어났다. 근대민요의 대부분은 야학을 통해 수용되고 보급되었고 야학의 활동에 따라 연행양상이 달라진다. 야학의 일반적 형태는 마을의 적당한 집에 방을 마련하고 학교 교육을 받은 사람이 마을 사람들을 대상으로 국문과 애국창가를 교육하는 것이다. 약산도에서의 야학은 사회주의 운동과 연결되어 있다. 특히 1930년대에 사회주의 운동세력에 의해 전개된 노동야학에서 노동자 농민을 위한 야학운동이 전개되었고 이 운동을 통해 독립운동가, 혁명가가 보급되어 지금까지 전승되고 있다. 당시 노동야학을 통해 보급된 노래는 학도가, 독립운동가(천지정기 무릅쓴), 애국가(환매우에 무궁화), 푸른하늘 은하수, 농민가, 노동운동가 등이다.

소안도의 사례[64]에서와 마찬가지로 각 마을 내에는 기숙사가 있어서 3명 단위로 마을의 적당한 집에 숙소를 정해놓고 공동으로 기거하면서 공부했다. 박병희는 노동운동 세력과는 다른 의식을 갖고 야학을 했는데, 그의 구술에 의하면 자신이 장룡리의 사장나무 아래서 노천 야학을 했다고 한다. 당시 배재학교에 다니던 그는 동아일보와 조선일보에서 주창한 브나로드운동에 동감하여 배재학교 재학시절 방학중에 실행했다. 주로 마을의 젊은 사람들을 가르쳤으며, 교육 내용은 한글교육과 독립정신 고취였으며, 일본 순사들이 각 마을의 야학을 감시했다고 하며 당시 그가 야학에서 가르친 노래는 다음과 같다.

〈노래 7〉
거친산 등성이 골짜기로
봄빛은 우리를 찾아오네
아가난(는) 피어난 조선의 꽃
아가는 피어난 조선의 꽃
들녘에 비바람 불어쳐도
아가는 피어나는 조선의 꽃

한편 야학에서 창극을 공연하면서 노래를 불렀는데, 여동리 박병환의 구술을 요약하면 다음과 같다.

---

64 나승만, 「소안도 민요사회의 역사」, 164-5쪽.

야학에서 창극하고 교회에서 창극했는데, 한 20명 정도 참여한다. 창극은 밤에 마당에서 했다. 솜을 만들에 왜지름(석유)을 써 불을 켜놓고 했다. 야학에서는 미영씨 지름으로 공부했다. 야학은 주로 여름에 많이 하고 창극도 그렇다. 무대 막 포장도 이불호창을 빌려다 붙여서 했다. 시작할 때 징을 울렸다. 평상을 놓고 위에서 하고 마당에 앉아서 본다. 시작할 때 농악을 울린다. 마당밟이를 하여 사람이 모이면 시작한다. 해설자도 있다. 1막, 2막 안내표를 붙이고 지나면 떼어낸다. 굿을 보기위해 온 사람들이 고생한다고 밀죽을 쒀 왔다. 15-20세 사이의 사람들이 했다. 돈 없은께 학교에는 못가고 야학에서 공부했다. 당시 40호 정도 됐는데 빈촌이어서 학교에 다닌 사람은 5-6명 정도밖에 안되었다. 국민학교 3학년 때 야학이 폐쇄될 정도가 되었다. 일본 순사들이 감시했다. 당시 국민학교 선생이 둘 잡혀갔다. 교사였던 정남균씨, 문승수 두분이 잡혀갔다. 민족주의자라고, 그 전부터 잡으로 다니니까 피하느라고 야학도 폐하게 되었다. 우리 열 살 되어서 야학이 폐했다. 야학에서는 저녁마다 민족운동가를 불렀다. 야학에서 꼭 저녁이면 한 번씩 불렀다. 청산속에 묻힌옥도…그런 노래를,

이러한 상황 속에서 민족운동가가 약산도에 수용되었다고 생각된다. 즉 약산도에 근대민요로 수용된 것은 주로 민족운동가였고 야학이 주된 수용 통로였다. 그리고 약산도 사람들은 자신들의 처지를 잘 표현한 이런 노래들을 즐겨 불렀다. 그러나 약산도 사람들은 전통민요에서는 사설을 만들거나 현실에 맞게 개사해서 불렀는데 근대민요사회에 이르러서는 노래를 만들어 부르거나 사설을 개사하는 창작적 성향이 드러나지 않는다. 유일하게 우두리의 양인섭(남, 70세)이 일제 말기에 우두리 응원가를 지어 불렀던 것이 노래 창작의 사례라고 할 수 있다.

〈노래 8〉

〈우두리 응원가〉

1. 남해에서 빛나는 조약도
   그가운데 뛰어난 우두리선수
   전우를 등에지고 연마의 정화를
   유감없이 오늘에 발휘하리라

2. 정정하고 당당한 승전의노래
   그많은 중정을 처석파하고
   최후의 승리 영광을
   획득하자 우리 우두리

민요 창작은 민요주체의 역량을 가늠하는 척도라는 점에서 중요한 사항이
다. 수용된 노래를 그대로 불렀는지, 지역현실에 맞게 개사하여 불렀는지,
가락이나 사설을 새로 창작했는지는 약산도 사람들의 주민의식을 측정하는
중요한 자료다. 그러나 당시의 정황으로 보아 노래창작이 어느 정도 가능했
을 것으로 추정되기 때문에 이점은 앞으로 더 살펴봐야 할 문제다.

당시 독립군가, 독립운동가, 농민가로 알려진 노래들은 다음과 같다.

〈노래 9〉

〈독립군가〉[65]
요동반도 넓은들 초석바우
여진국을 도벌하여 대구가없이
직물원과 음식물도 용진법대로
우리들도 그와같이 원수쳐보세

---

65 약산면 해동리, 김남수(남, 70세), 1993년 6월 21일, 글쓴이 현지조사

나가세 전장장으로 나가세 전장장으로
금수소사 무릅쓰고 나갈 때에
우리들도 그와같이 나갑시다

〈노래 10〉
〈독립운동가〉[66]
북편에 백두산과 두만강으로
남편에 제주도 한라산-
동편에 강원도 울릉도
서편에 황해도 장산곶까지
우리우리 조선의 아름다움은
명호로 표시하니 십삼도로다
이와같이 화려한 강산중에
우리우리 학도들 걸어나간다

〈노래 11〉[67]
〈독립운동가〉
동경은 지진에 절단이 나고
지금은 대판이 제일이라네
동경대판 떨껵쟁이 왜놈의새끼들
극진동정 하였다고 자랑말어라
충무공의 날랜군사 번쩍일때에
다죽고 남었든 너희들아니냐

---

66 약산면 우두리, 양인섭(남, 70세), 박정화(남, 73세), 1993년 6월 23일, 글쓴이 현지조사
67 약산면 박복실(남, 74세), 1993년 6월 23일, 글쓴이 현지조사

〈노래 11〉[68]

〈농민가〉

우리들의 이름은 농민이로다
눈귀밖에 언덕에서 호미를 들고
피와땀을 흘러가며 쉴사이없이
세상사람 먹이를 지어내논다

그러나 이세상은 어찌하는지
놀고도 호의호식하는자 있고
일하고도 한술밥 한무름 없어
빈한과 천대 입는자 있다

사랑많고 정깊은 우리 동무야
이빈한과 이천대를 면하려면은
지식과 단결은 유일한 무기
모여라 모여라 우리글집에

일제의 탄압이 심해져 전남운동연합회원들이 구속되자 야학 활동이 중단
되고, 중단된 후 이를 전승할 조직적 활동이 없었다. 더구나 해방 후에는 이
런 노래를 부르면 좌익으로 몰려 불이익을 당했기 때문에 노래의 전승이 중
단되었다. 해방 직후 이런 상황에 대해 주민들의 구술을 들어보면 다음과 같
다.

해방노래는 더러 있다. 요동반도 넓은 뜰 …그런 노래가 있다. 독립군
노래다. 안 불러서 잊어부렀다. 부르면 좌익이라고, 공산주의로 머리쓴다

---

68 약산면 우두리, 양인섭(남, 70세), 박정화(남, 73세), 1993년 6월 23일, 글쓴이 현지조사

고 잡어다 뚜두러서 안 불렀다. 그래서 보급이 중단되어부렀다. 그때 독립군들이 분 노랜디, 해방 후로 그것 불면 공산주의 한다고 뚜둘고 죽여불고 그랬어, 우리들 한참 스물두서너 살 먹어서 그때 그 노래를 많이 불렀는디 안해봉께 잊어부러. 40여년이 지났는디.

또한 이에 참여한 사람들이 해방 이후 사회주의 운동을 하다 구속, 처형당해 적절한 제보자를 만나기 어려웠다.

5) 맺는말

앞에서 논의된 사실들을 정리하여 결론을 삼고자 한다.

시집살이 노래의 [고난– 해결의 시도– 해결]의 구조는 [고난–해결의 시도–좌절]이 연속적으로 반복되다 문제의 해결에 이르는 구조에 비해 다른 인식태도를 드러내는데 사설 구성에서 드러난 이러한 양상은 가족 내에서 며느리의 지위, 또는 노동하는 사람의 지위가 보장되었던 약산도 여성들의 삶의 양상을 반영한 것이라고 할 수 있다. [찰떡같은 이내몸이 모떡같이 될직에/ 양동우값이 못될손가/ 시아버니 나오드니 어어둥둥 내며늘아/ 속실건지를 몰랐드니 오늘봉께 속실겁다]라는 결말 부분은 전통사회의 가족관계에서 상득암의 여성들이 기존의 인식틀을 깨고 새롭게 며느리의 위상을 형성해 가는 과정을 보여주는 대목으로 이해할 수 있다.

전쟁과 관련되어서 불려진 노래들은 조선조 중,후기에 일어난 전란이나 기타의 변혁운동에 남성들이 참여했다 패배한 역사적 체험, 또는 관권에 의해 어쩔 수 없이 전쟁에 참여하여 억울하게 죽음을 당한 상황을 여성의 입장에서 수용하고 형상화한 노래로 생각된다. 완도 일대의 도서지역 주민들은 임란이나 한말에 전개된 변혁운동에 적극적으로 참여했는데, 이 노래는 섬사람들의 역사적 체험을 형상화한 노래라고 할 수 있고 그 역사적 체험이 어떤 것이었는가는 좀 더 연구해야 할 문제다.

강강술래는 필연적으로 임란과 관련되어 있다. 이 또한 이 지역의 역사적 사실과 관련된다. 남해안 일대는 예로부터 끊임없이 왜구의 침범으로 시달렸는데 이 문제를 한꺼번에 해결한 사건이 바로 임란에서 이순신장군의 승리였다. 당시의 도서민들에게 이 사건이 생존과 직결되는 중요한 것이었고, 그러한 의식을 강강술래 사설에 반영했던 것으로 생각된다.

약산도에서 전통민요와는 다른 민요사회가 근대에 들어 형성되었다. 근대민요로 수용된 것은 야학을 통해 수용된 민족운동가였다. 약산도 사람들은 자신들의 처지를 적절하게 표현한 이런 노래들을 즐겨 불렀다. 그러나 노래를 만들어 부르거나 사설을 개사하는 창작적 성향이 드러나지 않는다는 한계점도 동시에 지닌다.

현지 조사한 자료를 정리해 보면 약산도 사람들은 인근의 도서민들의 민요사회와 같은 과정을 겪어왔음을 알 수 있다. 이곳에서 조사된 노래들은 전통시대와 근·현대사회에 걸쳐 불렀던 다양한 노래들이다.

그런데 특수한 역사적 체험을 지닌 지역에서의 민요전승은 향촌사회의 일반적 전승과는 다른 양상을 보인다. 소안도 민족해방운동가 수집사례가 대표적인 것인데, 그러한 현상은 지역 사람들의 노래를 대하는 자세에서 비롯된 것이다. 당시 노래를 불렀던 사람들이 지금도 당시의 노래를 잊지 않기 위해 노트에 필사해 놓았다든지, 일제하에 만든 민족운동가 수록 창가집을 위기상황속에서도 보관해왔고, 지금도 마음속으로 그 노래를 되새김질했다는 구술에서 소안도 사람들이 근대민요를 잃지 않으려고 꾸준히 노력해왔던 자취를 발견할 수 있다.[69]

약산도의 경우 근·현대민요의 연행이 활발했음에도 불구하고 전승이 단절

---

69 나승만, 「소안도 민요사회의 역사」, 『도서문화연구』 제11집, 목포대학교 도서문화연구소, 1993.

된 것은 노래에 대한 전승의지가 부족했기 때문으로 생각된다. 같은 노래를 부르며 살았다 하더라도 후대의 사람들, 또는 노래를 부른 당사자들이 그 노래에 의미를 부여하고 전승하려고 노력하면 그 노래를 전승하게 되고 그렇지 못하면 없어진다는 것을 실증으로 보여주는 사례라 하겠다.

해방 후에 불렀던 현대민요도 몇 편 수집했으나 자료 자체가 완전하지 못하고 구술자들이 제보를 꺼리고 있기 때문에 효과적으로 수집할 수 없었다. 그러므로 이글은 약산도 민요사회에 대한 미완의 보고서라고 할 수 있으며 현대민요사회에 대한 보충이 있어야 어느 정도 약산도 민요사회의 실체에 접근한 글이 될 것이다.

전통민요 전승의 장애가 되는 것은 민요사회 자체의 변화라고 할 수 있다. 생산수단인 농법이나 의례에서 장례법이 변하면 이에 따라 민요가 기능을 잃는 경우가 있고 사람들도 기능을 잃은 민요를 외면하게 된다. 그리고 여기에 더하여 대중매체가 발달함에 따라 민요 이외의 음악에 접하면서 민요를 외면한 경향이 생겼다. 그 때문인지 생산수단에 일대 혁신이 이루어지고, 또한 텔레비전이나 라디오를 통해 외부 문화와의 접촉이 빈번해지는 1970년대 초에 전통민요 연행이 거의 중단되기에 이르렀다. 장룡리 이옥태씨(남, 73세, 1993년 6월 22일)의 구술에 의하면 20-30년 전까지만 하더라도 마을 사람들이 함께 전통민요를 불렀는데 지금은 민요를 부르는 사람이 있으면 자리를 같이 하지 않으려 한다는 것이다. 그리고 나이든 사람들도 유행가만 부르기 때문에 민요의 전승이 중단되었다고 한다. 이러한 현상이 20-30년 전부터 일어나 지금은 전통민요를 부르지 않게 되었다고 한다.

다음의 노래는 약산면 우두리 배옥님이 부른 음영민요다.

석자시치 운앙비개

둘이비자고 마쳤드니
한자비니 자믰는가
안잤으니 짐이온가
밤새도록 흐른눈물
비개앞에가 쏘가되고
비개넘에는 강이되야
이오에라 대동강에
오리한쌍 게우한쌍
놀친강도 강이런만
눈물강도 날어든다
임떠난날 산천초목도 잠들었드냐
나도역시 잠이들어
임떠난줄을 몰랐구나
저기가는 저기자야
우리님을 실었그든
나도마자 실고를 가거라

죽음은 삶의 방향을 가장 많이 바꿔놓는 사건이고, 일생에서 꼭 피하고 싶은 일이다. 우리의 민요에는 젊은 가장이 병으로 인해 요절한다는 내용의 노래가 많다. 이 노래도 같은 유형에 속한다.

광주무등산 정기타고 낳다 김덕령이
간신에 몰려서 죽기는 죽어도
성판에 가가이나 민고충신이나니
김덕령이로 갈거나

십오야 볽근달은 구름속에 놀고
우리같은 농부는 몬지속에 논다

한편 밭매기에서 부르는 노래의 사설은 밭매기만을 수행하는 고유한 것은 드물고 강강술래나 기타 노래에서도 즐겨 부르는 가사들이다. 민요에서 사설과 음곡의 관계를 보면 음곡은 고정되어 있고 음곡에 맞춰 사설을 개작하거나 창작하여 부르는 것이 일반적이다. 그런데 (노래 1)의 경우 동일한 사설을 가지고 강강술래에서는 강강술래 가락에 맞춰 부르고 밭매기에서는 음영민요로 부른다. 이러한 형상은 민요창에서는 상당히 널리 나타나는 현상이다. 가령 육자배기를 상여소리가락에 맞춰 부르는 사례도 이와 같은 경우일 것이다.

밭매기의 현장에서 장편 서사민요가 연행되었던 것은 가창 주체의 의식과 현장의 노동 조건에 의한 결과라고 생각된다. 한 여름의 뙤약볕에서 오랜 시간동안 밭매기라는 단순한 노동을 반복하는 과정에서 노동의 고통과 지루함을 달래기 위해 장편의 서사적 구조를 지닌 노래를 불렀던 것이다.

밭매기는 모든 노래를 수용하는 가장 폭넓은 기능을 가진 노동이었다. 그렇게 된 이유는 밭농사가 김이 생산되기 이전까지 약산도의 주 생업으로 가장 많은 시간을 밭매기 작업에 투여했기 때문일 것이다. 그런데 김생산은 일제 이후 오늘에 이르기까지 주 생업이 되었으면서도 그와 관련된 노래를 만들어내지 못했다는 점에 유의할 필요가 있다. 그 가장 큰 요인을 현지 사람들은 김생산 방식에서 찾고 있는데, 밭매기가 품앗이 공동체에 의해 수행되는 생산행위인데 비해 김생산은 개인이나 가족단위의 노동으로 이루어지고 있기 때문이라고 설명한다.

마을	전통민요	근대민요	현대민요
해동리	초군노래, 신세타령, 물래타령, 상사소리, 상여소리, 달거리, 성주풀이, 양산도, 아리랑타령, 산아지타령	독립운동가 2편(동경은 지진에 절단이 나고. 요동반도넓은들 초석바우)	인민항쟁가, 노동조합가(중단편), 농민가(중단편)
장룡리	가래질소리, 육자배기, 홍타령, 게타령, 장기타령, 좃타령, 시집살이노래, 성주풀이, 각설이타령, 산아지타령	독립운동가(요동반도… 중단편)	
상득암			
넙고리		징용떠나는 노래	
우두리	강강술래, 첩노래, 물래타령, 널뛰기노래, 신세타령, 상사소리, 육자배기, 양산도, 노들강변, 타령, 아리랑타령,산아지타령, 샛서방노래, 청춘가	새야새야, 독립운동가(북편에 백두산과 두만강으로), 학도가(중단편)	농민가, 우두리 응원가
죽선리		동요(아가는 피어난 조선의 꽃), 민족운동가(천지정기 부름쓴 중단편), 푸른하늘 은하수	
가래리	밭매기노래, 물래타령, 모찌기노래, 모심기노래, 강강술래, 고무줄노래, 베틀노래, 노들강변, 홍타령		
관산리		칼노래	
여동리		동요1	

(『도서문화』12집, 목포대학교 도서문화연구소, 1994년 수록 논문)

4.
신지도 민요 소리꾼 고찰 : 상여 소리꾼을 중심으로

1) 머리말

이 글은 신지도의 민요 소리꾼들에 대한 민속지적 기록이다.[70]

민중은 조상으로부터 노래를 이어 받고 그들의 실정에 맞는 새로운 가락과 사설을 덧보태 자신들의 노래를 부른다. 즉 과거와는 달라진 현실적 상황에 맞게 노래의 가락과 사설을 개발하고 살면서 체득하거나 수용한 가락을 덧보태고 체험한 경험과 인식을 적합한 사설로 다듬어 노래한다. 이 과정에서 소리꾼은 노래를 전승하는 외에 전승된 노래에다 가락을 보태고 사설을 만들어 민중과 함께 노래한다.

어느 지역에나 민요의 소리꾼이 있다. 한 판 흥겹게 노래 부르고 춤추며 놀 때, 출상의례를 치르거나 모를 심거나 논밭을 매고 제방과 저수지를 막는 등 여러 사람들이 일할 때, 감정이 상해서 한숨만 나올 때 노래가 필요하다. 노래하는 현장의 출발점이 어떤 상황이든 간에 노래는 사람들을 신명나게 만든다. 그 과정에서 민요의 소리꾼은 사람들을 노래라는 매개를 이용하여 신명의 세계로 유도해 가는 역할을 한다. 노래가 없으면 삶을 즐길 길이 없다. 또 의례나 일판에서 사람들의 행동을 조정하기 힘들고 일하는 재미도 줄어든다. 그렇게 되면 개인적 차원에서는 생리적, 심리적 조화가 깨져 균형을 잃게 될 것이고 마을공동체로서는 운영에 지장이 있을 것이다. 때문에 전통사회에서는 마을에서 노래를 부르도록 하고 소리꾼도 키운다.

소리꾼은 일과 의례, 놀이에서 사람들의 행위와 노래가 교묘히 조화되도록

---

70 신지도 민요사회 조사는 1995년 6월 26일부터 30일 사이에 이루어 졌다. 목포대학교 인문대 국어국문학과 구비문학분과 학생들이 참여하여 조사를 보조하였다.

해야 한다. 그 판이 잘 진행되고 사람들이 즐겁게 일하도록 노래를 앞서 인도한다.

신지도 소리꾼들은 신지도 사람들의 필요에 따라 존재해 왔다. 민요의 소리꾼들은 소리를 내는 가창능력과 사설을 꾸미는 문학적 형상력이 갖춰진 사람들이다. 주민들의 마음에 맴도는 사연을 노래 사설고 형상화시키는 능력을 지니고 있다.

신지도에도 민요의 소리꾼들이 있다. 80대, 70대도 있고 50대, 40대도 있다. 그러나 나이가 젊을수록 숫자가 줄어든다. 점점 전통 민요가 사라지고 있음을 의미한다. 사회적 조건이 바뀌어서 과거의 전통 민요를 부르는 사례가 줄어들었다. 그렇지만 아직도 노인들은 상여소리 듣기를 좋아하고 아리랑 타령을 즐겨 부른다. 전통 민요가 거의 사라지고 연행 현장을 찾기가 좀처럼 쉽지 않게 되었지만 그래도 신지도에는 상여소리와 산다이판이 종종 벌어진다. 민요에 있어서는 아직도 살아 있는 섬이라고 할 수 있다.[71]

자료 조사 방법은 다음과 같다. 먼저 조사에 필요한 설문지를 마련하여 조사 보조원으로 선발된 구비문학분과 학생들에게 나누어 주고 일정 기간 훈련을 시켰다. 그런 다음 현지조사에 필요한 사전 자료들을 놓고 조사지역과 조사자 유형을 분석했다. 다음에는 현지 마을 이장에게 연락하여 제보자에 대한 정황을 파악한 다음 현지에 도착하여 조사에 착수했다. 조사보조원들이 선정된 조사자를 면담하고 예상되는 결과가 나타나면 글쓴이가 재면담하였다.[72]

서술의 순서는 먼저 신지도 민요사회를 개괄적으로 기술하고 다음에 신지도의 상여 설소리꾼들에 대한 현지조사 내용을 기술하고 그 결과를 분석한다.

---

71 서남해안 지역 산다이에 대해서는 나승만, 「노래판 산다이에 대한 현지작업」, 『한국민요학』 4호, 1996 참조.
72 나승만, 전통민요의 현지조사 방법론, 남도 민속연구 2권, 전남민속연구회, 1993.
　　＿＿＿, 민족운동노래의 현지조사 방법론, 전남문화재, 전남도청, 1993.

2) 신지도 민요사회 개관

(1) 신지도와 신지도 사람들

신지도는 완도읍 군청 소재지에서 8.5㎞ 떨어져 있으며 동쪽은 금일도, 서쪽은 완도, 남쪽은 청산도, 북쪽은 고금도와 접하고 있다. 완도읍에서 페리 도선으로 20여분 거리에 있는 섬이다. 강진 마량 포구, 장흥 옹암포와는 대략 30여 ㎞ 떨어져 있으며 그 사이에 고금도와 약산도가 가로 놓여 있다. 1994년도 인구는 5,613명(남자 2,977명, 여자 2,814명)이고 조상의 대부분은 임진왜란 이후 정착한 사람들이다.

주민들은 오랜 세월 동안 특별한 사회적 지위를 누려본 적이 없이 살아 온 기층민들이다. 그들은 농업과 어업에 종사하고 있으며 많은 마을들이 半農半漁의 생활방식을 취하고 있다. 전적으로 농업에 종사하는 마을도 있고 어업에 종사하는 마을도 있다. 어촌의 경우 어로작업을 통해 올리는 소득이 농업경영에서 올리는 소득에 비해 월등히 높지만 반드시 일정한 정도로 농업생산을 유지하고 있다. 이와 같은 양상은 자급하는 생산양식을 유지해 왔던 과거의 관습에서 기인한 듯하다.

현재 신지도 주민들이 주체가 되어 기록한 섬의 역사, 섬사람의 역사는 없다. 이들의 존재는 중앙 정부가 섬에 대해 관심을 갖기 시작하면서 문헌에 기록되기 시작한다. 기록의 대부분은 중앙 정부의 입장에서 이들의 존재를 인식하고 중앙의 입장에서 섬을 이용하는 내용의 기록들이다. 섬과 섬사람들의 이야기가 아니라 섬의 이용에 관한 것이다. 그런 의미에서 민요 읽기가 중요한 의미를 지니게 된다. 신지도 기층민의 역사는 민요를 통해서나마 그 모습이 슬쩍 드러나기 때문이다.

신지도 마을의 현재 형편을 양지 마을의 사례로 설명하겠다.[73] 양지 마을

---

73 1995년 7월 17일 글쓴이 현지조사.

은 신지도 동남부에 위치한 마을이다. 신지도에서는 젊은이들이 많이 사는 마을에 속하지만 젊은이들이 마음 편하게 살 수 있는 여건이 갖춰지지 못해 앞으로 마을이 어떻게 변할 지 고민하고 있는 실정이다. 지금 상태로 계속 나가면 십년 못가서 황폐화될 것이라는 말을 자주 한다.

주민들의 연간 소득액이 삼천만원 정도인데 톳을 비롯해 어로작업에서 소득을 올리고 있다. 그렇지만 삼천만원을 벌어도 남는 게 없다고 한다. 연료나 문화시설, 교육비에 많은 비용을 쓰고 있고 부채도 호당 천오백만원에서 삼천에 이르고 있다. 부채의 주류는 농협의 농사자금인데 박정희 시절부터 지기 시작한 빚(영농자금, 부엌개량 자금, 가옥 개량 자금, 축우자금, 농어민 후계자 자금 등)이 쌓여가면서 그렇게 되었다고 한다. 처음에는 대충 계산해서 타당하다고 생각해 농협으로부터 자금을 융자해서 썼는데 대개 실패하고 그 실패를 만회하기 위해 다시 다른 사업자금을 얻어 쓴 것이 쌓여 그렇게 되었다. 현재 부채를 줄여 가는 가정은 지극히 소수다. 그래서 젊은 사람들에게 마을을 뜨라고 권하는 경우도 있다. 그렇지만 농가 부채를 서로 교차해서 보증해주고 있는 형편이기 때문에 뜨지도 못하는 경우가 발생하고 있다. 또 고기를 잡으니까 언제든지 잡으면 갚을 수 있다는 가능성을 믿고 빚을 무서워하지 않는다.

그렇지만 꼭 비관적인 것만은 아니다. 마을의 위세에 대하여 김세용(남, 55세. 1995년 7월 17일)의 구술을 요약하면 다음과 같다.

과거 양지 마을의 활동은 매우 활발해서 신지도에서도 알아주는 마을이었다. 특히 신지도 운동회 때 마을 대항 릴레이에서 항상 일등을 차지했다는 점을 자랑으로 내세우고 있다. 각 마을 대항 릴레이를 하면 언제나 일등을 했다. 그 이유는 양지리 샘물이 좋기 때문이라고 소문이 나 일등을 뺏어 가려고 샘물을 훔쳐다 자기 마을 샘에 부으려고 해 샘을 지키기도 한다. 당시 우리는 강한 정신력으로 승리했다. 소재지하고 떨어진 마을은 위축된다. 그렇지만 우리 마을은 그런 것을 이기고 우승했다. 소재지 사람들이 달려가는 사람의 발을 걸어서 넘어뜨리거나 훼방해서 우승을 방해했다. 릴레이에서 이기면 마을 사람들이 굿치고 소재지까지 마중을 하고 난리가 났다. 당시에는 아주 재미가 있었다. 전국에서 살 수 없는 사람들이 우리 마을로 들어온다. 왜냐면 마을 사람들 인심이 좋기 때문이다. 외지에서 들어온 사람들은 토박이보다 잘 살게 된다. 새 사람이 들어오면 부락민이 모두 살 수 있도록 지원을 해준다. 그래서 마을 호수가 불어나고 젊은이들도 좀 있고 다시 마을로 들어오는 젊은이들도 늘어난다.

글쓴이는 1995년 7월 17일 신지면 양지 마을의 마을 회관 준공식을 관찰하였는데 아침에 도착해 보니 준공을 기념하기 위해 당골을 불러다 성주굿을 하고 있었다. 마을 사람들은 마을 회관이 준공된 것에 대하여 매우 고무되어 있었다. 그 이유를 요약하면 다음과 같다.

마을 회관이 완공되었으니 마을 일이 보다 잘 될 것이다. 전에 회관은 마을 사람들 모이기가 어려웠다. 바닥에 보일러가 없어서 모여서 놀기가 어려웠다. 이제는 보일러를 놓았고 깨끗해서 여름이면 남녀가 점심 먹고 나와 쉬기 좋고 많이 모일 수 있는 공간이 되기 때문에 마을의 대의를 쉽게 수렴할 수 있다. 전에는 어느 특정한 사람의 집에 모여 노는 경우가 많았다. 그러기 때문에 사람들이 함께 모이기가 어려웠다. 이제 우리 마을도 회관이 준공되어서 어느 단계에 이른 것 같다. 앞으로 발전이 올 것으로 기대한다. 이장이 무슨 일을 하고 싶을 때 동민 전체 회의를 소집하지 않고도 사철 이사무소에 사람이 모이니까 거기서 여론을 듣거나 의견을 개진할 수 있다. 사전 토의를 많이 할 수 있다. 그래서 화합 발전이 가능하다.

신지도 주민들은 현실의 실상에 대하여 긍정적인 생각과 부정적인 생각을 함께 갖고 있었다. 날로 쇠약해져 가는 마을 형편에 대하여 걱정하고 있는 한편 그래도 다른 마을에 비해 젊은이들이 많다는 점을 강조하면서 그들에게 희망을 걸고 있었다.

한편 현재 마을에서 이루어지고 있는 문화적 상황에 대해서는 비판적 입장을 보였다. 전축을 틀어 놓고 노는 산다이의 예를 들면서 지금은 서양 문화가 좀먹듯이 우리 문화를 완전히 좀먹어 버렸다고 말한다.

(2) 전승되는 민요들

글쓴이가 현지 조사를 통해 수집한 신지도 민요는 다음과 같다.

〈노동요〉

흙다루는 노래 : 가래질소리, 다구질소리(원, 저수지, 집터, 무덤 다지면서 부르는 노래) 목도소리

농업 노동요 : 밭매기노래, 보리타작 소리, 모심기노래(상사소리)

어업노동요 : 노젓는 소리, 가래소리(멸치퍼올리는 소리)

기타 : 목도소리, 방아소리, 베틀소리, 물레소리, 애기 어르는 소리

〈의례요〉

상여소리, 상량소리, 강강술래

〈창민요〉

흥글노래, 육자배기, 산아지타령, 아리랑타령, 개타령, 신세타령, 달거리, 시집살이 서사민요, 부모은덕가, 연날리기, 친정 청산도 그리는 노래, 국문풀이

〈경기민요조의 타령〉

창부타령, 도라지타령, 경기민요 베틀가, 양산도, 청춘가

<**남도창**>

호남가, 쑥대머리

<**민족운동가**>

파랑새요, 야학창가, 감동가, 애국가, 망향가, 여권신장가, 야구응원가, 야
학창가

현재 신지도에서 부르는 민요는 상여소리와 산다이판에서 부르는 아리랑
타령과 경기민요조의 노래들이다. 이런 노래들은 지금도 생활의 필요에 따라
전승과 연행이 지속되고 있다. 특히 산다이판은 지금도 왕성하게 운영되고
있다. 여기서는 주로 아리랑타령을 비롯한 타령류와 경기민요조의 경쾌하고
빠른 가락의 노래들을 많이 부른다. 그 이유는 춤을 추기 때문이다. 현재 전
승되고 있는 노래들은 산다이판에서 연행되고 있는 것이 대부분이다. 그 외
의 노래들은 이미 기능이 정지된 상태에 있으며 창자들의 기억을 더듬어 수
집했다. 특히 노동요와 신세타령같은 노래들은 연행이 중단된 지 20-30여
년 된다.[74]

(3) 노래판 산다이

신지도 민요는 현재 연행되는 노래와 기억 속에 저장된 노래들로 구분된
다. 기억 속에 저장된 노래들은 노래와 관련된 기능이 중지되어 노래의 연행
이 중단된 것들과 사회적 조건에 따라 연행이 정지된 것들이다. 노동요는 작
업기능이 중단되어서 부르지 않게 된 것들이고 항일 민족운동가와 혁명가 계
통은 사회적 조건에 따라 중지된 노래들이다. 현재 연행이 가능한 노래들은
주변의 다른 섬들과 마찬가지로 상여소리판과 산다이판에서 이루어진 것들

---

74 도서지역의 민요사회 변천에 대해서는 다음의 논문을 참고하기 바람. 나승만, 「민요사회의
사적 체계와 변천」, 『민요와 민중의 삶』, 역사민속학회, 1995.

이다. 상여소리판은 상여소리꾼을 이야기하면서 함께 서술할 것이고 여기서는 산다이판에 대하여 기술한다.

신지면 임촌 마을에 사는 양우석은 자신이 사는 마을의 산다이판에 대하여 다음과 같이 설명한다.[75] 아리랑타령 하며 뛰어 다니는 판에는 남여가 같이 한다. 초상집에서 아리랑타령 하며 같이 뛰면서 논다. 같이 놀아도 남녀간에 사고가 없다. 지금은 사고가 많이 난다.

신지면 신리 내정 마을에 사는 임영창[76]은 신지면에서 노래 부르고 놀기 좋아하는 사람들끼리 모여 계를 만들어 결의계라고 부르며, 모이면 산다이를 한다고 말한다. 이 경우 북장구를 치는 사람이 정해져 있고 노래는 돌아가면서 부른다고 한다.

신지면 양지 마을의 산다이에 대한 구술을 정리하면 다음과 같다.

일몰이 되고 전기불이 들어와야 그때가 진짜 노는 판이 어우러진다. 친구들과 가정에 행사가 있으면 집에 모여 여자들과 함께 음악을 틀어 놓고 손뼉 치며 논다. 지금은 전축을 틀어놓고 노니까 재미가 적다. 전에는 술상을 놔두고 손뼉치고 젓가락 장단을 치면서 놀았다. 이것이 전통적으로 하는 마을의 산다이다. 지금은 전축 틀고 서양춤 추면서 논다. 지금은 변했다. 우리 문화가 사라진 것 같아 아쉽다. 어려서 선배들을 따라 다니면서 꽹과리치고 쟁치고 장구치고 남자가 여장하고 농악 치면서 놀았다. 지금은 서양 문화가 좀먹듯이 우리 문화를 완전히 좀먹어버렸다. 산다이도 전에는 젓가락치고, 기타 치고 놀았다.

산다이판은 상가에서, 잔치의 뒷 끝에, 또는 일하다 쉴참이 생기는 공백기에 남녀가 술 마시며 함께 노래 부르고 춤추고 어울려 노는 신명나는 노래판이다. 노동의 고통이 아무리 힘들더라도 산다이가 있기 때문에 신지도 사람

75 양우석(남, 77세)신지면 임촌 마을, 1995년 6월 29일, 글쓴이 현지조사
76 임영창(남, 64세)신지면 신리 내정 마을, 1995년 6월 28일, 글쓴이 현지조사.

들은 그런대로 정서의 균형을 유지하고 있다. 과거 노동의 현장에서 노래 부르던 시절에는 현장에서 몸에 쌓인 고통의 찌꺼기를 해소했는데 노동판에서의 노래연행이 중단된 현재는 그 모든 찌꺼기를 산다이판에서 풀고 있다.

3) 신지도 상여 설소리꾼 현지조사

(1) 임촌 마을 양우석의 삶과 상여소리

양우석은 임촌 마을 상여소리의 설소리꾼이다. 그의 생애를 요약하면 다음과 같다.[77]

어려서 부친을 잃고 고생했다. 부친 대에 고금면에서 이 마을로 이사 왔다. 부친은 양우석이 3살 때 4남매를 남겨놓고 사망했다. 당시 큰누나가 12살, 작은누나가 9살, 형이 6살, 양우석이 3살 때였다. 부친 사망으로 가세가 빈한했기 때문에 먹을 것이 없어 고생했다. 더구나 공부도 할 수 없었다. 남의 어깨너머로 배워 겨우 국문을 해독할 정도다.

젊어서 객지 생활을 경험한다. 18살에 배를 타기 위해 거제도로 갔다. 다시 부산으로 가서 고등어 배를 탔다. 21살에 어머니가 사망하자 고향에 돌아왔다. 장례를 치르고는 바로 떠나려 했으나 이러저러한 사정 때문에 고향에 정착하게 되었다.

목수일을 배워 고향 마을들을 순회하면서 집을 지었다. 고향에 돌아온 후 건축목수를 따라 다니면서 목수일을 배웠다. 23살에 현재의 부인 김난초하고 결혼해 4형제를 두었다. 그의 활동 범위는 신지도 안에서 이루어진다. 신지면을 두루 돌아다니면서 집을 지었는데 주로 대평리, 신기리, 신상리, 모래미, 동고리가 그의 주 작업 범위다.

마을 내에서는 죽음과 관련된 일을 모두 처리한다. 임촌 마을 사람들은 어

---

77 양우석(남, 77세) 신지면 임촌 마을, 1995년 6월 30일, 글쓴이 현지조사.

린이나 어른이 사망하면 으레 양우석을 불러 절차를 상의하고 일을 맡겼다. 흔히 궂은 일이라고 하는 것들, 시신에 수의를 입히고 입관하는 일 등 여러 절차를 그가 주관한다. 지금은 나이가 들어서 이런 일들을 젊은 사람들에게 가르치고 있다.

마을 공동체 내에서는 노래 부르는 일을 담당한다. 남보다 나은 목을 지니고 있어서 주변 사람들로부터 노래 요청이 많다. 지금까지 마을에 일이 있을 때마다 설소리를 해왔다. 마을 아래 원은 막을 때도 다구질소리의 설소리를 했다. 옛날에는 지게로 모래를 져다 막았는데 큰 바람이 나면 쉽게 터졌다. 그래서 보의 수리를 자주 하고 원막기를 많이 했는데 이때 설소리를 했다. 또 직업과 관련해서는 상량소리를 한다. 집을 짓는 과정에서 상량을 올릴 때 상량소리 설소리를 한다.

상여소리의 설소리를 한다. 이 마을에서는 설소리꾼을 앞잡이, 또는 사모라고도 한다. 상여소리를 하면 담뱃값을 벌 수 있고 다소 용돈도 벌 수 있다. 초상이 나면 상가에서 상여를 매는 마을 유대군들과 노래를 잘 부르는 여자들과 함께 노래 부르고 논다. 그가 상여소리 하면 사람들이 '슬프게 한다, 그 사람 역사를 다 들맥인다. 젊어서 살았던 일이나 고생한 일들을 다 들먹이면서 울렸다 웃겼다 한다'고 좋아 한다.

지금은 고령이어서 자식과 며느리들이 상여소리를 하지 말도록 권유하기 때문에 상가에 쉽게 나서기가 어려운 실정이다. 지금도 상여소리를 하는데, 예전보다 쉬워졌다고 한다. 장례차 운전석에 앉아 마이크로 소리하면 유대군들이 같이 타고 소리를 하기 때문이다.

가끔 완도에서 기생을 불러다 상여소리를 메기게 하는 경우도 있다. 그에 의하면 기생을 부르면 상여소리에서 나오는 돈을 다 가져가 버려 마을 유대군들에게 돌아갈 몫이 없다고 한다. 또 소리쟁이들이나 기생들은 노래만 부르지 망자의 역사를 말하지 못한다고 한다.

양우석은 상여소리 사설을 망자의 가족사와 생애사 중심으로 짜고 있다. 그의 구술을 요약하면 다음과 같다.

나는 그 사람 역사를, 이렇트면 젊어서 이 집에 시집와서 몇 살 먹어서 돌아가셨다고 그 내력을 다 말한다. 그리고 하적할 때도 선영을 하적하고 아까운 자식들 다 버리고 나는 어디로 갈 것이냐 그러면 다 운다. 가다가 돈 받으면 아무개 즈그 어머니 잘 모시라고 아라고 돈을 낸다고 그러면 모두 웃고 즐거워한다. 그 사람 살아온 역사를 생각해서 지어 부른다. 그 사람 형편이 이라고 어쩌고 해서 그랬다고. 지금 동네 늙은이들 여든 아흔된 노인들을 내가 어떻게 저놈의 동네로 보내놓고 죽어야 하꺼인디 나보다 늦게 죽을성 부릉께 탈이고.

현재 유행하는 노래에 대하여 그는 비판적이다. 지금 부르는 노래들은 모르는 노래들이다. 젊은이들이 젖통 내놓고 막 돌아다니면서 노래하는데 미국 노랜지 무슨 노랜지 모르겠다. 우리는 육자배기나 불러서 그런 노래는 모른다고 말한다.

(2) 대곡리 지용선의 삶과 상여소리

지용선은 신지도 상여 설소리꾼으로 대곡리에서 태어났다.[78]
그는 3대째 이어오는 상여소리 설소리꾼이다. 그의 가계와 소리에 대한 관심을 요약하면 다음과 같다.
할아버지, 아버지가 상여소리를 잘 했다. 옛날 어려서 산에 따라 다니면서 떡도 얻어먹고 좋은 것으로 잘 먹었다. 그래서 이런 것만 잘하면 대우도 잘 받고 그런 것이구나 하고 생각했다. 3대째 내려오면서 소리를 한다.

---

[78] 지용선(남, 49세) 신지면 대곡리, 1995년 6월 28일, 글쓴이 현지조사.

선조들 때부터 이어져 온 감각으로 소리를 한다. 구식 노래는 그때 한번 들으면 안 잊고 잘 기억된다. 따라 다니면서 듣고 머리로 배웠다. 한번 들으면 어떤 사람의 이야기나 노래도 잘 받았다. 지금은 술을 마시니까 잘 잊는다. 유행가나 신곡은 잘 못한다. 그런데 나그네 설움 같은 노래는 어려서 들어서 잘 안다. 아리랑타령 같은 옛날 노래는 잘한다. 또 육자배기는 잘 못하고 잡가나 아리랑타령, 청춘가는 잘 안다. 제일 익숙하게 잘하는 것은 타령류들이다. 창부타령은 익숙하게 잘한다. 「논둑 밑에 깨구락지는 뱀에간장을 녹인데 사나이 대장부가 왜처녀간장을 못녹여 /얼씨구나 리띠리디리~ 아니노지는 못하리라」이런 부분이나 「아리아리롱 스리스리롱 아나리가 났네 아리롱 응~ 아나리가 났네/ 할멈의 꽃가매 일자락에 보리방아 품들어다 밀개떡 해줌세」와 같은 부분이 좋다.

손뼉치고 춤추고 노래 부르고 맘을 툭 터놓고 소리를 치면 더 좋은 소리가 나온다. 이렇게 정좌를 하고 문답식으로 말하니까 율동이나 좋은 소리가 안 나온다. 장구를 치고 소리를 하면 율동이 절로 나온다. 장구치고 이런 노래를 하고 놀면 노인들도 젊은 사람들도 앉았다가도 어디서 힘이 났는지 다 뛰어 나와서 논다. 그러면서 자꾸 이런 소리를 더 해달라고 말한다. 옛날 민요를 부르면 듣기에 좋다. 그래서 가르쳐 달라고 조르고 따라서 부르며 배웠다.

신지에 절이 세군데 있다. 명심사 절 법사가 씻김굿을 잘한다. 남자 법사다. 책으로 읽어서 굿한다. 여자들이 같이 다니는 분이 있다. 점을 쳐서 굿을 해야 한다면 법사가 가서 굿꾼들하고 고를 푼다. 그렇게 해서 환자를 즐겁게 해준다. 굿은 여자들 2명 법사 1명이 한다. 악기는 꽹과리, 북, 장구, 징으로 한다. 한 줄로 놓고 손으로 책을 넘기면서 친다. 감동이 넘칠 때는 사람의 마음까지 푹 뜨게 만든다. 신나게 쳐버린다. 공백 시간 놀 때 그 공백을 즐겁게 하기 위해 노래도 부른다. 경을 읽을 때는 노래는 안한다. 여자들은 경우에 따라 율동을 한다. 절에 다니면서 법사한테 회심곡도 배웠다.

다음에는 상여소리의 학습 과정에 대한 구술을 요약한 것이다.

우리 마을 할아버지네들이 나이 들어서 돌아가실 때가 되면 가르쳐 달라고 했다. 그러면 배우라고 하면서 가르쳐 줬다. 글자로 배운 것이 아니라 따라서 부르고, 절에서 하는 회심곡을 한글로 적어서 읽어 보고 단계단계 끊어서 배웠다. 회심곡 가사는 절에 법사한테 배웠다. 법사가 가지고 있는 책에서 적었다. 곡조는 옛날 할아버지나 아버지들이 그것을 잘 했기 때문에 듣고 배웠다. 그렇게 한 지가 한 20년 되었다. 어려서부터 열심히 따라다니면서 배우고 나도 따라서 해봤다.

옛날 잘하신 어르신들 다 돌아가 버리시고 이젠 아무도 없고 그러니까 내가 한 것을 보고 자꾸 나를 부른다. 그래서 완도읍에까지 가서 상여소리를 한다. 꼭 상여소리만 해야 하는데 일하던 중에 갑자기 초상이 나면 사설을 잊고 있다 생각해 내려면 애를 먹는다. 그래도 하다 보면 잘 나온다.

다음은 상여소리 사설 구성 방식에 대한 구술을 요약한 것이다.

사설은 우리 인간이 살아 나간 부분을 이야기 하면 거의 맞다. 상여소리는 우리 인생이 태어나서 가는 과정을 다시 읊어서 좋은 극락으로 가시게 하는 것이다. 슬픈 부분, 억울한 부분, 고생한 부분을 노래로 엮어서 가는 것이다. 노래의 가사에 많은 의미가 담겨 있다. 할아버지 할머니들이 우리도 죽으면 똑같이 가것구나 그래서 호응을 많이 한다.

회심곡이나 백발가는 나서 커서 죽어가는 과정이 엮어져 있어서 생애소리에서도 많이 인용한다. 지금 그런 것을 마을마다 쭉 하고 다닌다. 듣고는 여러 어르신네들이 다 잘한다고 한다. 내가 하는 말에 따라 울기도 하고 웃기도 한다. 그런 부분들이 내가 하다 보니까, 생각해보면 슬프게 하는 부분이나 또 즐겁게 하는 부분을 알게 되었다.

사설을 붙이는 방법이 유형화되어 있다. 망인의 생애를 알아야 한다. 망인이 언제 홀로 되었으며 자식들을 몇이나 데리고 어떤 역경을 거치며 살아 왔는가를 상여소리 사설에서 서술한다. 가정의 형편에 맞게 서술한다. 망인의 생애가 서술되고 자녀나 형제들이 내용에 공감하여 애도하거나 슬픈 분위기가 형성된다. 서술되는 내용이 중복되지 않게 이어 나가야 사설의 흥미가 더한다.

모르는 사람의 생애소리를 할 때는 기본적으로 나이가 몇 살이며 할머니인가, 할아버지인가, 중년인지, 젊은이인지, 남자인지 여자인지를 알아야 한다. 거기에 따라 공식적으로 정해진 사설을 이어 간다. 젊은 사람인 경우 애도의 내용을 더해주고 늙은이인 경우에는 좋은 세상에 자식들을 남겨두고 떠나는 아쉬움을 사설로 이어 간다. 노래하는 현장에서는 처음 사설만 내면 나머지는 절차에 따라 자동적으로 나온다.

상여소리의 절차에 대한 구술을 요약하면 다음과 같다.

첫 번에 「어 ~어~어」하는 것은 시신을, 귀신을 일단 율동을 해야 한다는 것을 알리는 소리다. 「위~」하는 것은 위로 들어 올려서 맹인을 공손히 안장소로 모시자는 뜻의 소리다. 운상 할 때는 받는 소리 「어~널~ 어~널~ 어너리~ 넘차 너~화요~」를 먼저 하고 다음에 사설을 이어간다. 「불쌍하십니다 맹자씨여 천만년이나 살 것같이/ 받는 소리」의 형식으로 이어간다. 이어서 「어제 살아서 성트난 몸이 오늘날 북망이 웬일이요/ 받는 소리/ 우리 인생이 오늘가면 내빼녹아 흙이 되고/ 받는 소리/ 내살녹아 물이 된다니 말이 되것습니까/ 받는 소리」의 형식으로 진행한다.

감동이 넘칠 때는 사람의 마음까지 푹 뜨게 만든다. 신난다. 상여를 쉬고 놀 때 그 공백을 즐겁게 하기 위해 노래도 부른다.

(3) 동고리 이서훈의 삶과 노래, 그 외 여성 창자들

신지면의 동고리는 해안선 바로 근처에 위치하고 있고 동고 2리는 1리 뒤쪽에 약간 높은 곳에 위치하고 있다. 주업은 해산물 채취다. 우무가사리, 톳, 전복, 고동 등의 해산물이 풍족하게 잡혔다. 개맥이와 죽방염이 많이 이루어졌고 부자도 있었다. 신지면 내에서는 비교적 부유한 마을이었다.

이서훈은 동고리에서 태어나 이 마을 사람과 혼인했다.[79] 시아버지의 시집살이가 혹독했다고 한다. 수염이 많이 난 시아버지는 항상 무서운 존재였다. 아침에 곱쌀밥을 해 놓고 꼴을 한 망태 베어 놓지 않으면 밥을 먹지 말라 했다. 또 감당하기 힘든 일을 해야만 했는데, 특히 큰 밭을 혼자 매야 했기 때문에 고통스러웠다. 이서훈의 밭은 그 혼자만의 공간이었고 그 공간은 자유스런 공간인 동시에 노동의 고통으로 힘든 공간이기도 했다. 혼자 울면서 밭을 매야 하는 상황이 많았다.

이서훈은 19세 때부터 마을 갯제를 주관해서 30세 정도까지 했다고 한다. 갯가에 상을 차려놓고 바가지에 나물밥과 참기름을 넣어 한지로 발이 세 개 달린 허새비를 만들어 기름불을 붙여 띄워 보내면서 '잘 가거라 천리만리를 잘 가거라/ 우리 동고지 개진머리 모진머리 여그서 김철뱅이 집으로 갖다줘라'/하며 외친다. 바가지가 다시 돌아오면은 '엄나무 두름박에 잡아 넣어서 먹어질러 한강으로 떠나보낼라니까 다시 오지마라'/고 외친다. 그 때는 갯제의 효험을 믿고 빌었다. 할머니가 제를 지낼 때 대장 역할을 했다.

이서훈은 주로 밭을 매면서 혼자 노래를 불렀다. 노래 또한 혼자 지어 부른 것이라고 한다. 밭이 어찌나 큰지 밭매는 일이 징했다고 한다. 그가 부른 노래는 그 자신의 살아온 과정이라고 할만하다. 할머니에게 생애사와 관련된 질문을 하면 노래 사설 중 해당되는 부분을 노래로 불러 답한다. 외지에 나간 경험을 묻자 가까운데는 다녔다고 한다. 내 발로 걸어서 가고 걸어서 돌아오

---

79 이서훈(여, 78세) 신지면 동고리, 1995년 6월 30일, 글쓴이 현지조사.

니까 다닐 수 있었다고 한다.

시집살이를 험하게 치뤄서 항상 아래의 노래를 부르고 지냈다고 한다. 노래를 부르다 중단하고는 '이 노래는 못쓴 노래여?' 하고 조사자에게 물었다. 그러자 옆에 있던 김정엽(여, 79세) 할머니가 '아니여, 존 노래여'라고 응대했다. 그러자 다시 노래를 이어 불렀다.

〈밭매면서 부른 노래〉
어매 어매 우리나 어매
날 슬프게 육십 넘어
메두야 메두야 설움이
우리야 엄매 날 슬프게
많고 많이 안겼든가
우리야 부부가 설움이네
엄매 엄매 우리 엄매
하리나 매믄 한골이요
이틀 매면 골반이요
어매 어매 우리 어매
골골마다 사람 살고
산밑마다 사람 산디
안태 고향에 날 심어 놓고
갈 데도 못가고 올 데도 못오고
어찌 어찌 잊는당가
무정하신 우리 어매 무정하신 울 아버지
걱정말고 살라드니
일도 많고 심만한지 늙어워서 어찌끄나
꾸정물 통에 손 못 빼고
곱이곱이 서러운디
어짜끄나 어찌끄나

걱정말고 니 살어나
너도 한모퉁이 긁고
살때가 있을 것이다.
걱정말고 살아라
바람아 강풍아 불지를 말아아
우리네 서방님 먼데 갔단다
에야 이야 에헤야
이 방에 든 사람 다들어 보소
이 소리 들으면 눈물이 나네

임백례는 일과 삶이 하도 힘드니까 노래라도 열심히 불렀다.[80] 노래만 부르면 좋더라고 말한다. 어렸을 때는 엄마들이 노래를 불러도 잘 몰랐는데 어른이 되어 활동하니까 자연히 노래가 나오드라고 구술한다. 노래는 글씨로 써서 배우기도 하고 밭매면서 배웠다. 그가 노래를 부르는 현장은 밭매기에 서였고 〈어매어매〉로 시작되는 노래를 많이 불렀다고 한다.

신기리 내정 마을 추길심은 홍타령은 진도 사람들이 잘하지 이곳 사람들은 잘 모른다고 한다. 그리고 민족운동가는 현재의 젊은 사람들은 잘 모르며 이런 노래는 자기들 또래가 안다고 한다. 그는 이 노래를 슬픈 노래라고 하면서 옛날에 이런 노래 부르다 순사한테 잡혀갔다고 구술한다.[81] 김태호는 우리 구식 노래는 한나 거짓말이 없다고 말한다.[82]

---

80 임백례(여, 79세) 신지면 임촌 마을, 1995년 6월 30일, 글쓴이 현지조사.
81 추길심(여, 85세) 신지면 내정리, 1995년 6월 30일, 글쓴이 현지조사.
82 김태호(남, 80세) 신지면 동고리, 1995년 6월 30일, 글쓴이 현지조사.

4) 소리꾼의 자질과 기능

(1) 신지도 소리꾼의 성장과정과 자질

신지도 민요 소리꾼은 다음과 같은 경로를 거쳐 성장한다. 소리꾼들은 한 결같이 가난한 유년 시절을 보낸다. 그것이 신지도 주민들의 전형적인 삶의 과정이었다. 주민의 대부분은 신지도에서 태어나거나 섬에서 태어나 이곳으로 시집 온 사람들이다. 그리고 가난 속에서 어울려 살면서 고난을 체험하고 고난에 대항하는 체험을 갖는다. 양우석의 경우, 3살 때 아버지를 잃고 홀어머니 밑에서 4남매와 함께 혹독한 가난을 체험한다. 유년 시절 그가 당한 가장 큰 고통은 배고픔이었다. 당시의 정황으로 보아 이 고통은 신지도 주민들모두가 공유하고 있는 고난체험이다. 18세에 배를 타기 위해 거제도와 부산으로 떠난 것은 당시 그가 처한 현실의 문제를 해결하기 위한 방편이었다. 지용선의 경우, 대대로 내려오는 소리꾼 집안 출신으로, 그가 소리를 배우게 된 동기의 하나는 소리를 하면 배고픔을 면하게 될 수 있다는 것이었다.

여성들의 경우는 노동의 고통이 가장 견디기 힘든 고난이었다. 이서훈의 경우 아침에 꼴을 한 망태기 하고 방아 찧어 밥을 해야 아침 과정을 통과한다. 그렇지 못하면 아침밥을 먹을 수 없었다. 그에게는 시아버지가 고난을 부과하는 적대자였다. 아침 일이 끝나면 넓은 밭을 혼자 매야 했다. 그래서 밭은 고통과 눈물의 공간이고 원망의 공간이었다. 없으면 배고파 고통스럽고 있으면 일해서 고통스럽다. 그러니 전통사회에서 신지도 주민들은 있으나 없으나 고통을 당하면서 살아가고 있다.

소리꾼들은 배고픔과 노동의 고통을 통과의례로 겪으면서 성장한다. 여성 소리꾼들은 여기에 더하여 시집살이를 통과한다. 여성들의 노래에 가부장적 가족 질서에 대하여 거부하는 노래가 많다든지 일제 때 민족해방과 여성해방을 위한 노래를 많이 부른 것은 불평등한 사회구조에서의 고난체험 때문이라고 생각된다.

소리꾼들은 신지도 사람들의 마음에 담긴 사연들을 노래로 부른다. 그러기 위해서는 주민들의 마음읽기, 또는 주민들의 마음을 고난의 상태에서 신명의 상태로 전이시키는 과정을 익혀야 한다. 가난과 시집살이에 위안을 주는 것이 노래였다. 사회 제도 때문에 생겨난 고난은 쉽게 해소될 문제가 아니다. 오래 참아야 한다. 고통을 해소할 수 있는 방법이 노래 연행 이외에는 별로 없다. 그래서 신지도에서는 노래 연행이 자주 이루어진다. 그 판에서 신지도 사람들이 마음속에 담고 있는 신명과 고통, 불만이 모두 드러난다. 소리꾼들은 이 현장에서 노래로 그들의 마음을 대변해 준다.

소리꾼들은 주민들의 심성을 정확히 읽어야 한다. 그러기 위해서는 마음을 읽는 감각을 훈련해야 하는데, 이 훈련은 살아가면서 자연스럽게 이루어진다. 어느 순간에 어떤 가락과 사설을 노래해야 주민들의 마음이 움직이는가를 체험적으로 익히고 있다. 고통의 상황이 어떤 과정을 거쳐 신명이 넘치는 판으로 바뀌는가에 대한 과정을 몸에 익혀 고난의 상황이 자연스럽게 신명나는 판으로 바뀌도록 한다. 그러기 위해서는 소리꾼 자신이 고난과 신명 사이를 자유롭게 내왕할 수 있어야 한다. 고난에 찬 현실을 이겨내고 신명난 상황으로 전환시키기 위한 중요한 기술이다. 그 과정에 대한 치밀한 계산도 서야 한다. 그래서 심성의 조정자, 심성의 표현자, 대변인이 되어 주민들의 심성을 읽고 심성의 흐름을 이끌고 그 흐름을 조정한다. 고통과 슬픔의 판을 즐거움과 신명의 판으로 바꿀 수 있게 된다.

또 민중의 목소리를 익혀야 한다. 내는 소리가 민중의 것이어야 한다. 무당이 내는 소리가 신의 소리이듯 민요의 소리는 민중의 소리여야 한다. 그러기 위해서는 민중의 소리 속에 살아야 하고 그 소리를 몸에 익혀야 하고 내는 소리가 자기도 모르게 민중의 소리가락이어야 한다. 음식 맛은 장맛이고 장맛은 물맛이듯, 민요의 소리꾼은 그가 자리 잡고 사는 세계에 젖어야 한다. 그럴 때 진정한 목을 갖게 된다.

그리고 주민들의 마음에 맴도는 언어를 노래라는 정제된 가락에 싣는다.

그것은 무당이 신들려 신의 뜻을 말하듯 민요 창자는 민중의 심성이 들려 민중의 심성을 민중의 가락으로 노래한다. 그래서 민요는 창자 개인의 노래로만 있는 것이 아니라 민중에게 공유된다.

(2) 민중사 서술 기능

상여소리에는 망자와 가족의 역사 서술이 담겨 있고 그것이 장례에 참여한 사람들에 의해 공인된다. 신지도 주민들 대다수가 자신의 역사를 서술할 수 있는 기회를 갖지 못한 상태다. 그런데 상여소리를 통해 망자와 가족의 생애사가 정리되고 또한 살아 있는 사람들에게 삶의 과정을 재인식시킴으로써 자연스럽게 민중의 역사가 이어지며 문화의 정체성과 지역사가 서술된다.

상여소리꾼은 이 과정을 수행하기 위해 개인의 생애사를 알아야 한다. 그리고 그것을 노래로 서술할 수 있는 기능을 갖춰야 한다. 상여소리꾼 양우석과 지용선은 그런 의미에서 생애사 서술자라고 할 수 있다. 이들은 망자와 한 공동체에 살면서 동질의 체험을 갖는다.

양우석의 경우는 주로 마을 내에서 활동을 해왔다. 그가 노래를 부르게 된 동기는 유년시절부터 마을 노래를 불렀기 때문이기도 하지만 목소리가 좋았기 때문이다. 거기에 더하여 가난한 생활을 해오면서 고통을 함께 나눈 주민의 삶에 남다른 애착을 갖고 있다. 상여소리의 사설을 생애사 중심으로 서술하는 그의 태도에서 잘 드러난다. "나는 그 사람 역사를, 이렇트면 젊어서 이 집에 시집와서 몇 살 먹어서 돌아가셨다고 그 내력을 다 말한다. 그리고 하적할 때도 선영을 하적하고 아까운 자식들 다 버리고 나는 어디로 갈 것이냐 그러면 다 운다. 가다가 돈 받으면 아무개 즈그 어머니 잘 모시라고 가라고 돈을 낸다고 그러면 모두 웃고 즐거워한다. 그 사람 살아온 역사를 생각해서 지어 부른다. 그 사람 형편이 이리고 어쩌고 해서 그랬다고. 지금 동네 늙은이들 어든 이흔된 노인들을 내가 어떻게 꺼놈의 동네로 보내놓고 죽어야 하꺼인디 나보다 늦게 죽을 성 부릉께 탈이고"라는 구술에서 그가 함께 살아 온 주민들의 삶에 대해 얼마나 따뜻한 시선을 보내고 있는가를 알 수 있다.

지용선의 경우 사설 구성을 유형적으로 이해하고 있다는 점에서 양우석과 는 또 다른 면을 보여주고 있다. 그가 상여소리꾼이 된 내력은 양우석과 유사 하다. 3대에 걸친 상여소리꾼의 집안에서 태어나 조부 때부터 소리하는 현장 을 따라 다니며 성장한다. 특히 기억력이 좋아 한 번들은 소리는 잊지 않는 다. 그리고 연행현장을 통해 소리를 배운 외에도 의도적으로 상여소리의 사 설과 구성법을 배웠다.

그는 양우석과 마찬가지로 생애사 중심으로 상여소리 사설을 엮어 가지만 사설 구성을 유형화시켜 서술하고 있다. 망인의 성(性)과 나이, 생애, 가족관 계, 경제력의 정도 등을 파악하여 그 유형에 맞게 사설을 엮어 간다. 이와 같은 현상은 의도적인 노력에 따른 결과이기도 하지만 민요사회의 변화도 한 몫 거들고 있다. 상여소리꾼이 없는 마을들이 늘어가자 다른 마을에서도 소 리의 요청을 받게 되었다. 그래서 모르는 사람의 상여소리를 해야 할 경우가 생겨나고 이에 대처하기 위해 주민들의 생애를 유형적으로 이해해야 했다. 양우석의 경우와는 달리 상여소리 사설에 현장성이 줄어든 반면 주민의 생애 를 유형적으로 이해하는 힘이 강화되어 어느 곳에서나 상여소리꾼의 역할을 할 수 있게 되었다.

한편 현장성이 떨어지는 사설을 좀 더 흥미 있게 진행시키기 위해 회심곡 과 백발가를 삽입하였다. 회심곡은 그가 다니는 신지도 명심사 스님으로부터 배운 것이다.

(3) 민중 심성의 대변과 갈등해소

전통민요사회의 현실은 늘 고통스러웠다. 그렇지만 사람들은 그 속에서도 노래를 불렀다. 노래를 부르면 고난의 현실 속에서 빠져 나와 잠시 숨을 돌릴 수 있고 고난의 상황으로 다시 들어갈 힘을 얻는다. 노동의 고통, 별리, 복종, 버림받음, 박탈감 등이 고난의 실체다. 민요는 잠시 고난을 떠나게 하고 한편 그 고난 속에서 우리는 어디에 있는가를 노래한다. 삶의 현장에서 현장을 떠난 세계를 노래하고 또 현장을 노래한다.

민요의 소리꾼은 민중의 말문이다. 그들은 민중의 심성을 노래한다. 무당이 신들려 말하듯 소리꾼은 민중들려 그들의 마음을 노래한다. 민중의 뜻대로 노래하는 법을 익히고 실연하는 사람, 민중의 마음을 노래 부르는 사람이 민요의 소리꾼이다. 노래로 인해 민중의 마음이 트이게 된다. 민중의 의지나 미래의 지향이 노래로 제시된다. 민중의 꿈, 민중의 미래가 노래로 변환되어 표현된다.

현실의 고난으로 인해 닫혀있던 민중의 마음이 노래를 통해 미래로 열리게 된다. 민요의 지향 세계, 진정한 민요는 미래를 노래한다. 들노래의 기원, 축원이 그렇다. 민중의 현실은 노래로 인해 미래와 연계된다.

민요의 창자는 현세의 고난에서 벗어나 미래의 피안을 볼 수 있어야 한다. 그래야 유능한 노래꾼으로 인정받는다.

5) 맺는말

어느 지역에나 민요의 소리꾼이 있는 것처럼 신지도에도 민요의 소리꾼들이 있다. 소리꾼은 노래를 전승하고 창조하여 민중과 함께 노래한다.

소리꾼의 자질은 먼저 민중의 삶 속에서 성장해야 한다는 것이다. 신지도 소리꾼들은 가난한 유년 시절을 보내면서 배고픔과 노동의 고통을 통과의례로 겪으면서 전형적인 신지도 사람들의 성장 과정을 거친다.

무당이 신의 마음으로 말하듯 소리꾼들은 민중의 마음으로 노래한다. 신지도 사람들의 마음에 담긴 사연들을 노래한다. 주민들의 마음읽기, 또는 주민들의 마음을 고난의 상태에서 신명의 상태로 전이시키는 능력을 지닌다. 그래서 주민들의 마음에 맴도는 언어를 노래라는 정제된 가락에 싣는다. 그것은 무당이 신들려 신의 뜻을 말하듯 민요 창자는 민중의 심성이 들려 민중의 심성을 민중의 가락으로 노래한다.

상여소리꾼은 망인의 생애사와 가족사를 서술한다. 상여소리를 통해 망자와 가족의 생애사가 정리되고 또한 살아 있는 사람들에게 삶의 과정을 재인식시킴으로써 자연스럽게 민중의 역사가 이어지며 문화의 정체성과 지역사가 서술된다.

상여소리꾼 양우석은 주로 마을 내에서 활동을 해왔다. 그는 주민의 삶에 남다른 애착을 갖고 있다. 상여소리의 사설도 구체적인 망자의 역사 서술이 중심을 이룬다.

지용선의 경우 사설 구성을 유형적으로 이해하고 있다는 점에서 양우석과는 또 다른 면을 보여주고 있다. 이와 같은 현상은 상여소리꾼이 없는 마을의 낯선 사람들을 위해 소리하기 때문에 생겨난 현상이다.

민요의 소리꾼은 민중의 말문이다. 그들은 민중의 심성을 노래한다. 무당이 신들려 말하듯 소리꾼은 민중들려 그들의 마음을 노래한다. 신지도 소리꾼들도 스스로 자신들의 노래를 부름으로써 신지도 사람들의 마음을 노래하였다. 특히 상여소리꾼들은 신지도 사람들의 생애사와 가족사를 서술함으로써 민중의 시인으로서, 민중의 역서 서술가로서의 기능을 수행했음을 읽어낼 수 있다.

(『도서문화』 14집, 목포대학교 도서문화연구소, 1996년 수록 논문)

5.
노화도 민요 소리꾼들의 생애담 고찰

1) 머리말

이 글은 현지작업을 통해 수집한 노화도 민요 소리꾼들의 생애담에 대한 보고의 글이다.[83] 노화도는 전남 완도군의 서남방에 위치한 섬으로 완도항으로부터 31.5㎞ 떨어져 있고 인구는 2,928명이며 소안도와 보길도에 인접해 있다.[84] 이 세 섬은 한 생활권을 형성하고 있지만 각기 다른 문화적 정체성을 지니고 있다. 소안도는 일제하 민족해방운동으로 널리 알려져 있으며 일제 때는 이 일대 교육의 중심지로서 보길도와 노화도 주민들이 사립 소안학교에서 공부하였다. 보길도는 고산 윤선도 유적지와 예송리의 자연환경으로 널리 알려져 있으며, 이 자원을 잘 활용하여 지금은 문화관광지로 각광받고 있다. 노화도는 이들 두 섬에 비해 문화적 인지도는 낮지만 경제생활의 중심지로 기능하고 있다.

민요 소리꾼들의 삶에도 세 섬의 특성들이 반영되어 나타난다. 소안도 사람들의 경우에는 자신들이 만들고 불렀던 민족해방운동가를 노래의 중심축으로 삼고 있다.[85] 보길도 사람들의 경우, 윤선도가 입도조라고 주장하는 주민들과 마서방이 입도조라고 주장하는 사람들이 대립하지만[86] 보길도 주민들

---

83 1996년 6월 24일부터 26일까지 목포대학교 도서문화연구소에서 전남 완도군 노화읍 일대 문화조사 현지작업이 실시되었다. 이 작업에 글쓴이와 목포대학교 국어국문학과 구비문학 분과 학생들이 공동으로 참여하였으며 이 글의 성과는 분과 학생들의 헌신적인 노력에 의한 것이다.

84 『완도군지』, 1992년, 1114쪽.

85 나승만, 「소안도 민요사회의 역사」, 『島嶼文化』 제11집, 목포대학교 도서문화연구소, 1993년.

86 보길도 개척자에 대한 논의에서 보길면 예송리 주민들은 이 두 주장을 펼치며 매우 진지하게 토론하였다. 윤선도 지지파들은 민요에 대한 관심보다는 윤선도가 이 지역에 머물면서 보길도를 개척했다는 사실에 더 많은 관심을 보였고, 마서방을 지지하는 사람들은 윤선도가 입도

의 대다수는 윤선도와는 무관한 기층민들로서 민요를 즐겨 부른다. 노화도 사람들의 경우에는 전통의례, 어로, 농업, 산다이[87]를 하면서 불렀던 민요들을 전승하고 있다. 노화도 주민들은 섬이라는 자연환경에 적응하면서 그 체험과 생각들을 민요로 형상화시키고 있다. 이 글에서는 민요를 불렀던 사람들의 생애담을 서술하고[88] 거기에 담긴 노화도 민요 소리꾼들의 특성을 찾아보고자 한다.

2) 연구방법

이 연구의 자료는 현지조사로 수집된 것들인데, 주요 방법은 면담과 연행현장의 참여관찰이었다. 민요의 수집은 인위적 조건에서 면담을 통해 가창을 유도하고 녹음하는 방법과 이 지역의 노래판인 산다이 연행현장에 참여하여 녹음하는 방식이었다. 그리고 생애담 자료는 면담을 통해 구술하는 상황을 녹음한 것이다.

생애담 작업은 민요 소리꾼과의 관련성을 전제로 진행했다.[89] 먼저 유능한

하기 전에 이미 주민들이 살았으며 윤선도의 존재는 이 섬의 존재를 외부 사회에 알리는데 기여한 것이지 결코 그가 이 섬의 입도조가 아니라고 주장한다. 민요에 관심을 보이고 실제로 민요를 가창하는 사람들은 마서방 지지집단의 입장에 서 있는 사람들이다. 1994년 2월 13일, 글쓴이 현지조사.

87 전남 완도군 노화읍 산다이에 대해서는 「노래판 산다이에 대한 현지작업」에서 글쓴이가 발표한 바 있다.
   나승만, 「노래판 산다이에 대한 현지작업」, 『한국민요학』, 제4집, 한국민요학회, 1996.

88 생애담에 대한 작업은 허경회와 글쓴이가 목포시민들의 이주 내력을 조사하는 과정에서 적용한 바 있으며 여성생애담 구술사례와 그 의미분석은 천혜숙에 의해 수행되었다.
   허경회·나승만, 「구비문학」, 『목포시의 문화유적』, 목포대 박물관·전라남도·목포시청, 1995, 389쪽.
   천혜숙, 「여성생애담의 구술사례와 그 의미분석」, 『口碑文學硏究』 제4집, 한국구비문학회, 1997년.

89 나승만, 「신지도 민요 소리꾼 고찰」, 『島嶼文化』 제14집-莞島郡 薪智島 調査報告-, 목포대학교 도서문화연구소, 1996 참조.

소리꾼을 발견하기 위해 조사자가 노화도의 각 마을을 방문하여 주민들의 의견을 토대로 대상자를 선정하고 노래를 수집한 다음 유능하다고 판단되는[90] 소리꾼의 생애담을 조사하였다. 면담 내용은 일생을 서사적으로 서술한 것이며 면담 과정에서 추가로 필요한 부분은 조사자가 더 질문하는 식으로 진행했다. 특히 민요 가창에 영향을 미치는 생애 과정과 사건 체험에 중심을 두었으며, 소리꾼의 민요 구연을 녹음하여 그의 생애 체험과 민요 가창과의 상관관계를 들여다 볼 수 있는 자료로 삼았다.

민요 소리꾼들의 생애담을 들여다보면 소리꾼들의 의식과 지향, 그리고 그들의 미적 감각까지도 조망할 수 있다. 그렇지만 글쓴이의 작업이 소리꾼들의 의식을 객관적으로 읽어내는 데까지 도달했는지는 미지수일 수밖에 없다. 그것은 글쓴이의 조사 부족과 인간 이해에 대한 한계에서 비롯된 것이고 또 글쓴이의 선험적 인식이 작업의 방향을 조정하고 또 면담자들에게도 작용했으리라 생각되기 때문이다. 그럼에도 불구하고 노화도 민요 소리꾼들의 삶과 노래는 전통민요사회[91]의 전형성을 이야기하기에 적절한 사례로 판단된다. 노화도의 경우 지금도 산다이가 벌어지면 전통민요의 영역에 속하는 산아지타령, 둥덩이타령, 아리랑타령, 창부타령, 청춘가 등과 유행가를 고루 부르며 조사 상황도 현지에서 산다이판을 벌이고 있는 현장인 경우가 있었기 때문에 어느 정도 오류를 극복할 수 있으리라 생각된다.

---

90 유능한 소리꾼은 소리의 가창실력과 함께 주민들과 공동의 생활체험을 가지며 그들의 삶을 유형적으로 꿰뚫을 수 있는 혜안이 있어야 한다. 그리고 이를 노래의 사설로 전환시킬 수 있는 문학적 수사력을 갖춰야 한다. 다음에는 일과 노래의 흐름을 일치시킬 수 있어야 하고 부정적 감정의 상태를 긍정적이고 신명나는 상태로 전환시킬 수 있는 능력이 있어야 한다. 나승만, 「신지도 민요 소리꾼 고찰」, 169-170.

91 전통민요라는 용어는 근대민요, 현대민요와 상대되는 용어로, 전통시대로 분류되는 시기에 불렀던 민요를 의미한다. 이에 대한 논의는 글쓴이의 「민요사회의 사적 체계와 변천」을 참조하기 바란다. 이 글에서 민요라고 일컫는 용어는 전통민요를 의미한다. 나승만, 「민요사회의 사적 체계와 변천」, 『민요와 민중의 삶』, 한국역사민속학회편, 1994.

3) 노화도 민요 소리꾼의 생애담

남성 소리꾼 중 이광민과 최홍이 눈에 띄는 인물이다. 이광민은 가난에 찌든 기층민 출신으로 평생을 임금노동으로 살아온 사람이며 마을 내에서 소리꾼으로 인정받을 뿐 아니라 다양한 민요를 구연하고 있다. 최홍은 기층민 중에서는 비교적 탄탄한 경제력을 지녔던 인물로 10여 마지기의 농토를 상속받아 20여마지기의 농토로 불릴 만큼 경제적 생산력도 갖춘 인물이며 특히 판소리를 익혀 민요의 세계를 더욱 풍성하게 가다듬은 인물이다.

여성들 중에는 김금님과 박명월, 김행업, 최귀녀, 강태심 등이 눈에 띄는 인물이다. 이들은 노화도의 기층민들로 결혼 후 애정과 노동력 결손으로 고난을 체험한 사람들이다. 박명월은 자식이 일찍 죽어서, 김행업, 최귀녀는 평범한 속에서 자질구레한 삶의 곡절들을 겪었고, 김금님과 강태심은 30대와 40대에 남편이 사망하여 고생했던 사람들이다. 그렇지만 어려운 생활을 이겨내기 위해 노래를 방편으로 삼았던 인물이라는 점에서 여성 소리꾼의 전형을 보여주는 인물이라고 할 수 있다.

(1) 노동자 소리꾼 이광민의 생애담과 민요 관련 구술

① 이광민의 생애담

이광민(남, 70세)은 대당리의 마을 소리꾼이다.[92] 1927년 노화도 대당리에서 태어난 그는 조부가 노화읍 도청리에서 이주한 이래 이 마을에서 3대째 살고 있다. 부친 이계준은 2남을 낳았는데, 장남은 보길도로 이주하고 차남인 이광민이 2칸의 초가를 가산으로 상속받았다. 그러니까 이광민은 부친 대부터 무산자로 살면서 농업노동으로 생계를 유지해왔던 것이다. 1945년 해방되던 겨울 19세의 나이에 노화읍 북고리 출신의 공금진(여, 69세)과 결혼

---

92 완도군 노화읍 대당리, 1996년 6월 25일, 글쓴이 면담.

하여 3남 6녀를 두었으며 지금까지 대당리에서 함께 살고 있다.

원래 가세가 빈곤했기 때문에 결혼 후에는 농사 품팔이, 공사판 노동을 하면서 평생을 살았다. 당시에는 부잣집에서 보리쌀 한 말(4-5되 정도)을 갖다 먹고 일로 보상하는 고지를 많이 이용했는데, 생활이 곤란했던 당시에는 이 관행이 그나마도 생계를 유지하는데 도움을 주었다고 한다. 그러나 농번기 때만 불려가 일하기 때문에 고지 먹은 일을 마치면 가을이 끝나버려 겨울 준비에 어려움이 많았다고 한다.

농사 노동을 하며 살다 38세에 외지로 나가 해남과 목포, 제주도에서 12년 동안 노동자로 떠돌면서 거주하는 곳의 농사판, 염전, 공사판 등지를 전전했다. 외지로 나가게 된 이유는 큰아들의 병 때문이었다. 큰아들의 중풍으로 돈이 없어 곤란을 겪었을 뿐만 아니라 적절한 치료시설도 없었기 때문에 해남군 산이면에 사는 친척 마을로 이주했다. 당시 마을 사람들은 함께 살자고 만류했지만 이주했다. 그는 떠나면서 마음이 돌아오면 다시 오겠다고 기약하고 해남으로 떠났는데 이 약속이 12년 후에 실천된다. 객지로 나간 후 해남군 산이면에서 남의 전답 얻어 벌어먹고, 낙지 주낙을 하면서 2년, 지도에서 염전 일로 2년, 목포시 대반동에서 노동자로 2년 살고 북제주로 가서 남의 집 행랑을 얻어 살면서 주인네 밭을 벌어먹고 살다 성산포 등지로 나다니면서 노동하며 살았다.

그러다 50세에 귀향하게 된다. 귀향 동기는 아들의 귀향 권유와 고향 마을의 공동체 생활에 대한 그리움과 정 때문이었다. 귀향 후 농사 품팔이와 상여소리를 하며 살다 지금은 노환으로 약으로 살아가고 있다. 녹내장으로 두 번의 수술을 하였으며 위장병으로도 고생하고 있다. 그는 스스로 병의 원인을 노동으로 살았기 때문에 골병들어 그렇다고 설명한다. 현재는 생활보호대상자로 지정되어 읍사무소에서 주는 월 70,000원의 생계보조비와 딸들이 매월 보내주는 5만원, 10만원의 돈으로 생계를 유지하고 있다.

② 민요 관련 구술

그는 노래를 전문적으로 배운 적은 없으나 마을굿(당제, 마당밟이, 어장굿), 상여소리판, 둘레미[93], 초군패, 산다이 등에서 활동하며 굿과 소리를 체득해 「들은 풍월」로 배운 솜씨지만 마을 사람들로부터 소리꾼으로 평가받았다.[94] 유년 시절 정월 한 달간 당산제와 어장굿을 지낸 다음 마을의 집집을 돌아다니며 마당밟이를 했는데, 이때 마당에 모닥불 피워놓고 놀면서 민속예능의 다양한 기능과 신명을 체득했다.

노래는 철들어 남의 집 품팔이를 하면서 부르기 시작했다. 예를 들어 들노래의 경우 모심는 현장에서 일하면서 모심기노래를 배웠다. 그의 청년 시절에는 20명 단위로 「둘레미」를 짜서 쇠와 북을 치고 상사소리를 하면서 모심기를 했는데, 친구 20여명과 함께 노래를 부르며 하루해를 보내는 것이 큰 재미였다.[95] 성장하면서 소리의 능력을 인정받아 마을의 상여소리와 들노래 설소리꾼이 되었다.

청년 시절에는 민요공동체 활동도 했다. 마을에서 뜻이 맞는 사람들끼리 일정한 집에 모여 노래 부르는 모임을 가졌다. 육자배기의 경우도 친구들과 일하고 세월 보내며 이 모임에서 불렀지만 특별히 선생을 모셔놓고 배운 적은 없다. 이광민은 이 시절이 그의 평생에 가장 좋았던 시절로 기억한다. 특히 노래를 같이 주고받았던 마을 친구인 박복태에 대한 기억은 남다르다. 그

---

93 공동으로 모심는 단위를 이르는 명칭. 20명을 단위로 구성되는 두레.

94 즐겨 부른 노래는 모심기노래, 산타령(초군노래), 상여소리, 육자배기, 쑥대머리, 청춘가 등이며 특히 육자배기를 좋아한다. 그의 노래 목록과 내용은 자료편 노화읍 대당리 이광민의 민요자료를 참고하기 바람.

95 당시에는 남자와 여자들이 함께 일하면서 모심기노래를 불렀기 때문에 노래를 부르는 재미가 대단했다고 한다. 또 모심기가 끝나 가면 등에다 모쬠을 지우는 놀이를 했는데, 모를 심던 사람들이 서로 남의 등에 남은 모를 얹어 물을 뒤집어 씌웠다. 이 장난이 시작되면 서로 모쬠을 끼얹으려 하거나 이를 피하면서 즐거운 놀이를 했고 또 논에서 깨금잡기하고 물장난을 했다. 주인이 나오면 막걸리 먹고 취했다고 하면서 주인도 이종을 한 번 해보라고 장난을 쳤다. 이러한 놀이는 완도지역에서는 일반화되어 있다.

는 5년 전에 68세로 사망했는데 어릴 때부터 친구로 일하면서 같이 어울려 노래 부른 노동 친구다. 마을 사람들은 이들 둘이 함께 노래 부르며 일하는 일판을 좋아하여 이 둘이 어우러지는 일판에 참여하기를 좋아했다.

이광민은 민요 소리꾼으로서 가장 중요한 자질인 사설 만들기에 능한 생산적 창자로 자기 목소리를 낼 줄 아는 소리꾼이다. 그는 "괴롭고 즐거울 때, 산에 가나 들에 가나 풀 베로 가나 지어 부른 노래가 천지여. 이녁 내 처지에 맞게 부른 노래가 있어. 슬픈 노래도 있고 즐거운 노래도 있고. 소질 따라서 불러"라고 말한다. 현재 그가 부르는 노래 사설의 대부분은 전승적 차원에서 유형화되어 있는 것들이다. 현장에서 노래할 때는 현장 상황을 적실하게 표현하는 사설 창작이 수월했지만 현장을 잃어버린 지금은 전승적 차원에서 고정되어 있는 사설의 노래만을 부르고 있다. 이러한 현상은 글쓴이와의 면담이라는 특수한 상황이 빚어낸 현상인 동시에 연행 현장을 잃어가고 있는 민요사회의 실상을 반영하는 것이기도 하다.

한국의 민요사회가 온전한 기능을 회복하기 위해서는 현실이라고 하는 연행 현장 속으로 뛰어 들어야 한다는 과제를 이광민의 사례를 통해 새삼 확인하게 된다. 현장은 생명력 있는 노래를 만드는 바탕이며 연행 현장의 상황을 잘 서술할 때 유능한 소리꾼이 되는 동시에 민요가 제 기능을 온전하게 하는 일이기도 하다.

이광민은 또 노래에 대한 일종의 믿음을 갖고 있는데, 노래를 잘해야 일이 잘된다는 것과 일을 잘해야 노래도 잘 나온다는 것이다. 그의 구술에 따르면 일을 하면 자연히 노래가 나오며, 노래를 부르면 덜 피곤하고 지게를 지고 가야 노래가 더 잘 나온다는 것이다. 그는 자기의 노래에 자기가 반한 적이 있고, 자기가 불러도 노래에 감동받고 흥이 절로 날 때가 있다고 한다. 그와 함께 노동하면서 노래를 듣고 부르면 모두 좋아하고 잘한다고 했는데, 마을 사람들이 보낸 그의 노래에 대한 지지가 그의 세상살이를 의미 있게 만들었다. 그래서 노래를 부르면 마음이 시원하고 기분이 좋아질 뿐만 아니라 듣는 마을 사람들에게도 즐거움과 재미를 안겨 줬다.

외지에 나가 있을 때도 고향에서 익힌 노래를 불러 그의 노동생활을 원만하게 이끌었으며 그가 다른 사람들과 잘 어울릴 수 있는 방편이 되기도 했다. 그래서 지게질 하면서, 염전에서, 제주도에서 일 하면서도 고향에서 배운 노래를 불렀으며 이 노래 때문에 다른 노동자들과도 쉽게 어울릴 수 있었다.

③ 노래판 산다이에 대하여

노래 부르고 춤추고 뛰고 노는 것을 산다이라고 하는데 중심은 노래다. 대당리의 산다이는 주로 설명절, 보름, 혼인잔치(신랑을 다룰 때), 추석 명절 때 벌어진다. 보름과 추석 명절에는 시집간 여자들이 남편과 함께 친정에 돌아오며, 이때 마을의 젊은 사람들이 함께 온 신랑과 합석하여 산다이를 했다. 한국전쟁 전에는 남성과 여성의 놀이판이 뚜렷이 구분되었으나 그 이후에는 함께 어울려 노는 것이 관례로 정착됐다.

산다이를 하기 위하여 모이려면 젊은 사람들이 허물없이 모여 놀 수 있는 집을 택했다. 그런 집으로는 어른이 없어 조심하지 않아도 되며 또 젊은 자부들이 없는 집을 택했다.

부르는 노래는 이광민의 표현대로라면 「즐거움으로 나오는 아무 노래」나 불렀다고 한다. 그러나 주로 아리랑타령, 노랫가락 등 민요를 제창으로 부르든지 당시 유행하던 유행가를 부르고 옛날 당골들이 추던 춤을 추었다.

(2) 상여 소리꾼 최 홍의 생애담과 민요 관련 구술

① 최홍의 생애담

최홍(남, 75세)은 1924년에 태어났으며 그의 조상들은 당산리가 설촌되던 때부터 이 마을에 살았다.[96] 당산리는 반농반어의 전통적인 어촌으로 일찍이

---

96 완도군 노화읍 당산리, 1996년 6월 26일, 글쓴이 면담. 최홍의 민요 가창 자료는 자료편

상업에 눈뜬 마을이다. 천씨들이 조기 장사를 해 천석 부자가 되어 해남에 외답을 두고 곡식과 볏짚을 배로 실어들일 정도로 경제적으로 성장했다. 같은 마을에 살던 천씨들의 경제적 성공에 자극받아 마을 사람들은 상업에 눈을 떴는데, 최홍도 이런 추세에 따라 어물장사를 했다. 천씨들의 경제력은 마을내 갈등의 요인이 되기도 했다. 최홍은 자기의 마을에 대하여 귀천의 차이가 엄격한 마을로 곤란한 사람을 천대하는 마을이라고 평한다. 그래서 해방 후로 계층 간의 다툼이 있었는데, 한국전쟁이 터지자 사상적인 문제보다는 마을 내부의 갈등 때문에 30여명의 젊은이들이 희생되었다고 한다.

최홍은 최방울로 불릴 정도로 이 근동에서는 소리꾼으로 알려져 있다. 상여소리와 판소리를 잘 하기 때문에 이웃 보길도까지 다니면서 상여소리를 한다. 농사를 짓는 한편 고기잡이와 어물장수도 해서 경제적으로 여유 있는 편이었다. 농사를 많이 지었던 옛날에는 밭 20마지기, 논 4마지기까지 있었지만 도시에 나가 사는 자식들을 위해 팔아 쓰고 지금은 전답은 없이 구멍가게 일만 하고 있다.

그는 부친 최정근의 4남 중 장남으로 태어나 전답 10여마지기와 집을 재산으로 물려받았다. 나이 20에 보길도 중통리의 유갑엽과 결혼했으나 3년 만에 아이도 없이 교통사고로 사망했다. 이어서 노화읍 구목리 출신의 둘째부인 이말례와 결혼하여 3형제를 두었으나 큰아들이 18년 전 병으로 사망하고 나머지 두 아들 중 첫째는 노동자로 건축일을 하고 있으며 둘째는 울산 공단에서 근무하다 지금은 전주로 이주해 자동차 운전을 하고 있다. 부인은 1996년에 사망하고 지금은 혼자 살고 있다.

최홍은 청년이 될 때까지 고향에서 농사를 짓는 한편 고기잡이와 어물장사도 했다. 어려서부터 배를 타기 시작했는데, 7살 때부터 떼배를 타고 나가서 고기 낚시를 했으며 10살 때부터 노를 젓고 다녔다. 19세에 함경북도 청진으

당산리 최홍의 민요자료를 참조하기 바람.

로 가 2년 동안 청진과 하관을 다니는 배를 탔다. 그러다 해방되던 8월에 북해도로 징용당해 그곳에서 해방을 맞았다.

상여소리는 40년 전부터 하였다. 당산리에서 초상이 나면 으레 최홍이 상여소리를 했으며 주민들은 상여소리를 잘 하는 최홍을 귀하게 여기며 좋아한다. 그러다 6년 전부터 다른 마을의 상여소리를 시작했는데, 당산리에서 상여소리를 들어본 사람들이 자기 마을의 상여소리꾼이 사망하자 모셔가기 시작하면서 외부의 마을로 나다니기 시작하여 지금은 보길도까지 다니며 상여소리를 한다. 처음에는 돈을 받지 않았지만 돈을 받기 시작한 것은 5년 전부터다. 한 번 가면 5만원에서 10만 원 정도를 받는다.

② 민요 관련 구술

최홍은 이광민과 마찬가지로 「들은 풍얼」로 금고(농악)와 노래를 배웠다. 당산리는 노화읍에서는 금고로 유명한 마을이다. 정월 초하루 당산제를 지내고 금고를 치고 또 정월 보름이 되면 4일 동안 마당밟이를 하였으며, 마을굿이 끝나면 노화읍의 포전리와 양하리, 미라리, 그리고 보길도의 중리와 통리까지 다니면서 걸궁을 쳤다. 20세 무렵부터는 다른 마을로 걸궁을 나갈 때 따라 나섰으며 장구가 없으면 양철로 장구를 만들어 칠 정도로 금고를 즐겼다. 현재도 노화에서는 당산리에서만 금고를 친다고 한다. 최홍은 유년시절부터 금고에서 장구를 치며 마을의 음악문화를 익혔다.

그의 말대로 「듣고 배우기」가 그의 노래습득 방식이다. 모심기노래와 놋소리, 구구타령, 육자배기 등은 마을 어른들과 함께 일하는 현장에서 배웠다. 상여소리는 다른 마을의 소리를 듣고 배웠다. 당산리에는 최홍 이전에는 소리꾼이 없어서 초상이 나면 외지 소리꾼이 와서 소리를 했는데, 최홍은 이때 만장을 들고 따라다니면서 소리를 익혔다. 그리고 다른 마을에 문상가면 그 마을의 상여소리를 듣고 익혔다. 최홍의 소리가 점차 알려지자 그를 마을 소리꾼으로 인정하고 상여소리를 의뢰하면서 마을의 상여소리 설소리꾼이 되었다. 그는 상여소리의 유형적 구조를 배워 수용하고 세부적인 사설은 그가 스스로 망자의 삶과 연관 지어 지어낸다.

그는 유성기를 통해서도 노래를 배웠다. 마을의 천석군이었던 천씨 댁에서 유성기를 구입하여 판소리와 단가를 틀었는데, 최홍은 이 집에 일을 다니거나 놀러 다니면서 그 소리를 듣고 배웠다. 최홍은 이 시기에 임방울의 소리를 특히 좋아하였다고 한다. 유성기에서 배운 소리 중에서도 "쑥대머리"와 "앞산도 첩첩하고"를 가장 깊이 좋아하여 지금도 즐겨 부르는데, "앞산도 첩첩하고"는 첫부인과 사별한 후 즐겨 부르게 되었다고 한다.

최홍이 노래를 좋아하는 이유는 노래를 부르면 재미가 있고 또 사람들의 마음에 재미를 불러일으키는 힘이 있다는 생각 때문이다. 그의 말에 따르면 "어떤 일보다도 노래를 부르면 마음이 겁나게(아주) 좋다. 바다에 나가 놋소리를 할 때도 아주 재미가 있다. 어서 가서 고기를 잡아야겠다고 생각하면 재미가 절로 난다"고 말한다. 열심히 일하면 풍성한 결실을 얻고 노래를 잘 부르면 그만큼 큰 재미가 따른다는 일과 노래의 상관성을 알고 있다.

세상이 그의 노래를 인정해 주는 데서도 큰 재미를 얻는다. "마을의 후배들이 노래가 좋다고 칭찬할 때 기분이 좋다. 보길도에서 상부소리를 할 때 여자들이 와서 잘한다고 하면서 자기들도 장구소리에 맞춰 놀고 싶다고 장구 치라고 조르며 옷을 잡아 당겨 옷이 떨어진 적이 있다. 20대에 금고를 차려서 보길도에 가서 친 적이 있는데, 장고를 칠 때 아가씨들이 잡아당겨 고생한 적이 있다."는 그의 말은 자기 소리의 힘 – 사람들이 자기 소리를 듣고 그 소리에 맞춰 신명 또는 재미라는 심리적 상황으로 유도하는 능력 – 을 스스로 확인하고 있다는 의미인 동시에 소리의 기능을 알고 있다는 의미를 담고 있다. 이 말은 다른 각도에서 보면 노화도, 보길도 일대에는 전통민요사회의 틀이 공고히 갖춰져 있어서 이 일대에서는 전통민요가 먹혀들고 있다는 의미이기도 하다.

③ 노래판 산다이에 대하여

최홍은 산다이를 두 가지의 의미로 이해하고 있다. 하나는 집에서 노는 것과 다른 하나는 산에서 노는 것이다. 집에서 노는 산다이는 날이 궂거나 집에 행사가 있을 경우에 하며 보다 일상적이다. 어장 일이나 농사짓다 날이 궂으면 집에서 술과 음식을 먹으며 노래 부르고 피로를 푸는 것을 산다이로 인식하고 있다. 명절 때와 결혼식, 칠순 잔치 등 경사시에도 하며 초상이 나서 하는 경우는 드물다.

산에서 하는 산다이는 주로 봄철에 이루어지며 해방 이후 일반화되었다. 옛날 해방 전에는 산에 가서 노는 봄놀이가 없었는데 해방 후 산에 가서 노는 산다이가 생겼다. 한식이나 단오절, 초파일에 마을 사람들이 음식을 준비하여 응막산(노화에서 제일 높은 산)에 가서 논다. 산에서는 술 마시고 노래 부르고 춤추고 노는데, 이를 산다이라고 한다.

1970년대 이전에는 지금과 같은 산다이는 없었고 방안에 앉아 노래를 부르고 노는 일이 종종 있었는데 80년대 이후 경제적으로 여유가 생기면서 많이 하게 되었다.

(3) 여성 소리꾼 김금님의 생애담과 민요 관련 구술

① 김금님의 생애담

김금님(여, 60세)은 1939년 완도군 보길면 여항리에서 태어났다. 20세에 완도군 노화읍 포전리 이씨 집으로 시집왔는데, 36세 때 남편이 35세의 나이로 사망하여 홀로 자녀들을 키우면서 지금까지 살고 있다. 그가 부른 노래는 강강술래, 둥당애타령, 시집살이 노래(서사민요), 아리랑타령, 남원산성, 달거리 화투노래, 창부타령, 노들강변, 청춘가 등이며 노화도에서는 민요를 가장 많이 알고 있는 사람 중의 하나다.[97]

김금님은 지금을 자유로운 세상으로 인식하고 있다. 지금은 마음대로 놀

수 있지만 청춘 시절에는 노래 부르고 노는 것이 큰 흥이었다. 그의 말에 따르면 "옛날에는 노래 부르고 놀 여유가 없었다. 그리고 윗동네에 양반인 신가들이 많이 살아서 노래 부르는 것을 큰 흉으로 알았기 때문에 큰아버지가 쫓아 다녀서 명절에 노래라도 한자리 부르려면 제일 꼭대기에 있는 외딴 집에 가서 놀았다. 전에는 모임은 있었지만 명절 때나 추석 때 모여 놀았지 지금처럼 자주 놀지를 못했다."고 한다.

그가 부른 노래는 대부분 시집살이의 어려움과 남편에 대한 그리움을 노래한 것들이다. 시집살이와 남편을 그리워하는 마음고생은 19세기말 이후부터 20세기 중반까지 한국 여인들이 겪었던 고난의 전형이다. 36세에 남편과 사별하고 자식들을 키워야 했기 때문에 그의 삶은 오직 노동과 그리움뿐이었다. 그래서 그가 살아온 평생을 「허망하다」로 표현하고 있다. 그러나 청춘시절에는 허망함을 느낄 겨를도 없이 보냈다.

② 민요 관련 구술

김금님은 노화도의 다른 민요 소리꾼들과 마찬가지로 특별히 노래를 배운 적이 없다. 마을의 아낙들과 놀면서, 또는 함께 어울려 밭 매면서, 나무하면서, 물레질하면서 듣고 배우고 생각나서 노래를 익히고 부르고 만든 것들이다. 날이 궂으면 일을 쉬고 마을 아낙들과 어울려 노래 부르고 놀다 보니 어떤 경우에나 노래가 술술 나오는 경지에까지 이르게 되었다.

---

97 노화읍 포건리, 1006년 6월 25일 면담. 민요 가창 자료는 자료편 노화읍 포전리 김금님의 민요자료 항을 참조하기 바람.

(4) 여성 소리꾼 박명월, 김행업, 최귀녀, 강태심의 생애와 민요관련 구술

① 박명월

박명월(여, 84세. 노화읍 이목리. 1996년 6월 26일 글쓴이 면담)은 노화읍 구목리에서 태어나 19세에 이목리로 시집왔다. 그의 말에 따르면 19살에 시집 간 애팬네가 시집가서도 짱치고 제기차고 비석치기하는 그런 철없는 짓을 했 다고 한다. 처녀시절에는 마을 야학에 다녔으나 일제의 탄압과 집안 형편이 어려워 중단했다. 아버지가 일을 못하고 오빠가 일본 가서 안오고 올케가 아팠 기 때문에 집안일을 하느라고 더 이상 야학에 다닐 수 없었다고 한다. 야학에 서는 파랑새 노래와 학도가를 배웠다. 결혼해서 아들을 삼형제 두었으나 모두 사망하였다. 시집살이 서사민요와 둥덩이타령, 거무타령, 상사소리, 신세타 령, 오징어타령 등을 불렀으며 이런 노래들을 「구식 노래이면서 진짜 노래」로 평가하고 있다.

② 김행업

김행업(여, 74세. 노화읍 이목리. 1996년 6월 26일 면담)은 완도군 소안면 횡간도에서 20세에 이목리로 시집와 지금까지 살고 있다. 부친은 남매를 낳 았는데, 김행업의 말에 따르면 고명딸이라 고르고 고르다 좋은 혼처를 다 떨 어버리고 아주 엉뚱한 데로 시집을 보냈다고 말한다. 결혼 후 부모가 사망하 여 친정을 잃어버렸다.

김행업은 어려서부터 노래를 배웠는데, 그가 부른 서사민요 중타령은 어려 서 할머니 무릎을 베고 누워 들었던 노래다. 그리고 시집살이를 심하게 할 때는 산에 올라가 일하면서 청춘가를 많이 불렀다고 한다. 그러니까 실제로 시집살이를 할 때는 시집살이노래를 부를 여유가 없었다. 또 뱃노래는 제주 도 해녀들이 배타고 다니는 소리를 듣고 배운 소리다. 그러나 지금은 나이가 들어 노래중추가 막혀 소리를 하기가 어렵다고 한다.

③ 최귀녀

최귀녀(여, 83세, 노화읍 잘포리, 1996년 6월 25일 면담)는 18세에 완도군 소안면 비자리에서 시집와 지금까지 살고 있다.

최귀녀는 노래를 일삼아 배운 적이 없다고 한다. 그의 말에 의하면 노래는 그냥 입에서 나오는 것이라고 한다. 최귀녀는 노래를 배우는 특별한 재주를 갖고 있다. 그의 말에는 새겨들을 만한 내용이 있다. 글쓴이가 노래를 어디서 배웠냐고 물었을 때 "어디서 배웠것소, 들어서 배우제. 우섭드랑께, 어디서 꼭 밴줄만 알아, 개골창하고 산골짝하고 논하고 밭하고만 아는디 어디서 배우것어. 어떻게 안배우고 그렇게 잘 한데라고 해도 안배웠어. 장구도 배워가지고 친 사람 따라서 나는 물팍이 다라지도록 뚜두러서 배운디, 수십명 앉었어도 못배운디, 나보고는 여시가 풍악했다고 놀려"라고 대답했다. 그의 말에 의하면 노래 학습에 천재성이 있다고도 할 수 있지만 남다른 관심이 깊었다고 보는 것이 옳은 판단일 것 같다.

④ 강태심

강태심(여, 71세, 노화읍 잘포리, 1996년 6월 26일 면담)은 충도리에서 시집왔으며 28년 전 남편과 사별하고 6남매를 길러 출가시킨 후 혼자 살고 있다. 노래는 배운 적이 없지만 스스로 마음에 외로움이 있을 때, 하고 싶은 말이 있을 때 부른다. 어디를 가나 노래를 부르며 노래를 부르면 기분이 좋아진다. 기분이 좋아야 객지에 있는, 군대에 간 자식들에게 좋다고 생각하여 항상 웃고 살려고 애쓰며, 그러기 위해 노래를 부른다.

동네에 무슨 일이 있을 때 노래를 부른다. 동네 가수정도는 된다. 약장수 굿에 나가 상을 탄 적도 있다. 세상사 괴로운 일이 없지만 잠이 안 오는 병이 있는데, 혼자 노래를 부르면 펀하다. 노래가 약이다.

4) 노화도 민요 소리꾼들의 생애담과 의미

(1) 남성 소리꾼의 경우

① 소리꾼 생애담의 전형과 각편

노화도 민요 소리꾼들은

　　　⊙ 기층민으로 태어나다.
　　　ⓛ 마을공동체 생활에서 농악을 익히다.
　　　ⓒ 노동으로 생계를 유지하다.
　　　ⓒ-1) 일터, 산다이판, 상여소리판에서 소리를 배우다.
　　　ⓔ 마을 소리꾼으로 인정받다.
　　　ⓗ 객지생활을 하고 귀향하다.
　　　ⓢ 상여소리꾼으로 일생을 보내다.

의 과정을 거치는 것이 전형적인 삶의 과정이다. 그러나 소리꾼에 따라 각각
의 과정에서도 고유한 체험을 가진다.

이광민은 전형적으로 가난한 소리꾼이다. 그의 생애담에서 드러난 일생을
정리하면 다음과 같다.

　　　⊙ 가난한 집에서 태어나다.
　　　ⓛ 마을 굿에서 농악을 익히다.
　　　ⓒ 성년이 되면서 품팔이로 생계를 유지하다.
　　　ⓒ-1) 일판, 산다이, 민요공동체 등에서 민요를 익히다.
　　　ⓔ 마을 설소리꾼이 되다.
　　　ⓜ 가난하여 객지에 나가 살다.
　　　ⓜ-1) 민요를 불러 객지 생활을 원만히 하다.
　　　ⓗ 귀향하여 농사 품팔이로 살아가다.

ⓑ-1) 마을 상여소리꾼을 하다.
ⓢ 노년을 어렵게 보내다.

민요 창자들의 대부분은 경제적으로 빈곤한 가정 출신으로 평생 동안 근근이 사는 경우가 일반적이다.[98] 이광민의 경우는 대표적인 기본계급 출신으로서 마을 소리꾼으로 성장한 경우다. 그가 살고 있는 대당리는 농사짓는 마을이었기 때문에 획기적으로 부를 축적할 기회를 갖지 못했다. 부친 대부터 가세가 빈곤하였는데, 이러한 형편은 평생 동안 벗어날 수 없었다. 산에 나무하기 위해 지게를 지고 올라가며 부른 산타령 사설은 그가 살아가는 삶의 과정을 단적으로 보여준다.

가네 가네 나는 가네
태산같은 높은 봉을
두 지게 새에 목을 옇고
태산같은 짐을 지고
산천 초목을 올라 가네

이광민이 부른 노래의 배경에는 항상 가난이 자리 잡고 있다. 그를 평생 고통스럽게 한 것은 가난이었다. 20대 이후 평생을 노동에 종사했지만 현재까지도 그런 형편에서 벗어나지 못했다. 만년에는 질병으로 노동력을 상실해 생계보조비와 자녀들의 보조에 의지해 살고 있다. 두 개의 지게 목 사이에 낀 그의 머리처럼 그는 평생을 가난에서 벗어나지 못하고 있다. 이광민의 가난을 감당한 것은 그의 몸이었다. 몸의 물리적 작용을 원만하게 할 수 있도록 하는 것이 노래인데, 몸이 일하는 작용을 원만하게 하고 몸이 소모되는 것을

---

98 나승만, 「신지도 민요 소리꾼 고찰」, 169.

최소화시켜준 것이 노래였지만 결국 가난이 그의 모든 것을 억눌러 버렸다. 그래서 그의 노래에는 삶의 밝은 빛보다는 가난과 노동의 어두운 그늘이 더 짙게 깔려 있다.

최홍의 경우에는 전답 10여마지기와 집을 재산으로 상속 받았으며 일찍이 상업에 눈을 떠 경제적으로 원만하게 살았다는 점에서 이광민과는 다른 삶의 과정을 보여준다. 그의 생애담을 정리하면 다음과 같다.

- ㉠ 중류층 가정에서 장남으로 태어나다.
- ㉡ 당제, 마당밟이에서 농악을 익히다.
- ㉢ 일해서 생계를 유지하다.
- ㉢-1) 일판, 상여소리판, 유성기에서 소리를 익히다.
- ㉣ 농사와 뱃일, 어물장사로 돈을 벌다.
- ㉤ 선원으로, 강제징용당하여 객지 생활을 하다.
- ㉤-1) 민요를 불러 객지 생활을 원만히 하다.
- ㉥ 결혼하여 부인을 잃고 재혼하다.
- ㉦ 상여소리꾼이 되다.
- ㉧ 외부 마을에 다니며 상여소리를 하고 돈을 벌다.

최홍은 어려서부터 배를 타고 마을앞 바다에서 고기를 잡았으며 그 후에도 계속해서 농업과 어업, 그리고 상업에 관심을 보였다. 그는 농번기에는 농사를 짓는 한편 고기잡이와 어물장사로 부를 축적해 밭 20마지기, 논 4마지기까지 마련했다. 이광민과는 달리 최홍은 경제적 안정을 바탕으로 소리꾼의 역량을 키워간 인물이다.

(앞부분 생략)
추자바다를 / 어야뒤야차 / 어 야
어서 가서 / 어야뒤야차
도미를 잡자 / 어야뒤야차
어어 뒤야 / 어야뒤야
얼른 가자 / 어야뒤야
추자가서 / 어야뒤야
고기 폴고 / 어야뒤야
술한잔썩 먹고 / 어야뒤야
저어나 오자 / 어야뒤야
(이하 생략)

그가 부른 뱃노래의 사설은 이 지역 어부의 일상적 소망으로 채워져 있다. 만선해 일확천금을 벌겠다는 칠산 바다 어부들의 꿈과는 좀 차이가 나는 소박한 꿈이지만 최홍은 어로 작업에서 생활의 안정과 부를 얻었다. 그의 노래 사설에는 이광민의 것과는 달리 삶터를 긍정하는 심성이 나타난다.

이광민과 마찬가지로 최홍도 객지체험을 갖고 있다. 이러한 사실은 신지도 소리꾼의 생애에서도 드러난 사실이다. 그의 객지 체험은 선원으로, 그리고 일제의 징용 때문인데 객지에 나가기 전에는 고향에서 민요를 충분히 익히고 객지에 나가서는 고향의 민요를 부르다 귀향 후에는 더욱 세련되고 풍성한 민요의 세계를 구현하는 현상으로 나타난다. 이광민은 12년, 최홍은 젊은 시절 3년 동안 객지에 나가 생활했는데, 이광민의 경우는 가세가 빈곤해서 객지를 떠돌았고 최홍의 경우에는 상업적 이유로, 또 일제의 강제 징용으로 객지체험을 갖게 된다. 이들은 객지 생활에서 고향에서 불렀던 민요를 불러 자신의 삶뿐만 아니라 동료 노동자들의 삶에도 영향을 미쳤다. 그 결과 민요의 연행은 그들의 객지 삶에 유리하게 작용했으며 민요 창자로써의 자질과 능력을 확인하는 기회이기도 했다.

② 소리꾼의 체험과 민요 세계의 전개

이광민과 최흥은 마을 공동체 생활을 통해 민요를 습득한다. 그들의 표현에 의하면 노래를 들은 풍얼로 배웠다고 말한다. 중요한 것은 듣는 현장의 차이에 따라 소리꾼의 가창 역량이 달라진다는 점이다.

이광민은 청년 시절부터 산다이판에 참여하였으며, 20명을 단위로 하는 공동노동 조직인 「둘레미」에 참여하여 상사소리를 부르면서 마을의 노동요와 민요를 배웠으며 성장하여서는 둘레미의 설소리꾼이 된다. 또 청년시절 뜻 맞는 사람들끼리 모여 육자배기를 배우는 등 민요공동체 활동을 통해 민요의 음악성이 강조되는 가창민요를 습득하여 마을 소리꾼의 기반을 다졌다. 그런데 이광민은 최흥과 달리 마을 소리꾼 이상으로 성장하지 못했다. 그 이유는 마을의 민요 수준을 넘어설 수 있는 기회를 갖지 못한 데서 찾을 수 있다.

소리꾼이 성장할 수 있는 중요한 요건은 자신의 소리를 혁신시켜 재생산할 수 있는 의지가 있어야 하고 또 이를 실천할 수 있는 기회를 가져야 한다는 점이다. 그 기회는 민요공동체 활동에서 올 수도 있고 개인의 특수한 체험에서 올 수도 있다. 가장 일반적인 장치가 민요공동체라고 생각된다. 이광민은 마을의 민요공동체인 「뜻 맞는 친구들끼리의 모임」에서 마을 사람들끼리만 소리를 하고 노래에 대한 깊은 지식을 갖고 있는 지도자를 갖지 못했기 때문에 그의 소리를 혁신시킬 기회를 갖지 못했다. 뿐만 아니라 객지 체험에서도 소리를 혁신시킬만한 계기를 마련하지 못했다. 이는 마을의 경제력이나 개인의 경제력, 그리고 소리 혁신에 대한 개인의 의지와도 상관된다. 그리고 활동 범주가 마을 밖을 벗어나지 못했기 때문에 소리꾼으로서 객관적 자질을 갖고 있다 하더라도 지역사회에서 공인받을 기회를 갖지 못했다. 그 결과 이광민의 민요세계가 대당리로 제한되는 것은 물론 대당리 민요사회의 수준을 향상시키지 못했다.

최홍은 이광민에 비해 비교적 다양한 민요를 체험할 수 있는 기회가 있었고 그 스스로 적극적으로 판소리의 음악문화를 수용하는 태도를 보인다. 그도 이광민과 마찬가지로 「들은 풍월」로 배웠다고 구술한다. 모심기노래와 놋소리, 구구타령, 육자배기 등은 마을 어른들과 함께 일하는 현장에서 배웠다. 그런데 최홍이 자신의 소리를 혁신시킬 수 있었던 것은 기본적으로 그 스스로가 자신의 소리를 혁신시키고자 하는 욕구를 가졌고, 그 실천을 위해 애썼다는 점 때문이다. 그는 외지에서 초빙되어 상여소리를 하는 다른 마을의 상여소리 설소리꾼의 연행과 유성기를 통해 보급된 임방울의 판소리에 지대한 관심을 가졌다.

상여소리의 경우 마을에 전문 소리꾼이 없었기 때문에 초상이 나면 다른 마을의 소리꾼을 초청해 상여소리의 설소리를 매겼고, 마을의 부잣집에 초상이 날 경우 근방에서 소문난 소리꾼을 초청하여 상여소리를 했는데, 최홍은 유년시절 상여의 만장을 들고 다니면서 그 소리를 듣고 익혔다. 뿐만 아니라 다른 마을에 문상 갈 경우에도 그 마을의 상여소리를 익혔다. 그리고 유성기에서 나오는 소리에 관심이 컸다. 그는 천석군 부자집의 유성기 소리를 통해 판소리를 접하면서 보다 높은 소리의 세계를 알게 된다. 그 집에 일하기 위해 자주 드나드는 기회를 이용해 단가와 판소리를 들었으며, 임방울의 소리에 매료되어 쑥대머리와 앞산도 첩첩하고를 익히게 된다. 유성기의 소리는 그에게 보다 세련되고 높은 소리의 경지가 있음을 알게 하는 단서를 제공했고 음악적 소양과 더불어 사설 구성력을 자극하여 마을 내에서의 소리꾼으로서의 지위를 확보함과 동시에 노화도와 보길도에서도 인정받는 소리꾼으로 성장하는 계기를 마련했다.

최홍은 마을의 주어진 조건과 소리에 대한 적극성으로 보길도에까지 알려진 소리꾼으로서의 위치를 자신의 노력으로 닦은 셈이다. 그리고 그가 다른 마을에 초청을 받는 상여 설소리꾼으로 성장한 것은 다른 마을의 상여소리의 분석을 통해 상여소리를 유형적 차원에서 이해한 결과며 또한 판소리 수련을

통해 사설의 영역을 확대시킨 것이 큰 몫을 하고 있다.[99]

③ 가창 목록과 민요 인식에 드러난 남성 소리꾼의 특성

유능한 소리꾼으로 분류된 사람들은 70세 이상의 노인들로 농업과 어업에 종사한 사람들이다. 이들이 고정적으로 부르는 노래는 상여소리와 육자배기, 그리고 단가다. 상여소리 설소리는 마을의 대표 소리꾼의 몫이기 때문에 유능한 창자가 고정적으로 부르는 목록이고 육자배기와 단가는 대표 소리꾼이 갖춰야 할 가창 목록으로 생각하는 경향이 있다. 노화도 남성 소리꾼들의 가창목록은 다음과 같다.

번호	이름·나이	주소	가창목록
1	이광민 70세	대당리	상사소리. 달구질소리. 산타령. 상여소리. 신세타령1.2.3.4. 육자배기1.2. 청춘가. 단가(쑥대머리)
2	최 홍 75세	당산리	놋소리. 상여소리. 구구타령. 육자배기. 단가(앞산도 첩첩하고)
3	이종백 68세	고막리	상여소리. 육자배기. 창부타령. 청춘가. 단가(앞산도 첩첩하고)
4	정갑남 74세	포전리	육자배기
5	고계상 60세	충도리	상여소리

육자배기를 할 수 있으면 다른 소리를 능히 할 수 있다고 평가받으며, 단가는 남성 소리꾼들 중에서도 소리에 관심이 많거나 소리공부를 한 사람들이 부르며 일반적인 민요 소리꾼들과 판소리를 할 수 있는 소리꾼들을 구분하는 기준이 된다.

---

99 신지도 지용선의 경우에는 명심사 법사에게서 회심곡을 배워 상여소리에 적용한다. 그는 법사가 여자 무당과 함께 굿하는 데 참여하였는데, 그 때문인지 지용선은 육자배기를 배우지 못했다.
나승만, 「신지도 민요 소리꾼 고찰」, 164.

가창목록에서 드러난 남성 소리꾼들의 특징은 상여소리를 전승한다는 점과 유식하고 가창적 속성이 강한 남도의 전통민요를 주로 가창한다는 점이다. 상여소리를 전담해서 부르는 이유는 남성들이 상례를 집행해야 한다는 의식이 전통적으로 계승되고 있기 때문이다. 그리고 남성 소리꾼들은 마을에 대대로 세거하여 망자의 생애와 가족사를 잘 알고 있기 때문이다. 유식하다고 평가되는 단가와 육자배기를 부르려는 성향은 이런 노래들은 습득하기가 어렵지만 소리의 맛을 제대로 느낄 수 있기 때문이다. 그리고 여성들이나 일반 소리꾼과 구별될 수 있다고 생각하기 때문이다.

　민요를 인식하는 차원에 있어서도 남성 소리꾼들은 일과 의례에 관련된 효용성을 우선적 가치로 인식하고 있다. 이광민의 경우에는 노래를 잘해야 일이 잘된다는 것과 일을 잘해야 노래도 잘 나온다는 것을 개인 체험과 공동체 활동 체험을 통해 터득하고 있다. 그는 일을 하면 일의 종류와 상황에 따라 자동으로 거기에 맞는 노래가 술술 나올 정도로 노래의 달인이다. 이러한 정황은 최홍도 마찬가지여서 노래를 부르면 마음에 즐거움이 저절로 솟아난다고 말한다. 이들은 열심히 일하는 것과 열심히 노래하는 것을 같은 맥락으로 파악하고 있다.

　남성들은 주로 향촌사회에서 대대로 눌러 살면서 자기 마을의 민요를 지키며 또 새로운 소리를 체험할 경우 이를 수용하여 민요의 세계를 확대한다. 그러나 이 경우에도 지역성을 지닌 판소리류를 수용하는 보수적 태도를 보인다. 남성들은 상여소리, 들노래와 같은 토착성 강한 노래를 부르고 육자배기와 같은 고도의 수련을 해야만 부를 수 있는 민요를 즐기고 전승한다.

(2) 여성 소리꾼들의 경우

① 생애담과 민요 체험

여성 소리꾼들의 생애담에서 드러난 일생을 정리하면 다음과 같다.

> ㉠ 가난한 집에 태어나다.
> ㉡ 유년시절부터 노래를 익히다.
> ㉢ 시집가다.
> ㉣ 남편이 부재하거나 사망하다.
> ㉤ 고생하다.
> ㉥ 노래로 고생을 이기며 살다.

여성 소리꾼들은 그가 태어난 마을의 성향에 따라 민요 연행 체험이 다르다. 기층민들이 사는 마을인 경우에는 여성들의 민요 연행이 비교적 자유롭다. 박명월(여, 84세)은 유년시절 마을에서 짱치기, 제기차기, 비석치기 등을 하면서 마음껏 놀았고 처녀 시절에는 마을 야학에 다니다 집안일을 돕기 위해 중단한다. 야학에서는 파랑새 노래와 학도가를 배웠다. 김행업(여, 74세)은 고명딸로 태어나 편히 살다 시집와서 고생한 경우다. 그는 어려서 할머니 무릎에 누워 서사민요 중타령을 듣고 배웠다.

양반 마을에서 성장한 여성들은 민요를 연행할 수 있는 기회가 제한된다. 김금님의 경우 그가 태어난 여항리는 보길면에서 처음으로 설촌된 마을로 김해김씨들이 중심 세력을 형성하고 있는 반촌이었다. 그래서 여성들이 마음대로 노래를 부를 수가 없었다. 김금님은 시집 온 이후 비교적 자유로운 세상을 살았다. 그의 말에 따르면 처녀 시절에는 노래 부르고 노는 것이 큰 흉이었다고 한다.

그러나 이들의 삶은 결혼으로 인해 달라진다. 김금님은 결혼하여 부르고 싶은 노래를 마음껏 불렀다. 외지에서 노화도로 시집 온 사람들은 노래를 할 수 있는 여건은 개선되었지만 가난으로, 또는 남편의 사망으로 크게 고생한다. 박명월의 경우 유년시절에는 지극히 평범하면서도 즐겁게 지냈지만 결혼 후 그의 삶은 고난의 연속이었다.

> 어떤[100] 사람은 복녁이[101] 좋아서
> 놈 산 세상을 다 사는디
> 이놈의 복녁은 왜 이리도 없어서
> 아들 삼형제 나서 다 죽어 불고
> 이놈의 세상을 산단 말인가
> 　에야 디야
> 　에야 디어라 산아지로 고나

이 노래는 그의 가슴에 묻어 두었던 자식 잃은 한을 서술한 것이다. 결혼 후 판이하게 달라진 세상살이, 아들 삼형제를 모두 날려버리고 지금은 홀로 살고 있는 삶의 비애를 서술하고 있다. 박명월은 자신이 느끼는 세상을 그대로 노래의 사설로 삼는다. 앞의 것이 개인사에서의 고난이라면 다음에 부른 강강술래는 노화도 주민들의 고난사를 반영한 것이다.

> 완두깍어 왕솔지다
> 강 강 술 래(이하 생략)
> 배짓는 선창에 배를 지어
> 서른명의 젓군실코
> 추자바다 멸잡이가다

---

100 이띤
101 복받을 공력

바람때 만나 배리했네
니가 가라 내가 가라
용왕땅이 가까온가
한라산이 가까온가
아이고 아이고 내신세야
아주여영 죽었구나

추자도까지 노를 저어 다니면서 멸치를 잡았는데, 노화도 남성들이 풍랑 속에서 체험한 죽음의 정황을 서술하고 있다. 그는 민요를 진짜 노래, 유행가를 가짜 노래로 생각하는 사람이다. 그가 말하는 진짜와 가짜의 기준은 철저하게 자신의 삶, 또는 지역민들의 삶과 정서 표현과의 일치성 여부에 두고 있다. 그래서 노래에 자기의 사설이나 주민들의 집단 체험을 담는 것을 당연한 상식으로 생각한다.

여성들이 부른 노래의 대부분은 시집살이의 어려움과 남편에 대한 애·증이다. 시집살이와 남편을 그리워하는 마음과 원망하는 마음고생은 전통민요사회 한국 여인들이 겪었던 고난의 전형이다. 전치진(여, 60세)이 부른,

물로나 뱅뱅 도라
지슴에 삼시를 굶고서 무질하야 [102]
한푼 두푼 모여난 저 금전
낭군님 술값으로 다 들어간다
얼씨구나 좋다 정말로 좋아
이렇고 좋다는 또 딸난다

과 고행난이 부른 강강술래 사설은 남편에 대한 원망과 처첩간의 갈등이 서

---

102 물질을 하여

술되어 있다.

> 강강 술래(이하 받는소리 생략)
> 왕대칼을 품에 품고
> 신도 신고 못가는 질
> 신을 벗고 뛰어 가니
> 지비같이 날란 년이
> 나부같이 날아 와서
> 웃으면서 선신하네
> 이년아 언제 나를 봐서
> 나를 보고 인사하냐
> 내가 여그 올적에는
> 너 목숨을 죽일락했드니
> 큰어머니 그말 마오
> 시간전답 나봐 주게
> 가장조차 너 준불로[103]
> 시간전답을 나봐주리야

민요의 세계에서 살아있는 남편은 무능하기 때문에, 또는 바람을 피워서 고난을 부과하는 짐이고 죽어버린 남편은 그리움의 대상이다. 김금님의 경우 36세에 남편과 사별하고 자식들을 키워야 했기 때문에 그의 삶은 오직 노동과 그리움뿐이었다. 그래서 그가 살아온 평생을 「허망하다」로 표현하고 있다. 그러나 삶의 허망함과 노동의 고통, 외로움을 물리칠 수 있었던 것은 노래가 있었기 때문에 가능했다.

---

103 준다고 한들, 주었다고 하지만

② 민요 습득 과정과 가창 목록에서 드러난 여성 소리꾼의 특성

김행업은 어려서부터 노래를 배웠는데, 그가 부른 서사민요 중타령은 어려서 할머니 무릎에 누워 들었던 노래다. 그리고 시집살이를 심하게 할 때는 산에 올라가 일하면서 청춘가를 많이 불렀다고 한다. 또 뱃노래는 제주도 해녀들이 배타고 다니는 소리를 듣고 배운 소리다. 그러나 지금은 나이가 들어 노래중추가 막혀 소리를 하기가 어렵다고 한다.

최귀녀는 노래를 일삼아 배운 적이 없다고 한다. 그의 말에 의하면 노래는 그냥 입에서 나오는 것이라고 한다. 최귀녀는 노래를 배우는 특별한 재주를 가져서 배우지 않고도 유능한 소리꾼으로 인정받고 있다. 그는 유능한 소리꾼의 가장 중요한 자질인 한 번 들으면 알게 되는 천재성을 지녔다. "여시가 풍악했다"는 주민들의 평가가 이를 증명하는 표현이라고 생각된다. 그의 말을 종합해 보면 소리꾼의 천재성과 노력을 고루 갖춘 소리꾼으로 판단된다.

김금님은 노화도의 다른 민요 창자들과는 달리 유년시절 민요를 습득할 기회가 제한당했다. 양반으로 분류되는 사람들은 기층민들의 민요 연행을 싫어해 주민들의 민요 연행을 차단하였다. 그가 부르는 노래는 시집와서 마을 아낙들과 놀면서, 함께 어울려 일하면서, 나무하면서, 물레질하면서 듣고 배우고 생각나서 노래를 익히고 부르고 만든 것들이다. 날이 궂으면 일을 쉬고 마을 아낙들과 어울려 노래 부르고 논다. 그러다 보니 어떤 경우에나 노래가 술술 나오는 경지에까지 이르게 되었다.

박명월, 강태심은 다른 소리꾼들과는 달리 야학에서의 학습 기회를 가져 파랑새 노래와 학도가를 배웠다. 강태심은 노래를 배운 적이 없지만 스스로 마음에 외로움이 있을 때, 하고 싶은 말이 있을 때 노래를 부른다.

여성들의 대부분은 자기가 하고 싶은 말을 노래로 부르는 것이 매우 일반화되어 있다고 생각된다.

노화도 여성 소리꾼들의 민요 가창 목록은 다음과 같다.

번호	이름	나이	고향	주소	가창목록
1	임이심	72세	노화읍 신리	신리	창부타령, 아리랑타령, 산아지타령
2	김금님	60세	보길면 여항리	포전리	둥당애타령, 서사민요, 아리랑타령, 남원산성, 강강술래, 화투노래, 노들강변, 청춘가
3	박명월	84세	노화읍 구목리	이목리	상사소리, 강강술래, 거무타령, 신세타령, 서사민요(김동지네 맏딸아이, 원님아들 원색이는)
4	김행업	74세	소안면 횡간도	이목리	도내기샘, 창부타령, 아리랑타령, 중타령
5	고행난		노화읍 이목리	이목리	강강술래, 오징어타령
6	공동지	73세	노화읍 이목리	이목리	육자배기, 산아지타령
7	최귀녀	83세	소안면 비자리	잘포리	강강술래, 배꽃타령, 엿타령, 산아지타령, 육자배기, 노들강변, 남원산성, 성주풀이, 장모타령
8	김성애	65세		포전리	감자순, 청춘가, 둥당애타령, 산아지타령, 달거리
9	정성엽	69세	보길면 예송리	구석리	비둘기타령, 노들강변, 시집살이, 창부타령
10	이창님	72세		이포리	강강술래
11	김양엽	70세		이포리	시집살이 서사민요
12	공양진	73세	보길면 외작도	이포리	딸아딸아, 혀짧은 뱃노래
13	김월녀	80세	노화읍 충도리	잘포리	상사소리
14	강태심	71세	노화읍 충도리	잘포리	창부타령, 남편그리는노래, 영감타령, 천치로다, 국문풀이, 논아논아, 홀엄씨노래, 산아지타령

여성들이 즐겨 부른 노래는 강강술래를 비롯해서 산다이판에서 부른 가창민요가 대부분이다. 여성들은 친정과 시가의 두 문화영역을 체험하며 시집이라는 다른 문화영역에 적응하는 과정을 거친다. 그 과정에서 문화를 수용하고 변용하는 기술을 습득, 남성들보다 강한 문화적 적응력을 지닌다. 민요의 경우 여성들은 결혼을 통해 자기의 원 고향 민요를 습득함과 아울러 시집가서는 시집 마을의 민요를 익힌다. 여성들의 두 지역에 걸친 민요 체험은 여성들의 민요 연행목록을 다양하게 만들어 여성민요의 세계를 풍부하게 한다.

이러한 사례는 전남지역 민요사회의 일반적 동향이어서 시집 온 새댁은 물레 방과 품앗이 등 집단노동에 참여하면서 친정 마을의 노래를 모두 털어 놓아 야 한다.[104]

한편 상여소리와 육자배기, 단가 등은 여성들이 습득하기에는 어려운 여건 이다. 마을에서 전통적으로 전승되어 오는 상여소리는 남성들의 전유물이어 서 여성들은 단지 청자에 머물 뿐이고 육자배기와 단가 등 특별한 재능과 수 련이 필요한 가창민요는 습득할 기회가 거의 없기 때문에 익히지 못한다. 육 자배기는 가락과 사설을 여성들도 좋아하여 부르지만 제 음가대로 부르지 못 하고 음영창의 수준에 머물고 있다.

그러나 아리랑타령, 산아지타령, 창부타령과 같이 가락이 쉽고 사설이 단 편적이어서 습득하기 쉬운 가창민요는 풍부하게 부른다. 그런 결과 여성들의 정서적 동향이 이런 유의 노래에 가장 적나라하게 표현되어 있다. 그리고 흥 겨운 가락으로 노래를 부르면 마음에 걸려있던 갈등이 해소된다는 요인도 크 게 작용하고 있다. 또 전승과정에서 지역민들이 실정에 맞는 사설을 창작하 여 도서지역 여성들의 심성을 드러낼 수 있도록 전형화시킨 점도 이 지역 여 성들이 앞의 가창민요를 적극적으로 지지하는 이유라고 생각된다.

남성들에 비해 경기지역 가창민요를 많이 부른 이유의 하나로 여성들의 문 화에 대한 개방적 태도를 꼽을 수 있다. 여성들은 다른 지역 민요로 알려진 노래도 수용하여 자기노래화하는 경향을 보인다. 경기민요 또는 신민요로 알 려진 창부타령과 청춘가 등을 남성들에 비해 적극적으로 수용하여 자기류의 사설을 붙여 부른다.

청춘가의 경우도 여성들이 즐겨 부르는 가창목록이다. 그러나 70대 이상 의 여성들은 잘 부르지 않는 경향이 있다. 이는 청춘가가 수용되던 시기와 관련지어 생각해야 할 것이다.

---

104 나승만·고혜경, 「방촌마을 중로보기」, 『노래를 지키는 사람들』, 문예공론사, 1995, 205-6쪽.

③ 민요에 대한 인식

여성들은 일하다 지치거나 외롭고 고통스러우면 노래를 시작한다. 이들에게 있어서 민요는 정서를 환기시키는 매개물이다. 김금님의 경우 스스로 고통스럽다고 생각할 때 노래를 부른다. 그래서 노래를 부르면 헛생각이 안나고 남편의 생각도 잊을 수 있었다. 그는 다음의 시집살이 서사민요를 특별한 노래로 인식하고 있다. 그가 부른 시집살이 서사민요 중,

> (생략)
> 활등같이 굽은 질로 활살같이 곧은 질로
> 훨훨 털고 나선께로
> 저그가는 저선배는 질선배요 놋선배요
> 뒷만 살짝 돌아보소
> 꽃이로다 곱다마는 놈의 꽃을 어차끄나
> 꽃이로다 꽃이로다 임재없는 꽃이로다
> 임재없는 꽃같으면 내야 뒤만 따라 오소
> (이하 생략)

의 사설에 그가 살아온 과정과 그의 마음속에 일어났다 사라졌다 하는 심리적 갈등이 잘 갈무리되어 있다고 생각한다. 그는 이 노래를 부른 다음 활등과 화살의 의미를 설명하면서 노래에는 다 이치가 있다고 말한다. 그는 스스로를 노래의 주인공인 시집살이를 훨훨 털고 일어선 여자로, 그리워하는 님은 무능한 남편이 아니라 "임재없는 꽃같으면 내야 뒤만 따라 오소"라고 말하는 능력 있고 갖춰진 선비로 생각한다. 그러나 그가 노래하는 것은 현실이 아니라 환상, 또는 욕망이다. 그는 노래를 통해 환상의 세계, 또는 욕망의 세계를 왕래하면서 살고 있다. 김금님의 노래 사설은 매우 개인적인 것이면서 욕망의 세계를 묘사하고 있지만 당시 김금님과 같은 처시의 있는 녀싱들의 내직

심리를 수렴하는 전형성을 지니기도 한다.

강태심은 노래를 부르면 기분이 좋아진다고 한다. 그는 노래에 대한 믿음을 갖고 있는데, 노래를 불러야 즐거운 마음이 생기고, 마음이 즐거워야 객지, 군대에 나가 있는 자식들에게 좋다는 믿음을 갖고 있다. 이 믿음은 자신에게도 적용되어 노래를 괴로움과 불면을 달래고 치료해주는 약으로 생각하고 있다.

그런데 여성들이 주로 아리랑타령, 산아지타령, 청춘가 등의 가창민요를 주로 불렀다는 점을 주목해야 한다. 이 노래들은 산다이판이 벌어질 때 주로 부른 노래들이고 사설도 희노애락 등 정서적인 소재를 주 내용으로 삼고 있는데, 특히 사랑과 성을 주요 소재로 삼고 있다는 점이 눈에 띤다. 당산리의 김성애(여, 65세)가 부른 청춘가,

날다리 날다리 날다려 가거라
돈 있고 잘난 놈아 좋다! 날다려 가거라

새복달[105] 밝다고 빨라질[106] 갔더니
천하 잡놈 만내서 좋다! 독베게[107]를 베노라

사설에 노화도 여성들의 성의식이 드러난다. 김금님의 경우 내적으로 감춰진 환상이라면 김성애의 사설은 직설적으로 마음을 내보인다. 도서지역 여성들의 님에 대한 적극성이 표출된 것으로 이 지역 여성들의 생각을 수렴하는 전형성을 지녔다고 보인다. 왜냐면 앞의 사설들은 산아지타령과 아리랑타령의 사설에서도 흔히 나타나기 때문이다.

---

105 새벽달
106 빨래질
107 돌베게

여성들의 민요에는 노화도의 도서성이 반영된 사설들이 많다. 이는 여성들이 자기의 삶과 삶터에 대한 인식이 더 투철한 까닭이 아닌가 생각된다.

> 바닥에 물소리 내짝지 울리고
> 씨엄써 말소리 좋다! 내 가삼 울린다

라는 조상금(여, 78세)의 청춘가 사설이나 정성심(여, 73세)이 부른 아리랑타령의 사설, 박명월이 부른 오징어타령 등과 같은 노래에는 이들이 사는 바다와 섬의 특성을 드러내는 사설들이 많이 담겨 있어 남성들의 노래와 비교된다. 그리고 아리랑타령의 후렴도 진도에서 부르는 아리랑타령의 후렴구와는 달리 "아리 아리롱 스리스리롱 아나리가 났네/ 아리롱 끙끙끙 아나리가 났네"라고 하여 지역적 특성을 담고 있다.

여성들은 현실을 표현하려는 욕구가 남성들에 비해 강하다고 느껴진다. 사설을 분석해보면 대부분이 그들이 처한 현실을 직시하는 내용들이고 용어에서도 노화도의 도서성과 여성성을 반영한 사설들이 풍부하다. 민요는 자신들의 생각을 표현하는 창구로, 그들은 현실에서 부디치는 문제를 노래에 담기 때문에 정서적 표현과 지역에 관련된 사설들을 구사하는 특성을 보인다.

5) 맺는말

노화도 민요 소리꾼들 중에서도 이광민과 최홍, 김금님, 박명월, 김행업, 최귀녀, 강태심 등의 생애담을 논의의 대상으로 삼았다. 이광민은 기난한 기층민의 소리꾼이고, 최홍은 창조적 소리꾼이다. 김금님은 30대에 남편을 잃고, 박명월은 자식을 일찍 잃고, 김행업, 최귀녀는 평범하게, 강태심은 40대에 남편을 잃고 고생한 소리꾼들이다. 그렇지만 어려운 생활을 이겨내기 위해 노래를 방편으로 삼았던 인물이라는 점에서 소리꾼의 전형을 보여주는 인물이라고 할 수 있다.

노화도 남성 소리꾼들의 생애는,

- ⊙ 기층민으로 태어나다.
- ⓒ 마을공동체 생활에서 농악을 익히다.
- ⓒ 노동으로 생계를 유지하다.
- ⓒ-1) 일터, 산다이판, 상여소리판에서 소리를 배우다.
- ⓐ 마을 소리꾼으로 인정받다.
- ⓜ 객지생활을 하고 귀향하다.
- ⓑ 상여소리꾼으로 일생을 보내다.

의 과정을 거치는 것이 일반적이다. 그렇지만 소리꾼이 처한 현장의 조건과 소리꾼의 소리에 대한 욕망에 따라 소리꾼으로서의 기량과 활동영역이 달라진다. 소리꾼이 성장하려면 소리꾼이 자신의 소리를 혁신시키고자 하는 욕구가 있어야 하고, 환경적으로는 좋은 지도자와 뛰어난 소리꾼 체험, 경제력을 갖췄을 때 가능하다. 이광민과 최흥은 유능한 창자로써의 자질을 갖추었음에도 불구하고 욕망와 환경의 차이에 따라 마을 소리꾼으로 머물든지 보길도까지 알려진 소리꾼으로 성장하든지 한다.

남성 소리꾼들은 상여소리와 육자배기, 단가 등 남도의 전통성이 강한 노래를 가창한다는 점이 특징이다. 상여소리는 상례를 남성들이 집행하기 때문에, 그리고 마을에 대대로 세거하여 망자의 생애와 가족사를 잘 알기 때문이다. 유식하다고 평가되는 단가와 육자배기를 부르려는 성향은 이런 노래들은 습득하기가 어렵지만 소리의 맛을 제대로 느낄 수 있기 때문이다. 그리고 여성들이나 일반 소리꾼과 구별될 수 있다는 생각도 좀 있다.

민요를 인식하는 차원에 있어서도 남성 소리꾼들은 노동과 관련된 효용성을 중시하고 민요 세계의 확장에서도 보수적이다.

여성 소리꾼들의 생애담에서 드러난 일생을 정리하면 다음과 같다.

　　㉠ 가난한 집에 태어나다.
　　㉡ 유년시절부터 노래를 익히다.
　　㉢ 시집가다.
　　㉣ 남편이 부재하거나 사망하다.
　　㉤ 고생하다.
　　㉥ 노래로 고생을 이기며 살다.

　여성들은 결혼하면서 행복하거나 불행해진다. 고난에 처한 여성들이 민요의 유능한 소리꾼인 경우가 많다. 이러한 여성들은 민요 속에 그들이 꿈꾸는 욕망의 세계 또는 환상의 세계를 설정해 놓고 노래를 부르며 그 세계를 간접 체험함으로써 현실의 고난을 이겨낸다. 서사민요나 흥겹고 습득하기 쉬운 가창민요에 여성 특유의 욕망을 표현한다. 그리고 남성들에 비해 개방적이어서 다른 지역 민요도 수용하여 자기노래화하는 경향을 보인다.

　여성들은 현실을 표현하려는 욕구가 남성들에 비해 강하다고 느껴진다. 사설을 분석해보면 대부분이 그들이 처한 현실을 직시하는 내용들이고 용어에서도 노화도의 도서성과 여성성을 반영한 사설들이 풍부하다. 민요는 자신들의 생각을 표현하는 창구로, 그들은 현실에서 부딪치는 문제를 노래에 담기 때문에 정서적 표현과 지역에 관련된 사설들을 구사하는 특성을 보인다.

(『도서문화』 15집, 목포대학교 도서문화연구소, 1997년 수록 논문)

6.
전남 내륙지역 민요 소리꾼의 생애담 분석과 전통민요의 전승맥락
: 전남 화순군의 사례를 중심으로

1) 머리말

이 글은 전남 내륙지역인 화순군 민요 소리꾼의 생애담 분석을 통해 내륙 산간의 밭농사와 길쌈노동 집중 지역에서 민요 소리꾼들의 생애담 유형을 도출하고, 나아가 여성들의 밭매기노래와 길쌈노래의 전승 맥락을 고찰하기 위해 쓴 것이다. 화순군은 전남의 내륙지역으로 도서지역이나 평야지역과는 지리적으로 확연히 구분되는 특성을 지닌 지역이다. 또 민요의 목록과 민요 소리꾼들의 생애담도 글쓴이가 조사연구한 도서지역 민요 소리꾼들의 생애담과 구분되기 때문에 민요 소리꾼들의 생애담을 보편화시키기 위해서는 반드시 필요한 작업이라고 판단된다.

화순군의 민요조사는 1997년 8월부터 1998년 2월 사이에 수행되었다. 지금까지 발간된 화순군 민요자료들은 1987년 1월 池春相에 의해 수행된 「全南의 農謠」,[108] 1987년 10월 崔來沃·金均泰에 의해 정리된 「韓國口碑文學大系」 화순편,[109] 1993년 10월 강동원에 의해 수행된 「和順의 민요」[110]가 있다. 池春相은 농요를 수집하여 악보와 함께 수록하였고, 崔來沃·金均泰는 정신문화연구원 전국 구비문학 정리작업의 일환으로 설화와 민요를 정리하여 수록했다. 강동원은 화순군 출신으로 자기 고장의 민요를 수집·정리하려는 열의로 화순군 전체의 민요를 수집 정리하였는데, 여기에는 지춘상의 작업까지 수렴되어 있으며 김균태가 정리한 화순 민요의 성격과 특징도 수록되어 있다.

---

108 池春相, 『全南의 農謠』, 全羅南道, 1987년 1월.
109 崔來沃·金均泰, 『韓國口碑文學大系』, 6·9·10·11, 韓國精神文化硏究院, 1987년 10월.
110 강동원, 『和順의 민요』, 도서출판 民, 1993년 10월.

필자는 앞의 자료들을 참고하면서 민요자료를 수집함과 동시에 민요 소리꾼들의 생애담을 수집했다. 글쓴이가 조사한 지역과 자료들은 다음과 같다. 지역은 화순군 도암면 도장리, 화순읍 벽나리, 화순읍 대리, 화순읍 서태리, 능주면 천덕리, 동복면 한천리 등이다. 자료들은 도암면 도장리의 밭매기노래와 나순례, 김아님의 생애담, 화순군 벽나리의 밭매기노래와 고봉순의 생애담, 능주면 천덕리 윤재진의 들노래와 생애담, 동복면 한천리의 삼베길쌈노래, 화순읍 대리 1구 신기문의 상여소리와 생애담, 화순읍 서태리의 들노래와 상여소리, 그리고 장질상의 생애담 등이다. 조사 방법은 현장론적 방법을 중시하는 조사표에 의거하여 글쓴이가 현지를 방문하여 소리꾼들과 면담하고 노래부르는 것을 녹음하고 이어서 생애담을 듣고 방식이다.[111]

2) 전남 민요의 분포권과 화순군 민요의 위상

화순군의 민요는 전남 서부지역인 영산강 유역권의 민요와 전남의 동북부 지역 민요인 섬진강권의 민요가 고루 나타난다. 화순군은 지정학적으로 전남의 중앙부에 위치하고 있으며 지정학적 위치는 민요의 분포에도 나타난다. 동쪽으로는 곡성군, 서쪽은 나주군, 남쪽으로는 보성군과 장흥군, 북쪽으로는 광주광역시와 담양군에 접해 있어 내륙지역에 자리 잡고 있다. 군의 대부분은 소백산맥에서 뻗은 지맥들로 이루어진 산간지역이어서 산간 분지에서 이루어지는 밭농사와 길쌈노동에 관련된 문화가 발달되었다. 무등산에서 뻗어 내린 지맥을 경계로 수계가 나뉘어져 동북쪽의 물은 섬진강으로 흘러들고 서남쪽의 물은 영산강으로 흘러든다. 이와 같은 지정학적 위치는 민요의 분포에도 반영되어 화순군의 동북쪽 민요는 섬진강권을 중심으로 발달한 산아

---

111 나승만, 「전통민요의 현지조사방법론」, 『전남민속학』 제2집, 전남민속연구회, 1993년.
_____, 「민족운동노래의 현지조사 방법」, 『전남문화재』 제6집, 전라남도, 1994년.
_____, 「민중생애담 조사법」, 『역사민속학』 제9호, 역사민속학회, 민속원, 1999년.

지타령권의 영향을 반영하고 있으며 밭매기를 중심으로 엮어지는 민요들이 발달하였다. 그리고 능주를 중심으로 한 화순군의 서남쪽 민요는 영산강 유역을 중심으로 발달한 긴소리권의 영향을 반영하고 있으며 논농사에서 부르는 들노래가 발달되었다.[112] 따라서 화순군의 민요는 섬진강권의 민요와 영산강권의 민요가 고루 나타나는 특색을 지니고 있으며, 이러한 문화적 융화는 화순군의 민요를 더욱 풍부하게 만드는 요인으로 작용한다.

그리고 민요의 종류별로 분류해 보면 남성들의 민요보다는 여성들의 민요가 활성화되어 있다. 특히 길쌈노래와 밭매기노래가 잘 발달되어 있음을 볼 수 있다. 이는 화순군 주민들의 생활과도 관련되어 있다. 화순군은 산간에 위치한 관계로 논농사보다는 밭농사가 발달하였는데, 전작농업을 여성들이 전담하였기 때문에 전작과 관련된 여성들의 노동요와 서사민요가 발달하였다. 그리고 남성들의 도작농업과 관련된 민요는 전승이 활발하지 못한 편이나 전작농업과 관련된 여성들의 민요는 전승이 활발하여 지금도 많은 자료를 남기고 있고 각종 문화제 행사에서도 두각을 나타낸다. 동복면 한천리의 길쌈노래나 도암면 도장리의 밭매기노래, 화순읍의 밭매기노래가 그것이다.

지금까지의 화순 민요에 관한 작업은 가사의 수집과 채보작업, 그리고 문화제에 출품하기 위한 연출작업이 어느 정도 이루어진 상태다. 이 글에서는 민요 소리꾼들의 생애담을 통해 화순군 민요 소리꾼들의 삶과 민요 소리꾼들의 생애담에 나타난 삶의 유형을 고찰하겠다.

3) 민요 소리꾼들의 생애담 분석

이 글에서는 민요를 불렀던 사람들의 생애담을 분석하겠다.[113] 이 글의 자

---

112 민요 분포권에 대해서는 나승만, 「전남지역의 들노래 연구」, 전남대학교 박사학위논문, 1990 참조.

료는 현지조사로 수집된 것들인데, 주요 방법은 면담과 연행현장의 참여관찰이었다. 이 작업은 1997년 8월부터 계획되어 현지조사는 1998년까지 진행되었다. 민요의 수집은 인위적 조건에서 면담을 통해 가창을 유도하고 녹음하는 방법을 적용했고, 생애담 자료는 민요 수집과 동시에 이루어 졌는데, 면담을 통해 구술하는 상황을 녹음한 것이다.

글쓴이는 화순군의 민요 소리꾼들의 생애담을 조사하기 위한 질문지를 미리 준비하여 유능하다고 판단되는 소리꾼들을 방문하여 면담하고 그 상황을 녹음하고 이를 채록했다. 구술의 문자자료는 이미 정보화되었다.[114] 화군군의 민속과 축제에서는 구술의 녹음을 그대로 기록했다.

생애담 조사는 민요 소리꾼의 일생을 중심 주제로 삼아 수행했다. 그러나 조사 내용들은 주로 소리꾼들의 삶과 노래와의 관련성을 밝힐 수 있는데 보다 관심을 두고 진행했다.[115] 먼저 유능한 소리꾼을 발견하기 위해 조사자가 화순군의 각 마을을 방문하여 주민들에게 탐문조사했으며, 이를 토대로 대상자를 선정하고 노래를 수집한 다음 유능하다고 판단되는[116] 소리꾼의 생애담

---

113 생애담에 대한 작업은 허경회와 글쓴이가 목포시민들의 이주 내력을 조사하는 과정에서 적용한 바 있으며 민요 소리꾼의 생애담 분석은 나승만의 신지도 현작업과 노화도 현지작업이 있고, 여성생애담 구술사례와 그 의미분석은 천혜숙에 의해 수행되었다.
허경회·나승만, 「구비문학」, 『목포시의 문화유적』, 목포대 박물관·전라남도·목포시청, 1995, 389쪽.
나승만, 「신지도 민요 소리꾼 고찰」, 『島嶼文化』 제14집, 목포대학교 도서문화연구소, 1996.
천혜숙, 「여성생애담의 구술사례와 그 의미분석」, 『口碑文學硏究』 제4집, 한국구비문학회, 1997.
나승만, 「노화도 민요 소리꾼들의 생애담 고찰」, 『島嶼文化』 제15집, 목포대학교 도서문화연구소, 1997.

114 나승만, 「민요와 소리꾼의 생애담」, 『화순군의 민속과 축제』, 남도민속학회·화순군, 1998.

115 나승만, 「신지도 민요 소리꾼 고찰」, 『島嶼文化』 제14집, 목포대학교 도서문화연구소, 1996 참조.

116 유능한 소리꾼은 소리의 가창실력과 함께 주민들과 공동의 생활체험을 가지며 그들의 삶을 유형적으로 꿰뚫을 수 있는 혜안이 있어야 한다. 그리고 이를 노래의 사설로 전환시킬 수 있는 문학적 수사력을 갖춰야 한다. 다음에는 일과 노래의 흐름을 일치시킬 수 있어야 하고 부정적 감정이 상태를 긍정적이고 신명나는 상태로 전환시킬 수 있는 능력이 있어야 한다.
나승만, 「신지도 민요 소리꾼 고찰」, 169–170.

을 조사하였다. 면담 내용은 일생을 서사적으로 서술한 것이며 면담 과정에서 추가로 필요한 부분은 조사자가 더 질문하는 식으로 진행했다. 특히 민요 가창에 영향을 미치는 생애 과정과 사건 체험에 중심을 두었으며, 그들의 삶과 경험이 어떻게 노래로 표현되는가에 주목했다. 특히 노래를 창조적으로 부를 수 있는 소리꾼 발견에 주목했으며, 창조적 소리꾼들의 생애담에 담긴 특성을 발견하고자 했다.

(1) 남성 소리꾼들의 생애담

들노래 소리꾼 윤재진(남, 82세, 전남 화순군 능주면 천덕리 1구, 1998년 1월 12일 조사)의 생애담을 정리하면 다음과 같다.

소작농의 아들로 태어나다.
어려서부터 농사일을 하다.
머슴이 되어 마을 들노래를 배우다.
24세에 결혼하다.
젊었을 때부터 소리를 잘 한다는 평가를 받다.
부친이 진 빚을 갚기 위해 함경도 나진 탄광 철도 작업에서 목도일을 하다.
부인이 질쌈으로 돈을 벌다.
32세에 처음으로 논을 세마지기 사다.
살림을 불려 논을 10여마지기까지 불리다.
자식들을 위해 팔고 지금은 논 3마지기만 남아있다.
남도문화제에 들노래 설소리꾼으로 출연하다.

상여소리꾼 신기문(남, 63세, 전남 화순군 화순읍 대리 1구, 1998년 1월 9일)의 생애담을 정리하면 다음과 같다.

논밭이 하나도 없는 가난한 전업 노동자의 자식으로 태어나다.

6살 때 어머니가 사망하다.

6.25 사변으로 국민학교를 졸업하지 못하다.

20살부터 5년간 머슴살이를 하다.

27세에 결혼하다.

결혼 직후 군에 입대하다.

28세에 아버지가 사망하다.

제대 후 아버지의 뒤를 이어 상여소리를 하다.

막노동꾼, 철근일로 생계를 유지하다.

자식들이 상여소리하는 것을 반대하다.

1991년부터 상여소리 하고 수고비를 받다.

3년 전부터 다른 마을에까지 다니면서 상여소리를 하다.

유성기에서 판소리를 배운 장질상(남, 81세, 전남 화순군 화순읍 서태리 2구, 1998년 1월 9일)의 생애담을 정리하면 다음과 같다.

가난한 서당 훈장의 아들로 태어나다.

형제가 호열자 등의 전염병으로 죽다.

농토가 없어 어려서부터 소작일을 하다.

19세부터 고참봉 댁에서 2년간 머슴살이를 하다.

일하면서 들노래를 배우다.

고참봉댁 유성기 소리를 듣고 판소리를 배우다.

21세에 결혼하다.

친구들끼리 노래공부를 하다.

마을 상여소리를 하다.

45세부터 논을 사기 시작하여 논 6마지기 밭 두마지기가 되다.

소작으로 9남매를 키우며 한평생을 살다.

화순군의 남성 민요 소리꾼들은,

① 가난한 소작인의 자식으로 태어나다.
② 소작노동으로 생계를 유지하다.
③ 머슴생활을 하다.
④ 일하면서 노래를 배우다.
⑤ 살림을 이루거나 노동품팔이로 자식들을 가르치다.
⑥ 상여소리꾼으로 일생을 보내다.

의 과정을 거치는 것이 전형적인 삶의 과정이다. 화순군의 남성 소리꾼들은 모두 기층민의 소작인 출신들이다. 부모로부터 소작을 물려받거나 빚을 물려받아 어린 시절에 혹독한 고생을 체험한다. 그래서 학교에 다니지 못했다. 또 대부분의 소리꾼들은 머슴생활을 거친다. 화순군은 인구에 비해 토지가 제한되어 있을 뿐만 아니라 최참봉, 고참봉 등 소수의 거대 자본가가 대토지를 소유하고 있었기 때문에 많은 기층민들은 소작인이나 머슴살이를 하였다. 장질상의 경우는 고참봉네 집에서 머슴살이를 하고 신기문의 경우는 이서면에서 머슴살이를 한다. 이들은 머슴살이를 통해 철저한 노동 기능을 익히고 땅에 대해서는 도사의 경지에 이른다.

윤재진과 장질상은 노동하는 현장에서 들노래를 배웠으며, 들노래에 바탕을 둔 이들은 어떤 노래든지 수용할 수 있는 자질을 지닌다. 그래서 비교적 풍부한 레퍼토리를 지니고 있다. 이들은 들노래를 부를 줄도 알고 상여 설소리를 매기며 그 외에도 판소리나 주술을 할 줄 아는 능력 있는 창자들이다. 들노래를 충실히 익혔기 때문에 다른 노래들도 가능하다. 신기문의 경우는 60대의 상여 설소리꾼으로 단순히 상여 설소리 이외에는 다른 소리를 하지 못한다.

장질상의 경우는 창조적인 역량을 갖춘 창자가 될 소지가 있는 인물이다.

유성기 소리를 듣고 판소리를 익혔다는 사실은 그의 소리에 관한 재능을 입증하는 대목이다. 그러나 경제적인 궁핍과 새로운 세계로 나가려는 욕구의 결핍이 그를 마을의 소리꾼으로 붙잡아 맸다. 윤재진이나 장질상의 경우 소리를 배우기 위한 객지경험이 없었다는 점 또한 그들이 창조적인 소리꾼으로 성장하기에 부족했다는 것을 뒷받침한다. 소리를 배우기 위한 객지체험, 또는 객지 체험을 하면서도 자신의 노래를 불러 자기의 정체성을 인정받는 것이 유능한 소리꾼들의 특성이다. 자신의 소리를 드러내는 객지체험을 갖지 못했다는 점이 화순군 남성민요 소리꾼들의 한계로 보인다. 소리꾼이 성장할 수 있는 중요한 요건은 자신의 소리를 혁신시켜 재생산할 수 있는 의지가 있어야 하고 또 이를 실천할 수 있는 기회를 가져야 한다는 점이다. 그 기회는 민요공동체 활동에서 올 수도 있고 개인의 특수한 체험에서 올 수도 있다. 가장 일반적인 장치가 민요공동체라고 생각된다. 그러나 화순군에는 민요공동체 활동이 활성화되어 있지 않았고 또 노래를 재생산하려는 소리꾼들의 의지도 두드러지게 나타나지 않는다. 장질상은 마을의 민요공동체인 「뜻 맞는 친구들끼리의 모임」에서 마을 사람들끼리만 소리를 하고 노래에 대한 깊은 지식을 갖고 있는 지도자를 갖지 못했기 때문에 그의 소리를 혁신시킬 기회를 갖지 못했다. 이는 마을의 경제력이나 개인의 경제력, 그리고 소리 혁신에 대한 의지와도 상관된다. 그리고 활동 범주가 마을 밖을 벗어나지 못했기 때문에 소리꾼으로서 객관적 자질을 갖추고 있다 하더라도 마을의 한계를 벗어날 기회를 갖지 못했다.

신기문의 시대에 이르면 이미 들노래를 듣기 어려운 시대가 되었다. 그리고 육이오 이후 많은 지역에서 당산제를 비롯한 마을굿이 사라졌기 때문에 마을굿을 통한 민속예능을 충분히 체험하지 못한 채 성장한 세대들이다. 그만큼 민요의 연행현장이 축소되어 현장의 소리를 듣고 배울 기회가 줄어들었다. 그러나 상여소리의 경우는 지금도 수요가 지속되고 있다. 다른 여타의 민요 연행이 중단되었지만 상여소리는 지금도 계속되고 있다. '상여소리가 지속되는 중요한 이유는 아직도 전통사회의 상례 관습이 어느 정도 지속되고 있기 때문이다. 들노래의 경우 새로운 농법의 개량과 농기구의 등장으로 사라지게 되었다. 특히 새로운 농기구의 등장 때문에 들노래가 사라지게 되었다는 장질상의 구술은 들노래의 기능이 농업생산활동의 중요한 도구 역할을 했다는 반증이기도 하다. 그러나 상례는 아직도 전통적 의례를 크게 벗어나지 못하고 있기 때문에 지금도 형식적이나마 상여소리가 필요하다. 그래서 과거처럼 상여소리를 완벽하게 수행하지 못하더라도 어느 정도 수준만 되면 상여 설소리꾼의 기능을 수행할 수 있게 되었다. 그래서 유능한 상여 설소리꾼이 사라지고 있는 공백을 신기문과 같은 소리꾼이 메우고 있는 실정이다. 그리고 상여 설소리꾼들이 부족하기 때문에 그 활동 영역도 과거 마을 공동체 범주에 머물었던 영역을 벗어나 다른 마을로 확대되고 있는 실정이다.

화순군 남성 소리꾼들을 소극적인 소리꾼으로 묶어버린 것은 경제적 빈곤이라고 생각된다. 경제적 빈곤은 그들의 삶에 한 치의 여유도 허용하지 않았고, 또 소리꾼들도 소리를 통한 자기혁신보다는 경제적 빈곤 자체를 해결하는데 주력했다. 그래서 그들의 말년에 빈곤의 문제는 어느 정도 해결하지만 자신들의 소중한 노래들을 적극적으로 활성화시키지 못하는 결과로 나타난다.

화순군에서 유능한 소리꾼으로 분류된 사람들은 대부분 70세 이상의 노인들로 농업에 종사한 사람들이다. 이들이 고정적으로 부르는 노래는 상여소리이며 고령자들은 들노래를 부른다. 상여 설소리는 마을의 대표 소리꾼 몫이기 때문에 유능한 창자가 고정적으로 부르는 목록이고 들노래는 70세 이상의 소리꾼들이 필수적으로 갖춰야 할 요목이다. 화순군 남성 소리꾼들의 가창목록은 〈표 1〉과 같다.

<〈표 1〉>

번호	이름/나이	주소	가창목록
1	윤재진 75세	능주면 천덕리	모심기노래, 논매기노래−초벌매는소리·한벌매는소리·군벌매는소리, 장원질소리, 목도소리, 주술문.(상여소리)
2	장질상 81세	화순읍 서태리	모심기노래−긴상사소리·잦은상사소리, 도리깨질소리, 상여소리−관 암보살·어널소리·언덕오르는소리·달구질소리.
3	신기문 63세	화순읍 대리	상여소리−삼경소리·가남보살·어널소리

　화순군 남성 소리꾼들의 경우 상여소리를 기본적으로 하고 있으며, 최근에는 그 영역이 확대되고 있는데, 이는 그들의 역량이 뛰어나서가 아니라 각 마을에 생존했던 상여소리꾼들이 사망하고 그 뒤를 이을 소리꾼들이 배출되지 않았기 때문이다. 들노래를 할 수 있으면 일단 유능한 창자로 평가된다. 그리고 여기에 더하여 단가나 판소리를 익히면 유능한 소리꾼의 평가를 받을 수 있다.

　가창목록을 통해 드러난 남성 소리꾼들의 특징은 상여소리를 전승한다는 점이다. 상여소리를 전담해서 부르는 이유는 남성들이 상례를 집행해야 한다는 의식이 전통적으로 계승되고 있기 때문이다.

　민요를 인식하는 차원에 있어서도 남성 소리꾼들은 일과 의례에 관련된 효용성을 우선적 가치로 인식하고 있다. 장질상의 생애담에서도 드러나다시피 들노래가 사라진 것은 농기계가 출현한 이후부터다. 따라서 들노래는 농부들의 노동 추진력이라고 볼 수 있다.

　남성들은 주로 향촌사회에서 대대로 살면서 자기 마을의 민요를 지키며 살아왔다. 그러나 이들은 새로운 소리를 체험할 기회가 제한되어 있었고, 거기에 힘을 투여할 여력이 없었기 때문에 민요의 세계를 확대시키기 어려웠다. 뿐만 아니라 전승받은 민요의 세계를 확대 생산하지 못했다.

(2) 여성 소리꾼들의 생애담

밭미기노래 소리꾼 김아님(여, 87세, 전남 화순군 도암면 도장리, 1998년 1월 7일)의 생애담을 정리하면 다음과 같다.

다섯 살 때 아버지가 사망하다.
홀어머니가 살기 때문에 마을 부인들이 모이다.
부인들 틈에서 노래를 배우다.
15세에 이웃 마을 현구백과 결혼하다.
홀로 사는 친정 어머니 집에서 주로 살다.
남편이 일과 매맞기로 골병들어 49세에 사망하다.
자식들을 키우느라고 고생하며 한평생을 살다.
TV에 출연하다.

밭매기노래 소리꾼 나순례(여, 75세, 화순군 도암면 도장리, 1998년 1월 19일)의 생애담을 정리하면 다음과 같다.

나주시 흑룡동에서 태어나다.
어려서 부모가 죽고 할머니 손에 자라다.
오빠 식구들도 염병으로 몰사하다.
일하면서 할머니에게 노래를 배우다.
큰애기 시절 마을 사람들로부터 소리꾼으로 인정받다.
결혼식도 못올린 채 23세에 도암면으로 시집오다.
논 한마지기와 밭 한마지기를 부모로부터 받다.
6.25 때 학살 위기에 처한 마을 주민들을 기지로 살리다.
일하면서 노래를 지어 부르다.
6남매를 낳아 기르다.
논 15마지기 밭 5마지기 살림을 이루다.

밭매기노래 설소리꾼으로 마을 사람들과 함께 문화제에 나가다.

창조적인 소리꾼 고봉순(여, 65세, 화순군 화순읍 벽나리 2구, 1998년 1월 12일)의 생애담을 정리하면 다음과 같다.

칠남매 막둥이로 태어나다.
3살 때 어머니가 사망하다.
7살 때 의붓어머니가 들어오다.
올캐의 구박을 심하게 받다.
어려서 남의 집 다니면서 배짜기를 배우다.
17세에 8살 연상의 이복남과 결혼하다.
야학에서 글을 배우다.
남편이 군대가서 첩을 얻다.
염병에 걸려 고생하다.
밭매면서 노래를 지어 부르다.
노래부르면 갈등이 삭아진다는 이치를 터득하다.

여성 소리꾼들의 생애담에 나타나는 공통적인 요소들은 다음과 같다.

① 가난한 집에 태어나다.
② 유년시절 어머니, 또는 아버지가 사망하다.
③ 일하거나 놀면서 노래를 배우다.
④ 시집가다.
⑤ 고생하다.
⑥ 노래로 고생을 이기며 살다.
⑦ 문화제에 출전하다.

화순군의 여성 민요는 특히 기능요인 밭매기노래와 질쌈노래가 발달되어 있다. 화순의 여성 소리꾼들 대부분이 전통적으로 불러왔던 밭매기노래와 서사민요를 주로 전승하고 있다는 점은 주목된다. 수집된 민요자료 목록들은 〈표 2〉와 같다.

〈표 2〉

이름	친정	주소	가창자료 목록
김아님	전남 화순군 도암면 운월리	전남 화순군 도암면 도장리	〈밭매기노래-아남차고 장찬밭에〉, 〈장감새노래〉, 〈꽃봉지를 꺾어가네 : 목화따면서 부른 노래〉, 〈목화밭 가는 노래〉, 〈밭매기노래〉, 〈공단같은 요내 머리〉, 〈물레노래〉, 〈베짜는노래〉, 〈배틀개타령〉, 〈타박네〉, 〈디딜방아노래〉, 〈강강술래〉, 〈꿩타령 1〉, 〈꿩타령 2〉, 〈한재넘어〉, 〈담방구타령〉, 〈시집살이노래-시집가든 사흘만에-1〉, 〈시집살이노래-시집가든 사흘만에-2〉, 〈운석사〉, 〈손자랑 발자랑〉, 〈풍년가〉, 〈임노래〉, 〈거무타령〉, 〈개미타령〉, 〈노다지타령〉, 〈시집가는노래〉, 〈여자신세타령〉, 〈일천장 먹을 갈아〉
나순례	전남 나주시 흑룡동	전남 화순군 도암면 도장리	〈밭매기노래-아남차고 장찬밭에〉, 〈장감새노래〉, 〈꽃봉지를 꺾어가네 : 목화따면서 부른 노래〉, 〈목화밭 가는 노래〉, 〈밭매기노래〉, 〈공단같은 요내 머리〉, 〈물레노래〉, 〈베짜는노래〉, 〈배틀개타령〉, 〈타박네〉, 〈디딜방아노래〉, 〈강강술래〉, 〈꿩타령 1〉, 〈꿩타령 2〉, 〈한재넘어〉, 〈담방구타령〉, 〈시집살이노래-시집가든 사흘만에-1〉, 〈시집살이노래-시집가든 사흘만에-2〉, 〈운석사〉, 〈손자랑 발자랑〉, 〈풍년가〉, 〈임노래〉, 〈거무타령〉, 〈개미타령〉, 〈노다지타령〉, 〈시집가는노래〉, 〈여자신세타령〉, 〈일천장 먹을 갈아〉
고봉순	전남 화순군 계소리	전남 화순군 화순읍 벽나리	〈밭매기노래-못다맬밭 다맬라다〉, 〈모심기 상사소리〉, 〈남편원망하는노래〉, 〈밭매기노래 세월아 봄철아 오고가지를〉, 〈시집살이노래 못허겠네 못허겠네〉, 〈시집살이노래 돈방돈방 떠가신 구름〉, 〈밭매기노래 세월아 봄철아 오고가지를〉, 〈아리랑타령〉, 〈경기흥타령〉, 〈담바구타령〉, 〈시집살이노래-논으로 가믄 거마리가 원수〉, 〈물레노래 물레야 가락아〉, 〈베짜기노래〉, 〈신세타령 금가락지 쩠든 손에〉, 〈베짜는노래〉, 〈청춘가〉, 〈아기 어르는 노래〉, 〈바느질소리〉, 〈방아소리〉, 〈어머니 그리는 노래〉, 〈땅다구는소리〉, 〈본실자식 죽인노래〉, 〈강강술래〉, 〈걸궁치는소리〉, 〈육자배기〉, 〈시집살이노래 시금시금 시아바니〉, 〈시누이 시집살이노래〉, 〈시집살이노래 성님성님 사촌성님〉

완도군의 경우 여성들의 민요가 활성화되어 있는데, 산다이하면서 놀 때 부르는 산아지타령, 아리랑타령, 창부타령 등 유희적인 창민요가 발달되어 있다.[117] 이러한 현상들은 민요사회의 변동에 능동적으로 적응하거나 시대의 변화에 따라, 또는 민요사회의 변화에 따라 새롭게 보급된 노래들을 수용하여 민요사회의 변화에 적응하여 온 결과들이다. 그러나 화순군 여성 소리꾼들이 밭매기노래와 길쌈노래 등 노동생산의 기능을 갖는 노래들을 중점적으로 전승했던 이유는 화순군 민요사회의 보수성에서 찾아야 할 것으로 판단된다. 그 보수성이 어떤 것에 기인한 것인가에 대해서는 더 연구할 문제다. 그러나 화순군 민요 소리꾼들의 생애담을 통해서 내릴 수 있는 결론은 경제적 결핍과 사회적 고립성에서 찾을 수 있다.

나순례의 사례를 보기로 하자. 나주에서 시집 온 나순례는 할머니의 손에서 자라다 시집오면서 비로소 자신의 독립된 삶을 시작한다. 그가 부른 노래들의 대부분은 나주에서 배웠던 것들이다. 나순례는 특히 노래를 기억하는 능력이 탁월해서 어려서 배운 노래를 잊지 않고 어른이 되어서도, 시집와서도 불렀다. 특히 나주사회가 지닌 경제적 풍요로움과 민요사회의 풍요로움 속에서 다양한 민요자료를 접하고 익혔던 나순례는 시집 온 후 비로소 독립된 삶을 영위하지만 민요의 목록들을 더 풍부하게 만들지 못하고 만다. 시집인 화순군 도암면 도장리에서는 시집오기 전에 익혔던 노래들만으로도 충분히 민요사회에 적응할 수 있었고, 나아가 시집 마을에 새로운 민요를 전파하는 전파자 역할을 하는 정도였다. 나주문화가 지닌 화려함과 역동성 속에서 자라나며 많은 민요들을 익혔지만 화순군 산간벽지로 시집 온 후 나순례는 우선 생계를 해결해야 하는 절박함 속에서 유흥적이고 향락적인 타령류의 노래들과 단절하고 삶의 고단함과 이를 해결해야 하는 주제로 가득찬 밭매기

---

117 나승만, 「노화도 민요 소리꾼들의 생애담 고찰」, 『島嶼文化』 -완도군 노화도 조사보고- 제15집, 목포대학교 도서문화연구소, 1997, 110쪽.

서사민요를 불러야 하는 처지에 있었다. 나순례의 시집살이는 민요사회를 풍요롭게 만들 수 있는 창조적 문화생산을 가로막았다.

김아님의 경우도 나순례와 유사한 양상을 지닌다. 경제력의 빈곤, 대외적 교류의 단절로 인해 다양한 문화적 접속을 차단당한다. 그리고 생계에 치중해야 하기 때문에 창조적 문화 생산으로 나아가지 못했다. 주어진 조건을 수용하면서 밭매기의 현장에서 삶의 질곡을 서사적으로 풀어내는 민요들을 부르면서 삶의 고달픔을 극복하고자 했다. 여기서 고봉순의 구술을 들어보자.

[원래 노래 기억력이 좋으셨겠네요?]

좋다고 생각했죠. 오늘 저녁에 어디 가서 노래를 들으믄 낼 아칙에 그 노래를 짝 했어요. 한나도 안빼고 우리 아들 저 거시기 부산가 있을 때게 가갔고 거그 주인 하숙 안주인 남자가 사람을 얻어갖고 안좋았등가 봐요 마음이. 그래갖고 같이 놀고 술을 한잔 잡수고 저녁에 노래를 부르대요. 그래서 그 노래를 배갖고 와서 듣고 와서 그 노래를 지금도 해.

[밭매면서 밭매는 노래도 하셨죠?]

예. 밭매고 한낮되믄 뜨겁고 땀이 펄펄 나고 그냥 힘들믄 그렇게 노래 한자리썩 부르고 그냥 더운지 모르고 잘 매지대요. 자기 신세 타령같은 그런 노래도 있지요 이.

그런게 하도 폭폭허믄 노래를 부름시로 했어요. 시집을 가갖고 시집살이 험시로 배고프고 헐벗고 그런 노래는 불러 봤어요.

[이 노래는 누구한테서 배우셨어요?]

놈들이 헌께 따라서 어려서 헌게. 저 거시기 즈그 시누가 성님헌테 시집살이 시켰었는디 시누가 또 시집을 간게 그렇게 시집살이 하고 맨발 벗고 동짓섣달에 물지리고 거 젊은 분들은 모르실꺼지만 베짜기가 그렇게 배고파요. 근디 이삼사월 진진 해에 점심을 굶고 베를 짰드래요. 근께 쌀도 한말 보내주고 신도 특미신 삼은놈 신도 한축 보내 주라고 근께 인자 노래를 그렇게 불렀어요.

그렇고 불르믄 밭 한합이 다 매지고 그랬어요. 좌우간 어쯔고 되았든지 그렇고 험시로 밭을 매믄 한 합 매고 두 합 매고 땀이 폭폭 떨어지고 그렇고 맸어요. 그렇고 밭매고 살았어요. 그러다 본께 인자 밭맬 것도 없고 이렇게 늙어가고. 밭매다가 숨차면 술도 한잔 마시고 글제라. 그 땍에는 술 그런 것도 없고 인자 밭에서 목화밭에다 무를 많이 넣거든요. 근께 무잎삭 뜯어다 시쳐갖고 된장허고 풋고치허고 밥허고 갖고 가서 그놈 막 싸서 묵고 그렇고 또 맸제라.

[이 노래 부를 때 춤도 추고 그랬습니까?]
그래갖고 질겁 좋은 양반은 호맹이를 들고 춤도 추고 그랬제요. 꺽꺽 매다가는 인자 재미나갔고 목화뿌리도 파불고 그랬어요.(웃음)

[지어서 부른 노래가 있습니까?]
나는 평소에 시살 먹어서 어므니가 돌아가셨거든요. 칠남매에 막내여갔고 그래서 어므니를 못 뵙고 어머니 유방을 한번도 못 만져 봤어요. 그래서 글로 소원이 되아서 글로 노래를 진 것이 한나 있어요.

한재 넘어 한가꾸야
두재 넘어서 지층개야
큰잎같은 울어머니
송잎같은 나를 두고
복숭나무 배를 타고
저승길을 가셨는가
저승질이 질같으믄
오고가고나 내 못하리
저승문이 문같으믄

열고 닫고나 내 못하리
높고 높은 상상봉이
평지가 되거든 오실라요
한강수 짚은 물이
육지가 되거든 오실라요
빈풍에 기린 장닭
잘룬 목을 질게 빼고
울음을 울거든 오실라요
가시는 날짜는 알거니와
오실라는 날짜나 일러주오

그렇게 지가 작곡을 해봤어요. 그러고 또 우리 언니가 나를 봄시로 하도 안타까워서 부린 노래가 있어요. 그 노래는 먼 노랜고 허니,

저기 가는 저 생이는
오년인가 소년인가
오년이믄 무엇하고
소년이믄 멋헐란가
저승길에 가시거든
울어머니 만나시믄
어린동생이 보챈다고
쉬엉에다 젖을 짜서
눈물이로 먹에 막어
한숨이로 끈을 달아서
구름안에 보내라소

그렇고 우리 언니가 지었다요. 나를 보믄서 내가 하도 울어싼게. 그래서 그 노래는 우리 언니가 지었고 이 노래는 지가 지었어요. 우리 어머니를

못봐서 내가 한이 맺혀갔고 그래서 그 노래는 지가 지었어요.

[노래부르면 마음이 시원해져요?]

예, 후련해 부러요. 아주 가슴이 훤해져 부러요. 나같은 사람은. 머시 성가시러서 머시 좋아서 글고 노래부른가 그러믄 지금도 '내 재미를 내가 맹글고 살아야제 내 재미 누가 준다우 영감도 안주고 자식들도 안줘. 내 재미 내가 만들어 갖고 살아야제. 내가 속으로 아무리 괴로워도 누가 내 괴로움을 주간디 내가 괴롭제. 놈한테 왜 괴로운 표현을 해'. 그래 난 집이서도 괴로워도 나가믄 얼싸허고 그렇게 살아요. '뭣이 재미져서 노래부르고 웃고 그런가' 그러믄, 내 재미 내가 맨들어서 살아야제. 내재미 누가 주간디 내야가 내재미 만들어갔고 살아야제. 그렇게 산께 이 세상이 재미있대. 그러고 나 「옛날에 금잔디」(연속극 이름) 볼때게 느꼈어요. 그 땍에 내 마음을 딱 느끼고 내 마음을 개발했어요.

충격을 많이 받으믄 그 치매병이 온다고 그러데요 그 박사. 그래서 테레비를 보고 그 박사 말을 듣고, '아이코 나도 충격을 어려서부터 얼마나 받았넌디 늙어서 내가 저 모냥이 되믄 어쩌냐. 인제라도 내 맘을 터부러야 쓰겄구나 그렇게 살아서는 안되겄구나. 그날 어디 가서 일을 하면서도 내 맘을 딱 털어놓아볼쑈. 노래로. 그러믄 그 날은 속이 편해부러. 그래갖고 그 뒤로 나 그렇게 살아서는 나도 틀림없이 내가 충격을 많이 받고 어려서 받고 컸는께 저사람 같이 되야불겄구나. 내가 고생하고 살았는디 내가 내 자식한테 늙어서 못헐일 시키고 냇가 그렇게 천한 세상을 살어서 는 안되겄구나. 내 마음을 열었어. 가만히 이렇게 이런 일을 허시고 댕김시 러 가만히 이 얘기고 듣고 노래도 들어봐요. 글믄 노래를 들어 보믄 저 사람의 사연이 어떻게 됐다는 것을 알 수 있어. 어째 그러냐 허믄 재미지게 얼싸 절싸 산사람은 노래도 재미진 것만 부르거든. 살기가 딱딱하고 고생 을 많이 허고 그러믄 그 비극노래. 자기가 안타까운 그런 노래를 많이 해. 그렇게 노랫소리만 들어봐도 저 사람이 호화스럽게 살았구나 아니믄 고상허고 살었다 그걸 내가 알 수 있어.

자식들한테 해도 안 들을라 할 것이고 남편한테 해도 안 들을라 할 것이고 놈한테 허믄 누가 놈은 누가 돌봐줘. 안받어주제. 근께 내가 내 마음을 풀고 그러다 저러다 보믄 그냥 풀어져부러. 내 마음을 내가 풀고 살아야제. 놈이 못풀어줘.

고봉순은 고난의 수용과 창조적 표현이라는 점에서 남다른 가능성을 보인다. 고단한 삶을 살아왔지만 주어진 조건 속에서도 늘 꿈틀거리는 생명의 역동성을 드러낸다. 유년시절 어머니의 사망과 새어머니의 출현, 올캐 언니의 핍박과 새어머니 사이의 갈등, 새어머니가 쫓겨나는 과정 등을 겪는다. 그리고 시집간 후에는 가난의 질곡과 남편의 외도, 그리고 고질병에 시달리며 삶과 죽음 사이를 넘나든다. 그는 삶의 역경을 겪으면서 이를 극복하거나 해소하는 방식을 터득해 가는데, 그것이 노래부르기였다. 고봉순은 다른 소리꾼들과 달리 아리랑타령, 청춘가, 산아지타령 등 흥을 돋구는 노래를 불러서 스스로의 마음을 조절한다. 뿐만 아니라 자신의 경험과 느낌을 노래로 표현한다는 점에서 창조적 소리꾼으로 평가된다.

화순군의 여성 민요소리꾼들이 부른 노래들은 대부분 밭매기노래와 길쌈노래다. 이러한 현상은 밭의 경작이 전통시대 화순군 경제력의 기본이었고, 밭의 경작으로 결핍된 경제력을 길쌈노동으로 보완해야 하는 과정에서 반영된 문화적 현상으로 판단된다. 그 사례는 들노래 소리꾼 윤재진이 경제력을 확보해 가는 과정에서도 나타나고 김아님과 나순례, 고봉순의 삶에서도 나타난다. 전통사회에서 여성들의 길쌈노동은 가정경제의 균형을 유지하는데 중요한 기여를 한다. 여성들의 길쌈노동이 없었다면 화순군민들의 가정경제는 균형을 유지하기 어려웠다. 그런 점에서 여성들의 노동이 중요한 위상을 차지했고, 이를 가능하게 하는 유일한 문화수단인 밭매기노래와 길쌈노래가 생명력있게 전승되었던 것으로 판단된다.

4) 맺는말

이 글은 전남 내륙지역인 화순군 민요 소리꾼의 생애담 분석을 통해 내륙 산간의 밭농사와 길쌈노동 집중 지역에서 민요 소리꾼들의 생애담 유형을 도출하고, 나아가 여성들의 밭매기노래와 길쌈노래의 전승 맥락을 고찰하기 위해 쓴 것이다.

전통시대 창조적 민요생산을 가능하게 하는 사회적 배경으로 개방적 사회 체제와 잉여 경제력 확보를 들 수 있다. 전통시대에 이러한 성격을 지닌 마을은 주로 민촌이었다. 특히 경제력을 갖추고 여러 성씨들이 어울려 사는 향촌 사회 마을에서 민요 연행이 활발한 현상을 발견할 수 있다. 이런 맥락에서 보면 전남의 도서지역은 민요를 전승하기에 매우 유리한 입장에 있다. 특히 농업적 기반과 어업 기반을 고루 갖추고 있거나 풍부한 어업 생산력을 지닌 진도군과 신안군, 완도군 등지에 다양하고 풍부한 전통민요들이 전승되고 있다는 점에서도 이를 증명할 수 있다.

전승되고 있는 민요사회의 성격도 도서지역과 비교해 볼 때 화순군은 상당히 다른 양상을 보인다. 화순군의 경우 밭매기노래와 길쌈노래가 활발하게 전승되는 반면 굿과 놀이에서 부르는 강강술래, 산아지타령, 아리랑타령, 그리고 경기민요 계통인 창부타령, 일제 때 유통된 청춘가 등은 드물게 수집되었고, 또 소리꾼들도 비중 있게 고려하지 않는 실정이다.

소리꾼의 생애담 분석을 통해 드러난 사실들을 정리하면 다음과 같다. 전남 내륙 산간지역인 화순군 남성 민요 소리꾼들의 핵심적 연행현장은 상여소리였음을 알 수 있다. 그리고 문화적 대외경험이 없었기 때문에 외부의 다양한 민요를 수용하는데 한계가 있었던 것으로 판단된다. 여성들의 경우는 경제적 생산기반이 된 밭매기와 길쌈 등이 핵심적 연행현장이 되었다. 도서지역 여성 소리꾼의 경우 남편의 결손이 민요 연행을 촉진하는 기제가 되고 있는데 비해 화순군의 경우는 경제적 궁핍과 고된 노동이 민요 연행의 기본 바탕이 되고 있다. 특히 대외 교류경험의 부족과 경제적 궁핍은 창조적이고 생산적인 민요활동을 가로막는 중요한 요인이 되었던 것으로 판단된다. 화순군 민요 소리꾼들은 상여소리와 밭매기노래, 길쌈노래를 다른 민요에 비해 더 왕성하게 전승하고 있고, 밭매기노래와 길쌈노래로 지역 문화행사에 출연할 정도로 자신들의 정체성을 담는 노래로 생각하고 있다.

(우리말글 27호, 우리말글학회, 2003년 수록 논문)